Andere Bücher von Lara Adrian

Midnight Breed Serie

Versprechen der Nacht (Novelle)
Geliebte der Nacht
Gefangene des Blutes
Geschöpf der Finsternis
Gebieterin der Dunkelheit
Gefährtin der Schatten
Gesandte des Zwielichts
Gezeichnete des Schicksals
Geweihte des Todes
Gejagte der Dämmerung
Das Sehnen der Nacht (Novelle)
Erwählte der Ewigkeit
Midnight Breed - Alles über die Welt von Lara Adrians Stammesvampiren
Vertraute der Sehnsucht
Berührung der Nacht
Kriegerin der Schatten
Verlockung der Dunkelheit (Novelle)
(Bound to Darkness (noch nicht übersetzt)
Stroke of Midnight (Novelle – noch nicht übersetzt)

Masters of Seduction Serie

Merciless: House of Gravori (Novelle – noch nicht übersetzt)

LARA ADRIAN schreibt als TINA ST. JOHN

Der Kelch von Anavrin: Das Herz des Jägers
Der Kelch von Anavrin: Das magische Siegel
Der Kelch von Anavrin: Geheimnisvolle Gabe

Die Ehre des Ritters
Das Herz des Ritters
Der dunkle Ritter

Die Rache des Ritters

Andere Bücher von Tina Folsom

Scanguards Vampires Serie

Samsons Sterbliche Geliebte
Amaurys Hitzköpfige Rebellin
Gabriels Gefährtin
Yvettes Verzauberung
Zanes Erlösung
Quinns Unsterbliche Liebe
Olivers Versuchung
Thomas' Entscheidung
Ewiger Biss (Novelle)
Cains Geheimnis

Jenseits des Olymps Serie

Ein Grieche für alle Fälle
Ein Grieche zum Heiraten
Ein Grieche im 7. Himmel

Der Club der ewigen Junggesellen

Begleiterin für eine Nacht
Begleiterin für tausend Nächte
Begleiterin für alle Zeit
Eine unvergessliche Nacht

Geliebter Unsichtbarer (Hüter der Nacht – Buch 1)

Der Clan der Vampire - Venedig (Novellen 1 – 4)

PHOENIX CODE

Flucht und Neuanfang

Tarnung und Entlarvung *(kommt bald)*

FLUCHT
UND
NEUANFANG

PHOENIX CODE SERIE
Buch 1 & 2

NEW YORK TIMES BESTSELLERAUTORINNEN

LARA ADRIAN
TINA FOLSOM

ISBN: 1941761046
ISBN-13: 978-1941761045

www.PhoenixCodeSeries.com

Erhältlich als E-Book und Taschenbuch.

INHALTSVERZEICHNIS

Band 1: FLUCHT..............................1
von Lara Adrian

Band 2: NEUANFANG.......................163
von Tina Folsom

FLUCHT

Lara Adrian

1

Portland, Maine
Vor drei Jahren

Als Ethan Jones an jenem Morgen im späten Februar sein Bett verließ, hatte er keine Ahnung, dass sein Leben zu Ende gehen würde.

Er stand barfuß und nur mit einer Jeans bekleidet am Küchenfenster des kleinen Bungalows seiner Freundin, eine Tasse frisch gebrühten schwarzen Kaffee in der Hand, und beobachtete, wie die Sonne aufging. Er war schon seit etwa einer Stunde wach und ließ Tori noch ein wenig weiterschlafen, bevor sie sich für ihre Schicht als Krankenschwester in der Notfallaufnahme des Krankenhauses in der Innenstadt fertig machen musste.

Es schneite wieder. Feine, weiße Kristalle fielen gegen die Fensterscheibe und durch das von Bäumen gesäumte Arbeiterviertel wehte eine kalte Böe.

Nachdem er von New Mexiko in den Nordosten gezogen war, hatte er anfangs die Wintermonate gehasst. Er konnte selbst kaum glauben, dass er sich in den zwei Jahren, die er nun schon am städtischen College unterrichtete, tatsächlich an den Schnee und die Kälte gewöhnt hatte.

In letzter Zeit hatte er sich an viele Sachen gewöhnt.

Er fühlte sich wohl, zu wohl.

Er erkannte diese Tatsache als das Risiko, das es darstellte. Nichtsdestotrotz verspürte er eine tiefe Wärme in sich aufsteigen, als Tori Connors schläfrig in die Küche schlurfte.

Sie trug sein weißes Hemd vom vergangenen Abend und darunter nichts. Ihr hellblondes Haar fiel zerzaust über ihre Schultern. Der Saum des Hemdes reichte ihr bis zur Hälfte ihrer schlanken Oberschenkel und nur ein einziger Knopf war über ihren kecken Brüsten zugeknöpft.

„Mmm, riecht es hier gut", raunte sie und kam näher. „Frischer Kaffee und ein heißer Mann. Zwei meiner Lieblingssachen."

Während er eine Tasse für sie aus dem Regal holte und mit Kaffee füllte, kam sie zu ihm und schlang ihre Arme von hinten um seinen Körper. Ihre warme Wange lag auf seinem nackten Rücken. „Warum hast du mich nicht geweckt, als du aufgestanden bist?"

„Weil wir dann jetzt noch im Bett wären und alles andere tun würden als schlafen."

Ihr sanftes Stöhnen vibrierte durch seinen Körper. „Das ist eine großartige Idee. Lass uns krank machen", murmelte sie und drückte Küsse entlang der kleinen Einbuchtungen seiner Wirbelsäule. Jede sanfte Berührung ihres Mundes auf seiner Haut ließ seine Begierde ansteigen. „Oder wir könnten sagen, dass wir durch einen ungewöhnlichen Schneesturm, der nur im Osten der Stadt eingeschlagen hat, eingeschneit wurden. Wir könnten schwänzen und den ganzen Tag zusammen im Bett bleiben."

Er stöhnte und schloss die Augen, während sein Puls sich in ein schweres Trommeln verwandelte. Den Tag mit Tori im Bett zu verbringen war keine schlechte Idee. Das hatte er in letzter Zeit weiß Gott sehr oft getan. Obwohl sein Schwanz enthusiastisch zustimmte, entzog sich Ethan jedoch schweren Herzens ihrer sanften Umarmung und wandte sich um, um ihr die Kaffeetasse in die Hand zu drücken.

„Meine Klasse hat um acht Uhr eine Probe. Und vorher habe ich noch einen Besprechungstermin mit einem Studenten, der Literatur ablegen will." Er beugte sich zu ihr und gab ihr einen schnellen Kuss. Sie schmeckte köstlich nach dem Pfefferminzaroma der Zahnpasta. „Ich kann heute nicht einfach blau machen, egal wie verlockend das klingt."

Sie sah ihn schelmisch an. „Anscheinend nicht verlockend genug, um Ihre perfekte Anwesenheitsakte zu gefährden, Professor Jones." Sie lächelte, aber ihre intelligenten, denimblauen Augen musterten ihn über den Rand der dampfenden Tasse. „Du bist sonderbar, weißt du das? Ich schwöre, manchmal werde ich nicht schlau aus dir."

„Was ist daran so schwierig? Ich glaube nicht, dass ich ein sehr komplizierter Mensch bin." Sein Ton war leicht, sogar amüsiert, obwohl sein Instinkt kribbelte.

Kompliziert? Sie hatte ja keine Ahnung.

Und dabei wollte er es auch belassen.

In den Monaten, die er schon mit Tori zusammen war, war er vielleicht bequem geworden, doch niemals unvorsichtig.

Zu gut ausgebildet, würde er nicht einen klitzekleinen Teil seiner Deckung enthüllen, nicht einmal ihr gegenüber.

Ethan ging gemächlich zum Kühlschrank und nahm einen Karton Eier und eine Schüssel mit Obstsalat, den er zuvor zubereitet hatte, heraus. „Möchtest du French Toast oder Pfannkuchen zum Frühstück?“

„Überrasch mich! Du weißt doch, dass ich alles mag, was du auf die Speisekarte setzt. Außerdem fühle ich mich nach der gestrigen Nacht wie ausgehungert.“

Sie wandte sich um und lehnte sich gegen den Küchentresen, schnappte sich eine Erdbeere aus der Schüssel und biss genüsslich hinein. Dabei beobachtete sie ihn, wie er noch mehr Sachen aus dem Kühlschrank und den Küchenschränken zusammensuchte. „Warum habe ich das Gefühl, dass du schon wieder das Thema wechseln willst? Das machst du ständig, wenn es sich um dich dreht.“

Er zuckte mit den Schultern. „Ich finde mich einfach nicht so interessant.“

Sie lachte sanft auf. „Glaub mir, Ethan, du bist interessant. Du bist auch charmant, athletisch, und verdammt gut aussehend. Und darüber hinaus hast du ein Gehirn wie eine Enzyklopädie. Ich glaube nicht, dass es ein Buch gibt, das du noch nicht gelesen hast. Und du kannst dich über jedes erdenkliche Thema unterhalten, als hättest du es dein ganzes Leben lang studiert. Ganz zu schweigen davon, dass du traumhaft kochen kannst und… viele andere Sachen auch traumhaft machst. Du bist verwundernd perfekt.“

Er stellte den Milchkarton auf dem Granittresen ab und stellte sich ihrem Blick. „Pass auf oder du verleitest mich noch zu irgendetwas.“

„Und dann kommst du bestimmt zu spät zum Unterricht“, neckte sie und ihr hübscher Mund verzog sich zu einem Grinsen. Ein Mund, von dem er heute Morgen noch einmal kosten wollte.

Er konnte nicht widerstehen, sie in seine Arme zu ziehen. Sie gab bereitwillig nach und er spürte, wie sich ihre weichen Kurven an ihn drückten, als er unter das Baumwollhemd griff, um ihre nackte Brust zu streicheln.

„Hast du jemals daran gedacht, etwas anderes aus deinem Leben zu machen, Ethan?"

Er schmunzelte. „Bisher nicht, obwohl Gigolokoch sich im Moment gar nicht so schlecht anhört."

Tori lachte, als er sie küsste, doch dann wich sie zurück und tief in ihren blauen Augen lag ein ernster Ausdruck. „Glaubst du nicht, dass du vielleicht einen Fehler gemacht hast, hierher nach Portland zu kommen, anstatt woanders hinzuziehen? Glaubst du nicht, dass es dir hier langweilig werden wird?"

„Warum fragst du das?"

Sie schüttelte leicht den Kopf. „Ich weiß nicht. Er ist nur… etwas, über das ich mich manchmal wundere. Ich weiß, dass du deine Arbeit liebst. Aber du bist zu intelligent, um dich mit Associate Professor zufriedenzugeben. Vielleicht solltest du einen höheren Posten anstreben."

Sie glaubte, dass es ihm an Ehrgeiz oder Antrieb mangelte? Dieser Gedanke ließ ihn seine Augenbrauen hochziehen. Er fühlte sich nicht kritisiert, eher insgeheim amüsiert. „Ich mag meinen Job." Er grinste. „Ich versuche ja nicht, die Welt zu retten."

Sie verdrehte ihre Augen. „Das weiß ich doch. Aber du bist zu anspruchsvoll und penibel, um Studenten, die sich noch für kein Studienfach entschieden haben, in Liberal Arts zu unterrichten, glaubst du nicht auch?

Ich weiß, dass du deine Studenten magst. Wenn du mich fragst, bist du das Beste, was dieser Schule passieren konnte. Aber ich kenne dich jetzt schon fast ein Jahr. Ich habe dich beobachtet, Ethan. Du bist viel genialer als jemand von einer Elite-Uni. Und trotzdem versteckst du dich hier in einer kleinstädtischen Hochschule."

Ihre Wortwahl ließ ihn fast ersticken.

Verdammt.

War es im Entferntesten möglich, dass sie etwas vermutete?

Er wollte sich einreden, dass es nur ein Zufall war, nur dahingesagte Worte, aber seine Programmierung war so tief verwurzelt, dass er dies mit Vorsicht angehen musste.

Tori Connors kam aus einer Kleinstadt. Sie war auf dem Lande in Maine geboren und aufgewachsen. Sie war nicht gereist wie er, hatte nicht Jahre des Trainings in Geheimhaltung und Täuschung verbracht, doch sie war eine intelligente, aufmerksame Frau mit einem scharfen Verstand. Das war ein Grund dafür, warum er sich zu ihr hingezogen fühlte, und nicht nur wegen ihrer *Mädchen-von-nebenan*-Schönheit und Bodenständigkeit.

Bis jetzt wusste Tori nur, was er ihr erlaubte, über ihn zu wissen – das Meiste davon lag nahe an seiner sorgfältig konstruierten Tarnung.

Sie wusste nichts davon, wer er wirklich war oder von seiner Arbeit als präkognitiver Agent eines der geheimsten Programme der CIA. Wenn er etwas für sie empfand – und das tat er, mehr als er wagen sollte – dann musste er dafür sorgen, dass Tori nie von diesem anderen Teil seines Lebens erfuhr.

Ethan zog sie noch fester in seine Arme und küsste sie mit einer Zuneigung und Begierde, die er nur für sie aufbrachte und die nichts mit seinem Training oder der Notwendigkeit zu tun hatte, einen möglichen Bruch in seiner Deckung festzustellen.

Er hatte in ein paar Monaten stärkere Gefühle für Tori entwickelt als für irgendjemand anderen in seinen einunddreißig Lebensjahren.

Diese Tatsache alleine hätte ihn dazu veranlassen sollen, mit ihr Schluss zu machen und wegzuziehen, doch verdammt noch mal, er war nicht in der Lage, den nötigen Willen dafür aufzubringen.

„Hey“, meinte er leichthin und strich ihr eine vom Schlaf zerzauste blonde Strähne aus dem Gesicht. „Sag, was ist denn los? Was hast du auf dem Herzen, Babe?“

„Ich habe über ein paar Sachen nachgedacht.“ Sie presste ihre Lippen aufeinander und sah zu ihm auf, ein Zögern in ihren dunkelblauen Augen. „Der März kommt. Das heißt, es ist bald wieder St. Patricks Day…“

Als Ethan sie nur anstarrte, zuckte sie linkisch mit den Schultern. „In ein paar Wochen wird es ein Jahr für uns sein.“

Verflixt! Schon ein Jahr? Seine früheren Beziehungen mit Frauen konnten in Tagen und Wochen gemessen werden. Mit Tori war er stattdessen schon fast zwölf unkomplizierte und verdammt fabelhafte Monate lang zusammen.

Tori suchte seine Augen. „Du erinnerst dich nicht mehr?“

„Ich erinnere mich an jedes Detail aus jener Nacht“, sagte Ethan. Das stimmte auch.

In jener St. Patricks Nacht in Portland war er nicht

auf der Suche nach einem Date gewesen. Er hatte in einem guten, abgelegenen Irischen Pub, das nicht von Touristen belagert war, alleine ein Guinness genossen.

Gerade als er sich aufmachen wollte, um zu seinem gemieteten Studio zurückzukehren, war seine Aufmerksamkeit auf eine hübsche, zierliche Blondine gezogen worden, die inmitten einer Schar von Freundinnen das Lokal betreten hatte.

Eine halbe Stunde lang hatte er überlegt, ob er sie ansprechen sollte. Dann fingen plötzlich ein paar Typen in der Kneipe an zu randalieren. Ethans Sinne hatten angefangen zu kribbeln und er hatte gespürt, dass Tori direkt im Weg einer sich anbahnenden Schlägerei war.

Nur Minuten bevor das Gewicht eines dreihundert Pfund schweren Betrunkenen auf den Barhocker schmetterte, auf dem sie gesessen hatte, hatte Ethan sie zum Tanzen aufgefordert.

Während der Kampf schließlich genauso ausgebrochen war, wie er ihn in seiner Vorahnung gesehen hatte, hatte Ethan beobachtet, wie Tori sich auf der Tanzfläche zu dem U2-Lied „Mysterious Ways" vor ihm drehte, während er eine tobende Erektion hatte.

Bevor das Lied vorbei war, hatte Ethan auch schon um Toris Telefonnummer gebeten. Statt sie ihm zu geben, hatte sie ihn für eine Nacht voll unvergesslichem Sex mit zu ihrem Bungalow nach Hause mitgenommen.

Seither hatte er keine andere Frau mehr angesehen.

Jetzt starrte er sie an und drückte ihr einen Kuss auf ihre geöffneten Lippen. „Das war eine sehr gute Nacht."

„Es war ein gutes Jahr, meinst du nicht auch?“

„Das beste“, sagte er und beugte sich, um ihren weichen Hals zu liebkosen.

„Das finde ich auch.“ Sie wich mit einem Lächeln etwas zurück, eine tiefgründigere Frage in ihren Augen. „Ich habe mir gedacht, da du ja sowieso so gut wie jede Nacht hier verbringst, könnten wir die Sache vielleicht ein bisschen offizieller machen. Ich habe mir gedacht, dass du vielleicht deine Wohnung aufgeben und bei mir einziehen könntest.“

Seine Lunge verkrampfte sich. Er hatte hundert Argumente dafür, warum das eine schreckliche Idee war – eine unmögliche Idee – aber kein Wort kam aus seinem Mund.

Tori verdrehte die Augen und schlug mit der Handfläche gegen seine Brust. „Schau nicht so geschockt! Ich bitte dich ja nicht, mich zu heiraten; ich dachte nur, dass wir eine Weile in Sünde leben könnten.“ Sie legte ihren Kopf in den Nacken und zuckte leicht mit den Schultern. „Oder vielleicht etwas länger.“

Oh Gott, er war ein Scheißkerl. Sie sah so ernst aus, so offen und verletzlich. So vertrauensselig.

Er hätte die Sache mit ihr nie so weit fortschreiten lassen dürfen. „Tori, ich glaube nicht–“

„Du musst mir nicht gleich antworten“, platzte sie heraus. „Ich weiß, dass du deinen Freiraum brauchst und ich weiß, dass du keine impulsiven Entscheidungen triffst. Also, nimm dir Zeit und überleg es dir, okay?“

Sie lehnte sich an ihn, während sie sprach, und bevor er sich versah, hatte sie ihre Hand von seiner Brust hinab in den losen Bund seiner Jeans gesteckt. Sie steuerte bereits auf seinen Schwanz zu und hielt ihn in ihrer warmen Hand fest, streichelte ihn genau so, wie er es mochte.

Ein gezischter Fluch entrang sich ihm, als sich sein Fleisch unter ihrer Berührung zu Granit verwandelte.

Sie küsste ihn innig auf den Mund, dann wich sie mit einem heißblütigen Lächeln zurück. „Wir können während des Frühstücks darüber sprechen. In der Zwischenzeit gehe ich duschen, für den Fall, dass du die Einzelheiten meines Angebots sofort besprechen willst."

Sie öffnete den einzigen Knopf, der sein Hemd über ihrem nackten Körper zusammenhielt. Dann streifte sie es ab und ließ es auf den Küchenboden fallen, drehte sich ohne Eile um und spazierte langsam hinaus.

Verdammt, der Anblick machte ihn heiß. Er stöhnte, als er beobachtete, wie ihr nackter Hintern in Richtung des Badezimmers verschwand.

„Ach, zum Teufel mit dem French Toast", murmelte er, drauf und dran, ihr gierig nachzusteigen.

Doch als er sich umdrehte, stieß er mit seinem Arm gegen den Karton Eier auf dem Tresen und schleuderte ihn zu Boden. Die Eier zerbrachen und die Eigelbe verteilten sich auf den Fliesen.

Ethan fluchte und griff nach der Küchenrolle. Er riss ein paar Papiertücher herunter, um die Sauerei aufzuwischen.

Plötzlich blieb er wie angewurzelt stehen.

Denn im gleichen Augenblick drang eine Stimme durch seinen Kopf. Der mentale Ruf sandte nur eine einzige, unmissverständliche Nachricht…

Phoenix aus.

Ethan stand nur da, sein Blut zu Eis gefroren, sein

Gehirn unmittelbar auf diesen Satz fokussiert.

Er hatte gewusst, dass dieser Moment jederzeit eintreten könnte. Er wusste es, doch hatte er es immer gefürchtet.

Hatte in einer naiven Ecke seines Daseins geglaubt, dass der Moment vielleicht nie käme.

Doch die Nachricht war unwiderlegbar.

Phoenix aus.

Es bedeutete nur eines. Das Programm, dem er angehörte, war kompromittiert worden. Dessen Leiter und vielleicht sogar alle möglichen Phoenix-Mitglieder, Ethans Kollegen, waren tot oder würden es bald sein.

Genauso wie er, wenn er nicht sofort handelte.

Henry Sheppards Anweisungen für den Fall, dass er diesen SOS-Ruf jemals an die unbekannte Anzahl von Männern schicken würde, die dem geheimen ESP-Programm der Regierung angehörten, war klar gewesen.

Vermute das Schlimmste.

Brich jegliche Verbindungen ab.

Vertraue niemandem.

Lass alles zurück und tauche unter.

Ethans Leben – die Deckung, unter der er in den letzten zwei Jahren gelebt hatte – war vorbei. Dieser Mann war jetzt tot.

Was seine Zeit mit Tori anbelangte, war diese auch vorbei. Jetzt sofort. Keine Erklärungen. Kein Abschiednehmen.

Er konnte es sich nicht leisten und Tori würde sicherer sein, wenn sie von nichts wusste.

Es wäre sicherer für sie, ihn zu hassen, anstatt zu wissen, was er im Begriff war zu tun.

Ethan starrte auf die zerbrochenen Eier zu seinen

Füßen. Vom anderen Ende des Flurs hörte er die Dusche und die süße, falsch klingende Melodie, die Tori sang, während sie darauf wartete, dass er sich zu ihr gesellte.

Sein tiefes Bedauern verursachte einen grausamen Schmerz in seiner Brust, aber der Agent, zu dem Ethan ausgebildet worden war, schob das Gefühl beiseite. Keine Zeit dafür. Durchaus möglich, dass er und die anderen bereits gejagt wurden.

Er ließ die Papiertücher auf den Tresen fallen und beugte sich zum Boden, um das Hemd aufzuheben, das Tori hatte fallen lassen. Er zog es an und inhalierte ihren Geruch aus dem weißen Baumwollgewebe, als er es zuknöpfte.

Es war der letzte Duft, den er von ihr einatmen würde. Der letzte Moment, in dem er ihr Liebhaber war.

Er zog seine Stiefel an und nahm seinen Mantel vom Haken an der Hintertür der Küche.

Dann verließ er das Haus, trat unter die fallenden Flocken ohne sich noch einmal umzudrehen, und ließ Ethan Jones und alles, was diesem Mann etwas bedeutet hatte, hinter sich.

2

Seattle, Washington
Heute

Ethan war erst etwa einen Block von der Herberge, in der er seit seiner Ankunft vor weniger als zwei Wochen untergekommen war, entfernt, als er bemerkte, dass er verfolgt wurde.

Gekleidet in dunkle Jeans, schwarzes T-Shirt, Stiefel und eine marineblaue Windjacke, tauchte der Mann, der ihn beschattete, nicht gerade in der sommerlich gekleideten Menge von Touristen und Hippies unter, die sich nahe der Ufergegend scharten.

Das schien ihn jedoch nicht zu kümmern. Sein knorriger Schädel war bis auf die Kopfhaut rasiert und hinter der dunklen Sonnenbrille, die seine Augen versteckte, war der Fokus des Fremden auf Ethan gerichtet.

Unverfroren folgte er Ethan in ein volles Restaurant auf der Western Avenue, unweit des emsigen Pike Place Market.

Es war Mittagszeit und im Ettas war es wie immer voll und laut; die Luft drinnen roch angenehm nach gegrillten Meeresfrüchten, interessanten Gewürzen und hopfenreichen Bieren.

Während Ethan zur letzten freien Nische auf der rechten Seite der Tür geführt wurde, platzierte sich sein Verfolger auf einen Barhocker am Ende der langen Bar auf der gegenüberliegenden Seite des Restaurants. Ethan entging der unterschwellige flüchtige Blick in seine Richtung nicht, während der Mann vom Barkeeper gegrüßt wurde und die Speisekarte überreicht bekam.

Dies war nicht das erste Mal seit dem Tag vor drei Jahren, als das Phoenix-Programm ausgelöscht worden war, dass Ethan verfolgt wurde. Ein anderer Attentäter hatte ihn letzten Sommer in Kansas City aufgespürt, wo Ethan einen Job in einer Landschaftsgärtnerei angenommen hatte.

Es war eine lästige Macke seiner ESP-Fähigkeit, dass ihm seine Vorahnungen nie mitteilten, wenn er selbst in Gefahr war.

An dem Tag, als der Scharfschütze ihn in einer reichen Vorstadt in Missouri in seinem Visier hatte, war sich Ethan nicht einmal bewusst gewesen, dass er in Gefahr war, bis er sich nach seinem Unkrauthacker gebückt hatte, weil dieser klemmte, und eine Kugel über seinen Kopf hinweggezischt war, die ihn nur um Haaresbreite verfehlte.

Er hatte sofort alles stehen und liegen gelassen und war geflüchtet. Im vergangenen Jahr war er im Zick-Zack durchs ganze Land gereist und nirgends länger als ein paar Wochen geblieben.

Er nahm nur mit, was er tragen konnte. Er zahlte nur bar. Er fragte nichts und er gab keine Antworten. Das war jetzt seine Vorgehensweise.

Keine Verbindungen, keine Komplikationen. Und auf keinen Fall Gefühle. Diese Lektion hatte er an dem

Morgen gelernt, als er Tori Connors verlassen musste.

Es gab Tage – und Nächte – in denen sein Schmerz darüber immer noch grausam war.

Aber er hatte keine andere Wahl gehabt, was Tori betraf. Diese Realität wurde nun wieder als kalte, unvermeidliche Tatsache in ihn hineingehämmert, als er den Auftragskiller betrachtete, der jetzt im gleichen Raum nur wenige Meter von ihm entfernt auf ihn wartete, darauf wartete, zuzuschlagen.

Ethan lebte so gut wie möglich am Rande der Gesellschaft und hatte es sich zur Gewohnheit gemacht, nie viel Gras unter seinen Füßen wachsen zu lassen. Bisher hatte ihm das gedient; vermutlich war es sogar der einzige Grund, warum er noch am Leben war.

Er blickte mit einem zerstreuten Lächeln flüchtig auf, als eine Kellnerin mittleren Alters ihn begrüßte.

„Wie geht's?", meinte sie, ohne auf eine Antwort zu warten. „Was darf ich Ihnen bringen?"

„Wie sind denn die Krabbenpuffer? Gut?", fragte er, wohl wissend, dass sie eine Spezialität des Restaurants waren.

Während die Bedienung die speziellen Gewürze und die Zubereitung beschrieb, täuschte Ethan vor, zuzuhören und studierte aus dem Augenwinkel jede körperliche Nuance des Mannes, der ihn verfolgte. „Klingt lecker. Ich nehme zwei, bitte. Und eine Tasse schwarzen Kaffee."

„Kommt sofort."

Ethan lehnte sich in seiner Nische zurück und beobachtete, wie der andere Mann dem Barkeeper seine Bestellung zumurmelte und sich mit den Ellbogen über die Bar lehnte. Er versuchte, lässig zu wirken, während er die Leute beobachtete, die draußen vor dem Fenster vorbeischlenderten. Der Barkeeper schenkte ihm ein Bier ein, doch es blieb unberührt vor dem Mann stehen.

Als Ethans Bedienung seinen Kaffee brachte, fragte er sich, welche Art Waffe der Attentäter wohl in seiner Jacke verbarg.

Würde es eine Pistole sein oder etwas Persönlicheres; würde es vielleicht zum Nahkampf kommen? Zweifellos würde er nicht lange darüber rätseln müssen.

Er hätte Seattle schon längst verlassen sollen. Normalerweise wusste er, dass es Zeit war zu verschwinden, sobald er anfing, Toris Gesicht in seinen Träumen zu sehen – Träume, aus denen er immer ruckartig erwachte, und die ihn wünschen ließen, er wäre jemand anderer. Das geschah häufiger, als er zugeben wollte.

Doch es war besser, Tori in seinen Träumen zu sehen als den immer wiederkehrenden Alptraum von Feuer und Zerstörung, der seinen Schlaf heimsuchte, seitdem das Phoenix-Programm zerstört worden war.

Die Flammen und die schmelzende Hitze waren eine Vorahnung; dessen war er sich sicher.

Aber eine Vorahnung wovon?

Er hatte seither mit keinem der anderen Agenten Kontakt gehabt. Es hatte keine andere Nachricht von Henry Sheppard gegeben – weder geistig noch in irgendeiner anderen Form.

Ethan wusste, dass es das Programm nicht mehr gab. Er wusste nicht, wer dafür verantwortlich war oder wer den Direktor des Programms verraten und ermordet hatte.

Ob der Auftragskiller im Restaurant etwas Nützliches wusste oder nicht, würde sich erst herausstellen, und Ethan beabsichtigte, alles in seiner Macht Stehende zu tun, um dahinterzukommen. Er brauchte Informationen, Antworten, die ihm möglicherweise helfen würden herauszufinden, vor wem er auf der Flucht war und wie weit seine unbekannten Feinde gehen würden, um ihn und die anderen Mitglieder von Phoenix zu finden. Sein Überleben hing davon ab.

Und ja, ein Teil von ihm wollte noch etwas anderes. Er wollte Schmerz zufügen. Er wollte Gerechtigkeit.

Er wollte Rache, nicht nur wegen der Zerstörung des Programms, sondern für all das, was ihm aus seinen Händen gerissen worden war.

Als der Mann an der Bar flüchtig in seine Richtung blickte, entschied sich Ethan, die Hebel in Bewegung zu setzen. Er legte genug Bargeld für das bestellte Mittagessen auf den Tisch und erhob sich.

Sein Verfolger hatte gerade seinen Zwanzig-Dollar-Burger in den Händen und war im Begriff, hineinzubeißen, als Ethan das Restaurant verließ.

Er musste sich nicht umdrehen, um zu wissen, dass der Mann in der Windjacke und mit der dunklen Sonnenbrille vorhatte, ihm zu folgen. Beim Betreten der Straße konnte Ethan die Augen des Attentäters von der anderen Seite der großen Fenster des Restaurants aus auf sich spüren.

Ethan folgte dem breiten Bürgersteig nach links zur Kreuzung Western Avenue / Virginia Street. Es war besser, eine steile Nebenstraße zu nehmen, weit weg von der Ufergegend und der dortigen Menschenmenge, als zu riskieren, seinen Verfolger in das Herz der

Touristenzone und den emsigen Pike Place Market zu führen.

Er marschierte flott die steile Virginia Street hinauf, wohl wissend, dass der Attentäter kurz nach ihm um die Ecke biegen würde.

Ethan beschleunigte seine Schritte und duckte sich in die Nische eines Parkhauses. Er verharrte am Rand der Betonmauer und wartete auf seine Gelegenheit zuzuschlagen.

Er brauchte nicht viel Geduld, bis er hörte, wie sich jemand schnell auf dem Bürgersteig näherte. In dem Augenblick, als Ethan die Sonnenbrille und den rasierten Kopf seines Verfolgers sah, stürzte er aus seinem Versteck und stieß seinen Ellbogen in die Kehle des Mannes.

Der Kerl keuchte, er schwankte und rang nach Luft. Dann zog er seinen Kopf ein wie ein Stier vor dem Angriff und rammte Ethan.

Der Mann war gebaut wie ein Panzer und schleuderte ihn zurück an die Betonwand. Ethans Atem entwich seiner Lunge, sein Kopf flog zurück und knallte an die Wand.

Den Lauf der Pistole bekam er eine Sekunde später zu spüren. Der Attentäter drückte das kalte Metall, das er aus der Tasche der Windjacke gezogen hatte, an Ethans Bauch. Ethan wand sich, ergriff das Handgelenk seines Angreifers mit beiden Händen und drehte es, bis er die Knochen brechen hörte.

Die Waffe ging los, als der Mann die Herrschaft darüber verlor und sie mit einem Klappern zu Boden fallen ließ. Beim Aufprall löste sich eine Kugel, schoss wild in die Nische und hallte wie ein Donnerschlag wider.

Scheiße!

Jetzt hatte er nicht mehr viel Zeit. Der Lärm würde jedermanns Aufmerksamkeit auf sie lenken.

Weder Ethan noch sein Angreifer wollten ihre Gesichter auf irgendwelchen Handykameras – geschweige denn in den Lokalnachrichten – sehen.

Ethan benutzte alles, was er in den Jahren des Trainings im Nahkampf und in der Selbstverteidigung auf der Farm – dem Trainingslager der CIA – gelernt hatte und drehte den Arm des Attentäters auf dessen Rücken. Er zerrte ihn hoch und fletschte die Zähne, während sein Angreifer einen Fluch gurgelte, sein Gesicht schmerzverzerrt. „Wer hat dich geschickt?“, herrschte ihn Ethan an.

Der Mann stöhnte, antwortete jedoch nicht. Er wehrte sich, kämpfte immer noch, obwohl Ethan sein Handgelenk gebrochen haben musste und vermutlich auch noch seine Schulter ausgerenkt hatte.

„Für wen arbeitest du? Antworte, verdammt noch mal!“

„Ich weiß es nicht. Und scher mich auch nicht drum,“ grunzte der Auftragskiller schließlich. „Mir geht's nur ums Geld.“

Der Mann verlagerte sein Gewicht, während er die letzten Worte sprach, und ein plötzlicher Adrenalinstoß kam ihm zu Gunsten. Er schaffte es, sich aus Ethans Griff zu lösen. Sein rechter Arm nutzlos, benutzte er jetzt den linken, um Ethan anzugreifen.

Ein harter Hieb traf Ethan in die Brust, bevor er reagieren konnte.

Der Schlag schleuderte ihn zurück… erst dann wurde ihm bewusst, dass es nicht die Faust des Kerls war, die ihn getroffen hatte.

Es war das kurze Messer, das der Angreifer mit seiner Hand umklammerte.

Ethan blickte an sich hinunter und sah, wie sich der dunkle Blutfleck auf seiner Brust vergrößerte.

Verdammt!

Der Mann stieß noch mal zu, aber dieses Mal konnte Ethan ausweichen. Er revanchierte sich mit einem heftigen Fausthieb gegen den Kiefer seines Angreifers.

Der Kerl landete mit dem Hintern auf dem Pflaster. Dort verweilte er kaum mehr als eine Sekunde.

Er rappelte sich auf und flüchtete. Nicht die ruhigere Nebenstraße hinauf, sondern zur Ufergegend hinunter.

In Richtung der Menge von Touristen und Einheimischen, die sich in dem populären Pike Place Market scharten.

Verdammte Scheiße!

Ethan schnappte sich die Pistole und sah dem Mann hinterher. Er hatte keine andere Wahl, als ihm zu folgen.

Er würde diesen Hurensohn nicht überleben lassen, nur damit dieser später das Spiel noch einmal von vorne beginnen konnte.

3

Während sie neben ihrer Freundin Hoshiko durch den lebhaften Mittelgang des Pike Place Market ging, ließ Tori ihren Blick über die endlosen Gemüse- und Obststände schweifen.

Überall, wo sie hinschaute, begegnete ihr ein sinnliches Kaleidoskop aus Farben, Materialien und Gerüchen. Die Menge bewegte sich langsam, Schulter an Schulter, Menschen aus allen Gesellschaftsschichten.

In den fünfzehn Minuten, seit sie angekommen waren, hatte Tori nicht weniger als ein halbes Dutzend verschiedener Sprachen gehört, und das beinhaltete nicht einmal die verschiedenen Dialekte, die aus den jeweiligen Ecken der Vereinigten Staaten kamen.

„Na, was meinst du?“, fragte Hoshi sie, während sie pausierten, um an einem der vielen Stände, die den mittleren Gang säumten, eine asiatische Suppe zu probieren.

Sie sagte etwas in fließendem Japanisch zu der älteren Frau hinter dem Tresen, die beiden plauderten ein paar Augenblicke lebhaft, dann reichte Hoshi Tori eine Papierschale und einen Plastiklöffel. „Vorsicht, die ist scharf.“

Tori schlürfte die nach Zitrusfrüchten und Gewürzen schmeckende Fischsuppe und stöhnte genüsslich. Sie prickelte auf ihrer Zunge und explodierte mit exotischen Aromen. „Oh, mein Gott. Ist das Lachs?"

Hoshi nickte, während sie auch etwas Suppe in ihren Mund löffelte. „Habe ich dir nicht gesagt, dass der Markt hier super ist?"

„Er ist unglaublich", bestätigte Tori und gab ihre leere Schale zurück. Während sie ihrer Freundin von Stand zu Stand folgte, nahm sie alles in sich auf und weidete sich an einem köstlichen Angebot nach dem anderen.

Seattle war so ganz anders als alles, was sie zu Hause in Maine gesehen hatte. Die Energie der Stadt war pulsierend, dynamisch und berauschend. Sogar ein bisschen überwältigend.

Und sie war erst seit ein paar Tagen in der Stadt. Morgen früh würde sie wieder nach Hause fliegen, doch wenn alles gut ging, würde sie in ein paar Wochen als das neueste Mitglied des medizinischen Personals in der Notfallaufnahme des Harborview Gesundheitszentrums, wo Hoshi arbeitete, zurückkommen.

Tori hatte nicht geplant, sich um einen neuen Job zu bewerben, als sie ihre alte Freundin aus der Krankenpflegeschule besuchte, doch als Hoshi erwähnte, dass in ihrer Abteilung eine Stelle frei war, hatte Tori sich gefragt, ob sie sich bewerben sollte. Ein Telefonanruf und ein paar gemailte Lebensläufe später, hatte Tori auch schon ein Vorstellungsgespräch mit dem Chef der Notfallaufnahme.

Der Job gehörte ihr, wenn sie ihn wollte. Das einzige Problem war, dass sie nicht wusste, ob die Zelte abzubrechen und zur Westküste zu ziehen wirklich so anders wäre als ihr Leben in Maine. Überstunden und Nachtschichten in einer Traumaabteilung würden sie auf Trapp halten, egal wo sie arbeitete. Allerdings war ein Tapetenwechsel verlockend, nachdem sie ihr ganzes Leben in demselben Ort verbracht hatte.

Ganz zu schweigen von der Tatsache, dass ihr gegenwärtiges Haus drei Jahre voller Verwirrung und Kummer beherbergte, Kummer, über den Tori noch nicht hinweggekommen war.

Drei Jahre, seit Ethan ohne eine Erklärung oder ein Wort des Abschieds verschwunden war.

Er hatte seinen Mantel und seine Stiefel von der Garderobe an der Hintertür genommen, doch alles andere zurückgelassen. Seine Wohnung, seine persönlichen Sachen, seinen Universitätsjob, seine Bekannten und Freunde – er hatte alles liegen und stehen lassen. Als ob ihm nichts von Bedeutung gewesen wäre.

Als hätte auch sie ihm nichts bedeutet.

Dieses Wissen erdrückte sie immer noch. Der Schmerz war noch genauso gegenwärtig und grausam, wenn sie an den Moment zurückdachte, als sie entdeckt hatte, dass er verschwunden war.

Wochenlang hatte sie versucht, ihn zu finden. Monate hatte sie darauf gewartet, dass er auf ihre E-Mails antwortete oder sie anrief. Sie hatte sogar bei der Polizei nachgefragt und die Listen jedes Leichenschauhauses in einem Zweihundert-Meilen-Radius durchforstet.

Nichts. Ethan hatte einfach aufgehört zu existieren.

Sie blieb zurück mit all ihren unbeantworteten Fragen.

War es ihre Schuld? Hatte sie ihn durch ihr

Verhalten irgendwie veranlasst, sie zu verlassen? Ethan war nicht der Typ Mann, der sich so leicht verängstigen ließ, doch vielleicht hatte ihre Bitte, bei ihr einzuziehen, ihm bewusst gemacht, dass er für diesen Schritt nicht bereit war.

Zumindest nicht mit ihr.

Vielleicht hatte sie ihn sogar aufgerüttelt, als sie sagte, dass er seine Zeit an der städtischen Hochschule nur vergeudete. Möglicherweise hatte ihm dieser Anstoß gereicht, um sich zu entschließen, nicht zu bleiben.

Manchmal gingen Toris Gedanken in viel dunklere Richtungen. War Ethan irgendwie in Schwierigkeiten geraten?

Schuldete er jemandem Geld oder hatte er irgendein Problem, von dem er ihr nicht hatte erzählen können? War er in Gefahr und konnte deshalb nicht Kontakt mit ihr aufnehmen?

Oder das schlimmste Szenario von allen: War Ethan vielleicht sogar tot?

Für eine lange Zeit hatte Tori um ihn getrauert, als wäre er tatsächlich gestorben. Sie hatte während ihrer Nächte in der Notfallaufnahme genug leidende Familienmitglieder gesehen, um zu erkennen, dass Ethans Verschwinden sich wie ein plötzlicher, tödlicher Unfall anfühlte.

Einen Augenblick war er hier gewesen, im nächsten weg. Und sie war sich selbst überlassen, um die Trümmer ihres gebrochenen Herzens wieder aufzusammeln und ohne ihn weiterzumachen.

Sie hatte ihr Bestes getan, sich in ihre Arbeit gestürzt und sich gezwungen, ihn zu vergessen. Schließlich war sie eine Kämpferin, sie überlebte alles.

Das hatte sie schon immer getan, selbst als Kind.

Das hatte sie als einziges Kind einer alleinerziehenden Mutter, die während Toris Kindheit an Krebs erkrankt war, tun müssen. Ab ihrem fünfzehnten Lebensjahr, nach dem Tod ihrer Mutter, war Tori auf sich selbst gestellt gewesen und hatte niemanden, auf den sie zählen konnte.

Sie hatte sich nie erlaubt, jemanden zu brauchen, aber verdammt noch mal, Ethan Jones war in ihr Leben getreten und hatte das alles zunichte gemacht. Er war ihr bester Freund und Liebhaber, ihr Vertrauter gewesen. Er war *der richtige Mann…* zumindest hatte sie das damals gedacht. Sie hatte sich so sehr in ihn verliebt und er war auf dem Weg hinaus einfach über ihre Liebe getrampelt.

Das Beste, was sie jetzt tun konnte, war, einen neuen Anfang zu machen an einem Ort, der nicht so viele Erinnerungen an die Dinge in sich barg, die sie so idiotischerweise geglaubt hatte, mit ihm zu haben.

Wenn sie doch nur ihr Herz davon überzeugen könnte, ihn zu vergessen.

Als sie und Hoshiko tiefer hinein in das Marktgebäude schlenderten, bemerkte Tori, dass sich vor ein paar Fischständen eine Menschenmenge angesammelt hatte. Auf Ständen, die den Weg flankierten, waren Krabben, Schalentiere und eine beträchtliche Reihe anderer Meeresfrüchte auf zerstoßenem Eis aufgehäuft.

Hohe Glaskästen standen hinter den Eisbehältern und an den Tresen priesen zwei Männer in befleckten weißen Plastikschürzen den Passanten ihre Waren an. Ein weiterer Mann in einem orangefarbenen Overall und Gummistiefeln stand auf der anderen Seite des

Weges.

Während sie arbeiteten, fingen sie an, im Einklang miteinander zu singen. „Ayy-oh! Ayy-oh!“

„Was ist da los?“, fragte Tori ihre Freundin, die sie in Richtung des Tumults zog.

„Du wirst schon sehen.“ Hoshi grinste. „Lass nur deinen Kopf unten.“

„Was meinst du damit, lass deinen Kopf – oh!“ Ein großer Lachs wurde von einem der Männer hinter dem Tresen zur Freude der Menge über den Weg geworfen.

Der Mann in dem Overall fing den Fisch auf und wiegte ihn in seinen Händen, während er seinen Kollegen rhythmisch zurief, bevor er den Lachs zurück über die Köpfe von Tori, Hoshiko und dem Rest der lachenden Zuschauer warf. Die Fischhändler zogen eine richtige Schau ab und lockten damit eine immer größere Menschenmenge zu ihrem Stand.

Zwischen den Geleierrufen der Fischhändler und dem Gelächter und Applaus der Zuschauer fiel es nicht sofort auf, dass es am anderen Ende des langen Marktgebäudes einen Tumult gab.

Nicht bis eine Frau einen schrillen Schrei ausstieß, gefolgt vom Zusammensturz eines Gemüsestandes.

Alarmiert blickte Tori über ihre Schulter. Etwas – oder eher jemand – drängte sich durch den Markt.

Sie erspähte den Glanz einer leichten Glatze und das Licht, das sich auf einer Sonnenbrille reflektierte. Sie sah sperrige Schultern, die in eine Windjacke gekleidet waren, und schließlich den Mann, der brutal die Leute, die ihm im Weg standen, zur Seite schubste. Er pflügte weiter, ohne zu stoppen, und warf jegliche Hindernisse in seinem Weg um.

Schreie und Flüche begleiteten sein

Vorwärtskommen, während er wie ein Wirbelsturm durch die dicke Menschenmenge brauste.

Was war nur los mit ihm?

Mehrere Passanten schrien ihm zu, langsamer zu gehen, aufzupassen, wohin er ginge, aber der Mann rannte einfach alle Warnungen missachtend weiter.

Er barst durch den Rand der Menge, in der auch Tori und Hoshi standen, rannte so schnell er konnte, wobei er seine rechte Hand hielt. Hoshi konnte ihm nicht schnell genug aus dem Weg gehen; er prallte mit ihr zusammen und schleuderte sie im Weiterlaufen an einen der Fischstände. Muscheln und Hummerbeine fielen auf den Betonboden und Hoshi versuchte, ihr Gleichgewicht wiederzufinden.

„Arschloch!“, zischte Tori ihn an, ihrer Freundin zu Hilfe eilend.

Der Grobian hetzte aus dem Markt auf die Straße hinaus.

Und dann wurde der Grund für seine Flucht klar – ein zweiter Mann, offensichtlich dem kahlen Kerl auf den Fersen, tauchte aus der Menschenmenge hinter Tori hervor.

Sie warf einen verärgerten Blick auf ihn, bereit, ihn für seine Teilschuld an dem Chaos anzumotzen. Doch plötzlich versagte ihr die Stimme.

Der Mann war wesentlich jünger als der, den er jagte, vermutlich ein ganzes Jahrzehnt jünger. Mit seinem beigen T-Shirt mit dem Logo einer örtlichen Brauerei, einer grafitgrauen Cargohose und Ledersandalen stach er kleidungstechnisch unter dem Rest der Touristen und der Einheimischen nicht hervor.

Aber sein Ausdruck war grimmig, tödlich. Und

unter seiner rechten Schulter wuchs ein Blutfleck.

Alle Luft schien aus Toris Lunge zu weichen, als ihr Blick auf sein Gesicht fiel.

Ihr Gehirn hörte auf zu funktionieren, während sie in die haselnussbraunen Augen starrte und in das mit Bartstoppeln gezeichnete, attraktive Gesicht, das seit vier Jahren in ihrem Herzen eingeprägt war.

4

Wenn er dachte, dass es verrückt war, einem Attentäter mit einem Mordauftrag in die Hände zu fallen, dann war das nichts verglichen mit der Überraschung – und dem Grauen, das Ethan nun verspürte, als er Tori Connors mitten in Pike Place Market anstarrte.

Und wenn er gehofft hatte, dass drei Jahre und Tausende von Meilen zwischen ihnen die Chance gedämpft hatten, dass sie ihn erkennen würde, hätte er nicht falscher liegen können.

Sie erkannte ihn sofort, selbst wenn sie unfähig zu sein schien, etwas zu sagen.

„Oh, mein Gott", schaffte sie schließlich zu keuchen. „Ethan?"

Er hatte nicht vor, stehenzubleiben und zu plaudern.

Ohne eine Sekunde des Zögerns – ohne auch nur bestätigend zu blinzeln – rannte er weiter seiner Beute nach und ließ Tori mit offenem Mund zurück.

Er konnte sich keine Verzögerung leisten. Keine Zeit für Erklärungen oder Entschuldigungen, selbst wenn sie beides verdient hätte.

Ihrer eigenen Sicherheit willen konnte er nicht einen einzigen Augenblick preisgeben, dass er sie kannte, dass sie irgendetwas über ihn wusste, nicht einmal seinen Namen.

Er wurde jetzt gejagt. Er war bereits im Fadenkreuz seiner mächtigen Feinde, die schon zweimal demonstriert hatten, dass sie ihn finden konnten, egal wohin er flüchtete oder wie lange er unterwegs war.

Und verdammt noch mal, er würde nicht zulassen, dass Tori auch zur Zielscheibe wurde.

Ethan rannte aus dem Marktgebäude und blinzelte gegen den dunstigen grellen Glanz der Mittagssonne an, während er nach seinem Angreifer suchte. *Wohin war er verflixt noch mal verschwunden?*

„Ethan." Toris Stimme, voller Verwirrung und Ungläubigkeit, erklang einige Schritte hinter ihm.

Er drehte sich nicht um. Nicht einmal, wenn es ihn innerlich umbrachte, sie so kalt zu behandeln.

Er konnte nicht anders. Sie hier zu treffen, war das Schlimmste, was ihm hatte passieren können. Wenn er Glück hatte, würde sie ihn entweder als eine Illusion oder als einen eiskalten Scheißkerl abtun, der es nicht verdiente, dass sie sich mit ihm abgab.

Aber so funktionierte Tori Connors leider nicht. Unermüdlich und unerschütterlich konnte er quasi ihre Entschlossenheit wie eine Strömung in der Luft verspüren, während sich ihre Augen von hinten in ihn bohrten. „Ethan, sprich mit mir."

Er bewegte sich tiefer in die Menschenmenge, um Tori abzuhängen, hielt weiterhin in der Menge der Leute, die in den Markt hineingingen und herauskamen, nach dem Attentäter Ausschau.

Er hörte einen schrillen Schrei zu seiner Rechten und fuhr herum. Dort – er entdeckte den glatzköpfigen Mann am anderen Ende der Straße. Grob zerrte er soeben eine alte Frau aus einem Auto heraus, das am Straßenrand wartete.

Leichtfüßige Schritte erklangen hinter ihm und er wusste, dass Tori ihm folgte.

„Ethan Jones!“ Ihr Ausruf zog die Blicke mehrerer Passanten auf sie. Auf sie beide.

Einschließlich des Blicks des Auftragskillers.

Ethans Magen verkrampfte sich, als der Kahlkopf in seine Richtung schaute und dann seine Augen hinter der dunklen Sonnenbrille auf Tori richtete, die nun Ethan eingeholt hatte.

„Verschwinden Sie!“, knurrte er, ohne sie anzusehen. „Zum Teufel noch mal, Frau, verschwinden Sie und lassen Sie mich in Ruhe.“

Zu spät. Der Killer stoppte einen Moment, als wollte er ihr Gesicht katalogisieren, als erkannte er ihre offensichtliche Vertrautheit mit Ethan.

Ein kurzes Lächeln umspielte seine Lippen. *Bis zum nächsten Mal* schien dieses dünne Grinsen zu spotten.

Der Attentäter schwang sich in das Auto der alten Frau und schlug die Fahrertür zu.

Er fuhr mit quietschenden Reifen los und war nach der nächsten Ecke außer Sicht.

Verdammt!

Ethan wirbelte zu einer verwirrten Tori herum. Sie war sich der Gefahr, in die sie gerade getappt war, nicht bewusst, doch er spürte sie mit einem Grauen, das er kaum für sich behalten konnte.

Er wollte sie anbrüllen – sich selbst auch – aber ein anderer Teil von ihm wollte nichts mehr, als Tori hier und jetzt in seine Arme zu schließen.

Stattdessen tat er nichts dergleichen. Er blieb einfach wie angewurzelt stehen, gelähmt von der

Überraschung, sie nach so langer Zeit wiederzusehen.

Sie hatte ihr blondes Haar schneiden lassen. Es war viel kürzer als zuvor. Der fransige, elfenartige Schnitt ließ ihre dunkelblauen Augen noch größer und tiefer als Saphire erscheinen.

Der Sommer hatte eine gebräunte, goldene Haut hinterlassen und ihr einfaches weißes Top und die khakifarbenen Shorts gaben eine Menge weicher Haut frei, an der sich Ethans schweifende Augen laben wollten.

Sein Mund wurde wässrig trotz der Wut und der Furcht, die aufgrund dieses ungünstigen und unerwünschten Wiedersehens in ihm hämmerten.

„Ich sagte, du solltest mir fernbleiben", murmelte er. „Du lieber Gott. Was machst du in Seattle?"

„Ich besuche eine Freundin", schnaubte sie. „Und ich könnte dich das gleiche fragen. Bist du all die Jahre hier gewesen?"

„Du musst nicht wissen, wo ich gewesen bin. Und ich bleibe nicht hier."

Er nahm all seine Kraft zusammen, um sich abzuwenden und ein paar Schritte Abstand zu gewinnen.

Er hörte ihren Atem, wie er sich hinter ihm verfing. Hörte ihre Sandalen über das Kopfsteinpflaster klappern, während sie ihm folgte.

„Ethan, warte." Sie ergriff seinen Arm. „Du blutest."

Ihre Berührung elektrisierte ihn, selbst nach so langer Zeit. In den Jahren, seit er Maine verlassen hatte, hatte er sich fast selbst davon überzeugt, dass er über sie hinweg war.

Jetzt spürte er, wie all die lahmen Ausreden sich in

Luft auflösten, während jede Zelle seines Körpers auf die Wärme ihrer Finger, die sie um seinen Arm geklammert hatte, reagierte.

Er sah unmutig drein und entzog sich ihrer Berührung. „Mach dir um mich keine Sorgen. Ich werde es überleben."

„Was stimmt denn nicht mit dir?" Sie starrte ihn von oben bis unten an, ihre blonden Brauen zogen sich bei seinem harschen Ton zusammen. „Warum benimmst du dich so? Warum tust du so, als würdest du mich nicht einmal kennen?"

Das war es tatsächlich: nur ein Vorgeben. Das war alles, was er tun konnte, um dafür zu sorgen, dass jedermann, der ihr Gespräch beobachtete, denken würde, dass ihm Tori nichts bedeutete.

Mit jedem kalten Blick und missachtenden Wort hoffte er, dass sein Verhalten sie vertreiben würde.

Aber sie war hartnäckig; das war sie schon immer gewesen. Sie hob ihr Kinn und er wusste, dass sie ihn nicht einfach so davonkommen lassen würde. „Ethan, sag mir, was los ist. Dieser Mann – wer ist er? Hat er… Um Gottes willen, das ist eine Stichwunde. Hat der Mann versucht, dich zu überfallen oder etwas Ähnliches?"

„So ähnlich", murmelte er. „Wie ich schon sagte, ich werde es überleben. Jetzt tu uns beiden einen Gefallen und vergiss, dass du mich gesehen hast."

Er sah die Erschütterung in ihren Augen, als hätte sie jemand geschlagen. „Das ist alles? Du willst mich wohl verarschen!" Ihre Stimme wurde lauter und bebte voller Schmerz und Empörung. „Nach all dem, was du mir angetan hast, willst du mich jetzt so abspeisen?"

Ethan schaute sich auf dem Marktplatz um,

während sie ihn anmotzte, und versuchte zu erkennen, ob irgendjemand mehr als nur flüchtige Neugier zeigte. Es sah nicht so aus und obgleich sein Sicherheitstraining von ihm verlangte, sich so schnell und reibungslos wie möglich dieser Situation zu entziehen, konnte er sich nicht von dem enttäuschten Blick auf Toris hübschem Gesicht losreißen.

„Ich kann nicht anders, Tori. Ich glaube nicht, dass im Augenblick irgendetwas, was ich dir sagen würde, die Sache für dich klarer machen würde."

„Versuch es."

Er schüttelte seinen Kopf stoisch. „Es ist zu gefährlich."

„Das macht keinen Sinn. Was ist zu gefährlich?" Sie musterte seine blutende Wunde wieder, diesmal mit nüchternem Gesichtsausdruck. „Du brauchst ärztliche Behandlung, Ethan."

Er wollte es leugnen, aber er konnte nicht bestreiten, dass Tori recht hatte. Der Schmerz durchfuhr ihn dort, wo das Messer seine Brust durchbohrt hatte. Taubheit hatte sich schon in seinem Oberarm ausgebreitet, während er immer mehr Blut verlor.

Er musste irgendwo hin, wo er zumindest seine Wunde reinigen und nähen konnte.

„Meine Freundin hat ihr Auto auf einem Parkplatz die Straße hinunter stehen", sagte Tori zu ihm. „Ich gehe und hole sie; dann bringen wir dich zum Krankenhaus, bevor du noch mehr Blut verlierst. Du musst zur Polizei gehen."

„Nein!", sagte er und schnitt ihr beinahe das Wort ab. „Kein Krankenhaus. Keine Polizei. Das macht alles nur noch schlimmer."

Sie starrte ihn einen Augenblick lang an. „Das meinst du ernst. Um Gottes willen, Ethan… wo bist du nur hineingeraten?"

Seine Füße wollten sich in Bewegung setzen, um zu entfliehen, doch der Rest von ihm kam dem Befehl nicht nach. Und das Pochen seiner Brustwunde wurde immer stärker.

Je länger er hier stand, desto schwacher wurde er. Noch mehr Blutverlust und sein Körper würde in einen Schockzustand verfallen.

„Diese Freundin, die du besuchst", murmelte er. „Vertraust du ihr?"

„Selbstverständlich. Ich kenne Hoshi schon seit der Krankenpflegeschule." Tori starrte ihn an, ihre dunkelblauen Augen betroffen und gleichzeitig misstrauisch. „Ich vertraue ihr viel mehr, als ich von anderen Leuten behaupten kann."

Ethan brummte und wusste, dass er diesen Hieb verdient hatte. „Ich muss die Wunde versorgen, aber ich kann nicht riskieren, in ein Krankenhaus zu gehen und ich kann nicht dorthin zurück, wo ich in den letzten zwei Wochen gewohnt habe."

Die Herberge war in dem Moment kompromittiert worden, als er entdeckt hatte, dass der Attentäter ihm folgte. Dort gab es sowieso nichts von Wert. Ethan reiste mit leichtem Gepäck und traf immer Vorsichtsmaßnahmen für den Fall, dass er schnell verschwinden musste.

Und genau das hatte er vor, sobald er sich versorgt und ausgeruht hatte und wieder bereit war, sich auf den Weg zu machen.

„Ich darf nicht in der Öffentlichkeit gesehen werden, Tori. Nicht jetzt. Und nicht mit dir."

„Okay." Sie hörte nüchtern zu, dann antwortete sie mit einem knappen Kopfnicken. „Hoshis Wohnung liegt am anderen Ende der Stadt. Wir können dich dort hinbringen. Keine Ärzte. Keine Polizei. Ich werde mir deine Wunde ansehen. Dann wirst du mir die Wahrheit sagen, Ethan. Ich glaube, so viel schuldest du mir."

Ja, das tat er. Und obwohl er mit einem Kopfnicken zustimmte, wusste er, dass Tori ihn um etwas bat, das er ihr nie geben konnte.

5

Sogar nachdem sie mit Ethan auf dem Rücksitz von Hoshis Subaru die ganze Stadt durchquert hatten, konnte Tori immer noch nicht glauben, dass er es war.

Nach all der Zeit war er hier. In Fleisch und Blut.

In verletztem und blutendem Fleisch.

Und mit jeder Sekunde, die verstrich, nahm sein Gesicht einen blasseren Grauton an.

Tori presste ein zusammengeknülltes Badetuch auf die Wunde, versuchte, die Blutung zu stillen, bis sie ihn endlich behandeln konnte. Es half etwas, doch als sie Hoshis Wohnung erreichten, waren Ethans Augen bereits öfter geschlossen als offen.

Lethargisch, als hätte er keine andere Wahl, folgte er Toris Befehl, sich auf sie zu stützen, während sie und Hoshi seinen großen Körper aus dem Auto herauszogen und ihm halfen, in das Gebäude zu schlurfen.

Die Zweizimmerwohnung im Erdgeschoss war gemütlich, doch ziemlich eng, insbesondere jetzt, wo sich plötzlich ein ein Meter achtzig großer, halb bewusstloser Mann darin befand.

Toris Unbehagen verstärkte sich, als ihre Hand den kalten Metallgriff einer Pistole berührte, die hinten im Bund von Ethans Cargohose steckte.

„Warte“, sagte sie zu ihrer Freundin.

Hoshis Augen verengten sich, während Tori die Waffe vorsichtig entfernte und sie sanft auf den Küchentisch legte.

„Jesus, Maria und Josef!“, flüsterte Hoshi. „Bist du dir sicher, dass das eine gute Idee war? Was weißt du denn schon wirklich über diesen Kerl?“

Tori schüttelte den Kopf, unfähig, diese Frage im Moment zu beantworten. „Lass ihn uns auf das Sofa setzen, ja?“

Sie führten Ethan zur Schlafcouch, die sie während ihres Besuches benutzt hatte. Er sank auf den Sofakissen zusammen, als Tori und ihre Freundin in Krankenschwestermodus übergingen.

Tori hatte im Auto bereits festgestellt, dass seine Luftröhre frei war und dass das Messer glücklicherweise seine Lunge verfehlt hatte. Jetzt entfernte sie sorgfältig sein blutbeflecktes T-Shirt, während Hoshi im Badezimmer am Ende des kurzen Flurs verschwand und anfing, das Schränkchen unter dem Waschbecken zu durchstöbern.

Von den Geräuschen in dem anderen Raum schreckte Ethan auf. Er hob den Kopf und seine Augenlider öffneten sich schwerfällig. „Ich muss aufstehen“, murmelte er schwer verständlich. „Muss weitergehen… bevor er mich wieder erwischt.“

Tori legte ihre Hand auf seine gesunde Schulter und drückte ihn mit überraschend wenig Anstrengung wieder zurück. „Im Moment gehst du nirgendwo hin. Jetzt sei ruhig und lass mich dich behandeln.“

Er beruhigte sich wieder, doch während er sich zurücklegte, blieb seine Stirn gerunzelt und sein sinnlicher Mund zu einer grimmigen Linie verkrampft.

Er döste schon wieder, als Hoshi mit einem Arm voller Sachen zurückkam, die sie benötigen würden: OP-Handschuhe, Antiseptikum, Verbände und Heftpflaster, Nylonfaden, steril verpackte Nadeln und Spritzen und eine kleine Flasche lokales Betäubungsmittel.

Sie reinigten alles und bereiteten sich vor, dann gingen sie daran, Ethans Stichwunde zu behandeln. Sie nähten die Wunde, während er auf dem Sofa immer wieder wegdriftete.

Während Hoshi die letzte Naht verknotete, schweiften ihre dunklen Augen zu Tori. „So, das ist er also, stimmt's? Der Kerl, der dir das Herz gebrochen hat."

„Ja, das ist er. Das ist Ethan."

Hoshi wusste darüber Bescheid, was in Portland geschehen war. Sie war eine echte Freundin gewesen, die Tori durch den Schmerz geholfen hatte, also war es nun wenig überraschend, dass Ethan nicht gerade ein willkommener Gast in ihrem Haus war. Insbesondere nicht unter diesen beunruhigenden Umständen, unter denen er und Tori sich wieder getroffen hatten.

Tori konnte ihre Augen nicht von ihm lassen, während er ruhte.

Sie konnte sich kaum davon abhalten, eine Liebkosung seines ruhigen, hübschen Gesichtes zu stehlen.

Gleichzeitig wollte sie auf ihn einschlagen.

„Danke, dass du uns geholfen hast, Hoshi."

„Uns?" Ihre Freundin schüttelte ihren Kopf. „Ich tue das für dich, nicht für ihn. Wenn ich dort auf dem Markt gewusst hätte, wer er ist, hätte ich ihn auf der Straße verbluten lassen."

Tori runzelte die Stirn. Selbst sie hatte Zweifel wegen Ethan. Tatsächlich waren Zweifel alles, was sie hatte, wenn es um ihn ging.

Es war offensichtlich, dass die Messerstecherei keine zufällige Gewalttat gewesen war. Der Mann, den er durch den Markt gejagt hatte, hatte ihn aus einem bestimmten Grund angegriffen, aus einem Grund, den Ethan sich geweigert hatte zu offenbaren.

Und obwohl er immer ausweichend gewesen war, wenn es darum ging, auch nur die harmlosesten Fragen über sich zu beantworten, war sein Ausweichen und die direkte Weigerung, ihr heute die Wahrheit zu sagen, noch weitaus verstörender.

Sie glaubte nicht ein einziges Wort von dem, was er heute geäußert hatte.

Sie konnte ihm nicht so leicht den Rücken zuwenden, wie er es vor drei Jahren getan hatte, doch als Tori ihn jetzt ansah, wurde ihr bewusst, dass sie ihn nicht wirklich kannte. Vielleicht hatte sie ihn nie gekannt.

Zum ersten Mal, seit sie Ethan Jones begegnet war, vertraute sie ihm nicht.

Der rechteckige Umriss eines Handys zeichnete sich durch die Seitentasche seiner Cargohose ab. Tori zögerte nicht einmal eine Sekunde, bevor sie behutsam hineingriff und es herauszog.

Sie schaltete es an und bemerkte sofort, dass es ein Wegwerfhandy war. Keine Kontakte waren in dem Gerät abgespeichert. Die Anrufliste war ebenfalls leer.

Als ob der Besitzer des Handys keine Spur hinterlassen wollte.

Tori legte das Telefon auf den Boden neben sich und durchsuchte die andere Hosentasche von Ethans kurzer Hose. Ihre Finger legten sich um eine abgenutzte lederne Geldbörse, prall gefüllt. Sie zog sie heraus und öffnete sie.

Jede Menge kleiner Scheine fielen in ihren Schoss, mehr als nur ein paar hundert Dollar, so wie es aussah.

„Was zum Teufel?“, flüsterte sie, wobei eine sonderbare Angst sie überkam.

Ethan besaß keine Kreditkarten. Nicht einmal eine Benzinkarte oder irgendein anderes Stück Plastik, das die meisten normalen Leute aus Gewohnheit, wenn nicht Notwendigkeit, mit sich trugen. Nur eine einzige Art von Ausweis gab es in seiner Geldbörse. Einen Führerschein aus einem anderen Bundesstaat.

Sie starrte auf das Foto des Mannes mit dem dicken Bart und dem zerzausten Haar und dem vertrauten, viel zu gut aussehenden Gesicht, das nicht einmal durch die heruntergekommene Erscheinung völlig verborgen werden konnte.

Tori blickte auf die Adresse in South Dakota. Sie erkannte sie nicht. Genauso wenig wie sie den Namen auf dem Führerschein erkannte.

Nicht Ethan Jones, sondern ein anderer Name.

Einer, der offenbar nicht seiner war.

Alles, war sie heute gesehen hatte, alles, was sie in den letzten paar Stunden von Ethan gehört hatte – oder eher, alles, was sie *nicht* gehört hatte, nämlich die Wahrheit – ließ Übelkeit aus ihrem Magen aufsteigen, als sie ihn jetzt musterte.

Hoshi hielt inne, die gebrauchten medizinischen Sachen zusammenzusammeln, und starrte sie an. „Was ist los, Tori? Was stimmt denn nicht?“

Sie wusste nicht, was sie sagen sollte.

Was stimmte nicht?

Alles.

Hoshi näherte sich und schaute auf den Ausweis in ihrer Hand und das viele Bargeld in Toris Schoß. „Ich dachte, du hättest gesagt, er heißt Ethan."

Tori antwortete nicht. Sie musterte ihn, während er schlief, und wusste im Moment nichts mehr mit Sicherheit.

Sie fühlte sich, als hätte sie jemand geschlagen.

Was war mit dem sittenstrengen Professor, den sie gekannt und geliebt hatte, geschehen?

Doch vielleicht hatte sie nur geglaubt, dass sie ihn geliebt hatte, aber mit jeder Sekunde wurde klarer, dass sie ihn überhaupt nicht kannte.

Möglicherweise hatte sie ihn nie gekannt.

6

Ich werde es nicht rechtzeitig schaffen.

Der Gedanke hämmerte durch Ethans Kopf – durch jede protestierende Körperzelle – als seine Beine sich durch den Wüstensand quälten und sein Herz in seiner Brust zu explodieren drohte.

Wieder der gleiche Traum.

In irgendeiner dunklen Ecke seines schlafenden Daseins wusste er das.

Die Vorahnung, die nur als Alptraum über ihn kam, während all seine anderen Visionen sich immer im wachen Zustand vor ihm abspielten.

Ethan rannte und rannte, aber seine Füße waren wie Blei, bewegten sich nicht schnell genug, um es zu schaffen.

Ich werde nicht schaffen, es aufzuhalten…

Obwohl er wusste, was geschehen würde, packte ihn das Grauen und der Horror vor den Bildern, die er sehen würde, wie in einem Würgegriff.

Nein. Ich darf es nicht geschehen lassen.

Er lief so schnell er konnte, bis seine Lunge am Bersten war. Dennoch schaffte er es kaum, den Abstand zwischen sich und dem Gebäude zu verringern.

Ich muss nach drinnen gelangen.

Jemand muss gewarnt werden…

Aber wer? Gewarnt wovor?

Er wusste es nicht. Die Antworten wurden ihm nie gezeigt.

Er sah nur das Gebäude vor sich – nahe genug, um ihn glauben zu lassen, es dieses Mal zu erreichen. Dieses Mal würde der Alptraum anders sein, und er würde einen Weg finden, die kommende Vernichtung zu verhindern.

Dennoch geschah es nie so.

Ethan rannte und rannte, doch er kam nie nahe genug heran.

Bereits jetzt tat sich eine Wolke gelben Sandes in der Entfernung auf.

Wie jedes Mal in dieser traumatischen Vorahnung kam eine Kolonne schwarzer SUVs langsam auf der Wüstenstraße in Sicht. Sie fuhren in seine Richtung, neun glänzende ebenholzfarbene Fahrzeuge mit diplomatischen Kennzeichen.

„Halt!“, schrie er im Traum. „Dreht um!“

Aber die Autos kamen unbeirrt auf ihn zu.

Das taten sie immer.

Ethan zählte sie, während er seine bleiernen Füße durch den tiefen Sand schleppte. *Eins. Zwei. Drei. Vier…*

Als der neunte SUV auf dem Wüstensand an ihm vorbeirollte, war es schon zu spät, um irgendetwas zu unternehmen. Die Detonation dröhnte in seinen Ohren.

Die Schallwelle katapultierte ihn zurück, sodass er auf seinem Hintern landete.

Die Hitze war unerträglich.

Höllisch.

Unnachgiebig.

Sie verbrannte sein Gesicht und seine Augen; heiße Luft stieg in seine Nase.

Als seine Haut anfing, wegzuschmelzen und sich von seinem Fleisch zu lösen, brüllte Ethan voller Qual. Er schoss fluchend hoch und setzte sich auf, noch bevor er völlig wach war.

Eine Hand legte sich auf seine gesunde Schulter und Ethan holte aus, um sie zu ergreifen. Er verdrehte das empfindliche Handgelenk und hörte einen Schrei.

Tori war über ihm drapiert, wo er auf dem Sofa gelegen hatte. Er erinnerte sich wieder daran, dass dies die Wohnung ihrer Freundin war. Die Hitze ihrer Nähe und ihr Geruch füllten seine Sinne mit einer neuen und keineswegs unangenehmen Wärme.

„Scheiße", murmelte er wild und ließ sofort von ihr ab.

Er konnte seine Stimme kaum zu mehr zwingen. Tori starrte ihn an, während Ethan vom Grauen gezeichnet keuchend dasaß und versuchte, die Bilder wegzuwischen und sich zu versichern, dass er unversehrt war.

Er lebte.

Die Alptraumvision war nicht echt.

Jedenfalls noch nicht.

Er musste weg. Wenn das Zusammentreffen mit dem Attentäter kein Omen war, das ihm mitteilen wollte, dass er verschwinden musste, dann war es mit Sicherheit das Wiederauftreten des Traums, den er in den drei Jahren seit der Zerstörung des Phoenix-Programms immer häufiger hatte. Er musste verschwinden und untertauchen, sobald er dazu in der Lage war.

Ethan setzte sich besser auf, damit er seine Füße auf den Boden schwingen konnte, doch ein stechender Schmerz in seiner Schulter ließ ihn in seiner Bewegung innehalten.

„Vorsichtig", warnte Tori ihn. „Du reißt die Nähte auf. Du musst dich noch eine Weile ausruhen."

Er blickte flüchtig auf die Verbände, die lose über seine Wunde gewickelt waren. Seine Brust war nackt. „Wo ist mein Hemd?"

„Du kannst es nicht tragen. Es ist in Blut getränkt." Tori ließ die Worte wie eine Anklage klingen. „Was ist wirklich hier los, Ethan? Oder sollte ich dich Daniel Gonzalez nennen?"

Woher zum Teufel kannte sie diesen Namen? Er wandte seinen Kopf und sah seine Geldbörse und sein Handy auf dem Tisch am anderen Ende des Sofas liegen.

Die Pistole, die er seinem Angreifer entwendet hatte, lag ebenfalls dort. Jemand hatte die Kugeln herausgenommen und sie neben den anderen Sachen, die ihm gehörten, auf den Tisch gelegt. „Du hast meine Sachen durchsucht?"

Sie schnaubte. „Ich bin mir nicht sicher, wessen Sachen das sind. Vielleicht möchtest du mir sagen, warum sich dein Foto auf dem Ausweis eines anderen Mannes befindet. Ist die Pistole auch seine?"

Ethan fluchte und versuchte aufzustehen. Vor seinen Augen verschwamm alles und Übelkeit überkam ihn. Er ignorierte beides und nagelte Tori mit einem finsteren Blick fest. „Wo ist deine Freundin?"

„Sie ist vor ein paar Minuten weg, um uns was zu essen zu holen. Wir hatten keine Gelegenheit, im Markt etwas fürs Abendessen einzukaufen." Tori verschränkte ihre Arme über ihrer Brust. „Wechsle nicht das Thema. Warum bist du mit einer geladenen Waffe, mehr als zweitausend Dollar in bar und einem Wegwerfhandy unterwegs? Wer ist Daniel Gonzalez?“

„Ich weiß es nicht“, murmelte Ethan. „Der Name war auf dem gefälschten Ausweis.“

Tori glotzte ihn misstrauisch an, Ekel in jeder Nuance ihres hübschen Gesichtes. „Handelst du mit Drogen?“

„Um Gottes willen, nein.“

„Weshalb schleichst du sonst hier herum und tischst mir Lügen auf, wirst niedergestochen und weigerst dich, ins Krankenhaus oder zur Polizei zu gehen? Du benimmst dich wie ein Verbrecher, Ethan.“ Sie schüttelte ihren Kopf, ihre Lippen nach unten verzogen, ihre Augen voller Misstrauen. „Du benimmst dich paranoid, als wärst du auf Drogen. Oder als hättest du irgendwelche unkontrollierbaren Angstzustände, die unter keinen Umständen normal sind. Auf jeden Fall benimmst du dich wie jemand, der dringend professionelle Hilfe braucht.“

„Zum Teufel noch mal, Tori. Ich bin nicht verrückt. Ich bin auch kein paranoider Drogenabhängiger, wenn du das meinst.“ Er stieß einen tiefen Atemzug aus. „Ich bin kein Verbrecher, und ich handle nicht mit Drogen. Weit entfernt davon.“

„Was dann? Sprich mit mir, verdammt noch mal! Erklär mir, was wirklich los ist, damit ich dich verstehen kann.“

Er dachte über den Auftragskiller nach, der ihn heute gejagt hatte, und die Gefahr, die noch immer von ihm ausging, solange Ethan ihm erlaubte, weiter zu atmen.

Der Attentäter hatte Tori auch gesehen. Ethan wusste es instinktiv, erkannte es an dem Schauder, der ihn bei dem Gedanken durchfuhr, dass seine Feinde nahe genug kommen könnten, sie zu berühren.

Das konnte er nicht zulassen.

Was die brennende Vision anbetraf, war er entschlossen, auch diese zu verhindern… wenn er es schaffte, lange genug am Leben zu bleiben, um herauszufinden, was sie bedeutete.

„Je weniger du weißt, desto besser, Tori." Er trat an ihr vorbei. „Ich muss jetzt gehen. Mit mir zusammen zu sein, bringt dich nur in Gefahr. Vielleicht ist es schon zu spät, aber ich werde das Risiko nicht eingehen."

Er ging an ihr vorbei und fing an, seine Sachen zusammenzusammeln. Er schob die Geldbörse in seine Hose, das Handy in eine andere Tasche und ergriff zuletzt die Patronen und die leere Pistole. Sein blutbeflecktes T-Shirt lag über der Rückenlehne eines Küchenstuhls.

Er ging darauf zu, doch Tori eilte um das Sofa herum und kam ihm zuvor. Sie hielt das Hemd in ihrer Faust fest und wedelte damit vor seinem Gesicht. „Du bist nicht in der Verfassung, irgendwohin zu gehen, und ich lasse dich nicht aus dieser Wohnung, bis du mir die Wahrheit gesagt hast."

Ethan pirschte sich näher an sie und sagte nichts. Er ergriff ein Ende des weizenfarbenen Baumwollhemds und zog daran. Tori ließ nicht los.

Zentimeter um Zentimeter zog er es näher und so kam auch sie ihm immer näher, sich immer noch an diesem letzten Stück von ihm festklammernd.

„Du hast jedes Recht, mich zu hassen“, raunte er. „Du hättest mich heute dort draußen stehen lassen sollen. Das hättest du tun sollen, Tori. Stattdessen bringst du mich mit deiner Zärtlichkeit um. Mit deiner Güte.“

Sie sagte nichts, schluckte nur schwer, während sie zu ihm hochsah. Ethan kam ihr immer näher, so nah, bis nur noch Raum für den Atem zwischen ihnen blieb.

Ein Sturm sich bekämpfender Gefühle tobte in ihren Indigoaugen.

Verwirrung.

Ärger.

Misstrauen.

Aber dort lag auch Zuneigung. Vielleicht sogar etwas Tieferes.

Sie empfand immer noch etwas für ihn und nun, wo sie so nahe zusammen standen, ihre Blicke vereint, dass keine Lügen mehr dazwischen passten, konnte Ethan nicht leugnen, dass auch er immer noch etwas für sie empfand.

Es fühlte sich an, als wäre seit jenem Morgen in der Küche ihres Bungalows in Portland keine Zeit verstrichen.

Er hob seine Hand und strich ihr zärtlich über die Wange.

„Ethan…“ Sein Name war ein Flüstern auf ihren offenen Lippen, ein Seufzer. Ihr Blick verdunkelte sich, ihre Atmung wurde schneller, während er in der Berührung ihrer samtenen Haut schwelgte. „Ich wünsche, dass ich dich hassen könnte. Aber ich habe dich vermisst…“

Bei ihrem sanften Eingeständnis bildete sich ein tiefes Stöhnen in seiner Kehle. Er hatte sie auch vermisst. Er musste sie berühren, wollte soviel mehr tun.

Er war sich nicht bewusst gewesen, wie groß seine Sehnsucht war – bis jetzt, wo er mit nichts als Schweigen und drei Jahren voller Lügen und Kummer vor ihr stand.

Ethan legte seine Hand um ihren Nacken und rieb seinen rauen Daumen entlang ihres empfindlichen Halses. „Verdammt, Tori. Ich hatte nicht geglaubt, dich je wieder zu berühren. Ich dachte, wir würden uns nie wieder sehen, nachdem ich verschwand. Es wäre für uns beide besser gewesen."

Er neigte seinen Kopf und nahm ihren Mund in einem alles zerschmetternden Kuss gefangen.

Bei der Berührung keuchte Tori und einen Moment später strömte ihr Atem langsam aus ihr. Sie schmolz in seinem Kuss und ihre Lippen und Zungen vereinten sich in einer Vertrautheit – einer Richtigkeit – die Ethan bis ins Innere erschütterte. Er hatte noch nie zuvor so eine heftige Verbindung mit einer Frau verspürt.

Und es beruhigte ihn nicht gerade, dass seine Gefühle für Tori Connors nicht im Geringsten verblasst waren, seit er sie das letzte Mal in den Armen gehalten hatte.

Hitze durchströmte ihn mit jedem köstlichen Stoß und Streicheln ihrer Zunge gegen seine. Begierde durchfuhr ihn und machte ihn steif und bereit, sich in ihr zu vergraben. Ethan zog sie tiefer in seine Umarmung und zerquetschte ihren Mund beinahe mit der Kraft seiner Leidenschaft.

Er konnte sich nicht helfen. Die Reaktion seines Körpers auf sie war zu intensiv und zu fordernd, um sich ihr zu verweigern.

All die Jahre, die er ihr ferngeblieben war, lösten sich in der Wildheit des Kusses auf und er konnte sich kaum zurückhalten, ihr nicht gleich hier, wo sie standen, die Kleider vom Leib zu reißen.

„Oh Gott, Ethan“, krächzte Tori.

Ihre bebende Antwort vibrierte an seinem Mund. Er ließ von ihr ab und wanderte tiefer, um ihre Kehle zu küssen. Sie stöhnte, als er ihre kleinen Brüste streichelte. Keuchte, als er seine Hand tiefer gleiten ließ, zu der erhitzten Stelle zwischen ihren Schenkeln.

Er legte seine Handfläche auf den Schamhügel unter dem Stoff ihrer kurzen Hose und entrang ihr einen zitternden Seufzer und einen Schauder, der von Kopf bis Fuß durch sie raste. Sie lehnte ihren Kopf an seine Schulter, während er sich dem wachsenden Inferno zwischen ihren Beinen hingab.

Ihr Mund lag auf seiner Haut, ihre Zähne bissen sich mit einem Schrei in ihn, als er einen Finger in ihren Slip schob. Seidige Feuchtigkeit benetzte ihre Spalte.

„Oh verdammt“, stieß er heiser aus. „Du bist so weich, Tori. Immer so bereit für mich, wenn ich dich berühre.“

Er könnte sich in der süßen Reaktion ihres Körpers verlieren.

Zum Teufel, er war schon fast soweit, als er hörte, wie sich jemand der Wohnungstür näherte. Ein Schlüssel wurde ins Schloss gesteckt.

Ethan reagierte aus reinem Instinkt. Er ließ von Tori ab, schob sie in weniger als einer Sekunde hinter sich, bereit, sie mit seinem Körper und seinem Leben zu beschützen.

Doch als die Tür aufschwang, war es ihre Freundin,

Hoshi, die dort stand. Sie hielt eine Einkaufstasche in einer Hand, den Schlüssel in der anderen.

Ihre dunklen, mandelförmigen Augen schweiften zu Tori, dann in offensichtlicher Missbilligung zu ihm. „Ist hier alles in Ordnung?"

Ethan räusperte sich. Er musste Tori nicht ansehen, um zu wissen, dass ihre Wangen wahrscheinlich rot waren und ihre Lippen feucht und geschwollen von seinem Kuss.

Was ihn selbst anbetraf, versuchte Ethan erst gar nicht, seine zügellose Erektion zu verstecken.

„Lass mich dir mit dem Abendessen helfen", platzte Tori heraus und eilte an ihm vorbei. Sie warf einen bedeutungsvollen Blick über ihre Schulter. „Wir sind noch nicht fertig. Und glaub nicht, dass du nach so einem Kuss meinen Fragen ausweichen kannst."

Er hatte keine Worte, ihr zu widersprechen. Noch immer kämpfte er gegen die Begierde an, die wie ein Hurrikan über ihn gekommen war und wünschte sich nichts sehnlicher, als Tori wieder in seine Arme zu schließen und zu tun, was sie ihm androhte – das zu beenden, was sie begonnen hatten.

Sie drehte sich um, um ihrer Freundin in die kleine Küche zu folgen, und Ethan wusste, dass dies die ideale Gelegenheit war zu verschwinden, wie er es geplant hatte, bevor die Sache mit Tori immer komplizierter wurde.

Zur Hölle damit. Die Sache mit Tori war schon immer kompliziert gewesen, schon seit er sie in jener St. Patricks Nacht vor vier Jahren zum ersten Mal gesehen hatte.

Und ob es ihm gefiel oder nicht, die Tatsache, dass sein Angreifer Tori heute gesehen hatte, bedeutete vermutlich, dass es bereits zu spät war, sie vor seinem geheimen und gefährlichen Leben zu schützen, das er so lange vor ihr verborgen gehalten hatte.

Er hatte keine andere Wahl, als ihr sein Geheimnis anzuvertrauen und darauf zu hoffen, dass sie sich überzeugen ließ, sich so weit wie möglich von ihm fernzuhalten.

7

Tori nahm Ethans T-Shirt aus dem Trockner und versuchte, die Knitterfalten herauszuschütteln.

Nicht dass jemand die paar Falten neben dem ausgefransten Loch, das das Messer hinterlassen hatte, sowie dem rostigen Schatten des Blutflecks, der selbst nach zweimaligem Waschen noch an der hellen Baumwolle haftete, bemerken würde. Und da Hoshi sogar noch zierlicher war als Tori, war Ethans gegenwärtige Auswahl an Ersatzkleidung praktisch gleich null.

Als Tori den kurzen Flur in Hoshis Wohnung entlangging, hörte sie, wie Ethan im Badezimmer das Wasser laufen ließ. Die Tür stand einen Spalt weit offen, gerade genug, dass sie sehen konnte, wie er am Waschbecken sein Gesicht und sein Haar wusch.

Er raubte ihr schlichtweg den Atem. Allein dieser Anblick, wie er mit nackter Brust dastand, beinahe zum Greifen nahe, und so etwas Mondänes tat, wie seine Hand über sein Gesicht und seine Kopfhaut zu reiben, ließ sie unbeweglich dastehen. Hypnotisiert. Sie wollte nicht einen einzigen Muskel bewegen, aus Angst, dadurch vielleicht das Trugbild vor ihr zu zerstören und erkennen zu müssen, dass er wieder weg war.

Als wäre er nicht mehr als eine Ausgeburt ihrer

hoffnungslosen und viel zu verzeihenden Fantasie.

Der Kuss war allerdings überaus echt gewesen.

Toris Sinne vibrierten immer noch von dessen Intensität. Sie leckte sich die Lippen bei der Erinnerung an die hungrige Art und Weise, auf die Ethan ihren Mund in Besitz genommen hatte.

Jetzt daran zurückzudenken ließ sie jede Einzelheit seiner Berührung nochmals durchleben, wie er sie mit seinen kräftigen, meisterhaften Fingern erweckt hatte, die sie noch in genau denselben fieberhaften Zustand der Begierde versetzen konnten wie vor drei Jahren.

Diese Lust brodelte in ihr wie glühende Kohlen, die erneut entfachten, als sie beobachtete, wie Ethan ein Handtuch vom Haken hinter der Tür nahm.

Seine graue Cargohose saß tief an seiner athletischen Figur und entblößte seine mageren Muskeln und schmalen Hüften, die sie immer so gerne mit ihrer Zunge nachgezeichnet hatte. Ethan war schlanker geworden und in vielerlei Hinsicht wilder als sie in Erinnerung hatte.

Sein sandbraunes Haar war zottiger, die quadratische Linie seines Kiefers und die kantige Steigung seiner Wangen waren von dunklen Bartstoppeln beschattet.

Sein Körper wirkte noch maskuliner als damals, falls dies überhaupt möglich war. Sein Bauch war immer schon wunderbar fest und muskulös gewesen. Jetzt war er überall dort, wohin sie sehen konnte, hart wie Granit: Seine Brust und seine Arme waren von strammen Sehnen durchzogen, die sich in faszinierender Kombination spannten und hervorhoben, während er sich bewegte.

Sie hatte ihn zu lange, zu unverfroren bewundert.

Ethans haselnussbraune Augen erspähten sie durch den Türspalt.

Toris Wangen brannten bereits und es war zu spät, Gleichgültigkeit vorzutäuschen. Sie näherte sich der Tür, die er langsam vollständig öffnete. „Ich habe dein Hemd gewaschen. Das Blut ging leider nicht ganz raus.“

Er zuckte mit den Achseln und nahm sein Kleidungsstück entgegen. „Danke.“

Sie nickte, deutete dann auf seine Wunde. „Alles in Ordnung?“

„Ich habe schon Schlimmeres überstanden.“ Sein sinnlicher Mund verzog sich zu einem Lächeln, das stets Unheil mit ihrer Beherrschung angerichtet hatte. „Ich könnte mir keine bessere Feldsanitäterin wünschen.“

Sie wollte sein Lächeln nicht erwidern, verdammt noch mal. Sie wollte nicht die Hitze oder die Besorgnis verspüren, die sie durchströmte, als sie sich in der offenen Tür des kleinen Badezimmers gegenüberstanden.

Sie erstickte all die unerwünschten Impulse so gut sie konnte und musterte stattdessen kurz seine Wunde. „Die Verbände waren lange genug drauf. Die Nähte sollten lieber eine Weile atmen.“ Sie zeigte auf den geschlossenen Toilettensitz. „Setz dich hin. Lass mich mal einen Blick darauf werfen.“

Ethan kam ihrer Bitte nach, während Tori ihre Hände wusch. Er spreizte seine Beine, um Platz für sie zu machen, als sie sich näherte, um seine Verletzung zu begutachten. Sorgfältig nahm sie den Verband und den Mull ab und legte die Wunde frei.

„Der Einstich war tief, aber er hätte viel schlimmer

sein können." Sie ließ Wasser über einen frischen Waschlappen laufen und betupfte damit vorsichtig den Bereich um die Wunde, wohl wissend, dass sie noch schmerzen musste. Zufrieden stellte sie fest, dass nur die zu erwartende Entzündung und etwas Nässen entlang der Naht eingetreten war. „Wenn du dich darum kümmerst, dürfte es recht gut heilen."

Ethan sagte nichts. Er beobachtete sie genau, seine Brust hob und senkte sich dabei in einem langsamen, aber schweren Rhythmus.

Zwischen seinen gespreizten Beinen stehend, wurde sich Tori plötzlich der intimen Position bewusst, in der sie sich befanden. Unwillkürlich fing ihr Herz an zu galoppieren, all ihre Sinne auf diesen Mann abgestimmt, den sie nicht begehren sollte. Doch dem sie offensichtlich nicht widerstehen konnte.

Sie fühlte seine Hand auf sich zukommen, mehr als sie sie sah. Bevor er sie berühren konnte, wich sie abrupt zurück und entzog sich seiner Reichweite. Trotz ihres Verlangens war sie anhaltend wütend auf ihn und misstrauisch. Und verletzt.

Sie warf das benutzte Pflaster und die Verbände in den Mülleimer, dann spülte sie den Waschlappen aus und legte ihn über den Rand des Waschbeckens. Ohne ihn anzusehen, drehte sie das heiße Wasser an und schrubbte sich die Hände.

Ethan erhob sich und näherte sich ihr von hinten. Sie drehte den Wasserhahn zu und griff nach einem Handtuch.

Oh Gott, sie konnte nicht vernünftig denken, wenn er ihr so nahe war.

Ihre Ohren hörten nur das Trommeln ihres Pulsschlags. Ihr Körper spürte nur die Hitze seiner nackten Brust an ihrem Rücken, die Wärme seines Atems an ihrem Nacken.

„Hoshi glaubt, ich bin verrückt, dass ich dir erlaubt habe, mich zu küssen. Sie sagt, es sei verrückt, überhaupt in deiner Nähe zu sein.“ Sie hob ihren Blick, um seiner Reflexion im Spiegel des Medizinschränkchens zu entgegnen. „Sie hat vermutlich recht.“

Ethan umklammerte ihre Schultern und drehte sie langsam zu sich herum. „Hat es sich verrückt angefühlt, als du mich geküsst hast?“

Tori zog eine Augenbraue hoch. „Du hast mich geküsst, wenn ich mich recht erinnere. Und nein, es hat sich nicht verrückt angefühlt.“

Es war elektrisierend und berauschend gewesen. Es hatte sich angefühlt, als hätte sie ihren ersten Atemzug genommen, nachdem sie drei Jahre lang nicht ausgeatmet hatte.

Ethans Blick bohrte sich in sie, intensiv und zu stark, um den Kontakt zu brechen. „Es hat nie jemanden gegeben, der so eine Wirkung auf mich hatte wie du. Niemanden.“

Sie stieß einen kurzen Seufzer aus und schüttelte ihren Kopf. „Schade, dass du nicht dieselben Gefühle hattest, als du mein Haus an jenem Morgen ohne irgendeine Erklärung verlassen hast.“ Als die Worte aus ihrem Mund herausrutschten, konnte sie die Flut nicht mehr stoppen. „Wie konntest du mir das nur antun, Ethan? Weißt du, wie mich das fertiggemacht hat? Interessiert dich das überhaupt? Ich wusste nicht, was mit dir geschehen war oder wohin du verschwunden warst. Ob du vielleicht sogar tot warst? Wenn du am Leben warst, warst du von irgendeinem schrecklichen

Zustand befallen, der dich vergessen ließ, wo du hingehörtest?“

Er ließ sie toben, gab ihr die Zeit und sein Schweigen, damit sie alles loswerden konnte. Sie hatte diese Wut und Furcht – den Schmerz – so lange in sich getragen, dass sie sich nun, da sie es herausgelassen hatte, zitternd und atemlos fühlte.

„Du warst weg und alles, was ich hatte, waren Fragen. Nichts, was ich mir ausmalte, was du getan haben könntest, machte einen Sinn. Und jetzt wo ich dich ansehe, Ethan, habe ich noch mehr Fragen als zuvor. Und dann küsst du mich einfach so wie vorhin – als hättest du immer noch das Recht, mich zu berühren, in mir zu sein…“ Sie schüttelte den Kopf und flüsterte einen faulen Fluch. „Ich habe dir mein Herz geschenkt, Ethan. Mein ganzes Herz. Und du hast mir im Gegenzug nichts als Lügen und Schmerz gegeben.“

„Ich wollte nie, dass dir etwas Schlimmes widerfährt“, sagte er, seine tiefe Stimme in einem ernsten Ton, den sie nicht an ihm kannte. „Ich hasse es, dass ich dir wehtat, weil ich dich so verließ. Aber es ging nicht anders. Aus so vielen Gründen konnte ich dir die Wahrheit nicht sagen. Gerade weil mir etwas an dir liegt. Von dem Augenblick an, als ich dich in der Nacht, als wir uns kennenlernten, in der Kneipe sah, wollte ich dich in Sicherheit wissen. Ich wollte dich beschützen, Tori.“

Sie schnaubte leise. „Ich habe deinen Schutz nie gebraucht. Ich habe mich lange Zeit um mich selbst gekümmert.“

„Ich weiß, aber das bedeutet nicht, dass ich mich deshalb weniger um dich sorge.“ Seine Augen suchten ihre und anstelle seines normalerweise unerschrockenen Selbstvertrauens flackerte dort Unsicherheit auf. „Erinnerst du dich an die Schlägerei, die ausbrach, als wir in jener Nacht in der Kneipe tanzten?“

„Ja.“ Obwohl sie sich mehr auf den attraktiven Fremden konzentriert hatte, der sie eine halbe Stunde lang angestarrt hatte, bevor er schließlich zu ihr kam, um sie anzusprechen.

„Ich hatte nicht nach einer Beziehung gesucht“, raunte er. „Verflixt, Tori, aber du warst so hübsch. Und dann hast du mich angelächelt. Das Lächeln hat mich umgebracht. Und das tut es immer noch. Aber ich hätte dich vielleicht in jener Nacht nie angesprochen, wenn die Schlägerei nicht ausgebrochen wäre.“

Sie erinnerte sich, was an dem Abend vorgefallen war, doch etwas an Ethans zeitlichem Ablauf, wie er ihn jetzt von sich gab, stimmte nicht. „Nein, das war nicht so. Du hattest mich bereits angesprochen. Wir tanzten doch schon, als die Schlägerei ausbrach.“

„Ja“, antwortete Ethan langsam, bedächtig. „Ich habe dich zum Tanzen aufgefordert, weil ich dafür sorgen wollte, dass du nicht direkt im Weg des Betrunkenen warst, der im Begriff war, genau dort in die Bar zu knallen, wo du gesessen hattest.“

Tori runzelte die Stirn. „Das verstehe ich nicht. Du konntest doch nicht wissen, dass das geschehen würde.“

„Doch“, sagte er. „Ich sah die Schlägerei genauso, wie sie dann auch passierte.“

„Du *sahst* sie.“

„In meinem Kopf, Tori.“ Ethan streckte seinen Arm zur Tür und schloss sie nun. Seine Augen hielten ihre fest, ernst und bedenklich. „Kurz bevor ich dich zum Tanzen aufforderte, sah ich in meinem Kopf, wie der Betrunkene dort an der Bar auf dich gestoßen wäre. Das konnte ich nicht geschehen lassen."

„Was versuchst du mir damit zu sagen?"

„Ich habe eine ungewöhnliche Fähigkeit. Die Gabe der Vorahnung."

„Vorahnung? Wie in ESP?" Sie legte ihren Kopf zur Seite und stieß ein ungläubiges Lachen aus. „Komm schon, Ethan. Du glaubst doch an so einen unwissenschaftlichen Schwachsinn und doofes New Age Zeug genauso wenig wie ich."

„Du wolltest die Wahrheit, Tori, und ich versuche, sie dir zu geben. Du musst mir vertrauen–"

„Dir vertrauen? Alles, was du getan hast, seit ich dich heute wieder getroffen habe, ist, mir eine Lüge nach der anderen aufzutischen." Sie verschränkte ihre Arme über ihrer Brust, verärgert darüber, dass er glaubte, sie würde ihm seine Behauptungen abkaufen, als entsprächen sie der Wahrheit. „Ich bin kein Idiot und nur weil du vielleicht vermutet hast, dass eine Schlägerei ausbrechen könnte, heißt das noch lange nicht, dass du hellsehen kannst. Und nichts davon erklärt oder entschuldigt die Art und Weise, wie du mich verlassen hast – verdammt noch mal, wie du *unsere Beziehung* weggeworfen hast – ohne auch nur ein einziges Mal zurückzuschauen. Was mich anbelangt, könnte der Mann, den ich einmal gekannt habe, lieber überhaupt nicht existiert haben."

Das traf ihn. Sie konnte den Schmerz in seinem Blick sehen.

Er schwang auch in seiner tiefen Stimme mit. „Ich hatte keine andere Wahl, als auf diese Weise zu verschwinden. Ich war ein Teil von etwas Geheimen, Tori. Etwas, das ich nicht mit dir teilen konnte.“ Er murmelte einen leisen Fluch. „Ich wollte dich vor dem beschützen, was ich tat, aber jetzt könnte dich mein Geheimnis umbringen.“

Tori starrte ihn an. Er glaubte jedes Wort, das er von sich gab; soviel stand fest. Doch für sie machte es immer noch keinen Sinn.

„Ich verstehe es nicht, Ethan. Was willst du damit sagen?“

„Ich war ein Mitglied eines streng geheimen CIA-Programms, das präkognitive Menschen wie mich als Gegenspionageagenten einsetzte. Wir sahen Terroranschläge voraus, wendeten alle Arten von Unglücksfällen ab. In einigen Fall – häufiger, als irgendjemand wissen will – haben die Agenten des Programms Weltkriege vereitelt.“

„Du hast für die CIA gearbeitet?“ Oh Gott, das klang so unglaublich, dass sie es kaum laut aussprechen konnte. „Du hast als Agent in New Mexico gearbeitet, bevor du den Job an der Uni angenommen hast?“

Er nickte vage. „Bevor ich anfing, in Portland zu unterrichten, ja. Und auch währenddessen. Ich wäre noch immer ein Teil davon, doch das Programm wurde verraten. Ich weiß nicht von wem, aber ich muss es herausfinden.“

„Du warst Agent bei der CIA“, sagte Tori nochmals, wiederholte es, damit es wirklich einsickern konnte. „Ein Agent mit übersinnlichen Fähigkeiten.“

„Nur Vorahnungen.“

„Ach, ja, *nur*“, antwortete sie, unfähig, den beißenden Sarkasmus in ihrem Ton zu bändigen. Sie musterte ihn mit einem Misstrauen, das einen sonderbaren Schmerz in ihrer Brust auslöste. „Wie lange warst du schon in dem Programm, bevor wir uns kennenlernten?“

Er schien einen Augenblick lang an etwas zurückzudenken. „Ich wurde kurz nach meiner ersten Auslandsstationierung mit der Armee angeworben. Mein befehlshabender Offizier bemerkte, dass meine Intuitionsfähigkeiten überdurchschnittlich waren. Als sie meine besonderen Fähigkeiten herausfanden, nahmen sie mich aus meiner Kampfeinheit heraus und ich wurde zu Bewerbungsgesprächen und Tests auf die Farm – dem Trainingslager der CIA – geschickt.“

Tori hörte zu, dann klappte ihr der Mund auf, als ihr Gehirn endlich die andere Neuigkeit verarbeitet hatte. „Warte – du warst beim Militär? Das hast du während der ganzen Zeit, in der wir zusammen waren, nie erwähnt.“

„Weil du es damals nicht wissen musstest“, sagte er tonlos. „Ich trat im Alter von siebzehn Jahren bei. Ich wollte die Welt retten. Ich glaube, das will ich immer noch – wenn ich nicht vorher abkratze.“

Tori wollte nicht einmal an diese Möglichkeit denken.

Sie konnte nicht leugnen, dass das, was sie jetzt hörte – wenn es wirklich der Wahrheit entsprach – sie keineswegs beschwichtigte, was ihre Einschätzung über Ethan oder ihre damalige Beziehung betraf. Er hatte sie von Anfang an betrogen, selbst wenn er ihr gegenüber jetzt behauptete, dass er es aus Sorge um ihr Wohlbefinden getan hatte.

Er hatte gelogen, über seine Vergangenheit, über alles.

Und jetzt wollte er, dass sie einfach akzeptierte,

dass er die Gabe der Vorahnung besaß?

„Wenn du weißt, was geschehen wird, bevor es geschieht, warum konntest du dann nicht vorhersehen, dass du heute niedergestochen werden würdest? Warum flüchtest du nicht und versteckst dich weiterhin, wenn du doch die Macht hast, jeglicher Gefahr aus dem Weg zu gehen, bevor sie eintrifft?"

Er schüttelte den Kopf. „So funktioniert meine Gabe nicht. Ich sehe keine Dinge, die mir selbst widerfahren werden. Und manche Geschehnisse sehe ich überhaupt nicht."

„Zeig es mir."

„Was?"

Sie öffnete ihre Arme weit. „Beweise es mir. Sag mir etwas, was du siehst. Jetzt sofort. Wie wär's, wenn du mir die Lottozahlen im Voraus geben würdest, damit ich mir meinen Gewinn auszahlen lassen kann, bevor ich morgen nach Maine nach Hause fliege? Ja, warum verwendest du deine Supermacht nicht einfach, um dir ein Vermögen anzuhäufen? Dann könntest du dir eine Superspionfestung bauen und niemand würde in der Lage sein, dich jemals zu finden."

Schatten verdunkelten seine ernsten, haselnussbraunen Augen. Sie sah auch Ärger dort schimmern „Es ist eine Fähigkeit, die Konzentration erfordert, Respekt. Es ist keine Glaskugel, Tori. Ich kann meine Hände nicht einfach herumschwenken und eine Vision für dich heraufbeschwören. Es ist nicht etwas, das ich beweisen muss. Niemandem gegenüber."

Sie nickte langsam und ließ resigniert ihre Arme fallen. „Okay", sagte sie. „Du hast recht, du musst mir nichts beweisen. Wer bin ich denn schon, so etwas zu verlangen? Ich bin nur die Frau, mit der du praktisch ein Jahr lang zusammen gelebt hast. Die Frau, die du jedes Mal, wenn du deinen Mund geöffnet hast, angelogen hast. Die Frau, die du gefickt und dann einfach verlassen hast. Ich bedeute dir nichts und vermutlich habe ich dir nie etwas bedeutet."

Sie wirbelte herum, um den Türknauf zu ergreifen.

„Hoshi hat den Teekessel in der Küche aufgesetzt", murmelte Ethan. „Er wird zu pfeifen anfangen, in drei, zwei, eins–"

Aus der Küche ertönte plötzlich das durchdringende Pfeifen von Hoshis *Hello-Kitty*-Teekessel.

Tori wirbelte herum, um Ethan zu konfrontieren. „Du hättest sie hören können. Du hättest wissen können, dass sie eine Tasse Tee machen wollte…"

Ethans Ausdruck war grimmig. Sogar rücksichtslos. „Sie passt nicht auf. Die Tasse wird den Tresen hinunterfallen–"

Seine Worte wurden durch ein lautes Geklapper aus der Küche unterstrichen.

„Scheiße!", rief Hoshi aus. „Das war meine Lieblingsporzellantasse!"

Tori sah Ethan mit offenem Mund an. „Oh, mein Gott. Alles, was du gesagt hast…"

Er sah weder selbstgefällig noch triumphierend aus, sondern starrte sie nur mit nüchterner Akzeptanz an. Er griff hinter sie und öffnete die Tür, Erwartung in seinem unergründlichen Blick.

Tori drehte sich weg und trat in den Flur hinaus.

Ethan sagte nichts, sondern schloss nur langsam die Tür.

8

Ethan fluchte, während er sich in sein T-Shirt zwängte. Seine Bewegungen waren ungeduldig, aufgewühlt. Zu übereilt, wenn doch die genähte Wunde in seiner Brust bei der geringsten Bewegung schmerzte.

Der Schmerz war jedoch nicht die Ursache seiner Wut.

Er war wütend auf sich selbst.

Er hatte schon genug Mist gebaut, als er vor drei Jahren Tori verlassen hatte. Genau genommen hatte er schon früher angefangen, Mist zu bauen, nämlich als er zugelassen hatte, dass sie ihm unter die Haut ging. Und sich in sein Herz einschlich.

Diesen Fehler konnte er nicht mehr rückgängig machen. Genauso wenig, wie er die Schmerzen zurücknehmen konnte, die er ihr verursacht hatte.

Aber, was er ihr nun antat, war noch schlimmer.

Dieses unerwartete Wiedertreffen hatte ihrer beider Leben unvermeidlich miteinander verstrickt. Tori half ihm jetzt, gewährte ihm Unterschlupf – berührte und küsste ihn, um Himmels willen – trotz der Dinge, die sie heute über ihn herausgefunden hatte.

Unter anderem sein gefährlichstes Geheimnis.

Eins, das sie beide umbringen könnte.

Im Geiste hatte er bestimmt mehr als ein halbes

Dutzend Mal geprobt, wie er Tori von seiner ESP-Gabe und seiner Rolle im Phoenix-Programm erzählen würde. Er wusste, dass es nicht einfach war, so etwas zu glauben.

Er hätte wissen sollen, dass eine Frau wie sie – eine, deren Verstand in der Wissenschaft geerdet war, und deren Gefühle in gutem, altmodischen Yankee Pragmatismus verankert waren – seine Gabe demonstriert bekommen musste, damit sie ihm Glauben schenken konnte.

Dazu kam noch, dass er sowieso nicht von ihr erwarten konnte, dass sie ihm im Moment überhaupt irgendetwas abnahm.

Anstatt sie langsam in diesen Teil seines Lebens einzuführen, hatte er sie verärgert und war dann defensiv geworden, als sie an seinen Worten gezweifelt hatte.

Na super, du Arschloch.

Seine Gabe wie ein Gesellschaftsspiel vorzustellen, war regelrecht aalglatt gewesen.

Er hasste es, seine Gabe zu verschwenden. Im Laufe der Zeit hatte er gelernt, mit seiner Fähigkeit sparsam umzugehen und sie nur im Dienste des Phoenix-Programms zu verwenden. Er zwang sie selten zur Oberfläche und dann auch nur im Falle eines extremen Notfalls.

Wenn sie auf Befehl geöffnet wurde, funktionierte seine präkognitive Gabe wie ein Zapfen mit einem fehlerhaften Dichtungsring. Visionen sickerten in sein Bewusstsein, ganz plötzlich und unkontrollierbar.

Vage Spritzer einer Vorahnung tanzten nun an seinen Augenwinkeln entlang, als er am Waschbecken stand und sein T-Shirt über seinem Bauch glatt strich.

Zuerst war er sich nicht sicher, was er sah.

Als die Vision klarer wurde, gefror das Blut in Ethans Adern.

Er raste aus dem Badezimmer und fand Tori in der Küche, wo sie die zerbrochenen Porzellanscherben in den Abfall fegte, während Hoshi den verschütteten Tee vom Boden aufwischte.

„Wir müssen verschwinden. Wir alle. Jetzt sofort."

Tori klappte der Mund auf. „Was ist los?"

Ethan hatte keine Zeit für lange Erklärungen. „Der GPS-Chip in deinem Handy. Ist er aus?"

„Ich weiß es nicht. Ich–"

„Gib es mir. Jetzt sofort, Tori." Sie zog das Handy aus ihrer Handtasche und reichte es ihm. Er schaltete den GPS-Chip aus und sah zu ihr auf. „Hol deine Sachen. Du auch, Hoshi. Die Wohnung ist nicht mehr sicher."

Tori erbleichte. „Du hast etwas gesehen."

„Ja." Sogar jetzt spielte sich die Vorahnung noch vor seinem inneren Auge ab. Die verdunkelte Wohnung. Das aufgebrochene Schloss. Ein Mörder, der über die Schwelle trat. Kein Fluchtweg, durch den sie entkommen konnten.

Tori nickte Ethan zu. Hoshi sah Ethan misstrauisch und finster an. „Ich gehe nirgendwo hin. Und meine Freundin auch nicht – mit dir schon zweimal nicht. Und was willst du damit sagen, dass meine Wohnung nicht sicher ist? Nicht sicher wovor?"

„Hoshi", sagte Tori weich, doch dringlich. „Wenn Ethan sagt, dass wir verschwinden müssen, dann müssen wir ihm glauben."

„Warum müssen wir das?"

„Weil euer Leben davon abhängt", antwortete

Ethan grimmig. „Der Mann, der mich heute niedergestochen hat, wird hierherkommen und versuchen, den Job zu beenden. Ich weiß nicht genau wann. Könnte morgen sein oder in der folgenden Nacht. Vielleicht in den nächsten paar Minuten. Aber bald. Vertrau mir, wenn ich dir sage, dass du nicht hier sein willst, wenn das geschieht."

Tori nahm die Hand ihrer Freundin und hielt sie fest. „Bitte. Wir sollten tun, was Ethan sagt."

Hoshis Ärger schien sich aufzulösen. Ethan konnte sehen, wie die junge Frau seine ernste Warnung überdachte. Sie war störrisch, vielleicht sogar noch störrischer als Tori, sollte das überhaupt möglich sein.

Aber genau wie Tori war sie auch intelligent, und obwohl Hoshi dem Fremden in ihrer Küche, der schlimme Dinge vorhersagte, nicht völlig vertraute, vertraute sie doch der Meinung ihrer Freundin, wenn es um ihn ging.

„Wohin?", murmelte Hoshi. „Und für wie lange?"

„Je weiter von Seattle weg, desto besser", sagte er. „Was den Zeitraum anbetrifft, ein paar Tage."

Sie musterte ihn zögernd, dann nickte sie. „Meine Eltern wohnen ein paar Stunden nördlich, in Surrey. Ich kann sie anrufen–"

„Keine Telefonate. Fahr einfach hin", sagte Ethan.

Tori blickte ihn an und runzelte die Stirn. „Und was ist mit mir?"

Er erinnerte sich an das, was sie ihm zuvor gesagt hatte. „Du fliegst doch morgen nach Hause nach Maine, richtig?"

„Ja, um zehn Uhr zwanzig morgens."

„Gut. Ich werde persönlich dafür sorgen, dass du sicher zum Flughafen kommst. Und dann werde ich mich um die Situation kümmern."

„Dich darum kümmern?" Furcht dämpfte ihren besorgten Blick. Sie musterte ihn, als wäre er ein Fremder. Jemand, den sie nicht kannte und den sie in diesem Moment vielleicht sogar fürchtete. „Du wirst den Mann umbringen, nicht wahr?"

Er beantwortete die Frage nicht, aber zum Teufel, das war genau das, was er vorhatte. Weder Tori noch er selbst würden sicher sein, bis er den Attentäter beseitigt hatte.

Und bis dahin würde er sie bei sich behalten.

Er würde sie bis zum letzten Atemzug mit allen in seiner Macht stehenden Fähigkeiten beschützen.

Doch zuerst musste er einen Unterschlupf finden, wo er und Tori bleiben konnten, bis er sie in das Flugzeug nach Hause setzen konnte. Es musste etwas Abgesichertes sein. Etwas sehr Öffentliches, wenn möglich.

Für den Mann, der die letzten drei Jahre wie ein Nomade und ein Bettler gelebt hatte, war jetzt der sicherste Ort für ihn und Tori dort, wo sie von vielen Leuten umgeben waren.

„Packt ein paar Sachen zusammen", befahl er den Frauen. „Nur das Nötigste. Nichts, was ihr nicht am Leib tragen könnt. Und macht schnell. Wir machen uns gleich auf den Weg."

9

„Lass uns an der Ecke von Ninth und Pine aussteigen“, sagte Ethan von der Dunkelheit des Rücksitzes, nachdem Hoshi ihn und Tori auf seine Anweisungen hin von ihrer Wohnung zum anderen Ende der Stadt gefahren hatte.

Tori sah aus dem Beifahrerfenster hinaus auf den emsigen Boulevard bei Nacht und die hohen Glas- und die Backsteinbauten, die die Hauptstraße und die Nebenstraßen säumten.

An der Ecke, die Ethan angezeigt hatte, stand ein altes Kino, dessen altmodisches Schild hell erleuchtet war. Eine Menge Leute stand davor Schlange, um Eintrittskarten zu kaufen.

Tori warf ihm einen schiefen Blick zu, während Hoshi den Wagen abbremste, um am Bordstein anzuhalten. „Wir gehen einen Film ansehen?“

„Nur ein kleiner Zwischenstopp.“ Sein Mund zog sich ein wenig nach oben und die Tatsache, dass er es schaffte, inmitten dieser Situation zu lächeln, verlieh ihr ein sonderbares Gefühl der Beruhigung. „Wir sollten uns nicht aufhalten.“

Als Ethan aus dem Auto ausstieg, ergriff Hoshi Toris Hand. „Bist du dir sicher? Bist du dir über ihn sicher?“

Tori nickte, obwohl ihr Herz angesichts der Ungewissheit, was sie mit Ethan erwartete, raste. „Mir wird nichts passieren. Ethan wird nicht zulassen, dass mir etwas widerfährt. Das weiß ich. Und ich… vertraue ihm."

„Oh Scheiße", flüsterte Hoshi. „Es ist sogar noch schlimmer, oder nicht? Du liebst ihn immer noch."

Habe ich je aufgehört? Sie kannte die Antwort darauf, selbst wenn sie nicht bereit war, ihre wahrscheinliche Dummheit zuzugeben. Sie beugte sich zu ihrer Freundin und umarmte sie. „Es wird alles gut werden. Ich rufe dich an, sobald ich kann und lasse dich wissen, dass es mir gut geht."

„Na hoffentlich." Hoshi warf ihr einen strengen Blick zu, als sie sich aus der Umarmung löste. „Eines Tages wirst du mir erzählen, was es wirklich mit dem Kerl auf sich hat, okay?"

„Ich muss gehen", sagte Tori und wich ihr damit ungeschickt aus. Um Gottes willen, sie wurde schon genauso wie Ethan. Aber hier ging es um Leben und Tod und wenn das bedeutete, dass sie seine Geheimnisse bewahren musste, damit er in Sicherheit war, dann würde sie alle davon ins Grab mitnehmen.

Sie hoffte nur, dass das noch nicht sehr bald geschehen würde.

Tori kletterte aus dem Wagen und trat zu Ethan auf den Bürgersteig, und Hoshi fuhr davon.

„Los dann", sagte er und führte sie ins Kino.

Im Foyer drängte sich die Menge für die Abendvorstellung, einem düsteren Kunsthausfilm, der ungefähr einhundert grimmig dreinblickende Jugendliche herangelockt hatte. Ethan verschränkte seine Finger mit Toris und zog sie durch die

Menschenmenge in Richtung der Toiletten.

„Geh in die Damentoilette und warte fünf Minuten“, sagte er. „Wir treffen uns hier draußen wieder.“

Sie war sich nicht sicher, wozu diese kleine Exkursion notwendig war, aber sie tat, was er ihr aufgetragen hatte.

Als sie wieder herauskam, wartete er bereits am selben Platz auf sie. Glücklicherweise sahen der Blutfleck und das Messerloch auf seinem Hemd in der schummrigen Lobby des Kinos inmitten der Hippies und der Goths wie eine Art Grunge-Outfit aus.

„Du warst schnell“, sagte sie, während sie sich ihm näherte.

Er zog sie zu sich für einen Kuss, der sie atemlos machte. „Ich habe alles, wozu ich herkam.“

Und schon waren sie wieder unterwegs. Diesmal führte Ethan sie über die Avenue und dann eine andere Nebenstraße hinunter. Dort lag ein großer Busbahnhof. Sie betraten ihn und er steuerte direkt auf eine Reihe von Schließfächern zu.

In einer der letzten Reihen blieb er stehen und nahm eine verschlossene Plastiktüte aus seiner Cargohose. Tori hatte diese nicht gefunden, als sie in Hoshis Wohnung seine Sachen durchsucht hatte. Die Tüte war mit einem silbernen Panzerklebeband zugeklebt worden und noch feucht von ihrem letzten Aufbewahrungsort.

Darin war ein gefaltetes Papiertaschentuch, in dem ein verfärbter Schließfachschlüssel eingewickelt war.

Tori hob eine Augenbraue. „Sag mir nicht, den hast du in einer öffentlichen Toilette versteckt.“

Er grinste und öffnete diskret eins der

Schließfächer.

Ein mitgenommener alter Rucksack stand in dem Fach. Ethan durchsuchte sämtliche Innen- und Seitentaschen. Tori sah ein paar Kleidungstücke, ein Paar Schuhe und mehrere Plastiktüten, die Toilettenartikel, Bargeld und Kreditkarten enthielten.

Während er eine schnelle Bestandsaufnahme tätigte, konnte sie nicht vermeiden, eine Pistole und drei verschiedene Pässe zu bemerken. Nur einer trug die vertrauliche marineblaue und goldene Farbe der Vereinigten Staaten zur Schau.

Er schloss das Schließfach und warf sich den Rucksack über seine gesunde Schulter. „Bist du soweit?“

Sie konnte ihr Erstaunen kaum unterdrücken. „Bereit wofür – für eine Zeremonie, um als Geheimagent iniziiert zu werden oder dem Zeugenschutzprogramm beizutreten?“

Ethan schmunzelte, doch als er sprach, tat er das mit ernster leiser Stimme. „Das ist genau das, dem ich dich nie aussetzen wollte, Tori. Die Geheimnisse, die Täuschung. Die Gefahr. Es ist ein Teil von dem, wer ich wirklich bin.“

„Und was ist mit meinem belesenen, leicht zerstreuten Professor?“

„*Associate Professor*“, korrigierte er sie mit einem Lächeln. „Und was meinst du mit leicht zerstreut? Ich habe Fähigkeiten. Ich bin ein von der Regierung zugelassener *Badass* allerersten Militärgrades, Babe.“

„Ja, das bist du“, stimmte sie zu. „Und ich muss zugeben, dass das mehr als nur ein bisschen scharf ist.“

„Ja?“

Sie nickte. „Dich so zu sehen, so kühl und

kompetent in einer Situation, in der andere Männer ihre Dockers anpinkeln würden… ich will nur sagen, dass ich froh bin, dass du diese Seite nicht mehr vor mir versteckst."

Er kam ihr näher und seine Haselnussaugen verdunkelten sich voller Interesse. „Ich möchte im Augenblick nichts vor dir verstecken, Tori. Nicht heute Nacht."

Denn morgen wird alles vorbei sein.

Er sagte es nicht, doch das musste er auch nicht.

Er würde sie morgen in das Flugzeug nach Portland setzen und dann würde er zu dem Leben zurückkehren, das er die letzten drei Jahre geführt hatte. Ein Leben, in dem es keinen Platz für sie gab.

Ethan streichelte zärtlich ihre Wange.

Dann nahm er ihre Hand in seine. „Komm mit mir. Heute Nacht ist all dieser Mist nicht von Bedeutung. Nichts davon existiert. Heute Nacht gibt es nur dich und mich."

10

Zwanzig Minuten später trat Tori, frisch geduscht und in einen teuren, weißen Bademantel gewickelt, aus dem Badezimmer des Penthouses eines Fünf-Sterne-Hotels und suchte nach Ethan.

Sie war sich nicht sicher, wie viel Bargeld und Charme er in seinem Gespräch mit dem Manager des Hotels hatte anwenden müssen, um diese riesige, zweihundert Quadratmeter große Suite im vierzehnten Stock zu ergattern. Ethan war so voller Geheimnisse und Überraschungen, die sie erst jetzt anfing, im Einsatz zu sehen.

Er hatte noch eine andere Überraschung, die jenseits der offenen Doppeltüren des Schlafzimmers auf sie wartete. Sie ging in den Wohnbereich des Penthouses und fand den Speisetisch mit einem aufwendigen Abendessen für zwei gedeckt.

Glänzendes elfenbeinfarbenes Porzellan. Elegantes Tafelsilber und funkelnde Kristallgläser. Ein Kerzenständer, dessen leuchtende Kerzen mit den Lichtern der Stadt und des mondbeschienenen Wassers der Bucht konkurrierten, die weit unter den vom Boden bis zur Decke reichenden Fenstern funkelten.

Silberne Hauben verbargen ein halbes Dutzend faszinierende Speisen, deren Aromen von gewürztem und gebratenem Fleisch und gegrilltem Gemüse ihr sofort das Wasser im Mund zusammenlaufen ließen.

Neben dieser Dekadenz stand ein hoher, mit Eis gefüllter Behälter mit einer geöffneten Flasche teuer aussehenden französischen Champagners, der vermutlich mehr als die Monatsmiete von Toris Bungalow kostete.

Sie konnte nicht anders, als von all der Pracht und Extravaganz beeindruckt zu sein, aber der wirkliche Grund für ihren plötzlich erhöhten Herzschlag war Ethans Anblick, als er auf sie zuschlenderte. Er trug genauso einen weißen Bademantel wie ihren, nur dass er ihn lässig offen stehen ließ. Darunter hatte er nur schwarze Boxershorts an.

Sie lächelte und weidete sich an jeder Bewegung seiner geschmeidigen Muskeln, während er ihr entgegenkam. „So, deshalb wolltest du also, dass ich alleine vor dir dusche. Du warst beschäftigt. Ich muss zugeben, ich fragte mich, ob ich hier herauskommen würde, nur um festzustellen, dass du wieder verschwunden bist… wie das letzte Mal."

Er schüttelte langsam den Kopf. „Es tut mir leid, was ich dir angetan habe, Tori. Alles. Ich hatte nie die Gelegenheit, dir das zu sagen. Ich hatte nie die Gelegenheit, dir viele andere Dinge zu sagen."

Er hob zwei schlanke Kristallgläser vom Tisch und goss etwas von dem Champagner ein.

Die aufsteigenden Bläschen funkelten wie Diamanten. Er reichte ihr eine der Flöten und sie nahm ein Schlückchen des klaren Champagners und schmeckte praktisch den hohen Preis in dem schäumenden Tanz, der sich auf ihrer Zunge abspielte.

„Du hättest das nicht tun müssen, Ethan. Das

Zimmer und das Essen… ich war noch nie irgendwo, wo es so romantisch oder besonders war.“

Sein Mund schürzte sich etwas und seine Brauen senkten sich über seinen intensiven Augen. „Ich hatte damals nie die Gelegenheit, dir so etwas zu geben. Ich möchte, dass du es jetzt bekommst.“

Sie saugte alles auf, die Opulenz des gedeckten Tisches, die wunderschöne Hotelsuite, die ihr das Gefühl gab, als befände sie sich inmitten eines Märchens. „Das muss dich ein Vermögen kosten.“

Er stieß einen leisen Fluch aus. „Das ist mir egal. Ich kann immer wieder Geld verdienen. Aber diese Nacht haben wir nur einmal.“

Er hob seine Finger, um ihre Wange zu streicheln, während sein Daumen sanft über ihre Unterlippe strich.

Dann neigte er seinen Kopf und küsste sie, nahm ihren Mund mit einer Leidenschaft gefangen, die sowohl zärtlich als auch fordernd war.

„Ich hätte dich mit deiner Freundin gehen lassen sollen“, raunte er an ihren geöffneten Lippen. „Du wärst bei ihren Eltern genauso sicher gewesen. Ich… ach, verdammt. Ich war noch nicht bereit, dich gehen zu lassen. Ich wollte mehr Zeit.“

„Ich auch“, flüsterte sie. „Es gibt keinen anderen Ort, an dem ich sein möchte. Ich möchte mit dir zusammen sein, Ethan. Ich habe keine Angst davor, was du tust oder wer du bist.“

„Ich weiß, Babe.“ Er senkte seinen Blick und starrte den Boden an. Es dauerte einen langen Moment, bevor er wieder sprach. „Sobald du morgen in dem Flugzeug nach Maine sitzt, wirst du mich nie wieder sehen. Ich möchte dich nicht in dem Glauben lassen…

oder hoffen lassen. Ich will keine Halbwahrheiten oder Lügen mehr zwischen uns, Tori. Keine Missverständnisse."

Sie wusste das natürlich. So sehr sie auch wollte, dass es anders wäre. So sehr sie sich der Illusion hingeben wollte, dass die Traumwelt, die er heute Abend hier hoch oben über der Stadt – über der wirklichen Welt – für sie geschaffen hatte, sich nicht bei Angesicht des Tages auflösen würde, wusste Tori, dass Ethan sich damit von ihr verabschieden wollte.

Sie wollte es nur nicht hören.

Selbst wenn sich die Zeit, die ihnen noch blieb, in Stunden messen ließ.

Sie stellte ihr Glas auf den Tisch und hob die Hand, um ihn zu berühren. Seine Wangen waren warm und borstig unter ihren Fingerspitzen, sein Kiefer steif, unbeweglich.

Sie schüttelte langsam den Kopf. „Lass uns nicht über morgen sprechen. Das existiert im Moment nicht, okay? Heute Abend gibt es nur uns. Wenn du mir etwas schenken willst, Ethan… dann bitte schenke mir das."

Er antwortete nicht, aber der schmelzende Schein in seinen Augen sprach Bände. Er stellte sein Champagnerglas neben ihrem ab. Dann nahm er ihr Gesicht in seine Hände und gab ihr erneut einen brennenden, atemraubenden Kuss.

Seine Hand zwängte sich zwischen ihre Körper und öffnete ihren Bademantel. Dann waren seine beiden Hände auf ihrer bloßen Haut, kneteten ihre Brüste und die festen Knospen ihrer Nippel, umschlangen ihren Rücken und wanderten zu ihrem Po, wobei er sie fest an sich und den harten Umriss seiner Erregung drückte.

Er stöhnte, als er sich an ihr rieb, sein Atem schnell und hart. Eine Hand suchte die feuchte Hitze ihrer Mitte, seine Finger glitten zwischen ihre Schamlippen, neckten das feste Bündel der Nerven, das sich dort befand.

„Ach Gott, Tori", meinte er heiser. „Ich könnte schon kommen, nur wenn ich dich berühre."

Das könnte sie auch. Ihr Körper sehnte sich nach ihm, Empfindungen erwachten in jedem Nervenende. Er streichelte sie verwegener und sein Kuss wurde wilder, tiefer, voller roher Begierde.

Tori verspürte dieselbe steigende Verzweiflung. Sie verlangte bereits so sehr nach ihm, weit mehr, als dass sie Beherrschung vortäuschen hätte können.

Sie ließ ihre Hände über seine Brust wandern und erfreute sich an der samtartigen Stärke seiner Brust- und Bauchmuskulatur, der Muskeln, die unter ihren forschenden Berührungen zuckten.

Vorsichtig, als sie sich seiner genähten Wunde näherte, unterbrach sie den Kuss, um den dicken Bademantel von seinen Schultern zu streifen und nach unten über seine starken Arme zu schieben. Ihre Hände fanden seine Boxershorts und Ethan half ihr dabei, diese nach unten zu streifen. Sein Schwanz sprang hervor, ragte fest und dick und lang empor.

Sie berührte ihn, streichelte ihn von der Wurzel bis zur Spitze, fand Gefallen an dessen Hitze und Stärke.

Er sog scharf die Luft ein und ließ sie mit einem Zischen entweichen, während sie ihn in einem langsamen Tempo auf und ab rieb. „Verdammt, ja, das fühlt sich gut an."

„Ich weiß, dass du auch gut schmeckst", raunte sie,

dann sank sie vor ihm auf die Knie und nahm ihn in ihren Mund.

Sein erstickter Aufschrei war genau die Ermutigung, die sie benötigte. Sie lutschte ihn mit immer mehr Hingabe, bis er sich ihr mit einem Grollen entzog.

Einen Arm um sie geschlungen steuerte er sie mit seiner anderen Hand rückwärts auf das leere Ende des langen Esstisches zu. Er stieß den Stuhl beiseite, dann legte er sie auf die kühle hölzerne Oberfläche.

Er küsste sie hart, eine besitzergreifende Forderung, die sie dazu brachte, sich unter ihm zu winden und zu wimmern. „Jetzt bin ich dran, dich zu kosten“, sagte er.

Sein Mund machte sich auf den langsamen, qualvollen Weg ihre Kehle hinunter, auf jede ihrer Brüste, bevor er weiter nach unten wanderte, zu ihrem Bauch und ihren Hüften.

Als er die getrimmte Stelle von Locken zwischen ihren Schenkeln erreichte, blickte er flüchtig zu ihr auf. „Warum bräuchte ich überhaupt ein Abendessen, wenn ich etwas so Süßes verschlingen kann?“

Tori keuchte beim ersten Kontakt seines Mundes mit ihrem Geschlecht. Er küsste und leckte sie, nagte an ihr und neckte sie. Ihr Rücken bäumte sich ihm mit jeder köstlichen Quälerei entgegen, und sie konnte sich nicht davon abhalten, einen Schrei des Vergnügens von sich zu geben, als er seine Zunge von ihrer Spalte bis zu ihrer Klitoris strich.

Ihr Liebesspiel war schon immer intensiv und leidenschaftlich gewesen. Heute Nacht war es ein Bedürfnis, das alles andere, das sie je erlebt hatte, in den Schatten stellte.

„Bitte“, murmelte sie, unsicher, worum sie ihn

eigentlich bat, außer um mehr von ihm. Heute Nacht wollte sie so viel, wie er ihr geben konnte. „Oh, Gott… Ethan."

Er richtete sich auf und nahm ihren Mund in einem heißen, wilden Kuss gefangen. „Nimmst du irgendetwas?"

Stumpf blickte sie zu ihm auf. „Was?"

„Die Pille. Nimmst du sie noch?"

„Oh. Nein. Schon eine ganze Weile nicht mehr." Sie hatte sie nicht mehr gebraucht, hatte keinen Sinn darin gesehen.

„Scheiße", meinte er und keuchte, als ob es ihn all seine Selbstkontrolle kostete, in diesem Moment derjenige zu sein, der logisch und vorsichtig war. Er wich mit einem weiteren Fluch zurück. „Bleib da."

Sie stützte sich auf ihre Ellbogen. „Wo sollte ich denn hingehen?"

Er war bereits im anderen Zimmer. „Beweg dich nicht."

Er kam zurück, ein verpacktes Kondom in der Hand. Grinsend wedelte er damit in der Luft, dann riss er das Päckchen mit seinen Zähnen auf. „Das hatte ich in meiner Tasche auf dem Busbahnhof. Habe ich erwähnt, dass ich einmal bei den Pfadfindern war?"

Tori hob eine Braue. „Ich weiß nicht, ob ich beeindruckt oder verärgert sein soll. Musst du oft auf so etwas vorbereitet sein?"

Sein Blick war mysteriös, unlesbar. „Weniger häufig als du denkst. Ich trage das schon eine ganze Weile mit mir rum. Hoffentlich hält es."

Tori setzte sich auf und griff danach. „Lass mich dir helfen."

Er stellte sich zwischen ihre gespreizten Beine und

sie rollte das Kondom seine gesamte Länge hinunter. Ihre Blicke trafen sich und Ethan nahm ihr Gesicht in seine Hände und küsste sie süß, ehrerbietig.

Dann zog er sie plötzlich zu sich und drang in sie ein.

„Oh“, seufzte Tori, ihn bis zum Anschlag aufnehmend.

„Oh, Gott, das… das habe ich so vermisst“, meinte er abgehakt. „Ich habe dich vermisst, Babe. So verdammt sehr.“

Er wiegte sich in ihr, unterstützte ihr Körpergewicht, stieß fortwährend in sie und wich dann wieder zurück, fand den Rhythmus, der sie beide vor verzweifelnder Begierde keuchen und aneinander klammern ließ.

Tori war innerhalb kurzer Zeit am Rande eines Höhepunkts, überwältigt von dem Gefühl, von ihm gefüllt und mit jedem Stoß seines Schwanzes gedehnt zu werden.

Er hob einen ihrer Schenkel an, hakte ihr Knie über seinen Arm und fickte sie noch härter und schneller. Tori konnte sich nur an ihm festklammern, verloren in der überwältigenden Kraft seiner Stöße und den kleinen Detonationen in ihrem Inneren, die einer Erlösung entgegen schwollen.

„Das ist es, Babe. Das ist mein Mädchen. Lass dich gehen.“

Sie war so nahe dran. Das Vergnügen wurde immer stärker und fing nun an, den Gipfel zu erklimmen…

Während er sie immer höher trieb, bemerkte sie, dass seine Wunde angefangen hatte, etwas zu bluten. „Oh, verdammt. Ethan, deine Verletzung. Bitte mach langsamer, wir müssen aufpassen.“

„Pfeif auf aufpassen“, knurrte er und pumpte rücksichtslos in sie hinein. Ohne Gnade. „Du kannst mich nicht zerbrechen, also mach dir keine Sorgen um mich. Ich möchte sehen, wie du jetzt kommst. Ich möchte dich hören, Tori.“

Sie hätte es nicht aufhalten können, selbst wenn sie es versucht hätte.

Ihr Höhepunkt explodierte und sie rief Ethans Namen aus. Ihr tiefstes Inneres wurde von Beben erschüttert, sie zersplitterte in einem Regen von funkelnden Scherben.

Sie drückte ihre Stirn an seine Brust, während die Zuckungen über sie rollten, ein köstliches Nachbeben nach dem anderen. Ethan bewegte sich weiter in ihr und gab ihr wenig Zeit, von ihrem Hoch herunterzukommen, bevor sein unbarmherziges Tempo ihre Begierde erneut entflammte.

„Das war unglaublich“, murmelte sie. „Das habe ich so gebraucht. Bis jetzt wusste ich nicht einmal, wie sehr.“

Er brummte. „Ich habe vermutlich kein Recht, auf irgendjemanden, der dich berührt hat, eifersüchtig zu sein, aber zu spüren, wie du dich so heiß und warm und süß um mich schlingst–“ Er stieß mit einem langsamen, seidigen Schub, der sie beide vor Vergnügen stöhnen ließ, tiefer. „Dich wieder in meinen Armen zu spüren, Tori, ich glaube, ich könnte jeden Mann töten, der das mit dir erlebt hat.“

Tori lächelte in seine warme Haut, dann hob sie ihren Kopf, um seinem lustvollen Blick zu begegnen.

„Es hat niemand anderen gegeben. Keinen Einzigen, Ethan. Die ganze Zeit gab es immer nur dich.“

11

Toris Geständnis traf ihn wie ein unerwarteter Schlag in den Magen.

Niemand seit mir?

Eine Sekunde lang war er wie bescheuert, während er versuchte, ihre Worte zu verarbeiten. Keine einfache Sache, denn sein Blut rann so fieberhaft, das meiste davon hatte sein Gehirn verlassen und war südwärts gereist.

Er wurde ruhig in Toris seidener Hitze und starrte sie stumm an.

Niemand in all der Zeit.

Hatte er sie so tief verletzt, dass sie seither niemanden an sich herankommen lassen wollte?

Doch Toris dunkelblaue Augen sahen ihn zärtlich und nicht anklagend an. Sie waren so ehrlich und liebevoll, er konnte bei ihrem Anblick kaum atmen.

Sie schluckte ruhig, ihre Stimme war gleichmäßig und versteckte nichts vor ihm. „Nach dir gab es niemanden, der es wert gewesen wäre."

„In drei Jahren?", murmelte er mit belegter Zunge, dann fluchte er rau.

Er konnte sich nicht davon abhalten, sich wieder in ihr zu bewegen. Mit langsameren, weniger hektischen Stößen als zuvor, nahm er seine Bewegungen wieder auf und schüttelte leicht den Kopf.

„Oh Gott, Tori. Es ist eine Sache, dass ich wie ein verdammter Mönch gelebt habe, seit ich dich verließ. Nicht, dass ich Zeit gehabt hätte oder dass mich irgendjemand interessiert hätte, wo ich doch nirgends länger als ein paar Wochen blieb. Aber du…"

Sie starrte ihn mit offenem Mund an. „Heißt das, du hast nicht–"

„Mit niemandem", sagte er.

Und obwohl er sich selbst einreden wollte, dass er sich wegen Zeitmangels oder Mangel an Gelegenheit enthalten hatte, war die Wahrheit, dass auch er auf etwas Besonderes gewartet hatte.

Etwas, das er nur mit ihr finden würde.

Er grinste Tori an, wobei er lange und tief und geschmeidig in sie eindrang. „Die Haltbarkeitsdauer dieses Kondoms war fast um. Gut, dass ich doch noch die Gelegenheit hatte, es ins Spiel zu bringen."

Sie lachte – lachte wirklich – und es war ein Ton, den er schon viel zu lange nicht mehr gehört hatte.

Dann ließ sie ihre Hände tiefer gleiten und packte seinen Hintern. Sie zog ihn tiefer und rieb sich an ihm, als wollte sie ihm damit mitteilen, dass ihr seine langsamen Stöße nicht mehr reichten. Er liebte ihren Hunger und die Tatsache, dass sie nicht zu schüchtern war, ihm das zu zeigen.

Ein keckes Lächeln umspielte ihren hübschen Mund. „Wie viele Kondome hast du noch in deiner Geheimagentausrüstung?"

Sein Schwanz zuckte bei der Aussicht auf mehr. „Nicht genügend."

Er küsste sie, dann fuhr er in einer einzigen Bewegung bis zum Anschlag in sie hinein und stieß ein scharfes Keuchen aus, dann einen heißen, erschaudernden Seufzer, der seine Eier mit dem Verlangen verkrampfen ließ, sich zu ergießen.

Er fickte sie hart und schnell, beide verzweifelt auf eine Erlösung aus.

Und dann kamen sie beide zusammen. Laut, ungezügelt.

Explosiv.

Ethan schauderte, während das Vergnügen über ihn hereinbrach und sein Schwanz in ihrer ummantelnden Hitze zuckte.

Sie fühlte sich an wie das Paradies, als käme er nach Hause. Nur, dass er so ein Zuhause nie gehabt hatte, bis diese Frau in sein Leben getreten war.

Er hätte wissen müssen, dass es so mit ihr sein würde.

So war es immer gewesen.

Intensiv.

Verzehrend.

Etwas, das so verdammt nahe an perfekt herankam.

Und jetzt stellte er auch fest, was für einen großen Fehler er gerade gemacht hatte, als er gedacht hatte, er könnte eine letzte Nacht mit Tori verbringen und es würde genug sein.

Was für ein verdammter Idiot er doch war.

Denn jetzt, wo sich ihre vereinten Körper miteinander im Einklang bewegten, ihre Arme umeinander geschlungen, während sie beide langsam von einer unglaublichen Höhe herunterkamen, war alles, was Ethan sich wünschte, es noch einmal zu tun.

Diese letzte Nacht hatte ihn nur dazu gebracht, sich nach einer weiteren zu sehnen.

Und nach einer weiteren danach.

Wie werde ich nur den Willen aufbringen können, sie morgen zu verlassen?

Wie weit muss ich entfliehen, um Tori aus meinem Kopf zu verbannen?

Verdammt, er war sich nicht einmal sicher, dass das Ende der Welt weit genug weg war, um sich dieses Mal von Tori fernhalten zu können.

12

Ethan hatte fünf Kondome in seinem Rucksack gehabt und während der nächsten paar Stunden hatten sie jedes einzelne davon verbraucht.

Zwischen den mehrfachen Runden von erstaunlichem Sex und seelenerschütternden Orgasmen hatten sie pausiert, um an ihrem kalten Abendessen zu knabbern und dem erwärmten Champagner zu nippen.

Danach hatten sie sich zusammen in der großen gläsernen Dusche heiß berieseln lassen, doch nicht einmal die Erschöpfung hatte ihren Hunger füreinander stillen können. Sie hatten sich unter den Wasserstrahlen geküsst und einander geneckt und waren dann in einem Zustand von knochenlosem Glück zusammen ins Bett gefallen.

Die Nacht hatte sich nicht in der Reihenfolge abgespielt, wie Ethan es geplant hatte, doch Tori hätte nicht glücklicher sein können.

Oder befriedigter, während sie neben ihm in dem großen Bett schlief, ihr nackter Körper an seinen gekuschelt, gefangen im warmen Kreis seiner Arme.

Sie war nicht sicher, was sie zuerst weckte – seine unregelmäßige Atmung oder die Spannung, die anfing, durch seinen ganzen Körper zu zucken. Bei seinem tiefen, scharfen Stöhnen öffneten sich ruckartig ihre

Augen in dem verdunkelten Zimmer.

Noch schlafend zuckte er stoßweise, seine Augenlider und Lippen bebten.

Ein Alptraum.

Und dem Effekt nach zu urteilen, der dieser auf einen Mann hatte, der so unerschütterlich war wie Ethan, musste er schrecklich sein.

Sein Atem ging rasend schnell, als ob er einen Marathon liefe.

Und er war aufgewühlt, vielleicht sogar verängstigt. Schweiß schimmerte auf seiner gerunzelten Stirn und in den Schatten, die seine Wangen und sein Kiefer verdunkelten.

Tori wusste zuerst nicht, ob sie ihn aufwecken sollte.

Aber dann ertrug sie es nicht, ihn das Grauen, das sich hinter seinen geschlossenen Lidern abzuspielen schien, weiter erleiden zu lassen.

Ihre Stimme war ein Flüstern, so weich wie Watte. „Ethan."

Sie hatte ihn noch nicht einmal berührt, bevor er aufschreckte, seine Augen aufriss und sie mit seinem riesigen Körper unter sich gefangen hielt, als wäre sie sein Feind. „Fuck!"

Er murmelte eine rasche Entschuldigung und rollte bereits wieder von ihr ab. Er schwang sich zum Rand der Matratze und hob seine langen Beine über die Bettkante.

„Um Gottes willen, Tori, verdammt. Das darfst du nicht tun. Ich bin nicht…" Er fuhr sich mit der Hand durch sein zerzaustes Haar. Dann blickte er über seine Schulter und sah sie voller schmerzendem Bedauern an. „Es tut mir leid, Babe. Ich hab dir nicht weh getan, oder?“

„Nein. Du hast mich nur erschreckt.“ Als er nochmals fluchte, dieses Mal noch gemeiner, rutschte sie zu ihm, um ihre Arme von hinten um ihn zu schlingen. „Ist schon in Ordnung. Es war nur ein Traum.“

„Es ist kein Traum“, murmelte er mit einem scharfen Ton in der Stimme.

„Ein Alptraum“, meinte sie, aber der Blick, den er ihr zuwarf, bedeutete ihr, dass es etwas anderes gewesen war. Etwas viel Schlimmeres. „Eine Vorahnung?“

Er nickte. Oh Gott, er sah vollkommen mitgenommen aus. „Ich sehe es schon seit drei Jahren, seit das Phoenix-Programm zerstört wurde. Immer wieder die gleiche Vorahnung. Sie ist schrecklich und… unvollständig. Ich muss herausfinden, was sie bedeutet.“

Sie hörte zu und erkannte, wie es ihn quälte. „Und das war alles Teil deiner Arbeit für die CIA – für das Phoenix-Programm? Sie wollten, dass du schreckliche Dinge vorhersiehst, damit sie sie dann verhindern konnten? Oh mein Gott, Ethan. Was dir das antun muss.“

„Es war wichtige Arbeit. Bis jetzt war ich immer in der Lage gewesen, es auszuhalten.“ Er zuckte vage mit den Schultern. „Ich könnte das hier auch aushalten, wenn ich nur wüsste, was ich übersehe.“

Sie streichelte seinen muskulösen Rücken zärtlich; sanfte Liebkosungen, denn sie war unfähig, dem Drang zu widerstehen, ihn zu berühren, ihn auf irgendeine auch noch so geringe Art und Weise zu trösten. „Erzähl mir von dem Traum.“

Sie wusste nicht, ob er bereit war, sie so nahe heranzulassen. Aber er zögerte kaum und wandte sich um, um ihre Hand in seiner festzuhalten, während er sprach.

„Es ist immer dasselbe. Kurze Einblicke in ein größeres Geschehen. Ich laufe mit aller Kraft durch schweren, gelben Sand. Ich weiß, dass ich schnell ans Ziel kommen muss – bevor es zu spät ist – aber egal wie schnell ich laufe, es reicht nie. Ich schaffe es nicht. Vor mir ist ein Gebäude, aber ich kann es nicht rechtzeitig erreichen."

Tori starrte ihn an, Furcht sammelte sich in ihrem Inneren. „Rechtzeitig wofür, Ethan?"

„Um das aufzuhalten, was dann passiert." Er blickte auf ihre verflochtenen Finger, stirnrunzelnd und mit grimmigem Gesichtsausdruck. „Sobald ich die SUVs sehe, weiß ich, dass es bereits zu spät ist. Die Zeit läuft ab. Viel zu schnell. Ich weiß, dass die Detonation jeden Augenblick einschlagen wird."

Sie konnte nichts sagen. Konnte nur zuhören und warten, während er sich darauf vorbereitete, ihr von dem schlimmsten Teil seiner Vorahnung zu erzählen.

„Die Autokolonne rast über den Sand und wirbelt eine grelle Staubwolke auf", murmelte Ethan. „Ich sehe die Reihe schwarzer Fahrzeuge mit diplomatischem Kennzeichen – Gott, ich habe genug Zeit, alle neun zu zählen, aber ich kann sie nicht zum Umdrehen bewegen. Ich kann sie nicht stoppen. Wenn der letzte SUV an mir vorbeifährt, ist die Uhr bereits abgelaufen. Die Explosion ist… höllisch. Das ist das einzige Wort, mit dem ich sie beschreiben kann."

Tori drückte seine Hand. „Oh, Ethan."

„Das Feuer walzt über mich", sagte er hölzern. „Es

verbrennt mein Gesicht, mein Haar. Es lässt meine Haut schmelzen, die sich förmlich von meinem Fleisch löst. Und alles, woran ich denken kann, während die Flammen alles versengen, ist, dass ich versagt habe."

Sie fühlte sich richtig krank angesichts dieses Elends, das ihm seine Gabe mit dieser entsetzlichen Vision bescherte. Ein Armageddon-ähnlicher Alptraum, den er wiederholt seit drei Jahren ertragen musste.

„Hast du irgendjemandem von dieser Vorahnung erzählt?", fragte sie. „Vielleicht gibt es jemanden in der CIA, der dir helfen kann."

„Es gibt niemanden. Dort ist keiner mehr, dem ich vertrauen kann." Ein scharfer, müder Seufzer erklang. „Der Direktor des Phoenix-Programms, Henry Sheppard, erteilte ausdrückliche Anweisungen, wie nach einem etwaigen Verrat des Programms vorgegangen werden musste. Tauche unter. Vertraue niemandem. Nimm an, dass alles verloren ist. Das war die Nachricht, die er mir an dem Tag schickte, als ich verschwand. Er muss dieselbe geistige Nachricht an jenem Tag auch an alle anderen Agenten geschickt haben."

Hoffnung entfachte. „Wenn es andere im Programm gibt, Ethan, vielleicht sollten wir dann versuchen, sie zu finden. Vielleicht verstehen sie, was die Vision bedeutet."

„Wir", meinte er sanft. „Tori, ich kann dich nicht in diese Sache mit hineinziehen. Das lasse ich nicht zu, insbesondere nicht, wo mir bereits ein Auftragskiller auf der Spur ist. Verdammt! Weil du mit mir zusammen bist, bist du schon in mehr Gefahr, als mir lieb ist. Du fliegst morgen nach Hause nach Maine, bevor du noch viel tiefer in Probleme hineinschlitterst, die nichts mit dir zu tun haben."

„Und du?", fragte sie, zu betroffen, um vorzutäuschen, dass es ihr nicht wehtat, dass ihre Zeit mit Ethan in ein paar Stunden zu Ende gehen würde. „Was machst du? Wohin gehst du?"

„Ich weiß es nicht. Ich muss einfach in Bewegung bleiben." Er schüttelte den Kopf. „Selbst wenn ich mir sicher sein könnte, den anderen Phoenix-Mitgliedern vertrauen zu können, würde ich immer noch nicht wissen, wie ich sie finde. Ich habe sie nie persönlich kennengelernt – jedenfalls nicht, dass ich mir dessen bewusst wäre. Wir hatten immer nur Codenamen benutzt. Ich wurde Zephyr genannt. Und soweit ich weiß, wussten nur ein paar Leute außer Sheppard unsere Codenamen."

„Ihr seid euch während eurer Arbeit für das Programm nie über den Weg gelaufen, nicht einmal kurzzeitig?"

„Abgesehen vom Kampftraining und anderer Ausbildung auf der Farm wurden die Phoenix immer voneinander ferngehalten", erklärte er. „Das war Absicht, damit wir uns bezüglich unserer Vorahnungen nicht absprechen konnten. Das Programm brauchte unverfälschte Daten von jedem Agenten. Wir lebten jeder ein verhältnismäßig normales Leben, sobald wir die Ausbildung hinter uns hatten, aber es war unsere Aufgabe, unsere Gabe anzuregen, indem wir uns mit den Nachrichten auf dem Laufenden hielten, alle möglichen Wissenschaften und Künste studierten und über alles, was unsere Aufmerksamkeit erregte, lasen. Wir berichteten regelmäßig über jegliche präkognitive Visionen oder Informationen, die diese Übungen erzeugten."

Ein anderes Puzzleteil von Ethan Jones passte sich jetzt ein.

„Deshalb warst du so belesen und über Gott und die Welt so gut informiert. Ach Gott, du musst gedacht haben, wie doof ich nur war, dass mir das nie aufgefallen ist."

„Das habe ich nie gedacht." Als sie wegsehen wollte, umfasste er ihr Kinn und zog ihr Gesicht zu sich. „Niemals. Du warst die einzige Frau, die mich je herausforderte, es mit mir aufnahm. Du hast mich immer auf den Boden herunter geholt, wenn es nötig war."

„Jemand musste es ja tun", murmelte sie und wünschte sich, es würde ihm nicht so leicht fallen, sie zu umschmeicheln.

Er ließ ihr Gesicht nicht los und seine Berührung wurde zu einer Liebkosung. „Du bist stärker und intelligenter, als ich jemals sein könnte. Mit dem gleichen Training wie ich würdest du eine außergewöhnliche Partnerin sein, daran zweifle ich nicht. Aber das ist nicht dein Kampf, Tori. Das ist mein Problem."

„Was hast du vor, Ethan?"

Eine Sehne tickte in seinem Kiefer. „Ich muss mich um das Arschloch kümmern, das mir auf den Hals gejagt wurde, um mich umzubringen. Das ist meine allererste Priorität. Und ein Teil von mir will auch Rache für diesen ganzen Scheiß. Jemand hat Phoenix zerstört und dessen Gründer ermordet. Henry Sheppard war ein guter Mann, einer der besten. Er hätte nicht einfach so sterben dürfen. Es gibt Tage, an denen mich der Drang, jemanden dafür mit seinem

Blut bezahlen zu lassen, antreibt, manchmal sogar mehr als meinen eigenen Hals zu retten oder herauszufinden, was diese Alptraumvision bedeutet."

„Er hat dir viel bedeutet, der Leiter des Phoenix-Programms?"

„Henry Sheppard war seit meinem achtzehnten Lebensjahr mein Mentor. Ich hatte keine Familie – zumindest keine, die ich haben wollte. Er hat mir geholfen, mich wichtig zu fühlen, als ich glaubte, ein wertloser Freak zu sein. Wegen ihm fühlte ich mich einzigartig, nützlich." Ethan schmunzelte. „So wie ich Sheppard kannte, verlieh er vermutlich jedem Mitglied des Programms das gleiche Selbstwertgefühl."

Er nahm seine Hand von ihrem Gesicht und verschränkte seine Finger sofort wieder mit ihren, als ob er es nicht ertrüge, länger von ihr getrennt zu sein.

„Ich schulde es Sheppard, alles in meiner Macht Stehende zu tun, denjenigen zur Strecke zu bringen, der diesen Krieg begonnen hat. Ich werde alles daran setzen. Das ist jetzt meine Aufgabe. Und du, Tori… dafür zu sorgen, dass du in Sicherheit bist, ist wichtiger als alles andere."

Er hob seine andere Hand und legte sie auf ihren Nacken. Der Kuss, den er ihr gab, war langsam und süß und zärtlich.

Einen Moment später wich er mit einer unmissverständlichen Hitze in seinen haselnussbraunen Augen zurück. „Mir fällt gerade ein, dass ich noch eine andere kritische Aufgabe zu erledigen habe. Eine, die wirklich nicht warten kann."

Sie konnte ihr Lächeln nicht unterdrücken. „Oh, ja? Welche?"

„Ich muss bis morgen früh mindestens noch

dreimal hören, wie du meinen Namen schreist."

„Dreimal?", fragte sie und lachte, als er sie zurück auf das Bett schubste. „Da wird es ein Problem geben. Die Kondome sind uns doch schon vor Stunden ausgegangen, weißt du nicht mehr?"

Er schmunzelte. „Dann muss ich eben kreativ werden."

Langsam spreizte er ihre nackten Beine, dann senkte er seinen Kopf zwischen ihre Schenkel.

13

Der Morgen kam viel zu früh.

Ethan war so lange wie möglich mit Tori im Bett geblieben und hatte das Gefühl ihrer Arme um sich genossen, ihre Beine unter den kühlen Laken mit seinen verschlungen. Er stöhnte, als der Wecker um sieben Uhr klingelte, nicht bereit, sich der Realität zu stellen.

In weniger als drei Stunden würde Tori am Flughafen sein müssen und in ihren Flieger nach Portland steigen.

Ihr schien davor mindestens so sehr zu grauen wie ihm. Ihr sanftes Stöhnen vibrierte durch seine Brust, an die sie ihre Wange gelegt hatte. „Ich möchte noch nicht aufwachen."

„Ich auch nicht", sagte er und drückte ihr einen Kuss auf ihr Haar. „Aber es ist Zeit."

Seine logische Seite wusste, dass sie nach Hause zu schicken, weit weg von ihm, der beste Weg war, für ihre Sicherheit zu sorgen.

Der Mann, der ihn jagte, war Experte, kein Psychopath. Er würde keinen Grund haben, Tori wehzutun, solange sie nicht seinem wahren Ziel im Weg stand.

Ethan konnte sich keinen besseren Ort als das

andere Ende des Landes vorstellen, damit sie nicht ins Fadenkreuz des Attentäters geriet.

Doch es gab noch eine andere Seite in ihm, eine, die den Gedanken, Tori aus den Augen zu lassen, kaum ertragen konnte. Der Teil von ihm, der nicht fast jeden wachen Moment damit verbrachte, nach feindlichem Feuer oder Vorzeichen eines höllischen Unfalls am Horizont Ausschau zu halten, wünschte sich nichts mehr, als sie nahe bei sich zu behalten.

So nahe, wie sie gewesen waren, bevor Henry Sheppard den SOS-Ruf *Phoenix aus* erteilt hatte.

Näher sogar noch, als sie sich vorher gewesen waren. Denn jetzt kannte Tori ihn besser als irgendjemand anderer.

Es gab noch viele Dinge, die er ihr nicht erzählt hatte, Dinge, auf die er nicht stolz war. Dinge, die er in der Vergangenheit gelassen hatte, Monster, die er versteckt unter dem Bett lassen würde, wo sie hingehörten.

Aber mit ihr war er viel ehrlicher gewesen als mit irgendeiner anderen Person in seinem Leben. Wenn er mit sich selbst ehrlich wäre, würde er zugeben, dass Tori Connors schon damals in Maine seine Verteidigungswälle durchdrungen hatte und in sein Herz eingezogen war.

Wenn er glaubte, dass er sie jetzt von sich fernhalten könnte, nach der unerwarteten Wiedervereinigung und der unglaublichen Nacht, die sie miteinander verbracht hatten, dann war er ein größerer Dummkopf, als er jemals zugeben sollte.

Er streichelte ihren schlanken Arm und neigte seinen Kopf, um den süßen Duft ihres kurzen blonden Haares zu inhalieren. „Es ist Zeit, Babe. Wir müssen uns auf den Weg machen."

„Ich weiß." Sie drückte ihre Lippen an seine Brust, direkt über dem kalten Knoten, der sich dort unter seinem Brustbein gebildet hatte. „Kommst du mit in die Dusche?"

Ein letztes Mal.

Er war froh, dass sie es nicht sagte, doch keiner von ihnen konnte die Schwere der Minuten ignorieren, die rapide davon tickten.

Sie duschten und zogen sich in zärtlicher Stille an. Dann, als sie die Realität nicht länger vermeiden konnten, gingen sie nach unten, wo Ethan durch das Hotel ein Taxi vorbestellt hatte.

Toris Hand klammerte sich an seine, während sie im Rücksitz des gelben Wagens zum Flughafen fuhren. Die Fahrt durch die Stadt schien nur bloße Minuten zu dauern, selbst in der Hauptverkehrszeit. Selbstverständlich gab es ausgerechnet heute kaum Verkehr und keine Verzögerungen. Ein schneller Weg zu ihrem persönlichen Ende.

Ethans Herz hämmerte hinter seinem Brustbein, während das Taxi verlangsamte, um eine Stelle an der Bordsteinkante zu finden, wo er sie aussteigen lassen konnte. Ethan wollte Tori nicht aus dem Fahrzeug lassen. Er wollte nicht, dass sie ihn verließ. Niemals, doch er hatte keine andere Wahl.

„Wir sind hier, Leute." Die heitere Mitteilung des Taxifahrers ließ Ethans Brust schmerzhaft verkrampfen.

Er zahlte den Fahrpreis, doch weder er noch Tori machten Anstalten, auszusteigen. Mit einem leisen Schluchzer schlang sie ihre Arme um ihn. Ethan schloss seine Augen und umarmte sie, genoss das

Gefühl sie zu spüren, solange er konnte.

„Lass uns gehen, Babe. Wir müssen“, raunte er schließlich, aber konnte seine Arme noch nicht dazu bringen, sie aus seiner Umarmung zu entlassen, selbst als der Taxifahrer ausstieg und die Wagentür zu dem emsigen Bürgersteig außerhalb des Abflugsterminals der Fluglinie öffnete.

Sie kletterten zusammen heraus, aber kaum standen sie mit den Füßen auf dem Asphalt, gab Toris Handy einen Zwitscherton von sich.

„Oh, Mist“, meinte Tori. „Ich habe Hoshi versprochen, sie anzurufen, sobald ich könnte. Das ist vermutlich eine SMS von ihr, weil sie sich sorgt.“

Während das Taxi wegfuhr, fischte sie das Telefon aus ihrer Handtasche, dann runzelte sie die Stirn. „Das ist nicht von ihr. Es ist die Fluggesellschaft.“

Ethan sah unmutig drein, Adrenalin schoss durch seine Adern. „Was wollen die?“

„Mein Flug ist überbucht. Sie haben mich auf die Warteliste gesetzt.“ Sie sah ihn flüchtig an. „Es heißt hier, dass ich so bald wie möglich am Flugschalter vorbeikommen soll, um umzubuchen.“

Etwas stimmte nicht. Diese Realisierung kam sofort. Genauso wie die Angst.

„Unmöglich.“ Sie übergab ihm das Telefon, damit er einen Blick auf die Mitteilung werfen konnte. Er wollte das verdammte Ding mit seiner Faust zerquetschen. „Das ist eine Falle. Auf keinen Fall wirst du einen Fuß in das Terminal setzen.“

Tori erbleichte. „Glaubst du, dass er das irgendwie bewerkstelligt hat – der Mann, der hinter dir her ist?“

Ethan sah sich in seiner unmittelbaren Umgebung um und nickte grimmig, doch er fürchtete, dass die

Lage sogar noch schlimmer war. Tori war nicht von Ethans Angreifer von dem Flug genommen worden, sondern von demjenigen, der ihn angeheuert hatte.

Was bedeutete, dass der Attentäter nicht nur eine Beschreibung von Tori von neulich am Markt hatte, sondern auch ihren Namen und ihre Adresse.

Um Gottes willen. Mittlerweile wussten sie vermutlich schon alles über sie.

„Das Telefon kannst du vergessen. Wir müssen es loswerden. Und wir müssen verschwinden."

Auf dem emsigen Flughafen wimmelte es nur so von ankommenden und abreisenden Leuten. Schlangen von Autos hielten am Straßenrand an, fädelten ein und aus zwischen Bussen und Shuttles, jeder suchte einen Platz.

Während Ethan mit den Augen seine Umgebung durchkämmte, entdeckte er die eine Sache, die er gehofft hatte, nicht zu sehen. Das mittlerweile vertraute raue Gesicht und den kahlen Schädel des Attentäters. Er stand im Terminalgebäude am Fenster und scannte die ankommende Menschenmenge.

„Scheiße." Ethan kalkulierte schnell die wenigen Optionen, die sie nun hatten. Er ergriff Toris Hand. „Los. Wir verschwinden von hier."

„Ist er da? Oh, Gott. Du hast ihn gesehen, oder?" Sie sah so verstört aus, dass es ihn fast umbrachte. „Was machen wir jetzt, Ethan? Wohin können wir gehen?"

Im Moment hatte er keine einzige verdammte Idee.

„Überlass das mir. Ich bringe dich hier raus. Ich sorge für deine Sicherheit."

Und das würde er tun, bis zu seinem letzten Atemzug, wenn es soweit käme.

14

Tori blieb das Herz in ihrer Kehle stecken, während Ethan sie mit sich zog, als er vom Bordstein trat und sich einen Weg durch die anhaltenden Fahrzeuge bahnte, die sich auf der Fahrbahn außerhalb des Terminals stauten.

„Oh, Gott, Ethan. Glaubst du, er hat uns gesehen? Glaubst du, er wird uns verfolgen?"

„Such nicht nach ihm", befahl er ihr, da er bemerkte, wie Toris Angst sie zwang, jedes Gesicht in der Menschenmenge nach dem Mann, der Ethan jagte, zu mustern.

Und der jetzt anscheinend auch sie jagte.

„Hier entlang. Wir müssen uns beeilen, Tori."

Mit dem Rucksack aus dem Schließfach über seine gesunde Schulter geschlungen hielt Ethan ihre Hand fest, als er auf einen leeren silbernen Impala zueilte, der ungefähr vier Autos entfernt in der parkenden Schlange stand. Die Fahrertür stand unvorsichtigerweise offen. Die Besitzer des Wagens, ein junges, offensichtlich verliebtes Paar, standen in der weißen Haltezone am Bürgersteig und waren inmitten eines langen Abschiedskusses.

Ethan peilte ihr Auto an.

Er schwang Tori vor sich, während sie sich der

offenen Tür näherten. Er hielt seine Stimme leise, durchdringlich. „Steig ein. Mach schnell."

Sie quetschte sich hinein. Hüpfte auf den Beifahrersitz hinüber. Ethan war bereits hinter dem Steuer, als Tori ihren Sicherheitsgurt anlegte.

Auf dem Bürgersteig hatte das leidenschaftliche Paar plötzlich bemerkt, dass hinter ihnen etwas vor sich ging.

Ethan warf Tori einen nicht gerade reumütigen Blick zu, wobei seine Mundwinkel sich nach oben zogen. „Sie scheinen nicht erpicht darauf zu sein, sich zu trennen. Wir tun ihnen vermutlich einen Gefallen."

Er legte den Gang ein und trat aufs Gas.

Er beschleunigte das Auto und raste aus dem Flughafen und durch die Stadt, ohne die Straßenschilder oder das Navi des Fahrzeugs zu konsultieren, Richtung Autobahn. Er fuhr mit voller Konzentration, sein Blick distanziert, berechnend, während sich die Meilen auf dem Tacho ansammelten.

Sie fuhren schon fast eine Stunde lang Richtung Osten auf der I-90, bevor er schließlich wieder sprach. „Du kannst jetzt nicht mehr nach Maine zurück, Tori. Für eine ganze Weile nicht. Vielleicht überhaupt nicht mehr."

„Du glaubst, er wird versuchen, mich auch umzubringen?"

Ethans Lippen waren aufeinandergepresst. „Ich werde es nicht darauf ankommen lassen. Die Tatsache, dass sie deine Fluginformationen herausgefunden haben – dass sie jetzt deinen Namen und vermutlich auch alles andere über dich wissen – bedeutet, dass sie wissen, dass du mir wichtig bist. Sie wissen, dass, wenn sie dich erwischen, sie auch mich haben."

„Sie“, murmelte Tori. „Meinst du die Regierung? Die CIA? Du glaubst, sie haben den Mann geschickt, um dich zu töten?“

„Ich weiß es nicht. Irgendjemand von denen könnte es getan haben. Vielleicht sogar beide.“

Oh Gott, sie konnte nicht fassen, wie ruhig sie dieses Gespräch führten. Aber die letzten paar Tage waren wie ein Schnellkurs gewesen, das Unglaubliche zu glauben.

Warum sollte sie also nicht akzeptieren, dass sie jetzt mit ihrem Geheimagenten und hellseherischen Liebhaber in eine mögliche Regierungsverschwörung verstrickt war?

Sie hätte lachen können, wenn die Realität sie nicht bis ins Knochenmark erschüttert hätte.

Ethan hielt seine Augen auf die Straße gerichtet, während sie die waldgesäumte Autobahn entlangfuhren. Seine Hände umklammerten fest das Lenkrad, sein quadratischer Kiefer war verkrampft. „Jemand will dafür sorgen, dass das Phoenix-Programm und jeder, der daran beteiligt war, vernichtet wird. Die Frage ist nur, warum?“

„Was, wenn es etwas mit dem Alptraum zu tun hat?“, murmelte sie.

Ethan blickte sie ausdruckslos an. „Bete, dass es nicht so ist.“

Tori lehnte sich zurück. Eine ernste Stille breitete sich zwischen ihnen aus, die Stunden tickten davon und die Gefahr, die sie in Seattle zurückgelassen hatten, verblasste immer weiter in der Ferne.

Als sie Richtung Süden eine zweispurige US-Landstraße entlangfuhren, die sie schon etwa hundert Meilen nach Oregon geführt hatte, blickte Ethan auf das Armaturenbrett und stieß einen Fluch aus. „Verdammt! Wir werden in Kürze tanken müssen. Und es ist fast schon Mittag. Du hast bestimmt Hunger.“

Sie war am Verhungern, aber sie hätte sich nie über einen knurrenden Magen beschwert, wenn doch Ethan gerade sein Bestes tat, um sie an einen sicheren Ort zu bringen. Wo auch immer das war.

„Wohin fahren wir überhaupt?“

Er zuckte vage mit den Schultern. „Habe mich noch nicht entschieden. Leider müssen wir dieses Auto so bald wie möglich loswerden. Wir können nicht riskieren, weiter mit einem gestohlenen Wagen herumzufahren.“

Tori nickte und blickte aus dem Fenster, während sie sich einer Kleinstadt näherten. Nur eine Meile weiter gab es eine Tankstelle und Schilder deuteten darauf hin, dass es in der Nähe auch etwas zu essen gab.

„Ethan, schau“, sagte sie und zeigte auf einen Wohnwagen am linken Straßenrand. Im Vorgarten stand ein jahrzehntealter kastanienbrauner Minivan mit einem handgeschriebenen Verkaufsschild, das an der Windschutzscheibe steckte.

Läuft gut. $500 oder bestes Angebot.

Sie zuckte mit den Schultern im Sinne von „warum nicht“ und lächelte ihn hoffnungsvoll an. „Ich bezweifle, dass uns jemand in so einem Ding suchen wird.“

Er nickte. “Teuflisch hässlich und außerdem billig. Absolut perfekt.“

15

Ethan ließ das gestohlene Auto auf dem Parkplatz eines italienisch-mexikanischen Restaurants in Madras zurück.

Eine Stunde später vertilgten er und Tori im Minivan eine Pizza mit Salami und Pilzen. Sie saßen an der offenen Seitentür auf einem Parkplatz eines ruhigen Nationalparks.

Jenseits des von Bäumen gesäumten Rastplatzes schlängelte sich ein schlanker Arm des Deschutes-Flusses rhythmisch entlang, frühe Nachmittagssonne spiegelte sich auf der Wasseroberfläche.

Ethan beobachtete Tori, wie sie mit einem Plastikstrohhalm Limonade aus einem Styroporbecher trank, während sie sich in ihrer Umgebung umsah. Dies war ein Moment, den man absolut surreal nennen konnte. Er und Tori versuchten, einem kaltblütigen Mörder zu entkommen, dennoch saßen sie hier herum, als hätten sie gerade ihr erstes verflixtes Date.

„Das war eine ausgezeichnete Pizza", sagte sie und schlürfte noch einmal herzhaft durch den Strohhalm von ihrem Getränk.

Ethan lachte leise. „Weit entfernt von dem Standard, den ich hoffte, gestern Abend zu setzen, oder nicht?"

Sie schenkte ihm ein Lächeln, das sein Herz hinter seinem Brustbein donnern ließ. „Ich glaube, das gefällt mir sogar noch mehr. Es ist hier so schön. Woher wusstest du von dem Park hier? Wir müssen etwa zehn Meilen von der Autobahn entfernt sein."

„So in etwa, ja." Mit einem Achselzucken fügte er hinzu: „Ich war vor einiger Zeit hier in der Gegend."

Sie nickte und fuhr fort, die Aussicht zu genießen. „Ich nehme an, du bist an vielen Orten gewesen. Hast du dich irgendwo jemals zuhause gefühlt?"

„Einmal", sagte er. Toris Gesicht, das vom frühen Nachmittagslicht beschienen wurde, ihr kurzes blondes Haar in der leichten Brise flatternd, war herrlicher als jegliche Landschaft. „Die Zeit, in der ich mich am ehesten gefühlt hatte, als wäre ich zuhause, war das Jahr, das ich mir dir verbrachte."

Sie sah ihn mit leichter Überraschung in ihren blauen Augen an, und Ethan stieß ein besitzergreifend klingendes Knurren aus und zog sie für einen Kuss an sich.

Er nahm sich Zeit und genoss ihren Geschmack – Gewürze auf ihrer Zunge, süße Limonade auf ihren Lippen und dazu ihr eigenes warmes, berauschendes Aroma.

Er hatte noch nie etwas als so richtig empfunden wie die Momente, in denen er diese Frau – seine Frau – in seinen Armen hielt.

Sie lächelte, als er von ihr abließ und seine Stirn an ihre drückte. „Ich fühle mich für dich wie ein Zuhause an?"

Er brummte. „Sogar ein Rostkübel, der vage nach nassem Hund und Kinderkotze stinkt, fühlt sich wie mein Zuhause an, solange du bei mir bist."

Sie lachte, dann rümpfte sie ihre Nase. „Ja, da du gerade davon sprichst… glaubst du, dass wir diese Petrischale gegen etwas anderes eintauschen könnten, bevor wir noch arg lange darin weiterfahren müssen?“

„Ich glaube, das kann ich einrichten. Hätte wohl einen Geruchstest machen sollen, bevor ich meine fünfhundert Dollar auf den Tisch gelegt habe.“

Tori streichelte sein Gesicht mit federleichten Berührungen ihrer Finger. „Ethan… du hast noch nie davon erzählt, wo du aufgewachsen bist.“

Er wich zurück, bevor er sich stoppen konnte. Eine automatische Reaktion, die er so schnell nicht verhindern konnte.

Nicht dass Tori das irgendwie hätte übersehen können.

„Da gibt’s nicht viel zu erzählen“, sagte er ausweichend und klang eher hölzern als beifällig. „Ich wuchs in der Armee auf. Ich verschwende nicht viel Zeit damit, über mein Leben davor nachzudenken.“

Eine absolute Lüge und sie wusste es. Er sah, wie sie seine lahme Antwort mit einem verletzten Blick in ihren zarten blauen Augen zu verarbeiten versuchte.

Sie nickte langsam. „Okay. Vielleicht erzählst du mir ja eines Tages darüber. Wenn du dazu bereit bist.“

Er hätte es dabei belassen sollen, aber verflucht noch mal, er konnte den Schmerz in ihrem Blick einfach nicht ignorieren. Er konnte sie nicht hinhalten, nicht nach all dem, was sie durchgemacht hatten.

Nicht wenn sie ihm mehr als irgendeine andere Person in seinem kaputten Leben bedeutete.

Was seine Vergangenheit betraf, war diese immer noch nahe genug, um zu spüren, wie jene freudlosen, frühen Jahre wieder unangenehm seinen Rücken hochzukriechen begannen.

Tori wollte sich abwenden, doch Ethan streckte seine Hand nach ihr aus. „Mein Alter war ein Säufer. Und wenn er trank, war er ein verdammter Scheißkerl." Er stieß ein humorloses Lachen aus. „Die einzige Sache, die mein Vater mehr mochte als seinen Whisky, war, seinem Sohn zu sagen, was für ein Versager er war. Wenn er nicht damit beschäftigt war, mich zu verprügeln."

Tori war reglos geworden, ihre Augen ohne Mitleid oder Urteil. Ethan zuckte mit den Schultern und fuhr fort, denn jetzt war es zu spät, mit dem Erzählen seiner pathetischen Lebensgeschichte aufzuhören.

„Das Trinken wurde im Laufe der Zeit immer schlimmer. Das Gute dabei war, dass ich immer etwas Frieden hatte, sobald der Alte umgekippt war."

„Ethan…" Sie legte ihre Hand über seine und schluckte schwer.

„Meine Mutter versuchte, mich vor ihm zu schützen. Sie versuchte, die Gereiztheit meines Vaters mit Güte oder Freundlichkeit umzustimmen. Sie plädierte an ihn, bettelte ihn an, wenn nichts anderes funktionierte. Aber das machte ihn normalerweise nur noch ärgerlicher. Ich weiß nicht, warum er mich hasste. Vielleicht hatte er auch überhaupt keinen verdammten Grund dafür."

„Er war Alkoholiker. Süchtige sind keine guten Eltern, sogar unter den besten Umständen nicht", meinte Tori sanft. „Wusstest du damals schon von deinen übersinnlichen Wahrnehmungsfähigkeiten? Wussten sie es?"

„Meine Mutter wusste es. Er nicht, lange Zeit nicht.“ Und dann fing sein Vater wirklich erst an, ihn zu hassen. „Meine Mutter hat mir eingebläut, meine Gabe vor ihm zu verstecken. Sie sagte, dass es alles nur noch schlimmer machen würde, deshalb haben wir ihn im Unwissen gelassen. Er brauchte weiß Gott nicht noch mehr Ausreden, mich zu verachten.“

Er sah zum Fluss und rief sich in Erinnerung, wie die Raserei seines Vaters einen Höhepunkt erreicht hatte.

„Gewalttaten und Beleidigungen hätte ich ertragen können. Ich war stark genug, sogar damals. Aber eines nachts schlug er meine Mutter. Hat sie durch das ganze Zimmer geschleudert. Er hatte herausgefunden, dass sie ihn betrog. Zum Teufel, konnte es ihr denn jemand verübeln?“ Ethan seufzte. „Ich war damals zehn. Ich war entsetzt, als er sie schlug, so verängstigt, wie ich nicht einmal war, wenn er mich schlug. Zum ersten Mal griff ich ihn an, fing an, auf ihn einzuschlagen. Daraufhin hat er mich so lange verprügelt, bis ich ohnmächtig wurde.“

„Um Gottes willen!“, flüsterte Tori. „Bitte sag mir, dass deine Mutter die Polizei angerufen hat.“

Er schüttelte den Kopf. „Am nächsten Morgen erwachte ich im Wohnzimmer, dort, wo er mich liegen gelassen hatte. Meine Mutter tat so, als wäre nichts passiert – sie verzieh ihm, als ob sie sich überhaupt nicht daran erinnerte, was er getan hatte. An dem Tag hatte ich, als ich in der Schule war, eine Vorahnung. Ich sah sie einen Koffer packen und uns verlassen, während der Alte Gemüse an den Marktstand in der Stadt lieferte.“

„Oh, Ethan…“

„Ich kam nach Hause und fand meinen Vater wutentbrannt vor. Eine Nachricht lag auf dem Küchentresen. Mutter schrieb, dass sie vergessen hatte, dass in der Bücherei, in der sie arbeitete, ein Abendmeeting stattfand, und dass sie bald zuhause sein würde." Er konnte sich noch genau daran erinnern, wie er dagestanden war, um die Nachricht zu lesen, während sein Vater wie ein wildes Tier im Haus herumgetigert war, eine halb leere Flasche Jack Daniels in der Hand. „Ich fing an, Essen zusammenzusuchen, um zu kochen, aber er fauchte mich an, dass das nicht meine Aufgabe wäre. Er sagte: ‚Lass das deine Mutter tun, Junge, wenn das Miststück endlich nach Hause kommt, um sich um ihre Familie zu kümmern.'"

Ethan lachte leise, aber es war ein bitteres Lachen. „Ich wollte sie nicht verpetzen, aber ich war verletzt und verärgert. Sie hatte mich an jenem Tag auch verlassen. Ich platzte damit heraus, dass sie nie zurückkommen würde. Dass sie wegen ihm davongelaufen war."

Toris Stimme war kaum hörbar und voller Angst. „Oh, mein Gott."

„Er war selbstverständlich wütend. Und misstrauisch. ‚Woher weißt du das? Wohin ging sie? Hast du ihr geholfen, du undankbarer, kleiner Scheißer?'"

Die Erinnerungen waren noch lebhaft, aber nicht mehr scharf. Er konnte Tori jetzt alles erzählen, ohne sich dabei zu fühlen, als hätte ihm jemand das Fleisch von den Knochen gezogen.

„Ich sagte ihm, dass ich sie gehen sah. Ich erzählte ihm von der Vorahnung und dass ich die Gabe schon solange habe, wie ich mich erinnern kann. In jener Nacht hat er mich grün und blau geschlagen."

Tori drückte seine Hand fest, stumm, Tränen bildeten sich in ihren blauen Augen.

„Ich wollte weglaufen, aber ich konnte nirgendwo hin. Hatte niemanden, an den ich mich wenden konnte." Er zuckte mit den Schultern. „Also machte ich das Beste aus meinem vermurksten Heim. Ich ging dem Alten aus dem Weg, so oft ich konnte. Verbrachte viel Zeit in der Schule, lernte dort fleißig oder las in der Bücherei. Ich verbrachte so viel Zeit wie möglich weg von zuhause. In gewisser Weise machte sich das bezahlt. Mein Vater überließ mich größtenteils mir selbst, und irgendwie schaffte ich es, Abschiedsredner meiner Jahrgangsstufe zu werden. Ich verließ endgültig mein Zuhause an dem Tag, an dem ich bei meiner Abschlussfeier einen Vortrag halten sollte."

„Sollte?"

„Er war in der Nacht zuvor in einer schrecklichen Stimmung und zettelte einen Streit an. Ich glaube, ich hatte endgültig von seiner Scheiße genug. Ich war siebzehn und größer als er. Ich sagte ihm, was ich von ihm hielt. Du kannst dir vorstellen, wie er das aufnahm."

Ethan schnaubte ironisch und fuhr fort: „Wir kämpften und er zerschmetterte eine Flasche auf meinem Kopf. Schnitt meine Kopfhaut auf, brach meine Nase. Am nächsten Tag ging ich anstatt zu meiner Abschlussfeier zum Rekrutierungsbüro der Armee. Schrieb mich auf der Stelle ein. Die Zeit, bis das Grundtraining begann, überbrückte ich im Obdachlosenasyl der Stadt. Seither habe ich nie wieder mit meinem Vater gesprochen. Kehrte nie wieder dorthin zurück."

„Ethan…" Tori schlang ihre Arme um ihn und hielt ihn lange fest. „Was dein Vater dir und deiner Mutter angetan hat, ist unentschuldbar, unverzeihlich. Aber ich kann nicht verstehen, warum deine Mutter dich nicht mitnahm."

„Sie tat, was sie tun musste", murmelte er ohne Groll in der Stimme. Er war nicht böse auf sie, schon lange nicht mehr. „Ich möchte glauben, dass sie mit dem Mann, in den sie sich verliebte, etwas Glück fand. Ich fand es nie heraus, denn ein paar Jahre, nachdem sie uns verlassen hatte, starb sie. Ein betrunkener Fahrer. So eine Ironie, nicht wahr?"

Tori starrte ihn mit einem zärtlichen Ausdruck in den Augen an. Und noch etwas Tieferem. „Du hattest niemanden, der sich um dich kümmerte. Für so lange Zeit niemanden, der dir zur Seite stand, Ethan. Kein Wunder, dass du jetzt auch niemanden brauchst."

Er legte seine Hand auf ihren Nacken. „Das stimmt nicht. Es gibt eine Person, ohne die ich lieber nicht sein will."

Er zog sie in seine Arme, küsste sie langsam, ohne ihr etwas von sich vorzuenthalten.

Vor drei Jahren hatte er diese Reise begonnen, alles zurückgelassen, was ihm am wichtigsten war. Er hätte sich nie erträumt, dass er Tori je wieder in seinen Armen halten würde.

Dass sie wieder ein Teil seines Lebens wäre.

Er wusste nicht, wie er einen Ort finden sollte, an dem sie zusammen sein konnten, wo doch sein Leben davon abhing, wie schnell er laufen konnte und wie lange er durchhielt. Doch die Entschlossenheit, das, was er im Augenblick mit Tori hatte, zu erhalten, loderte stark in seinem Inneren.

Er brauchte Zeit, um einen Plan auszuhecken.

Er musste irgendwo hin, wo ihn niemand suchen würde.

An irgendeinen Ort, von dem nicht einmal er selbst dachte, dass er dorthin gehen sollte.

Zurück in seine Vergangenheit, damit er endlich weitermachen konnte.

Aber nicht sofort.

Er war noch nicht bereit, diesen Moment des Friedens mit Tori zu verlassen. Seine Dämonen würden warten müssen.

16

„Ich hätte nicht so viel Limonade trinken sollen“, sagte Tori vom Beifahrersitz des Minivans. Ihre Blase spürte jede Rille und jeden Stoß auf der unebenen Fahrbahn.

„Wir werden in ein paar Minuten für die Nacht anhalten. Hältst du’s noch so lange aus?“

Sie nickte, überschlug jedoch ihre Beine. Anstatt auf die Autobahn zurückzukehren, fuhr Ethan die abgelegeneren Straßen entlang, die dem Fluss folgten.

Tori bemerkte die Anspannung, die sich über ihn gelegt hatte, seit sie den Nationalpark vor kurzer Zeit verlassen hatten. Während er mit nüchterner Ruhe fuhr, beobachtete sie fasziniert die schroffe Landschaft, die an den Fenstern vorbeizog.

Atemberaubende, rostfarbene Felsformationen taten sich hinter großen, weitläufigen Farmen und grünen Wiesen auf. Viehkoppeln und Scheunen standen auf Hektaren von gepflegtem Land, meist von niedrigen weißen Zäunen umgeben, die meilenweit zu reichen schienen. Gegen den fernen Horizont zeichneten sich dunstige, schneebedeckte Gipfel von zackigen Bergen ab und ließen sogar die höchsten Berge im Nordosten wie mickrige Hügel aussehen.

Nach einigen Meilen verschwanden die malerischen Häuser, die Bauernhöfe und die vielen Dörfer und machten Platz für weniger wohlhabend aussehende Gegenden. Nur wenige Häuser oder Wohnanhänger lagen entlang der sich vor ihnen windenden Asphaltstraße. Das Land war flach und staubig, das meiste davon lag brach oder war von Felsen und Steinen durchzogen. Hier und dort gab es am Ende von ungepflasterten Wegen verlotterte Bauernhöfe oder vernachlässigte Wohnwägen.

Sie näherten sich gerade einem davon, als Tori bemerkte, dass sie langsamer geworden waren.

An der linken Straßenseite hing ein verrosteter Metallbriefkasten mit dem aufgemalten Namen „Wm. Davis“ an einem alten Sanitärrohr. Am Ende des langen Schotterweges, der von der Straße wegführte, lag ein klapperiges, verwittertes graues zweistöckiges Bauernhaus mit einer heruntergekommenen blassroten Scheune dahinter.

Sie blickte Ethan flüchtig an, während er den Wagen verlangsamte, bis sie nur noch dahinkrochen. Ein merkwürdiger Schauer arbeitete sich beim Anblick des traurigen Zustandes des Hauses und des Anwesens ihren Nacken hoch.

Es war eine Einöde. Ein Haus, das schon lange eine Ruine war, ein Haus ohne Freude.

Und plötzlich wusste sie, wo sie waren, ohne ihn fragen zu müssen. „Du hast in der Gegend einige Zeit verbracht“, wiederholte sie leise die Worte, die er am Fluss gesagt hatte. „Das ist das Haus, in dem du aufgewachsen bist.“

Der Minivan stoppte mitten auf dem leeren Weg und Ethan starrte das alte Haus an. „Ja. Das ist es.“

„Auf dem Briefkasten stand aber nicht Jones“, bemerkte Tori und sah ihn fragend an.

„Ich legte den Familiennamen ab, nachdem ich in das Phoenix-Programm eingetreten war. Henry Sheppard half mir, neu zu beginnen und meine Vergangenheit zu begraben. Seither bin ich Ethan Jones.“ Er bog in die schmale Einfahrt ein.

Tori konnte sehen, dass er nicht froh darüber war, hier zu sein. Seine Finger waren um das Lenkrad verkrallt, sein Kiefer verkrampft.

„Was tun wir hier? Bist du dir sicher, dass du das machen willst?“

„Im Augenblick irgendwo anders zu bleiben ist ein viel zu großes Risiko. In einem Motel könnte man uns finden und ich will nicht, dass du heute Nacht in dem Minivan schlafen musst.“

„Aber hier, Ethan?“

„Ich sorge dafür, dass dir nichts geschieht.“ Eine ernste Beteuerung, die er wie ein Versprechen klingen ließ.

Sie rollten langsam weiter in Richtung des alten Hauses, die Stille im Fahrzeug wurde vom Geräusch knirschender Kieselsteine unterstrichen.

Bis jetzt hatte sie nicht verstanden, wie tief Ethans Angst sein musste, dass der Attentäter, der sie verfolgte, oder die Leute, die ihn angeheuert hatten, sie finden könnten.

Wenn er dachte, dass es weniger erschreckend war, im Hause seines Vaters unterzuschlüpfen, als seinen Feinden gegenüberzutreten, dann konnte Tori nur hoffen, dass sie die Nacht überlebten, damit sie morgen schnell ihre Flucht fortsetzen konnten.

Sie saß stocksteif da, während der Minivan die Auffahrt zur Seite des Hauses hinaufkroch. Hinter einem schmuddeligen Erkerfenster bewegte sich ein Vorhang, als hätte gerade jemand herausgespäht. Bevor der Wagen anhielt, öffnete sich die mit einem Fliegengitter versehene Seitentür.

Ein alter Mann trat auf die überdachte Veranda heraus. Groß und hager, an den Schultern eingefallen, lugte sein kahl werdender, grauer Schädel an einem der Pfosten vorbei und er warf seinen ungeladenen Besuchern einen missmutigen Blick zu.

Er trug ein weißes, kurzärmeliges Unterhemd und eine dunkelgrüne Arbeitshose. Verzogene, verblasste schwarze Tattoos zierten seine Unterarme. Sein finsterer Blick war durchdringend, abschreckend und bedrohlich.

Er spähte einen langen Moment durch die Windschutzscheibe des Minivans, dann wankte sein funkelnder Blick. Nur ein bisschen und nur für einen kurzen Augenblick, bevor er sich wieder fasste und noch wütender dreinblickte.

Ethan legte den Gang in die Parkposition, öffnete die Tür und stieg aus. Den Motor ließ er währenddessen weiterlaufen.

Tori fühlte sich nicht so tapfer wie er, doch sie konnte ihn seinem Vater nicht alleine gegenübertreten lassen. Sie kletterte aus dem Wagen und blieb daneben stehen, während Ethan um den Kühler herumging.

„Wenn du zur Veröffentlichung des Testaments gekommen bist, bist du zu früh dran." Die Stimme seines Vaters war rau, nicht so geschmeidig wie Ethans. „Ich bin noch nicht tot, Junge."

Tori starrte nur, unsicher was sie angesichts dieser kalten Begrüßung sagen oder tun sollte. Ethan schien gänzlich unbeeindruckt zu sein. Er blieb stoisch stehen, während der alte Mann von der Terrasse heruntertrat und näherkam.

Nebelgraue Augen lugten aus einem Schädel hervor, der mit papierdünner, gelblicher Haut bedeckt war. Seine Wangen waren eingefallen, seine Lippen trocken und aufgebrochen.

Er war nicht gesund, doch von dem Mann strömte immer noch unterschwellige Aggression aus. Sie konnte sich nur vorstellen, was für ein Typ er mit etwas mehr Gewicht und dreißig Jahren weniger auf seinem Buckel gewesen war.

Der schattenumrandete Blick des alten Mannes schweifte zu Tori, doch nur für eine Sekunde, bevor er seinen Verdruss wieder an seinem Sohn ausließ. „Sagst du mir, was du hier willst? Du bist nicht für meine Beerdigung gekommen, und mit Sicherheit ist das auch kein freundlicher Besuch."

„Wir brauchen einen Ort zum Unterschlüpfen. Nur für eine Nacht." Ethan stellte keine Frage, und in seiner Stimme und dem stählernen Blick, dem er seinem Vater schenkte, lag keine Furcht und kein Zögern. Er griff in die Tasche seiner Cargohose. „Wenn du Geld brauchst–"

„Ich will dein verdammtes Geld nicht, Junge."

Die scharfe Erwiderung verursachte ein Rasseln in der Kehle des alten Mannes. Er schniefte und hustete, dann spuckte er auf den staubigen Boden, als er sich wieder gefasst hatte.

Er schürzte seine blassen Lippen und schaute vom Minivan zu Tori, dann wieder zu Ethan. „Nur für eine Nacht?“

Ethan nickte knapp. „Bei Sonnenaufgang sind wir wieder weg.“

Sein Vater musterte ihn lange, dann nickte er abwesend mit dem Kopf. „Okay, dann. Wenn das alles ist, was du brauchst, Junge. Kommt herein.“

Ethan räusperte sich. „Ich will den Minivan in der Scheune parken.“

Die drahtigen grauen Augenbrauen hoben sich. Er brummte, dann winkte er Ethan zu, ihm zu folgen, während er auf das verwitterte rote Gebäude zuging.

Ethan folgte nicht sofort. Er ging zu Tori und fuhr ihr mit den Fingern durch das Haar über ihrer Stirn. „Im Haus gibt’s eine Toilette. Zweite Tür links.“

„Oh, nein, das ist schon in Ordnung. Ich warte lieber auf dich–“

Er schüttelte leicht den Kopf. „Ich muss ein paar Sachen mit ihm besprechen. Und das muss ich alleine tun.“

„Okay“, stimmte sie zu.

Er küsste sie liebevoll.

Dann machte er kehrt, um sich mit dem Monster seiner Jugend auseinanderzusetzen.

17

Ethan parkte den Minivan in der offenen Scheune, erstaunt darüber, dass sich nichts verändert hatte, seit er das letzte Mal hier gewesen war. Das Anwesen war allerdings heruntergekommen und litt offensichtlich schon länger unter Vernachlässigung.

Genauso wie sein Vater.

Ethan warf einen flüchtigen Blick auf den alten Mann, der in der Scheune auf ihn wartete. Er sah schlecht aus, schlimmer als nur ungesund.

Der starke, langbeinige, kampflustige Betrunkene mit den explosiven Wutanfällen hatte sich in einen gelblichen Schatten des Ungeheuers seiner Vergangenheit verwandelt.

Und Ethan war überrascht, dass er, als er seinem Vater nähergekommen war, nicht den kränklich süßen, allgegenwärtigen Hauch von Whisky an ihm gerochen hatte.

„Bist du schon lange unterwegs?“, fragte der alte Mann, während Ethan ausstieg und die Tür zuschlug.

„Nicht lange.“

Sein Vater brummte. „Wohin hast du gesagt, bist du unterwegs?“

„Habe ich nicht gesagt.“

Noch ein Grunzen, dieses Mal mit einem Hauch von Verärgerung, der an ihn gerichtet war. „Ich muss sagen, Junge, ich hätte gedacht, dass ich tot und zu Staub verfallen sein würde, bevor ich dich hier wiedersehe."

Ethan warf einen gleichgültigen Blick in seine Richtung. „Ja, das dachten wir beide."

„Hast du irgendwelche Probleme?"

Verdammt, flackerte da echtes Interesses in seinen vom Grauen Star getrübten Augen auf oder bildete er sich das nur ein?

Ethan hatte nicht vor, an so etwas zu glauben.

Sein Vater musterte ihn für einen langen Augenblick. „Ja, du musst in etwas Schlimmes verwickelt sein. Ich glaube, du musst ganz schön in der Klemme stecken, wenn du nach Hause gelaufen kommst."

„Das ist nicht mein Zuhause", erwiderte Ethan scharf. „Du weißt nicht mal, was das bedeutet."

„Trotzdem bist du hier."

Ethan wirbelte zu ihm herum. Zu seinem Schock wich der alte Mann zurück und duckte sich vor ihm. „Glaub nicht einmal eine Sekunde, dass ich hier sein würde, wenn ich irgendwo anders hin könnte. Wenn es nur um mich ginge, würde ich lieber auf der Straße schlafen, als dich um irgendetwas zu bitten."

Aber er musste an Tori denken, an ihren Komfort und ihre Sicherheit. Es war zu riskant, im Minivan zu schlafen. Sie konnten auch nicht in einem Motel oder an irgendeinem anderen öffentlichen Ort bleiben, wo sie möglicherweise von dem Attentäter oder seinesgleichen gesehen werden könnten.

Sie mussten untertauchen und hoffen, dass die Gefahr entweder an ihnen vorbeizog oder Ethan die Möglichkeit hatte, sie auf Dauer zu beseitigen.

Im Augenblick musste er sich verstecken und einen Plan austüfteln. Einen Plan dafür, wo sie hingehen konnten und eine Weile sicher wären.

Er sah zu seinem Vater, der verstummt war, von Ethans Wut zurückgeschreckt. „Ich möchte nicht mit dir streiten. Ich möchte nicht einmal hier stehen und mit dir sprechen. Ich bin nur auf der Durchreise. Wie ich schon sagte, morgen sind wir wieder weg. Dann kannst du mit deinem Leben weitermachen und ich mit meinem."

„Weitermachen, sagst du." Seine schmalen Lippen verdünnten sich noch mehr und er gluckste mit der Zunge. „Wusstest du, dass ich mit dem Trinken aufgehört habe?" Als Ethan nicht reagierte, fuhr sein Vater fort: „Ach was, das konntest du nicht wissen. Du bist schon zu lange weg. Aber ich hab's gemacht. Zweieinhalb Jahre schon, keinen einzigen Tropfen."

Ethan stieß scharf den Atem aus. „Besser spät als nie."

„Mit spät hast du recht." Der alte Mann kicherte und der feuchte, kratzende Ton hallte in der stillen Scheune wider. „Viel zu spät für mich. Mir geht's nicht gut, wie du vielleicht schon erraten hast. Zirrhose. Endphase haben sie mir gesagt. Ich habe schon seit acht Monaten ein Bein im Grab."

„Das ist schlimm." Ethan wusste, dass es kalt und gefühllos klang. Doch er konnte nicht viel Gefühl aufbringen, wenn er den Mann ansah, der ihn so oft terrorisiert und seine Mutter aus dem Haus vertrieben hatte.

„Du trägst es mir immer noch nach, genauso wie sie es immer tat“, meinte sein Vater tonlos. „Na gut, ich nehme an, es hat keinen Zweck, mich jetzt noch zu entschuldigen. Was geschehen ist, ist geschehen.“

Ethan schnaubte. Der alte Mann war wie immer, das musste er ihm lassen. Er lag vielleicht im Sterben. Möglicherweise bedauerte er sogar einige Dinge. Aber er würde verdammt noch mal keine Verantwortung für seine Sünden übernehmen.

Außerdem brauchte Ethan das von ihm nicht zu hören. „Mach dir keine Sorgen. Ich bin nicht auf eine Entschuldigung von dir aus. Darüber bin ich schon lange hinweg.“

Sein Vater starrte ihn an. „Wo bist du überhaupt die ganze Zeit gewesen?“

Ethan zuckte mit den Schultern. „Unterwegs. Da und dort.“

„Wie lange warst du weg, zwanzig Jahre?“

„Siebzehn“, antwortete Ethan. „Ich hätte nicht gedacht, dass du mitzählst.“

„Ich hörte, dass du beim Militär warst“, drängte sein Vater. „Stimmt das?“

Verdammt. Die Fragerei fing an, ihm auf die Nerven zu gehen. „Was interessiert dich das?“

Die verschleierten, grauen Augen, die ihm als Kind so viel Angst eingeflößt hatten, verengten sich jetzt voller Animosität.

Das war der Mann, an den Ethan sich erinnerte. Nicht der gekrümmte, anscheinend nüchterne, schon fast tote Mann, der dachte, er könnte nach Antworten suchen und Sympathie für sich herausholen, nur weil er ein paar Jahre nicht mehr getrunken hatte und ein paar Jahrzehnte lang sein Kind nicht mehr verprügelt hatte.

Der alte Mann verschränkte seine verwelkten, tätowierten Arme über seinem zerlumpten Unterhemd. „Ich hoffe deinetwegen, dass du beim Militär warst. Die Disziplin hast du ja weiß Gott gebraucht. Jemand musste dich ja maßregeln.“

„Ich dachte, das wäre deine Aufgabe gewesen“, murmelte Ethan.

„Deine Mutter hat dich weich gemacht. Sie machte dich arrogant, mit all den Büchern, die sie dir unter die Nase hielt und indem sie dich stundenlang vor dem Computer sitzen ließ. Du warst so schlau und hast immer getan, als wärst du was Besseres als ich, besser als das Leben, das ich dir bieten konnte.“ Er sah Ethan finster an. „Du und deine Mutter, ihr habt nie zu schätzen gewusst, was ich für euch tat.“

Ethan begegnete seinem anschuldigenden Blick mit einem genauso vorwurfsvollem. „Du hast es uns ja dann auch gezeigt, wie, Vater?“

Er erwartete, dass sein Vater voller Wut zurückbrüllen oder mit seinen Fäusten auf ihn einschlagen würde. Aber er tat keines von beidem.

Er wurde ruhig, nachdenklich. Er sah Ethan an und musterte den steten grellen Blick, den er nie zuvor in seinem Leben auf sich gerichtet gespürt hatte.

Sein Vater sah hinab auf seine abgewetzten Arbeitsschuhe, dann blickte er vage zurück in Richtung des Hauses, das Tori vor nur wenigen Minuten betreten hatte. „Willst du mir etwas über das Mädchen sagen?“

„Sie gehört zu mir“, sagte Ethan fest. „Sie ist meine. Das ist alles, was du wissen musst.“

„Deine“, meinte der alte Mann. Ein langsames Lächeln umspielte seine Lippen. „Na, wenn das nichts ist. Hast du dich etwa verliebt, Junge?“

Ethan straffte sich, als sich sein Beschützerinstinkt regte. „Ich bin kein Junge mehr, und du sollst wissen, dass diese Frau mir alles bedeutet. Ich werde jeden, der sie berührt, töten. Jeden."

Sein Vater schüttelte den Kopf. „Glaubst du wirklich, ich würde dir oder ihr etwas antun? Sieh mich doch an, Sohn. Ich bin nicht mehr der Gleiche wie damals. Ich bin trocken. Ich bin auch alt. Und ich liege im Sterben."

„Ich hoffe, du bist nicht auf Sympathie von mir aus."

„Nein, Sohn… bin ich nicht." Er pausierte für einen langen Moment, seine harten Augen schienen weit in die Ferne zu blicken. Die Falten in seinem Gesicht vertieften sich, was ihm überraschenderweise einen Ausdruck des Bedauerns gab. Dieser verschwand mit dem Geräusch seiner sich räuspernden Kehle. „Wenn du etwas mit ins Haus nehmen willst, hol es. Wir können die Scheune zusperren, wenn du so weit bist."

Sein Vater wartete nicht auf eine Antwort, sondern schlurfte an Ethan vorbei und ließ ihn stehen. Tori trat in diesem Moment aus dem Haus und musste an ihm vorbei. Er nickte ihr zu, ging jedoch weiter, von Alter und Krankheit gedemütigt.

„Scheiße." Ethan strich sich mit der Hand über seinen Kopf. Er wollte nicht einen Funken Mitleid an den Scheißkerl verschwenden. Er wollte ihn hassen.

Das tat er auch immer noch. Ein Teil von ihm würde das vermutlich immer tun.

Aber während er zusah, wie sich Tori ihm näherte, konnte er das Gefühl von Dankbarkeit, das ihn überkam, nicht abstreiten. William Davis war vielleicht die traurigste Version eines Vaters, aber trotz all seiner Fehler war er bereit, Ethan und Tori Unterschlupf vor einem noch größeren Ungeheuer zu gewähren, das ihnen auf den Fersen war.

Ein Ungeheuer, das nicht aufgeben würde, bis einer von ihnen tot war, dessen war Ethan sich sicher.

18

Stunden später, nach einem ruhigen, sonderbar gastfreundlichen Abendessen mit Ethans Vater, fand sich Tori im Dachbodenzimmer wieder, das ihre Unterkunft für die Nacht sein würde.

Sie war alleine hinaufgegangen. Ethan hatte sich entschieden, noch zu duschen, nachdem er und Tori den Tisch abgeräumt und das Geschirr gespült hatten.

Sie hatte nur vorgehabt, aus ihrer kurzen Hose in eine Yogahose zu schlüpfen, die sie beim Verlassen von Hoshis Wohnung noch schnell in ihre Handtasche gestopft hatte, aber als sie erst einmal in dem engen, kleinen Raum war, konnte sie nicht anders, als die Sachen aus Ethans Kindheit anzusehen.

Gegenüber der Wand mit dem einzigen Fenster im Raum stand ein schmales Einzelbett, an dessen Kopfende ein Bücherregal angebaut war. Es war vollgestopft mit alten Taschenbüchern, deren Buchrücken kaum noch lesbar waren.

Ein Stuhl mit Rollen und ein heruntergekommener Sperrholzschreibtisch standen auf der anderen Seite. Das Furnier war verblasst und an einigen Stellen staubbedeckt, an anderen abgeblättert.

An der Wand befestigte Kiefernregale dienten als Ablagen für eine Sammlung von Modellflugzeugen, Raketen und Sportautos.

Etwas an dieser Normalität in Ethans Zimmer war herzzerreißend. Es trug keinerlei Zeichen der Qualen, die er in diesem Haus durch die Wut seines betrunkenen Vaters und die Abwesenheit seiner Mutter erlitten hatte.

Doch andererseits tat es das vielleicht doch.

Sie setzte sich auf das Bett und betrachtete Ethans Bücherregal. Dort standen bestimmt an die hundert Bücher. So viele, dass sie wie die Sardinen dort lagen, einige hochkant, andere horizontal aufeinandergestapelt. Ein wahrer Schatz, angesammelt von einem Jungen mit einem scharfen, intellektuellen Verstand und einer versteckten Gabe, die ihn außergewöhnlich machte.

Aber er war auch ein Kind, das in einer privaten Hölle gelebt hatte.

Jedes einzelne Buch in Ethans Regal war eine Geschichte über magische Länder und weit entfernte Abenteuer. Jeder zerbröckelnde Buchrücken und jeder verblichene Titel sprach von Flucht.

Sie blickte flüchtig auf die Modelle, die er offenbar selbst gebastelt hatte. Hochgeschwindigkeitsjets. Raumschiffe. Schnelle Autos.

Seine Sehnsucht, seinem Zuhause entfliehen zu können, musste jedem, der sich die Mühe machte hinzuschauen, in die Augen springen.

Toris Mund wurde trocken vor Mitleid, als ihr diese Realität von Ethans Vergangenheit bewusst wurde. Sie zog eins der alten Taschenbücher aus dem Bücherschrank im Kopfende und öffnete es sachte.

Der Knoten in ihrer Kehle brannte noch mehr, als ihre Augen die gekritzelte Handschrift sahen, die auf das Titelblatt geschrieben war.

Eigentum von Ethan Michael Davis.

Sie berührte die jugendlichen Buchstaben und verspürte plötzlich eine Verbindung zu ihm, die nie wieder gelöst werden konnte. Er hatte ihr diesen Teil seiner Vergangenheit anvertraut.

Er hatte ihr schließlich die ganze Wahrheit über sich erzählt.

Und sie hatte ihn nie zuvor mehr geliebt.

Tori sah hoch, als die Tür zum Dachbodenzimmer plötzlich leise knarrte.

Ethans haselnussbraune Augen fanden sie auf dem Bett und er lächelte, als er eintrat und die Tür hinter sich schloss. „Ich sollte dich warnen, diese Bücher sind seltene literarische Schätze. Es gibt eine hohe Geldstrafe, wenn du sie zu spät wieder zurückgibst."

Sie grinste trotz der Schwere ihrer Emotionen. „Na, das könnte aber ein Problem aufwerfen, da ich im Moment nicht viel Bargeld habe. Vielleicht könntest du etwas im Tausch dafür nehmen?"

Barfuß und nur in die Jeans gekleidet, die er in seinem Rucksack mitgebracht hatte, setzte er sich zu ihr auf das Bett.

„Was liest du?" Er nahm ihr das Taschenbuch aus der Hand und lachte leise. „Dieses Buch muss ich mindestens ein Dutzend Mal gelesen haben. Alle anderen vermutlich auch."

Er griff an ihr vorbei, um das Buch auf das Regal zurückzustellen, und Tori nutzte die Gelegenheit, ihn zu bewundern. Sein hübsches, jetzt glattrasiertes Gesicht, seine breiten Schultern, die genähte, heilende

Stichverletzung vom Tag zuvor. Ihr Herz war voller Liebe, als sie ihn musterte. Es fühlte sich an, als würde es in ihrer Brust bersten.

Sie zog ihn in ihre Arme und küsste ihn langsam und innig. Er umarmte sie und erwiderte ihren Kuss mit der gleichen zärtlichen Leidenschaft.

„Wofür war das denn?“, raunte er an ihrem Mund.

„Dafür, dass du mir vertraust“, flüsterte sie. „Mit dem hier. Mit deinem Leben. Mit dem, wer du wirklich bist.“

Er sagte nichts, suchte nur ihre Augen mit einer Intensität, die ihr den Atem raubte. Als sein Mund ihren wieder traf, war der Kuss schmerzhaft süß.

Roh und ehrlich.

Und für ihren Geschmack viel zu kurz.

„Wo ist dein Vater jetzt?“, fragte sie, immer noch in Ethans Armen.

„Er ging gerade ins Bett, als ich heraufkam.“ Ethan stieß einen Seufzer aus. „Ist es falsch, dass ich, jetzt wo ich ihn wiedersehe, mehr Mitleid als Hass für diesen Scheißkerl empfinde?“

Sie streichelte seine geschmeidige Wange und seinen harten Kiefer. „Nein. Du hast es durchlebt, Ethan. Du spürst, was du spürst.“

„Er tut mir leid für all die Dinge, die ihn seine Sucht und seine Wut gekostet haben. Meine Mutter liebte ihn einmal. Ich auch. Er hat all das zerstört.“

Ethan hob seine Hand zu ihrem Gesicht, seine starken Finger strichen über ihre Haut und ließen sie erbeben. Seine Augen, so zärtlich wie seine Berührung, suchten ihre. „So lange Zeit hatte ich Angst, all das zerstört zu haben, was du für mich empfunden hast. Ich dachte, dass du mich auch hassen würdest.“

„Nein“, sagte sie. „Das war nicht Hass. Ich war verletzt. Und das ist etwas ganz anderes.“

Er fluchte leise. „Ich wollte dich nicht verlassen, Tori. Es hat mich fast umgebracht, dass ich dich so zurücklassen musste.“

„Du hast getan, was du tun musstest, und auf die Art, wie du es tun musstest. Ich verstehe das jetzt.“

Er schüttelte den Kopf. „Es ist noch nicht vorbei. Ich könnte für eine sehr lange Zeit auf der Flucht sein. Vielleicht sogar für den Rest meines Lebens. Ich möchte nicht auch noch dein Leben ruinieren, nur weil ich so leben muss.“

„Ich bin genau da, wo ich sein möchte – mit dir zusammen. Ich habe drei Jahre auf dich gewartet, Ethan. Ich hätte noch länger gewartet.“ Sie fuhr mit den Fingern durch sein feuchtes Haar. „Außerdem wollte ich schon immer andere Teile des Landes sehen. Oder der Welt, wenn wir dort landen.“

Er lachte trübselig. „Vorzugsweise nicht mit einer Zielscheibe auf unserem Rücken.“

„Was für eine Art Leben glaubst du, würde ich woanders haben können, wenn ich wüsste, dass du eine Zielscheibe auf dem Rücken hättest? Ich muss bei dir bleiben, Ethan. Es interessiert mich nicht, wo das sein wird, oder unter welchen Umständen das geschieht–“

„Du hast dir dieses Leben nicht ausgesucht“, beschwor er sie und runzelte die Stirn. „Ich kann dich nicht darum bitten, deinen Job, dein Zuhause, deine Freunde – deine ganze Lebensweise – aufzugeben, um für mich dein Leben zu riskieren.“

„Du hast mich nicht gebeten“, betonte sie.

„Und das werde ich auch nicht.“ Er versuchte, sich aus dem Gespräch und von ihr zurückzuziehen. „Ich möchte nicht, dass du es bedauerst, Tori. Ich möchte nicht, dass du mich bedauerst."

Ärger stieg in ihr hoch, während sie in Ethans Armen warme Empfindungen verspürt hatte. „Dich bedauern? Bedauern, was wir im Moment haben?" Sie schüttelte ihren Kopf. „Das größte Bedauern, das ich überhaupt haben könnte, ist, nicht mit dir zusammen zu sein. Wenn du immer noch nicht kapiert hast, dass ich dich liebe, dann bist du vielleicht doch nicht so intelligent, wie ich immer vermutet habe."

Er starrte sie lange und mit einem unlesbaren Ausdruck an. „Du liebst mich?"

„Hals über Kopf, Professor Jones." Er starrte sie noch immer an, doch jetzt zuckte ein Muskel in seiner Wange. „Ich glaube, ich liebe dich seit St. Patricks Day vor vier Jahren absolut und unwiderruflich."

Ethan sagte nichts. Dann aber griff er mit einem heftigen Knurren nach ihr und zog sie für einen fiebrigen, herzstoppenden Kuss an sich. Trotz des Feuers und der Leidenschaft darin waren seine Hände auf ihrem Gesicht und in ihrem kurzen Haar zärtlich und ehrerbietig.

Als er sie schließlich losließ, lachte Tori atemlos. „Das ist traditionsgemäß der Punkt, an dem du antwortest, dass du mich auch liebst."

Er schüttelte den Kopf. „Nein. Das Wort ist nicht stark genug für das, was ich für dich empfinde. Als du sagtest, dass ich mein ganzes Leben alleine war, hattest du recht. Ich sorgte dafür, dass ich mich nie auf jemanden verlassen musste. Ich habe nie jemandem vertraut. Und mich von jemandem lieben lassen?" Er stieß den Atem wie eine scharfe Böe aus. „Ich wusste nicht einmal, was das bedeutete. Nicht bis ich dich traf; bis zu unserem gemeinsamen Jahr."

„Ethan…", flüsterte sie, kaum fähig, die Worte der Freude zu formulieren, die in ihre Brust eingezogen waren.

„Du bedeutest mir alles, Tori. Du bist die einzige Liebe, die ich je kannte. Die einzige, die ich je brauchte." Seine langen Finger streichelten immer noch ihre Wange, sein Daumen strich über ihren Kiefer und ihre Kehle hinab. „Ich lag oft wach in diesem Zimmer und wünschte mir eine Gelegenheit herbei, von hier wegzukommen. Dieses Haus barg nichts als schlechte Erinnerungen für mich. Jetzt nicht mehr. Morgen werde ich mit einer anderen Erinnerung von hier weggehen. Dieser Erinnerung – diesem Moment."

Tori streckte sich mit einem sanften Seufzer zu ihm und küsste ihn.

„Verdammt, Frau", raunte er an ihren Lippen. „Das ist die reinste Folter, dich hier auf meinem Bett zu haben, dich zu küssen und dich sagen zu hören, dass du mich liebst… und du siehst so wunderschön aus und so sexy, dass ich mich kaum beherrschen kann, dir nicht die Kleider vom Leib zu reißen."

„Wer hält dich denn davon ab?"

Er wich zurück und musterte sie mit einem dunklen Blick. Tori wartete nicht, bis er protestieren konnte oder irgendeinen plötzlichen Anfall von Ehre bekam.

Mit geschickten Bewegungen zog sie ihr Top und die kurze Hose aus. Nur in BH und Slip saß sie dann auf ihren Knien vor ihm.

Ethan fluchte, doch es klang wie ein Gebet. „Tori Connors, du bist das Schönste, was ich je gesehen habe. Ich kann mich in deiner Nähe nicht eine verdammte Sekunde lang beherrschen."

Er griff nach ihr, streichelte ihre Brüste durch den Satinstoff ihres BHs. Sie seufzte bei seiner Berührung, wollte mehr davon. Wollte ihn auf ihrem ganzen Körper spüren.

Ethan stieß einen leisen Fluch aus. „Als Dreizehnjähriger wäre ich sofort explodiert, wenn ich dich hier so gesehen hätte; in meinem Zimmer, wo sich nie etwas dergleichen abgespielt hat, nichts außer in den Nächten, wo ich mit meiner eigenen Hand und einem Kopf voller geiler jugendlichen Fantasien alleine war."

Tori grinste. „Dann halte dich mal fest, denn dieses Zimmer ist im Begriff, seine Jungfräulichkeit zu verlieren."

19

Innerhalb von Sekunden hatte sie ihn nackt ausgezogen. Seine Jeans und seine Boxershorts fielen zu Boden, dann machte sich Tori an seinen emporragenden Schwanz.

„Ich habe nichts zur Verhütung hier“, murmelte er, die Worte unklar und schwer herauszubekommen.

Sie warf ihm einen erhitzten Blick zu. „Das interessiert mich nicht. Nicht heute Nacht.“

„Gott sei Dank.“ Ethan ließ seinen Kopf in den Nacken fallen und zog scharf die Luft ein, als sie ihn langsam von der Wurzel bis zur Spitze leckte.

Ihre Lippen waren weich und feucht, ihre Zunge verbrannte ihn, als sie ihren Mund um die Krone seines Schwanzes schloss und seine gesamte Länge hinunter glitt. Das enthusiastische Stöhnen, das sich dabei aus ihrer Kehle löste, vibrierte bis zu seinen Eiern und machte seine bereits schmerzende Begierde nur noch heftiger und ursprünglicher.

Sie war seine Frau.

Die einzige Person, die er brauchte, und die einzige, die er je brauchen würde.

Er liebte sie.

Verdammt, er liebte sie mit jeder Faser seines Seins.

Und verflucht, wie er auch das liebte, was sie mit seinem Körper anstellte.

Sie nahm ihn tief auf, schlang ihre teuflische kleine Zunge entlang der empfindlichen Unterseite seiner Erektion und hinauf um die Eichel an der Spitze.

Ihre Berührungen entflammten ihn. Er spürte, wie sich ein donnernder Höhepunkt in ihm anbahnte und wollte ihn noch für eine Weile hinauszögern. Auf ewig, wenn Tori ihn ließ.

Er würde nie genug von ihr bekommen und wenn er es überhaupt irgendwann einmal bezweifelt hatte, seit sie zusammen waren, dann wusste Ethan heute Nacht nach all dem, was sie durchgemacht hatten und was noch auf sie zukommen würde, dass er sie nie aus seinem Leben entkommen lassen würde.

All sein ehrenvolles Gerede, dass er ohne sie weiterziehen würde, sie von sich fernhalten, damit sie in Sicherheit war, war ausgelöscht worden durch ihr offenes Bekenntnis ihrer Liebe zu ihm.

Er würde sie mit seinem Leben beschützen.

Mit seinem Tod, wenn es dazu käme.

Das Einzige, was zählte, war diese Frau – *seine Frau.*

Sie besaß ihn, eine Tatsache, die ihm immer klarer wurde, als sie ihn leckte und küsste, ihr Tempo beschleunigte, zu sehr erregte, um es noch viel länger aushalten zu können.

Mit einem Knurren zog er sie von sich herab, bevor er seine Beherrschung verlor. „Jetzt bin ich dran."

Er warf sie unter sich auf das Bett, rollte sich auf sie und küsste sie mit Zunge und Zähnen, immer wilder von seiner Begierde gesteuert.

Mit unbeholfenen, ungeduldigen Fingern löste er den winzigen Verschluss ihres BHs und gab ihre Brüste frei. Ihre Nippel waren hart und so tief gerötet wie ihre Lippen. Angeregt durch Toris atemloses, kehliges Stöhnen, saugte er die festen kleinen Knospen.

Er wollte den köstlichen Schmaus ihrer Brüste und ihres Mundes nicht verlassen, aber es gab eine süßere Versuchung, die ihn erwartete. Ethan rutschte ihren Körper hinab und küsste sie entlang ihres Brustbeines, dann über die geschmeidige Fläche ihres Bauches.

Während er immer tiefer wanderte, hakte er seine Finger unter ihren Slip und zog ihn ihre schlanken Beine hinab. Seine warmen Hände strichen die samtige Haut ihrer Schenkel hinauf.

Er spreizte ihre Beine und offenbarte sie seinem Blick, seine Sinne genährt von der hübschen Feuchtigkeit ihres Geschlechts, dem süßen, cremigen Aroma ihrer Erregung. Mit schweren Augenlidern über den tiefblauen Teichen ihrer Augen beobachtete sie, wie er ihre Nacktheit bewunderte.

Augen, die ihn mit solchem Vertrauen und solcher Zuneigung betrachteten, mit solcher sinnlichen Begierde, dass er dabei fast zum Höhepunkt kam.

„So schön", raunte er heiser.

Dann neigte er seinen Kopf und gab sich einer genüsslichen, gemächlichen Verkostung hin.

Er brachte sie zu einem schnellen, überwältigenden Orgasmus und gewährte ihr keine Gnade, bis sie ihre Schreie in dem dünnen Kopfkissen ersticken musste.

Er brauchte ebenfalls Erlösung. Sie hatte ihn mit ihrem Mund in einen Zustand vergnüglicher Qual versetzt und jetzt hatte ihm ihr Höhepunkt den Verstand geraubt.

Er brauchte sie jetzt.

Alles von ihr.

Für immer.

„Ich muss in dir sein." Ethan kroch auf dem schmalen Bett hoch und legte sich zwischen ihre gespreizten Schenkel.

Heute Nacht waren alle Barrieren gefallen. Einschließlich dieser letzten.

Er rieb sich an ihren feuchten Schamlippen, nur Haut auf Haut. Ihre Säfte beschichteten ihn mit warmem Honig, als er in sie eindrang.

„Oh, Gott", keuchte sie, griff nach ihm und zog ihn zu sich, während ihre vereinten Körper sich in einem perfekten Tempo miteinander bewegten.

Er wollte sich Zeit lassen, doch es war schon zu viel für ihn, bevor sie überhaupt begonnen hatten. Tori wand sich unter ihm und als sie sich einem weiteren Höhepunkt näherte, stieß Ethan immer härter, tiefer und schneller in sie. Sie verkrampfte sich um ihn, ihre kleinen Muskeln schlugen gegen seinen Schwanz, während er auf seine eigene Erlösung zujagte.

Schließlich konnte er sich nicht länger zurückhalten.

Sein Orgasmus brach über ihn herein. Mit einem tiefen Grollen zog er sich aus ihr heraus und schmiegte seinen Schwanz zwischen ihre Körper, wo er sich in einem heißen Strom ergoss.

„Oh, Gott", keuchte er und vergrub seine Stirn über ihrer Schulter in der Matratze. „Die Jungfräulichkeit dieses Zimmers ist mehr als zerstört worden. Sie wurde vernichtet."

Tori lachte sanft und schlang ihre Arme um ihn, während sie beide für die nächste Runde nach Luft schnappten.

20

Sie machten während dieser Nacht noch mehrmals Liebe und dann nochmals, als sie am frühen Morgen vor dem Sonnenaufgang erwachten.

Ethan ging nach unten, um Kaffee und Toast zu machen, und Tori duschte in einem Zustand voller Glückseligkeit, ihr Körper nach Ethans anscheinend endloser Ausdauer an den richtigen Stellen schmerzend.

Sein Verlangen nach ihr schien ebenfalls unbegrenzt zu sein, seine Liebe sogar noch tiefer, und sie stellte sich vor, wie intensiv und leidenschaftlich ihre gemeinsame Zukunft sein würde.

Sie konnte es nicht erwarten, dass diese Zukunft endlich begann.

Er war alleine in der Küche, als sie, angezogen und fertig zur Abreise, eintrat. Ethan stand mit nacktem Oberkörper und tief sitzender Jeans am Spülbecken, sein sandbraunes Haar schlafzerzaust, hielt eine Tasse dampfenden Kaffees in der Hand, und blickte zum Fenster hinaus in das sanfte Morgenlicht.

Tori erinnerte sich an eine Szene wie diese, als sie Ethan an jenem Morgen im späten Februar in ihrer Küche in Maine hatte stehen sehen.

Sie hatte ihn damals auch geliebt, aber jetzt sah sie einen anderen Mann vor sich.

Und obwohl es kaum möglich zu sein schien, liebte sie diesen neuen, echteren Mann sogar noch mehr.

Er sah sie an, als sie den Raum betrat, und sein warmes Lächeln ließ sie dahinschmelzen. Tori ging zu ihm und schlang von hinten ihre Arme um seine Taille. Sie schmiegte ihre Wange an seinen muskulösen Rücken. „Wo ist dein Vater?“

„Er steht gerade auf, glaube ich. Ich habe ihn in seiner Dusche gehört, als du gerade aus der anderen kamst.“ Ethan streichelte ihre verschlungenen Arme mit seiner freien Hand. „Möchtest du Kaffee? Ich kann dir einen Toast dazu machen.“

Sie küsste ihn auf seine Wirbelsäule. „Gern. Wann sollen wir losfahren?“

„Sobald ich geduscht habe.“

Er löste sich aus ihrem lockeren Griff und deutete auf den Tisch, wo ihre Handtasche und Reisetasche neben seinem schwarzen Rucksack lagen. „Ich habe alles aus dem Schlafzimmer herunter geholt. Wenn du Hoshi anrufen möchtest, dann tu es jetzt von meinem Wegwerfhandy aus, es ist im Rucksack. Gib ihr nicht zu viele Einzelheiten und verrate ihr nicht, wo wir sind. Ich weiß, dass wir ihr vertrauen können, aber je weniger sie weiß, desto sicherer ist es für sie.“

Tori nickte, während er ihr eine Tasse Kaffee eingoss.

„Wir werfen das Handy weg, bevor wir hier wegfahren“, sagte er und reichte ihr die Tasse. Dann steckte er eine Scheibe Brot in den Toaster auf dem Tresen. „Es ist besser, wenn wir uns bei unserem nächsten Halt ein neues besorgen. Hoffentlich können wir dann auch den Minivan gegen ein anderes Fahrzeug eintauschen."

Nach der unglaublichen Nacht, die sie zusammen verbracht hatten, war es einfach gewesen zu vergessen, dass sie heute Morgen wieder auf der Flucht waren und versuchen würden, Ethans Feinden zu entkommen. Sie waren jetzt auch ihre Feinde, denn wo auch immer er war – was auch immer als ein ehemaliges Mitglied des Phoenix-Programms auf ihn zukam – Tori beabsichtigte, immer an seiner Seite zu bleiben.

Er strich ihr die Haare aus der Stirn und drückte ihr einen zarten Kuss auf die Braue. „Ich mache mich fertig. Iss deinen Toast und ruf deine Freundin an. Dann müssen wir los."

„Okay."

Er nahm ihr Gesicht in beide Hände und berührte sanft ihre Lippen. Er stöhnte, als das liebevolle Aufeinandertreffen ihrer Münder die Begierde erneut entflammte. Sie spürte das sehr offensichtliche und sehr verleitende Verlangen gegen ihren Bauch anschwellen, als er sie küsste.

Er löste sich von ihr und sein Atem ging unregelmäßig und schwer. „Jetzt werde ich kalt duschen müssen. Oder sogar eisig. Sonst werden wir es heute nicht länger als ein paar Meilen schaffen, bevor ich den Minivan anhalten muss, um über dich herzufallen."

Sie lachte, als er sie wieder küsste, dann jaulte sie auf, als er ihren Po mit beiden Händen ergriff und diesen besitzergreifend durch ihre Kleidung drückte. Schließlich verließ Ethan die Küche, um ins Bad zu gehen, und Tori schaute hinter ihm her und bewunderte die tolle Figur ihres Mannes.

Sie würde ihn heute in Ruhe fahren lassen, doch sobald sie zum Ausruhen anhielten, würde sie sich jedem köstlichen Zentimeter von ihm widmen.

Mit diesem Gedanken, der ihr Auftrieb gab, nahm sie die Scheibe Toast und nagte daran, nippte dazu an ihrem schwarzen Kaffee.

Sie wollte gerade das Handy herausholen, um Hoshi anzurufen, als sie schlurfende Schritte hinter sich hörte. Ethans Vater kam in die Küche und begrüßte sie mit einem kurzen Kopfnicken.

„Guten Morgen." Über die Kante ihrer Tasse hinweg schenkte Tori ihm ein kurzes Lächeln. „Es gibt frischen Kaffee in der Kanne."

Er brummte unverständlich, ging jedoch zur Kaffeemaschine und goss sich eine Tasse ein. „Ich nehme an, ihr fahrt bald ab."

„In ein paar Minuten", antwortete Tori. „Ethan duscht gerade noch, bevor wir losfahren."

Noch ein Grunzen, dieses etwas ruhiger und überdachter. Er nahm einen Schluck seines Kaffees und erschien einen langen Moment nachdenklich.

„Ich frage nicht, wohin ihr unterwegs seid, weil ich weiß, dass er nicht will, dass ich es weiß. Geht mich nichts an, was er tut oder wo er ist. Das weiß ich." Keine Animosität lag in seinen Worten, nur ein aufrichtiges Verständnis, dass er nicht ein Teil von Ethans Leben war und vermutlich nie wieder sein würde.

Tori hörte einen weicheren Unterton in der Stimme des kränklichen alten Mannes. Und als er seinen Kopf drehte, um sie anzusehen, sah sie die Sorge in seinen trüben Augen.

Sie sah das tiefe, unausgesprochene Bedauern eines Vaters.

Sie sah den Mann, den Ethan nicht hassen konnte, den Mann, der jede kostbare Sache, die er jemals gehabt hatte, davongetrieben oder zerstört hatte.

Aber sie sah auch einen störrischen, jähzornigen Mann, der all jene Sachen geglaubt hatte, selbst wenn er sie nie in Worte fassen würde. Nicht ihr gegenüber.

Zweifellos nicht dem Sohn gegenüber, den er so schrecklich behandelt hatte.

Tori bemitleidete Ethans Vater umso mehr, weil er nie erfahren würde, was für ein guter Mann sein Sohn geworden war, trotz seiner Erziehung.

„Gut, dann mach ich mich an meine Arbeit“, murmelte er. Er nahm noch einen Schluck seines Kaffees, dann schüttete er den Rest in den Abfluss. „Ich hänge nicht rum zum Abschiednehmen. Und ich will nicht im Weg sein, wenn du und Ethan losfahren. Ich habe Arbeit, die hinten auf mich wartet, also mache ich mich jetzt dran.“

Er wischte seine Hände an einem Geschirrtuch ab und blickte Tori lange an. „Du passt gut auf den Jungen auf, ja? Sag ihm, dass ich ihm alles Gute wünsche, euch beiden, wohin auch immer ihr geht.“

„Das mache ich“, sagte Tori. „Und… danke, Mr. Davis.“

Er nickte kurz. Dann drehte er sich weg und ging die Hintertür hinaus.

Als seine schweren Stiefel auf der Treppe der Veranda holperten und langsam verstummten, nahm Tori Ethans Rucksack und ging damit nach draußen, um ihre Freundin anzurufen.

21

Ethan stand unter dem spritzenden Metallduschkopf in der kleinen Wanne des Gästebads.

Er ließ das lauwarme Wasser an sich herunterlaufen, dachte an den Weg, der vor ihm lag – den physischen, den er vor sich hatte, sowie den neuen Weg, den er mit Tori an seiner Seite beschreiten würde.

Sie gehörte ihm und diese Tatsache ließ nun alles andere unbedeutend erscheinen.

Sogar den Auftragskiller, den sie in Seattle abgehängt hatten.

Oh, Gott, zumindest hoffte er, dass es so war.

Leider wusste Ethan nur zu gut, wie diese Männer vorgingen. Sie waren wie unnachgiebige Maschinen, von dem Verlangen getrieben, ihre tödlichen Aufgaben zu erfüllen – vielleicht sogar mehr, als eine monetäre Belohnung das konnte.

Tori und er würden keine Ruhe finden, es sei denn, dem Attentäter wurde auf Dauer das Handwerk gelegt. Unabhängig davon wusste Ethan, dass er keinen dauerhaften Frieden finden würde, bevor er Antworten auf seine alptraumhafte Vision fand und wusste, was er verhindern sollte.

Und er wusste, dass er dafür Hilfe benötigte.

Es spielte keine Rolle, dass er riskieren musste, sein Vertrauen jemand anderem außer Tori zu schenken, aber er musste die anderen Mitglieder des Phoenix-Programms finden.

Die einzige Frage war nur, wo fing er damit an?

Während er im Geiste seine Optionen erwägte, drückte er einen Klecks Shampoo in seine Handfläche, wusch sich das Haar und spülte es. Er schloss seine Augen und ließ das Wasser sein Gesicht und seine Schultern hinunterlaufen und die Seife von seinem Bauch und seinen Gliedmaßen waschen.

Als der erste Blitz einer Vorahnung ihn traf, schwankte er unter den Wasserstrahlen.

Verdammte Scheiße.

Die Vision schlug immer wieder auf ihn ein – jetzt schärfer, ein klares Bild des Anwesens draußen.

Er sah das alte graue Bauernhaus und den Schotterweg. Sah die verblasste rote Scheune, in der er den Minivan gestern Abend versteckt hatte. Die Tür stand weit offen. Dann tauchte sein Vater auf, die Mündung einer Pistole an seinen Kopf gepresst.

Oh, Gott.

Nein.

Sie mussten sich nicht mehr wünschen, dem Attentäter von Seattle entkommen zu sein.

Er hatte sie bereits gefunden.

„Tori!", brüllte Ethan, während er aus der Wanne stieg und rasch seine Jeans anzog. Barfuß, mit noch tropfendem Haar, lief er hinaus in die Küche, in der sie noch vor wenigen Minuten gewesen war.

Jetzt war sie weg.

Genauso wie sein Rucksack. Die Tasche enthielt seine eigene Pistole sowie die, die er dem Angreifer in der Stadt abgenommen hatte.

Er hatte keine Waffe. Keine Mittel, mit denen er sich der kommenden Bedrohung stellen konnte.

Und dann erkannte er, dass er nicht einmal mehr die Zeit hatte.

Von draußen auf der Veranda stieß Tori einen schrecklich klingenden Schrei aus.

Die Vorahnung, die er unter der Dusche gesehen hatte, erfüllte sich bereits.

Hölzern ging er zu der Tür mit dem Fliegengitter und drückte sie auf. Toris Schrei brachte ihn beinahe um, so ängstlich klang er.

„Ethan, tu es nicht“, flüsterte sie vom anderen Ende der Veranda. „Komm nicht hier raus.“

Als ob er sie dort draußen lassen würde, damit sie sich alleine der Gefahr stellen konnte! Der Auftragskiller war wegen ihm hier, nicht wegen Tori. Und auch nicht seines Vaters wegen.

Doch als Ethan hinaus trat, sah er seine Vorahnung bereits Wirklichkeit werden.

Sein Vater kam aus der offenen Scheune, der Killer hinter ihm mit einer Pistole in seiner linken Hand, die Mündung der Waffe hart an die Schläfe des alten Mannes gedrückt. In den verengten, emotionslosen Augen des Attentäters lag eine klare Warnung. Er würde alle Mittel anwenden, die notwendig waren, um Ethan ins Visier zu bekommen.

Er würde jeden töten, der versuchte, dies zu vereiteln.

„Lass die Hände dort, wo ich sie sehen kann, Mr. Jones." Der Auftragskiller lächelte rücksichtslos. „Oder willst du lieber, dass ich dich Mr. Davis nenne?"

Ethans Blut gefror in seinen Adern. Irgendwie hatte dieser Hundesohn Zugang zu der streng geheimen Akte über Ethans Herkunft erlangt, die Informationen enthielt, die vor Jahren begraben und seither nie wieder ans Tageslicht gebracht worden waren.

Das bestätigte Ethans Verdacht, dass der Auftrag, ihn zu töten, von der CIA kam oder von irgendjemand anderem in D.C., wenn er sich nicht irrte.

Nein, eher traf er damit den Nagel auf den Kopf.

Ethan hob seine Hände hoch, sein Gehirn versuchte fieberhaft die Situation vor sich zu beurteilen. Aus dem Augenwinkel sah er seinen schwarzen Rucksack geöffnet zu Toris Füßen auf der Veranda liegen. Sein Wegwerfhandy lag auf dem Holzboden in der Nähe, zweifellos war es auf Befehl des Attentäters dort fallen gelassen worden.

Beide Sachen viel zu weit entfernt, um sie zu erreichen.

Er könnte einen Satz darauf zu machen in der Hoffnung, dass er eine der Waffen schnell genug herausziehen könnte, aber bis dahin würde sein Vater eine Kugel im Schädel haben. Und verflucht noch mal, Tori ebenfalls.

Auf keinen Fall würde er dieses Risiko eingehen.

„Komm vor", befahl ihm der Auftragskiller. „Komm hervor oder der Alte frisst die Kugel, die für dich bestimmt ist."

„Tu es nicht, Junge!", schrie sein Vater. „Wir wissen beide, dass ich es nicht wert bin."

Möglicherweise war er das nicht, aber Ethan würde verdammt noch mal niemandem erlauben, jemanden so zu benutzen, nur um an ihn ranzukommen.

Und er brauchte die Zeit, egal wie wenig, um sich seine Chancen auszurechnen. Seine Chance abzuwägen, ob er es schaffen könnte, zu seinem Rucksack zu gelangen.

Er machte einen Schritt nach vorne. „Lass meinen Vater zuerst frei. Dann sind's nur du und ich."

Der Killer grinste, seine weißen Zähne glänzten wie die eines Schakals. „Habe ich etwas über einen Tauschhandel verlauten lassen? Ich sehe nur einen, der hier eine Pistole hat. Das bedeutet, dass ich der Einzige bin, der hier Forderungen stellt."

Ethan spürte ein Knurren tief in seiner Kehle aufwallen. Er würde nie in der Lage sein, seine eigene Waffe zu erreichen. Nicht, ohne dass jemand dabei den Kopf verlor.

Als ob der Attentäter wüsste, dass Ethan sich Zeit erkaufen wollte, gab er dem alten Mann einen Schubs und stieß ihn weiter hinaus auf den Schotterweg.

Näher dorthin, wo Tori am anderen Ende der Veranda stand.

„Komm raus, Mr. Jones", sagte der Mörder tonlos. „Lass mich meine Arbeit hier erledigen. Ich bin sicher, dass du genauso wie ich einen sauberen Schuss bevorzugst."

Ethan sah den gequälten Ausdruck, der seinem Vater in sein hageres, müdes Gesicht geschrieben war.

Er konnte Toris Gesichtsausdruck nicht sehen, aber er wusste, dass sie vor Sorge um ihn verrückt war, voller Furcht aschgrau.

Aber Ethan sah keine andere Möglichkeit.

Mit hocherhobenen Händen kam er vollständig unter der Veranda hervor.

22

Panik durchbohrte Tori, während Ethan auf Befehl des Attentäters die Veranda überquerte.

„Oh, mein Gott. Nein!" Ihr Herz sprang, Terror wallte auf; sie wirbelte herum, um ihn physisch davon abzuhalten. „Ethan, nein!"

Er hielt sie mit einer ermahnenden Hand zurück, seine nackten Füße an der obersten Treppe zögernd. Der Blick, den er ihr zuwarf, war sowohl mutig als auch resigniert.

Er war wirklich im Begriff, das zu tun. Ethan hatte keine andere Wahl, als zu gehorchen oder zusehen zu müssen, wie sein Vater für die Untätigkeit seines Sohns erschossen wurde. Und Ethan war nicht der Typ Mann, der das zulassen würde, egal was für eine komplizierte Verstrickung von Gefühlen zwischen ihm und dem Mann, der ihn aufgezogen hatte, herrschte.

Aber da war noch etwas anderes, das seine haselnussbraunen Augen verdunkelte. Etwas Düsteres und Trübseliges. Ein geheimes Wissen, das ihn schmerzte, das ihn hin und her riss. Tori konnte ihn jetzt nicht deuten. Sie musste ihm einfach vertrauen.

Selbst wenn ihr dabei das Herz brach.

„Sohn, tu es nicht. Nicht für mich", plädierte sein Vater jetzt. „Verdammt, Junge!"

Ethan fing an, die kurzen Stufen zu der ungepflasterten Auffahrt hinunterzugehen.

Und dann geschah alles auf einmal. Dennoch spielte es sich in Toris Kopf Bild für quälendes Bild ab.

Ethan auf der ersten Stufe, der zweiten.

Tori schaute zu dem Mann mit der Pistole, sah die kalte Absicht in seinem Gesicht. Den eiskalten Triumph.

Die Pistole an der Schläfe von Ethans Vater begann, sich zu entspannen. Begann, sich von seinem Kopf weg zu bewegen.

Doch dann schwenkte die ominöse schwarze Mündung der Waffe nach vorne.

Der Attentäter zielte auf Ethan.

Tori schrie.

Gleichzeitig sah sie einen trotzigen Blick in dem verwitterten, müden Gesicht seines Vaters auftauchen. Seine Augen waren auf seinen Sohn gerichtet, ohne mit der Wimper zu zucken. Tori erkannte ein ernstes, furchtloses Verständnis in William Davis‘ Blick.

Sie sah Liebe.

Verrostete, späte und dennoch selbstlose Liebe eines Vaters.

Und sie sah die Opferbereitschaft.

Mit einem Brüllen riss Ethans Vater seine Arme nach oben, benutzte all seine Kraft. Die Pistole des Attentäters zuckte in dessen Hand, doch er hielt sie fest.

Der alte Mann wirbelte zu ihm herum und schleuderte sich mit Kopf und Schultern in den Oberkörper des Auftragskillers.

Sie taumelten zu Boden, wirbelten eine gelbe Staubwolke um sich herum auf.

Ethan war zurück auf der Veranda, bevor Tori überhaupt sehen konnte, dass er sich bewegt hatte. Er ergriff den Rucksack. Zog eine der Pistolen heraus.

Draußen auf der Auffahrt löste sich ein Schuss.

Der Attentäter sprang auf seine Füße, die Pistole immer noch auf Ethans Vater gerichtet. Er bekam keine Möglichkeit, nochmals abzudrücken.

Ethan stürmte vorwärts und feuerte die Pistole im Schnellfeuer auf den Auftragskiller, selbst nachdem dessen Körper in einem leblosen Haufen zu Boden gefallen war.

„Ethan!“ Tori lief nach unten und warf sich in seine Arme, Tränen rannen ihre Wangen hinab, während die Furcht langsam entwich und ein Gefühl der Erleichterung sie durchflutete.

Ethan war in Sicherheit. Er war unversehrt.

Aber sein Vater…

Zusammen gingen sie dorthin, wo der alte Mann lag. Er blutete schrecklich, ein offensichtlich tödlicher Schuss in den Bauch. Er hatte nur noch Augenblicke zu leben. Höchstens noch ein paar Minuten.

„Vater“, sagte Ethan erstickt. Er steckte sich die Pistole hinten in den Bund seiner Jeans und ging neben seinem Vater in die Hocke. Er versuchte, noch etwas zu sagen, doch seine Worte schienen ihm im Hals steckenzubleiben.

„Ich war sowieso auf dem Weg“, krächzte sein Vater. „War sowieso besser, dass ich gleich beide Füße in das verfluchte Grab stelle und endlich mit der Sache Schluss mache.“

Ethan schüttelte den Kopf. „Wenn ich… das gewusst hätte, wäre ich nie hierhergekommen.“

„Sag das nicht, Sohn." Der alte Mann schniefte, Blut spritzte aus seinem Mund, während er keuchte und versuchte zu sprechen. „Mach das nicht… entschuldige dich nicht bei mir. Ich bin derjenige, der dir was schuldete… hab's dir nie gegeben. Also nimm es jetzt an. Nimm es jetzt… und du… du und dein Mädchen… geht jetzt."

Ein rauer, gebrochener Fluch entkam Ethan, als die Augen seines Vaters sich schlossen und der letzte Atemzug von ihm wich.

Ethan stand ruhig auf und nahm Toris Hand in seine. Führte sie weg von dem Massaker, zurück zu der Scheune, wo ihr Auto stand.

„Ich sah es", murmelte Ethan. „Während ich unter der Dusche stand, sah ich die ganze Sache. Sah alles bis zu diesem Augenblick."

Tori schaute ihn erstaunt an. Und besorgt. „Du meinst, du sahst, wie dein Vater…"

Er nickte. „Ich sah, was er tat, bevor es geschah. Ich dachte, dass ich es ändern könnte. Dass ich es vielleicht stoppen könnte."

„Nein, Ethan." Sie strich zärtlich über sein Gesicht. „Das hättest du nicht können. Er tat, was er zu tun beabsichtigte – vielleicht sogar von dem Moment an, wo der Auftragskiller ihm die Pistole an den Kopf setzte. Er tat es für dich. Ich glaube nicht, dass du daran etwas hättest ändern können, Ethan. Manchmal kann man das Schicksal nicht ändern."

Er nickte nüchtern. „Es ist noch nicht vorbei, weißt du. Es gibt noch mehr von denen und sie werden uns verfolgen. Wir sind nicht sicher. Noch lange nicht. Vielleicht nie, Tori."

„Aber wir sind zusammen“, flüsterte sie und schlang ihre Arme um ihn.

„Ja, wir sind zusammen.“

„Dann ist nichts anderes von Bedeutung.“

„Nein, nichts. Nicht solange du bei mir bist.“ Er nahm ihren Kopf in seine starken Hände und zog sie für einen zärtlichen Kuss an sich. „Lass uns von hier verschwinden.“

23

An einem Autobahnparkplatz ungefähr eine Stunde östlich vom Haus seines Vaters lehnte sich Ethan an den Minivan.

Er hatte gerade von seinem Wegwerfhandy aus einen Notruf gemeldet. In Kürze würde die Polizei beim alten Davis-Bauernhof aufgrund eines anonymen Berichts von Schüssen auf dem Anwesen auftauchen.

Sie würden keine Waffen finden; Ethan hatte die Pistole, die seinen Vater getötet hatte sowie die zweite Schusswaffe des Attentäters in seinen Rucksack gepackt, der jetzt im Minivan lag. Er dachte sich, dass er und Tori vielleicht irgendwann diese Waffen gut gebrauchen könnten.

Besonders, wenn er daran dachte, wohin sie jetzt unterwegs waren.

Tori stieg aus dem Wagen und gesellte sich zu ihm, während er das Handy vom Ohr nahm und das Gespräch beendete.

„Fertig?"

„Fertig." Er ließ das Telefon fallen und zerquetschte es unter seinem Absatz.

Tori bückte sich mit ihm, um die Scherben aufzuheben und sie in den Mülleimer am Straßenrand zu werfen.

„Wie weit ist es von hier bis D.C.?"

Ethan rief sich die Route ins Gedächtnis, die er geplant hatte, als sie vor einigen Minuten hier angehalten hatten. „Ungefähr vierzig Stunden, direkt nach Osten."

Nachdem sie heute Morgen gemeinsam dem Tod ins Auge gesehen hatten, hatten sie sich entschieden, dass es keine gute Idee war, vor Ethans Feinden wegzulaufen. Sie mussten ihren Widersachern entgegentreten und sie ausschalten.

Und um das zu verwirklichen, brauchte Ethan Hilfe.

Er würde die anderen Mitglieder des Phoenix-Programms finden müssen. Er brauchte Verbündete, Leute, denen er vertrauen konnte.

Er hoffte nur, dass er beides bald finden würde.

Er wusste nicht, wo er seine Suche beginnen sollte. Er glaubte jedoch, die Antworten zu seinen Fragen dort zu finden, wo das Programm ins Leben gerufen worden war.

Er machte sich nichts vor: Hindernisse, viele davon tödlich, würden sich ihm in den Weg stellen. Aber er hatte den besten Grund der Welt, weiterzumachen, weiterzukämpfen und dafür zu sorgen, dass die Alptraumvision, die ihn verfolgte, nie wahr werden konnte.

Er musste nur Tori ansehen, sie war seine Motivation, diesen Krieg, den er nicht begonnen hatte, zu gewinnen.

Sie umarmte ihn und drückte ihre Wange an seine Brust, dorthin, wo sein Herz fest und bestimmt schlug, voller Liebe für sie.

Der Weg vor ihnen war ungewiss, doch sie hatten einander.

Und nichts konnte sie jetzt aufhalten.

~ ~ ~

DIE AUTORIN

LARA ADRIAN ist eine *New York Times* und internationale Nr. 1 Bestsellerautorin und hat weltweit – in mehr als 20 Ländern und vielen Sprachen – fast 4 Millionen Bücher verkauft.

Ihre Bücher erscheinen regelmäßig auf den Bestsellerlisten der *New York Times*, USA Today, Publishers Weekly, Amazon.com, Barnes & Noble, etc. Kritiker nennen Laras Bücher „süchtig machend" (Chicago Tribune), „außergewöhnlich" (Fresh Fiction), und „eine der besten paranormalen Serien, die es gibt" (Romance Novel News).

Als **TINA ST. JOHN** schreibt sie historische Liebesromane, die mehrere Auszeichnungen gewonnen haben, einschließlich des National Readers Choice Award, Romantic Times Magazine Reviewer's Choice Award; Booksellers Best und viele andere. Zweimal war sie Finalist beim RITA Award der Romance Writers of America, für Bester Historischer Liebesroman (White Lion's Lady) und Bester Paranormaler Liebesroman (Heart of the Hunter). Die deutsche Ausgabe von Heart of the Hunter (Das Herz des Ritters) erschien auf der Spiegel Bestsellerliste.

Die Autorin, deren Vorfahren bis zur Mayflower und dem Königshof von Henry VIII zurückreichen, lebt mit ihrem Mann in Neuengland.

Bitte besuchen Sie ihre Webseite und abonnieren Sie ihren Newsletter hier: **www.LaraAdrian.com**.

Lara ist hier auf Facebook zu finden:

www.facebook.com/LaraAdrianBooks

NEUANFANG

Tina Folsom

1

Scott Thompson wischte seine Hände an dem öldurchtränkten Lappen auf dem Werktisch ab und warf einen flüchtigen Blick auf die Ducati Diavel, an der er arbeitete. Vor ein paar Jahren hatte er genauso eine wie diese gehabt, doch gewisse Umstände hatten ihn dazu gezwungen, sich stattdessen eine Multistrada Touring anzuschaffen, ein Modell, das für jemanden wie ihn, der auf der Flucht war, viel passender war. In deren Seitentaschen verschlossen bewahrte er immer das Wichtigste auf, um von einem Moment auf den anderen verschwinden zu können: Geld, eine Feuerwaffe, gefälschte Papiere, Kleidung, ein unaufspürbares Handy, Schlüssel sowie andere elektronische Geräte. Er war jederzeit bereit, sich aus dem Staub zu machen, sollte es wieder notwendig werden. So wie vor drei Jahren.

Er schob die Gedanken von sich; an die Vergangenheit wollte er nicht erinnert werden. Nie wieder war er in das Haus in einem der Außenbezirke von Washington D.C. zurückgekehrt, in dem er aufgewachsen war. Es war zu gefährlich, das in Besitz zu nehmen, was nun ihm gehörte. Stattdessen arbeitete er in einer Motorradwerkstatt in Cicero, einem Vorort von Chicago, und führte ein unauffälliges Dasein.

„Sind Sie Scott?“

Die zögernde weibliche Stimme ließ ihn herumfahren und zum offenen Garagentor blicken. Die Frau, die dort stand, war nicht das typische Motorradküken, das ein Geschäft wie Als frequentierte. Er wettete, dass sie noch nie auf einem Motorrad gesessen, geschweige denn eins gefahren hatte.

„Was kann ich für Sie tun, Ma‘am?“

Sie warf ihm ein verlockendes Lächeln zu, während ihre Augen ihn von oben bis unten musterten. Er war froh, dass es kein übermäßig heißer Tag war und er seinen blauen Overall nicht bis zur Taille heruntergerollt hatte, wie er es häufig tat, damit die leichte Brise, die durch die offene Tür zum Hinterhof durch die Garage zog, seinen Körper abkühlen konnte. Denn die Art und Weise, wie diese Frau ihn sogar in seinem völlig bekleideten Zustand beäugelte, verärgerte ihn mehr als nur ein wenig. Als wäre er ein Stück Fleisch. Er hatte diese Art Frauen noch nie gemocht, reiche *Femme Fatale*, die dachten, sie könnten nur so mit Geld um sich werfen, um sich einen Hengst ins Bett zu locken. Er bevorzugte bodenständigere Frauen. Frauen, die noch ein wenig Unschuld an den Tag legten. Tja, allerdings auch nicht *zu viel* Unschuld, sondern nur genug, um einen Kerl in dem Glauben zu lassen, dass er die Zügel in der Hand hielt.

„Ich habe gehört, Sie könnten mir helfen, ein Motorrad für meinen Ehemann auszusuchen. Es ist ein Geburtstagsgeschenk“, schnurrte sie.

Scott deutete mit dem Daumen in Richtung des angrenzenden Geschäfts, das ebenfalls dem Inhaber der Reparaturwerkstatt, Al, einem gutmütigen, polnischen Immigranten aus zweiter Generation mit

Bierbauch und einem immer kahler werdenden Schädel, gehörte. „Die Verkäufer sind nebenan. Ich bin sicher, dass die Ihnen gerne helfen werden, das richtige Motorrad zu finden."

Er wandte sich wieder der Ducati zu, hob einen Schraubstock vom Werktisch und ging zurück in die Hocke. Seine Ohren vernahmen den Klang ihrer Schritte, die sich jedoch näherten, anstatt die Garage zu verlassen und das Geschäft zu betreten. Unfreiwillig versteifte er sich.

„Meine Freundin erwähnte, dass Sie in allem, was Sie machen, so ein Ace sind."

Ace? Scheiße! Niemand hatte ihn in den letzten drei Jahren bei seinem Codenamen genannt. Das war nicht gut.

Bei ihren Worten schaltete sich automatisch sein Training ein. Es war etwas, das ihm so in Fleisch und Blut übergegangen war, dass er es nicht verhindern konnte. Er fuhr hoch, wirbelte herum, und im nächsten Augenblick hatte er die Frau auch schon an den Werktisch gedrängt und hielt ihre Arme gefangen, um sie am Ergreifen einer Waffe zu hindern.

„Wer hat Sie geschickt?", knurrte Scott fast wie ein Tier.

Als er sie anfunkelte, blickte sie ihn mit den erschrockenen Augen einer Hirschkuh, die in die Scheinwerfer eines Wagens getappt war, an, während sich ihre Brust aufgeregt hob und senkte.

Das Beben ihrer Lippen zeigte ihre Angst. „Was machen Sie denn?"

„Wer?", verlangte er noch einmal, ohne seinen Griff um ihre Arme zu lockern.

„Jenny."

Scotts Stirn warf sich in Furchen, als er versuchte, den Namen zuzuordnen. „Welche Jenny?“

„Markovitz. Vom Friseursalon“, erläuterte sie und versuchte, vor ihm zurückzuweichen.

Der Name kam ihm bekannt vor und in weniger als zwei Sekunden hatte sein Gehirn die Verbindung hergestellt. Vor einigen Monaten hatte er einen One-Night-Stand mit einer Friseuse namens Jenny gehabt. Jetzt dämmerte es ihm. Die Frau, die er gerade gegen den Werktisch presste, war nicht hier, um ihn zu töten. Sie war hier, um ihn zu ficken.

„Sie haben den falschen Scott“, behauptete er nun und ließ von ihr ab.

Sie funkelte ihn wütend an und richtete ihre Kleidung zurecht, während sie empört schnaubte: „Ja, das kann ich schon sehen. Scheißkerl! Mich einfach so anzugreifen! So behandelt man doch keine Kundin! Ich beschwere mich bei Ihrem Chef über Sie! Der wird Sie entlassen!“

Scott verengte seine Augen. „Und wenn Sie schon dabei sind, dann vergessen Sie bitte nicht, ihm zu sagen, dass Sie mir einen unsittlichen Antrag gemacht haben.“

„Wie können Sie es wagen?“, fauchte sie durch zusammengebissene Zähne, wobei sich ihre üppige Brust hob. „Ich hatte nicht die Absicht–“

„Hatten Sie das nicht?“, unterbrach er sie und trat näher. „Dann lassen Sie mich mal eine Sache klarstellen: Als Mann weiß ich, wenn mich eine Frau anmacht. Ich schlafe nicht mit Frauen wie Ihnen. Wenn Sie also jemanden brauchen, der Sie flachlegt, warum verführen Sie dann nicht ausnahmsweise mal Ihren Ehemann und lassen Männer wie mich in Ruhe? Denn nächstes Mal geraten Sie vielleicht an einen Fremden, der Sie nicht so sanft behandelt wie ich." Dabei hatte sie wahrscheinlich nicht einmal den Hauch einer Ahnung, wie nahe sie Momente zuvor dem Tod gewesen war, nur indem sie etwas Falsches zu ihm gesagt hatte.

Ihr Mund öffnete sich. Scott konnte sehen, wie sie nach einer Retourkutsche suchte, doch keine Worte kamen über ihre Lippen.

„Stimmt etwas nicht?", ertönte plötzlich Als raue Stimme von der Tür zum Verkaufsraum.

Scott drehte seinen Kopf. „Ich glaube, die Dame sucht nach einem Motorrad für ihren Ehemann, aber hat den falschen Eingang erwischt." Er blickte sie flüchtig an. „Das stimmt doch, oder?"

Ohne ein Wort drehte sie sich weg und näherte sich Al.

„Gut, dann lassen Sie mich Ihnen mal zeigen, was wir auf Lager haben, Mrs.…?"

„Elroy", antwortete sie und ging durch die Tür, die Al für sie offen hielt.

Bevor Scott sich zurück zu der Ducati drehte, warf Al ihm einen fragenden Blick zu, doch Scott antwortete nur mit einem Achselzucken. Er wusste, dass er überreagiert hatte, aber vielleicht würde dieser Vorfall Mrs. Elroy eine Lektion erteilen, nämlich dass es nicht schlau war, einen völlig Fremden anzumachen.

Gleichzeitig erinnerte er sich an die Friseuse. Er hatte es sich zur Regel gemacht, nie einer Frau, mit der er schlief, viel über sich zu erzählen, doch Jenny hatte er in jener Nacht in einer Kneipe kennengelernt, wo einige Leute seinen Vornamen kannten und wussten, wo er arbeitete. Das war der einzige Grund, warum sie gewusst hatte, wo sie ihn erreichen konnte. Scott machte sich eine mentale Notiz, nie wieder mit einer Frau zu schlafen, die wusste, wie sie ihn finden konnte.

Doch etwas überrascht war er schon, dass Frauen Informationen über ihre One-Night-Stands mit ihren Freundinnen austauschten. Allerdings… was wusste er schon über Frauen? Er hatte noch nie ein richtiges Verhältnis mit einer Frau gehabt. Flirts, One-Night-Stands, ja, und davon viele, genauso wie jeder andere gesunde sechsunddreißigjährige Mann. Doch keine wirkliche Beziehung, in der die Frau die Wahrheit über ihn kannte. Es war eine Notwendigkeit gewesen, seine wahre Identität zu verheimlichen, und war es jetzt noch mehr als zuvor. Fänden gewisse Leute heraus, wer er wirklich war, wäre er im selben Moment tot. Und er hatte vor, am Leben zu bleiben.

Scott griff nach dem Schraubenschlüssel, den er auf den Werktisch hatte fallen lassen, als er Mrs. Elroy angegriffen hatte, und wandte sich wieder der Ducati zu. Doch plötzlich verschwamm alles vor seinen Augen. Er ließ das Werkzeug sofort fallen und klammerte sich am Werktisch fest.

„Scheiße!", fluchte er und schloss seine Augen, da er instinktiv wusste, was auf ihn zukam.

Anstelle von Dunkelheit begrüßte ihn eine Szene vor seinen Augen, die sich irgendwo an einem anderen Ort abspielte.

Ein Mann saß im Fahrersitz eines Schulbusses. Hinter ihm erklangen die Stimmen von aufgeregten Kindern, die alle durcheinander schnatterten. Es gab Gekicher und Gelächter, dann die Stimme einer Frau, doch die Kinder machten viel Lärm, sodass Scott ihre Worte nicht verstehen konnte. Auch konnte er weder sie noch die Kinder sehen. Sie war vermutlich die Lehrerin, und da sie mit den Kindern im Bus war, war dies möglicherweise ein Ausflug.

Er konzentrierte seinen Blick wieder auf den Busfahrer. Dieser trug ein gestreiftes, kurzärmeliges Hemd und eine kakifarbene Hose, doch Scott konnte sein Gesicht nicht sehen, sondern nur seinen Hinterkopf. Sein braunes Haar hatte einen Haarschnitt dringend nötig und durch eine lichte Stelle auf seinem Oberkopf konnte man seine Kopfhaut sehen. Er hatte versucht, das Haar darüber zu kämmen, doch es war nicht lang genug.

Der Mann murrte und schaute nach links, dann nach rechts, während er sich einem Bahnübergang näherte. Er blickte flüchtig auf seine Armbanduhr. Drei Minuten vor zwei Uhr. Es war Nachmittag, bemerkte Scott, und so wie die Sonne in den Bus schien und anhand der Kleidung, die der Fahrer trug, schien es Sommer zu sein. Der Fahrer streckte seine Hand zum Radio aus. Er drehte die Lautstärke höher, vermutlich um die Stimmen der Kinder zu überdröhnen.

Am Bahnübergang verlangsamte er den Bus und blickte noch einmal flüchtig nach links. Der Bus rollte auf die Schienen, dann brachte ihn der Fahrer zum Stehen.

Scott hielt den Atem an.

Der Busfahrer stellte den Motor ab und zog den Schlüssel aus der Zündung. Er griff zum Türschalter, doch anstatt die Bustür zu öffnen, wackelte er den Schalter nur hin und her. Scott fokussierte seine Augen darauf und sah, dass der Schalter durchgeschnitten worden war und kaum noch an der Armatur hing. Nächstes Mal, wenn jemand ihn betätigte, würde er abbrechen.

Der Fahrer verlor nun keine Zeit mehr. Er schob das Fenster zu seiner Linken hoch und zwängte sich so gekonnt hindurch nach draußen, dass Scott vermuten musste, dass er dies geübt hatte. Als er draußen war, schob er das Fenster zu und nahm etwas aus seiner Hosentasche.

Scott sah durch das Fenster hinaus und beobachtete, wie er etwas außerhalb einhakte – in Haken, die gar nicht dort sein dürften – und das Fenster somit von außen verriegelte.

Wohin der Fahrer verschwand, konnte Scott nicht sagen, denn in diesem Moment zog eine Bewegung seine Aufmerksamkeit auf sich. Die Schranken des Bahnübergangs senkten sich.

Scheiße!

Scott blickte zu den Schienen, zuerst nach links, dann nach rechts, dann sah er in der Ferne sich etwas bewegen. Von rechts näherte sich ein Zug!

Die Insassen des Busses waren sich ihres Schicksals nicht bewusst. Der Zug würde nicht in der Lage sein, rechtzeitig zu stoppen. Er würde voll auf den Bus knallen. Entsetzt ließ er seine Augen schweifen und versuchte, irgendetwas zu finden, was es ihm ermöglichen würde, herauszufinden, wo dieses Unglück, das sich vor seinen Augen abspielte, stattfinden würde.

Er konzentrierte sich und wusste, dass er nur noch wenige Sekunden hatte, bis die Vision verschwinden würde. Das passierte immer, sobald das Desaster geschah.

Auf der gegenüberliegenden Seite des Bahnübergangs war ein Auto geparkt. Ein anderes stand auf der anderen Straßenseite. Beide trugen Autokennzeichen aus Illinois, ein gutes Indiz dafür, dass dieser Bahnübergang in Illinois war. Er suchte nach Straßenschildern, nach etwas, das ihm helfen würde, den Ort zu identifizieren, und fand eine Telefonnummer auf einer riesigen Anschlagtafel an einem Gebäude. Ein Grundstücksmakler annoncierte seine Dienste mit einer 312 Vorwahl, die Vorwahl für Chicago. Das war gut, denn Makler machten nur vor Ort Werbung, deshalb musste dieser Bahnübergang irgendwo in Chicago sein. Doch Chicago war groß und es gab viele Zuglinien, die nach Chicago führten und sogar noch mehr Bahnübergänge.

Das Lied im Radio stoppte und die Stimme des DJs erklang. „Und das war Stevie Nicks von Fleetwood Mac. Na, da kommt Nostalgie auf, was?" Eine andere Stimme, ebenfalls aus dem Radio, stieß zu ihm. „Und vielleicht können Sie erraten, wer beim morgigen Baseballspiel zwischen den White Sox und Kansas City *God Bless America* singen–"

Der Zug, der auf den Bus donnerte, schnitt ihm das Wort ab.

Scotts Knie knickten ein, als er den Aufprall körperlich verspürte, und er fiel nach vorne. Seine Augen flogen auf. Er sah den Boden auf sich zukommen und stützte sich in letzter Sekunde mit den Händen ab, um den Sturz abzufangen. Beinahe wäre er mit dem Kopf auf den harten Betonboden der Garage aufgeschlagen.

Seine Atmung war ungleichmäßig, als er sich aufsetzte. Er schob eine zitternde Hand in sein dunkles Haar und verspürte den Angstschweiß auf seinem Nacken.

Die Kinder aus seiner Vorahnung würden sterben, es sei denn, er unternahm etwas. Das wusste er mit Sicherheit. Er hatte schon zu viele seiner Visionen wahr werden gesehen, als dass er deren Echtheit bezweifelte. Und er hatte genügend Informationen, um herauszufinden, wo und wann dieser Zusammenstoß stattfinden würde: Die Zeit auf der Armbanduhr gab ihm die Uhrzeit, die Erwähnung des Baseballspiels half ihm dabei, das Datum festzustellen, und mit Hilfe von Bildern aus Google Maps, der Richtung, aus der die Sonne kam und die, aus welcher der Zug mit dem Bus zusammengestoßen war, würde ihm helfen, den richtigen Bahnübergang in Chicago zu finden.

Aber er wusste noch eine andere Sache mit Sicherheit: Wenn er diese bevorstehende Tragödie verhinderte, könnte er sich damit offenbaren und seine Feinde direkt zu sich führen. Und wenn sie ihn fanden, würden sie ihn töten.

Sein Herz schlug bis in seine Kehle. Konnte er zulassen, dass all diese Kinder starben, nur um sein eigenes Leben zu schützen? Könnte er mit der Schuld leben, zu wissen, dass er nichts unternommen hatte, diese jungen Menschenleben zu retten?

2

„Mist!“, fluchte Phoebe Chadwick leise und knallte den Telefonhörer auf die Gabel.

Ihre Kollegin Kathleen, die den Schreibtisch ihr gegenüber benutzte, schaute auf und warf ihr einen fragenden Blick zu. „Stimmt was nicht?“

Phoebe sprang bereits von ihrem Stuhl hoch. Sie deutete zu dem verglasten Büro am anderen Ende des Großraumbereichs, in dem mehr als zwei Dutzend Bürokabinen untergebracht waren. „Er möchte mich in seinem Büro sehen. Jetzt sofort.“

„Oh oh.“

„Ja.“

Mit einem mulmigen Gefühl im Magen machte sie sich auf den Weg zu dem Büro, auf dessen Tür die Worte *Bruno Novak, Redakteur* gedruckt waren. In den letzten Wochen hatten mehrere ihrer Kollegen, die Novaks Büro betreten hatten, kurz darauf ihre Schreibtische geräumt. Ihr Herz schlug ihr bis in die Kehle.

Sie brauchte diesen Job zum Leben. Sie hatte keine Familie und keinen Ehemann, die sie unterstützen könnten. Sie war auf sich selbst gestellt. Ihre Eltern waren geschieden und hatten selbst finanzielle Probleme, und von ihrem letzten Freund hatte sie sich vor über sechs Monaten getrennt, weil dieser nur von ihr geschnorrt hatte, statt sich selbst seinen Lebensunterhalt zu verdienen.

Obwohl Phoebe hoffte, dass sie falsch lag, war ihr klar, dass es mit der Zeitung nicht zum Besten stand. Etatkürzungen mussten gemacht werden, und da die Personalkosten die größte Ausgabenposition war, mussten Leute entlassen werden.

Sie glaubte, jedermanns Augen auf sich zu spüren, als sie vor der Tür stehenblieb. Ihre Handflächen waren feucht, als sie klopfte und nach einem Grunzen von innen eintrat. Sie schloss die Tür hinter sich so schnell wie möglich, damit ihre Kollegen nicht unfreiwillig Zeugen des Gesprächs wurden.

„Bruno, Sie wollten mich sprechen?“, fragte sie so gelassen wie möglich und zwang ihre Stimme, ruhig zu klingen, obwohl sie alles andere als das war.

Novak hob seinen Kopf nicht, brummte noch einmal und winkte ihr zu, sich auf den alten Stuhl vor seinem Schreibtisch zu setzen.

Sie schluckte die Galle, die ihr hochkam, hinunter und folgte seinem unausgesprochenen Befehl.

„Sie haben es vermutlich schon gehört“, begann er und hob schließlich seinen Kopf von dem Stapel von Papieren vor sich.

Ihr Herz sank in ihren Magen. „Ja.“

„Gut, dann halte ich mich kurz. Sie arbeiten noch nicht sehr lange hier.“

„Ich bin schon ein Jahr hier“, protestierte sie schnell, aber er hinderte sie am Weitersprechen, indem er seine Hand hob.

„Ich arbeite schon seit über dreißig Jahren hier. Glauben Sie mir, ein Jahr ist nicht sehr lange. Ich musste Sie auf die Liste setzen. Es stehen drei Leute drauf, und einer davon muss gehen."

Phoebe schoss von ihrem Stuhl hoch. „Ich brauche diesen Job, Bruno. Bitte."

„Ich bin nicht derjenige, der hier die Entscheidungen trifft. Der Herausgeber entscheidet, wer geht und wer bleibt."

Ihr Herz rutschte ihr in die Knie und brachte ihre Beine zum Wanken.

„Wer sonst ist noch auf dieser Liste?"

„Sie wissen doch, dass ich Ihnen das nicht sagen darf." Er seufzte. „Aber die anderen zwei haben noch nie Kaffee auf seine teuren italienischen Schuhe verschüttet."

Phoebe zuckte unwillkürlich zusammen. Sie war dem Herausgeber nur einmal persönlich begegnet, und diese Begegnung war nicht nur ungeschickt, sondern sogar ziemlich peinlich gewesen. Sie wusste bereits jetzt, wer entlassen werden würde.

„Eriksson mag mich nicht."

„Dann müssen Sie dafür sorgen, dass er Sie mag."

Phoebe spürte, wie sich ihr Gesicht angewidert verzog. „Sie scherzen wohl. Das kann ich nicht."

„Verdammt noch mal, Phoebe!" Novak verdrehte seine Augen. „Was meinten Sie denn, dass ich Ihnen geraten habe?"

„Äh, ich dachte, dass Sie…", murmelte sie und spürte, wie Hitze in ihre Wangen stieg.

„Was ich vorschlage, ist: Sie müssen dafür sorgen, dass er erkennt, dass Sie eine ausgezeichnete Journalistin sind und dass er es sich nicht leisten kann, Sie zu verlieren."

„Das schaffe ich!", sagte sie mit mehr Vertrauen, als

sie besaß. Sie würde alles tun, ihren Chef davon zu überzeugen, dass sie die beste Reporterin war, die diese Zeitung je gehabt hatte.

Das Zeitungsgeschäft lag ihr im Blut. Ihr Vater war Journalist und ihre Mutter Lektorin gewesen. Beide hatten nach der Scheidung eine andere Berufsrichtung eingeschlagen. Ihr Vater lebte in Nashville, wo Phoebe aufgewachsen war, und arbeitete dort als Berater für die Polizei, während ihre Mutter nun in Los Angeles lebte, wo sie mit einem Schriftsteller verheiratet war, den sie dadurch finanziell unterstützte, dass sie als Sekretärin arbeitete. Doch das war nicht von Bedeutung. „Ich werde Ihnen eine super Story liefern. Etwas, auf das Sie stolz sein werden."

Novak nickte langsam. „Und machen Sie schnell. Ich muss ihm diese Liste in einer Woche übergeben. Und sobald er sie in den Händen hat, wissen Sie ja, was geschieht. Er wird einen Blick darauf werfen und seine Entscheidung treffen. Also finden Sie lieber etwas Sensationelles."

„Eine Woche? Das ist doch verrückt! Wie kann ich in nur einer Woche eine großartige Geschichte finden?" Es war praktisch unmöglich. Für jegliches Exposé, egal ob es einen Politiker oder ein Unternehmen betraf, würde sie Zeit zum Recherchieren benötigen.

„Dann müssen Sie sich eben Zeit erkaufen."

„Aber wie denn? Wie kann ich mir mit Eriksson Zeit erkaufen? Sie sagten doch selbst, dass er, sobald er die Liste sieht, seine Entscheidung trifft."

„Dann tun Sie doch etwas, damit er zögert." Er deutete zur Tür. „Also gehen Sie und machen Sie sich an die Arbeit." Er senkte seinen Kopf zurück zu seinen Papieren.

Phoebe verließ sein Büro und atmete scharf aus. Zumindest hatte sie noch eine Chance, obwohl sie nicht wusste, wie realistisch es war, in einer Woche eine Supergeschichte zusammenzustellen. Und sie hatte keine Ahnung, wie sie Eriksson zögern lassen könnte, wie Novak es so schön ausgedrückt hatte. Sie traf den Herausgeber ja nie. Er arbeitete zwei Stockwerke über ihr und die wenigen Male, bei denen sie ihn aus der Entfernung gesehen hatte, war er immer von anderen Leuten umwimmelt gewesen. Sie würde ihn nie alleine antreffen. Und selbst wenn sie die Gelegenheit hätte, ihn zu treffen, wie sollte er seine Meinung über sie ändern? Sie hatte nichts, womit sie ihn beeindrucken konnte.

Phoebe ignorierte die neugierigen Blicke ihrer Kollegen und ließ sich auf ihren Stuhl fallen. „Ich sitze in der Scheiße."

„Hat er dich gefeuert?", flüsterte Kathleen zurück und lehnte sich dabei über ihren Schreibtisch, während ihre Augen umherspähten.

Phoebe stützte ihren Kopf in ihre Hände. „Das hätte er genauso gut tun können."

„Was meinst du denn damit?"

Sie hob ihr Gesicht, um Kathleen anzusehen. „Er hat mir eine Woche gegeben, einen Superartikel zu schreiben, um Eriksson so damit zu beeindrucken, dass er mich nicht feuert."

„Eine Woche? Der spinnt doch!" Ein sanftes Pling von Kathleens Computer zeigte an, dass eine E-Mail in ihrem Posteingang gelandet war. Sie blickte flüchtig auf den Schirm. „Und da wir gerade von dem Spinner sprechen: Hier ist schon wieder mal eine seiner Massen-E-Mails." Sie schmollte. „Dringend! Ja natürlich.“

Phoebe seufzte und meldete sich auf ihrem Computer an. Am besten machte sie sich gleich daran, das Internet nach etwas zu durchforsten, aus dem sie einen guten Artikel machen könnte. Als ihr Schirm aufleuchtete, plingte ihr Posteingang ebenfalls, und sie blickte auf die Liste neuer E-Mails. Erikssons E-Mail war die erste.

Betreff: Vertretung dringend gesucht.

Die E-Mail war mit einer Prioritätsflagge markiert worden, als wäre das etwas Neues. Alle E-Mails von Eriksson kamen mit Prioritätsflaggen.

Phoebe überflog die Mitteilung.

Ich benötige jemanden, der heute auf einen Ausflug der Klasse meines Sohnes mitfährt. Der Schulbus fährt in zwei Stunden ab.

Kathleen ächzte. „Als ob ich mit einer Horde Elfjähriger, die mich mit Fragen über meinen Beruf löchern, den Tag verbringe will.“

„Wie bitte?“

„Bist du denn die Einzige, die noch nicht davon gehört hat?“, fragte Kathleen. „Eriksson hat ja schon jedem erzählt, dass er bei diesem Lehrprogramm mitmacht, um bei Kindern Interesse am Journalismus zu wecken, indem er sie auf Recherchiertrips mitnimmt.“ Um das Wort Recherchiertrips machte sie Luft-Anführungszeichen. „Und jetzt will er sich herauswinden und drängt es jemandem vom Personal auf. Ich melde mich auf jeden Fall nicht freiwillig.“

Phoebe griff nach dem Telefon und wählte eine vierstellige Nummer. Sie hatte gerade die perfekte Sache gefunden, um sich Zeit zu erkaufen.

„Mr. Erikssons Büro“, antwortete die Sekretärin.

Kathleen flüsterte: „Was hast du vor?“

Aber Phoebe winkte ab. „Hier ist Phoebe Chadwick. Ich rufe wegen des Schulausflugs von Mr. Erikssons Sohn an.“

„Halleluja“, antwortete die Frau am anderen Ende des Telefons übermäßig dramatisch.

Es gab ein Klicken. Dann ein männliches Gebrüll. „Ja?“

Phoebe schluckte. Jetzt gab es kein Zurück mehr.

3

Phoebe zwang sich zu einem Lächeln und versuchte geduldig, die Frage noch einmal zu beantworten, obwohl ihr bewusst war, dass eines der anderen Kinder das Gleiche vor nur zehn Minuten gefragt hatte.

Der alte Schulbus tuckerte die Stadtstraßen entlang auf dem Weg zu einem Lagerhaus am Stadtrand von Chicago. Dieses wurde vom Verlag als Archiv genutzt und beherbergte außerdem alte Druckerpressen, die der Verleger der Zeitung aus sentimentalen Gründen aufbewahrte.

Phoebe saß im Fond des Busses, umgeben von mindestens zwei Dutzend elfjähriger Jungen und Mädchen, die alle durcheinander plauderten. Mehrere von ihnen kämpften um die kleinen Notizblöcke mit dem Schriftzug der Zeitung, die sie vorher ausgeteilt hatte. Offenbar hatte sie nicht genügend für alle mitgebracht. Neben all dem Krach hörte der Busfahrer Radio, das abwechselnd Musik spielte und Nachrichten brachte.

Einige Kinder waren auf die Bänke geklettert, um über die anderen Kinder zu schauen, die ihnen die Sicht auf Phoebe blockierten, und so konnte Phoebe kaum etwas durch die Fenster erkennen. Sie seufzte.

Was hatte sie sich nur dabei gedacht, sich freiwillig dafür zu melden? Sich mit einer Horde von Kindern abzugeben, die ohne Punkt und Komma redeten, war anstrengender, als einem Politiker nachzujagen, der ihre kritischen Fragen nicht beantworten wollte.

Du schaffst das, redete sie sich gut zu. *Eriksson schuldet dir was. Er wird es sich zweimal überlegen, dich zu feuern.* Und sie hoffte, dass es ihr genügend Zeit verschaffen würde, eine ordentliche Geschichte zu finden, mit der sie ihren Job retten konnte. Es war für eine gute Sache.

„Nein, wenn eine Geschichte wichtig genug ist, dann halten wir die Druckerpresse an und setzen die Titelseite zurück. Das ist bereits viele Male getan worden. Und es ist jetzt viel einfacher als früher. Es ist alles computergesteuert“, antwortete sie jetzt auf die Frage, die das Mädchen mit den roten Haaren und den Sommersprossen gestellt hatte.

„Ich habe einen Computer“, warf ein Junge in einem blauen T-Shirt ein. „Er ist ganz neu.“

Ein anderer Junge setzte seinen Ellbogen ein, um sich an ihm vorbeizudrängen. „Und ich habe ein iPad. Ich habe es zum Geburtstag bekommen.“

„Ich auch“, antwortete ein Mädchen aus der Menge.

„Ja, aber meins ist neuer“, antwortete der zweite Junge.

„Hört auf damit, Kinder“, sagte Phoebe und versuchte, die Prahlerei unter Kontrolle zu bringen. „Es ist nicht von Bedeutung, wessen Tablet neuer ist.“

„Doch!“, protestierte jemand.

Immer mehr Stimmen kamen dazu. Alle Kinder sprachen auf einmal und versuchten, herauszufinden, wer das neueste iPad oder den neuesten Computer hatte. Innerhalb von Sekunden glaubte Phoebe, dass ihr Kopf vom Lärm des Stimmengewirrs zu explodieren drohte. Sie war sicher nicht gemacht dafür, Lehrerin zu sein. Bereits jetzt wurde ihr Geduldsfaden immer dünner.

„Miss Chadwick, Miss Chadwick!"

Phoebe drehte ihren Kopf zu dem Mädchen, das nach ihr rief, das sie aber nicht sehen konnte.

„Miss Chadwick!", beharrte dieses Mädchen, in ihrer Stimme schwang nicht Ungeduld, sondern Angst mit.

„Was ist los?" Phoebe schoss von ihrem Sitz hoch, nun besorgt, dass sich das Mädchen möglicherweise verletzt hatte. Sie sah die Schülerin im vorderen Teil des Busses stehen, mit einem Arm zum Fenster zeigend.

„Miss Chadwick, warum haben wir mitten auf dem Bahnübergang angehalten?"

Phoebe riss ihren Kopf zur Seite und starrte aus dem Fenster des Busses. Das Mädchen hatte recht: Der Bus stand mitten auf dem Bahnübergang.

„Fahrer!" rief sie aus und drehte ihren Kopf nach vorne, während sie sich bereits einen Weg durch die Kinder schaffte.

Als sie sah, dass der Fahrersitz leer war, erstarrte sie.

„Was zum–" Sie hielt sich zurück, um nicht in Gegenwart der Kinder einen unflätigen Ausdruck von sich zu geben.

„Warum ist der Fahrer weg?", fragte ein Junge hinter ihr.

Phoebe nahm einige Schritte nach vorne, während sie versuchte, so ruhig wie möglich zu erscheinen.

„Möglicherweise ging der Motor aus und er überprüft etwas unter der Haube."

Sie erreichte den Fahrersitz und ihre Augen suchten instinktiv den Bereich ab. Der Schlüssel steckte nicht in der Zündung. Sie schaute nach draußen, zuerst nach vorne, dann nach links und rechts, aber der Fahrer war nirgendwo zu sehen.

„Vielleicht ist er hinter dem Bus", meinte ein anderer Junge.

Phoebe drehte den Kopf und sah, wie mehrere der Kinder sich zum Fond des Busses drängten und aus dem Fenster blickten.

„Er ist nicht da", sagte ein Mädchen.

„Scheiße!", fluchte Phoebe.

Warum hatte der Busfahrer den Bus verlassen? Und das ausgerechnet mitten auf einem Bahnübergang? Ohne den Schlüssel konnte sie den Bus nicht von den Schienen bewegen. Ihr Herzschlag ging schneller, aber sie versuchte, einen kühlen Kopf zu bewahren. Sie war die einzige Erwachsene hier. Eine Lehrerin hätte sie begleiten sollen, doch sie hatte auf dem Weg zur Schule eine Panne gehabt, und Phoebe hatte deshalb mit ihr ausgemacht, dass der Bus einen Umweg machen würde, um sie abzuholen. Doch in der Zwischenzeit war Phoebe für diese Kinder verantwortlich. Wenn sie merkten, dass sie panisch wurde, dann würden die Kinder sicher auch in Panik geraten.

„Nehmt all eure Sachen, eure Taschen und was ihr sonst noch dabei habt, und wir steigen erst einmal aus dem Bus aus, bis wir wissen, wo der Fahrer ist. Und kein Drängeln und Schubsen, okay?"

Sie hätte sich ihren Atem für ihre letzte Anweisung genauso gut sparen können, da plötzlich alle Kinder versuchten, die ersten zu sein, die die Front des Busses erreichten und alle durcheinander schrien.

Phoebe lehnte sich über das Armaturenbrett und suchte es mit den Augen ab. Es gab mehrere Schalter. Sie versuchte den ersten und blickte nach rechts, aber die Tür öffnete sich nicht. Dann den zweiten. Nichts.

„Öffnen Sie die Tür, Miss Chadwick!“, begann ein Mädchen zu jammern.

„Ich versuche es“, antwortete sie kurz und berührte den nächsten Schalter. Als sie ihn leicht bewegte, brach er ab. Ihr Herz stoppte, während sie ihre Finger betrachtete, die den schwarzen Schalter hielten.

„Sie haben ihn abgebrochen!“, schrie das Mädchen heraus. „Miss Chadwick hat den Türschalter kaputt gemacht!“

Phoebe fühlte über die glatte Stelle, an der der Schalter von der Konsole gebrochen war, während einige der Kinder zu schreien begannen. „Er hat ihn durchgeschnitten“, sagte sie zu sich selbst. „Der Mistkerl hat den Bus sabotiert.“

Angst breitete sich in ihrem Magen aus. Das hier war kein Unfall. Das war überlegt. Der Busfahrer versuchte, die Kinder zu töten.

„Jemand soll die Polizei anrufen und ihnen sagen, wo wir sind.“ Sie hetzte zur Tür und schaute nach oben. Die Tür musste auch manuell zu öffnen sein. Ihre Augen suchten jeden Zentimeter ab, aber die Stelle, wo sich normalerweise der manuelle Türöffner befand, war von einem Metallstück bedeckt, das festgeschraubt worden war. „Scheiße!“

Im Hintergrund hörte sie einige Kinder weinen, während andere bereits in ihre Handys sprachen. Aber Phoebe wusste, dass sie nicht darauf vertrauen konnte, dass die Polizei rechtzeitig hier war. Jederzeit konnte ein Zug kommen.

Ihre Augen flogen zur hintersten Bank, wo sich der Notausstieg befand. „Lasst mich zum Notausstieg durch!“

Sie bahnte sich einen Weg durch die Kinder and griff nach dem Hebel des Notausstiegs. Sie versuchte, ihn in die Richtung zu drehen, die angezeigt war, doch nichts passierte.

„Warum geht es nicht auf?“ jammerte ein Mädchen.

Phoebe zog nochmals heftig daran, aber nichts bewegte sich. Mist!

Sie wandte sich zurück zu den Kindern. „Es klemmt. Die Fenster!“, wies sie die Kinder an. „Drückt die Fenster nach außen! Schiebt den Hebel hoch und drückt dagegen, bis das Fenster sich öffnet.“ Sie hatte keine Ahnung, ob die Fenster einfach herausfallen oder in einem Neunzig-Grad-Winkel einrasten würden. In beiden Fällen würden die Kinder in der Lage sein hinauszuklettern, obwohl sie würden springen müssen.

„Welchen Hebel, Miss Chadwick?“, fragte ein Junge.

Sie hetzte in seine Richtung. „Den roten Hebel auf der Unterseite von–“ Ihre Augen fielen auf das Fenster, auf das der Junge zeigte.

„Es gibt keinen Hebel“, sagte der Junge, dessen Augen sich jetzt mit Tränen füllten. Phoebe richtete ihren Blick auf die rote Stelle an der Unterkante des Fensters, aber der Hebel, der dort sein sollte, war abgesägt worden.

„Hier gibt es auch keinen Hebel!“, schrie ein Mädchen aus dem hinteren Teil des Busses.

Die Kinder hetzten zu den Fenstern und Phoebe

sah hilflos zu, wie sie mit ihren Fäusten gegen das Glas schlugen. Bevor sie sie in ihren vergeblichen Versuchen, die Fenster einzuschlagen, stoppen konnte, ließ ein Geräusch von draußen ihren Kopf herumwirbeln.

Die Schranken senkten sich und die Warnlichter begannen zu blinken.

Ihr Mund wurde trocken, während die erschrockenen Schreie der Kinder ihre Ohren füllten.

4

Scott ließ einen gemeinen Fluch von seinen Lippen rollen.

Den richtigen Bahnübergang auf Google Maps zu finden, hatte ihn mehr Zeit gekostet als erwartet. Herauszufinden, dass der Zug mit dem Schulbus am heutigen Tag um circa 14 Uhr – wie in seiner Vorahnung – kollidieren würde, war dagegen eine leichte Sache gewesen: In nur einer Minute hatte er den Zeitplan der White Sox überprüft und festgestellt, dass diese am nächsten Tag gegen Kansas City spielen würden und dass Stevie Nicks von Fleetwood Mac vor dem ersten Wurf *God Bless America* singen sollte.

Seine Ducati in einen höheren Gang schaltend, raste Scott die Straße hinunter. Er kannte diesen Teil der Chicagoer Vororte gut, gut genug, um alle möglichen bekannten Radarfallen zu meiden, in denen die Polizei auf der Lauer lag. Jetzt von einem Bullen aufgehalten zu werden, konnte er sich nicht leisten. Jede Sekunde zählte. Als er den Ort des bevorstehenden Unfalles herausgefunden hatte, hatte er nur noch schnell den größten Schraubenschlüssel, den er in der Garage finden konnte, in seine Lederjacke gesteckt und war auf sein Motorrad gesprungen. Eine Axt oder ein Stahlschneider wären bessere Werkzeuge gewesen, aber die Zeit war zu knapp gewesen, um danach zu suchen. Er konnte nur hoffen, dass das, was er mitgenommen hatte, stabil genug sein würde.

Scott verlangsamte die Ducati an der nächsten Kreuzung und verfluchte die rote Ampel. Bei Grün war er bereits mittendrin und bog nach links ab, wobei er sich mit seinem Motorrad fast im 45°-Winkel zur Seite neigte, bevor der Gegenverkehr sich überhaupt einen Zentimeter bewegt hatte. Wütendes Hupen verfolgte ihn, aber er ignorierte es und nahm wieder Geschwindigkeit auf.

„Noch drei Blocks“, zischte er heraus, während er an einer Bank vorbeifuhr. Er warf einen Blick auf die Anzeige an der Außenseite, die die Temperatur sowie die Zeit ankündigte: 14.00 Uhr. Der Fahrer würde bereits den Bus verlassen und die Kinder und ihre Lehrerin darin eingeschlossen haben.

Eine weitere Kreuzung, aber dieses Mal musste er nicht verlangsamen. Die Vorfahrt war durch Stoppschilder an den einmündenden Gassen geregelt.

„Noch zwei Blocks.“ Es war fast wie ein Gesang, ein Gebet, das er zum Himmel schickte, der ihm diese Gabe der Vorahnung gegeben hatten. Eine Gabe, die er zuerst verflucht hatte, weil sie ihn anders machte als die anderen, aber die er mit Hilfe seines Adoptivvaters, mit dem er so vieles gemeinsam hatte, einschließlich dieser Gabe, zu schätzen gelernt hatte.

Scotts ganzer Körper war angespannt, die Muskeln in seinem Nacken starr, sein Kiefer zusammengepresst. Der Gedanke, dass er möglicherweise zu spät kommen könnte, ließ ihn am Griff drehen, um noch mehr Kraftstoff in die Maschine zu senden und die Ducati voranzutreiben. Wenn die Polizei ihn jetzt aufhielte, würde es nicht von Bedeutung sein. In wenigen Sekunden würde er am Bahnübergang sein und sobald sie sahen, was dort geschah, würden sie ihn nicht mehr stoppen.

„Komm schon“, murmelte er und sah das gelbe Fahrzeug schon von Weitem, während er über einen leichten Buckel in der Straße fuhr.

Die Straße war fast verlassen. Keine anderen Autos warteten an dieser Seite des Bahnübergangs, deren Schranken bereits geschlossen hatten. Der Bus verhinderte die Sicht auf die gegenüberliegende Seite und machte es ihm unmöglich, zu sehen, ob es dort sonst noch jemanden gab, auf dessen Hilfe er zählen könnte.

Kurz vor den Schranken bremste Scott scharf ab, sprang vom Bike, würgte die Maschine ab und zog sie gleichzeitig auf den Ständer. Er hielt sich nicht damit auf, seinen Sturzhelm abzunehmen. Dafür war keine Zeit.

Während er zwischen die Schranken zum Bus lief, zog er den Schraubenschlüssel aus dem Inneren seiner Lederjacke und umfasste ihn fest mit seiner behandschuhten Hand. Er erreichte die Tür des Busses und sah einige Kinder von innen gegen das Glas treten. Schreie begleiteten ihre fruchtlosen Bemühungen. Sicherheitsglas brach nicht so leicht.

„Bleibt weg von der Tür!“ schrie er, merkte aber, dass sie ihn nicht hörten.

Er öffnete sein Visier und versuchte es noch einmal. „Weg von der Tür!“ Er schlug mit der Hand dagegen und hielt den Schlüssel hoch.

Die Kinder bemerkten ihn endlich und schienen zu verstehen.

„Geht zurück und bedeckt eure Augen!"

Im selben Moment, in dem die Kinder von der Tür zurückgetreten waren, klappte er sein Visier wieder zu und begann, mit dem Schraubenschlüssel gegen das Glas zu schlagen. Die linke Scheibe zersplitterte. Dasselbe tat er mit der rechten Scheibe, bis auch diese zerbrach. Dann griff er in den Rahmen und zog ihn in seine Richtung, um wenigstens eine Seite der Tür zu öffnen. Mit bloßer Kraft und Willensstärke öffnete er sie. Er versuchte dasselbe mit der rechten Seite, aber sie klemmte und bewegte sich keinen Zentimeter. Die Öffnung, die er geschaffen hatte, war schmal, doch sie würde reichen müssen. Die Kinder würden in der Lage sein, sich durchzuquetschen.

„Alle raus jetzt!" befahl er und warf einen flüchtigen Blick über seine Schulter. In der Ferne nahm er eine Bewegung wahr: der Zug.

„Schnell!" schrie er, packte das erste Kind und hob das Mädchen herunter. „Lauf auf die andere Seite der Schranken! Lauf!"

Einem Kind nach dem anderen half er aus dem Bus, wobei er sie fortwährend zur Eile drängte. „Schnell! Schneller! Auf die andere Seite! Lauft, verdammt!"

Die Kinder schrien und weinten. Er konnte nicht vermeiden, dass sie sich an den Glasscherben schnitten, während sie versuchten, sich beim Verlassen des Busses abzustützen, aber ein paar Schnitte und Quetschungen waren besser als die Alternative, die sekündlich näher kam.

Aus der Ferne hörte er Sirenen. Jemand hatte den Notruf gewählt. Aber sie würden nicht rechtzeitig hier sein, um bei der Evakuierung zu helfen. Trotz seines

Sturzhelms hörte er das Radio aus dem Bus. Noch sang Stevie Nicks, doch da er das Lied kannte, wusste er, dass es gleich zu Ende sein würde. Und sobald die Stimme des Radiomoderators erklang, würde er nur noch wenige Sekunden Zeit haben, bis der Zug mit dem Bus kollidieren würde.

„Wie viele noch?“, schrie er.

„Drei!“, erklang die panische Stimme einer Erwachsenen. Die Lehrerin.

„Schnell!“ Scott zog das nächste Kind aus dem Zug und schob es in Richtung der Schranken. Der folgende Junge fiel fast aus dem Bus heraus und stolperte über seine eigenen Füße. Er half ihm auf und vergewisserte sich, dass er festen Stand hatte, bevor er sich um das letzte Kind kümmerte.

„Lauf!“ befahl er. Seine Stimme war schon heiser und sein Herz schlug wie die Lokomotive, die sich schnell näherte.

Scott hörte, dass das Lied seine letzten Akkorde erreichte. „Scheiße!“

Eine junge Frau erschien auf der obersten Stufe und eilte nach unten. Sie versuchte, sich seitlich durch die schmale Öffnung zu pressen und er zog von außen an ihr, spürte aber einen Widerstand. Sein Blick flog zu ihrem Gesicht. Ihre Augen weiteten sich vor Entsetzen, während sie versuchte, sich aus dem Bus zu befreien, jedoch scheiterte.

„Verdammt!“, fluchte er unter seinem Sturzhelm und griff an ihr vorbei, wo ihr Oberteil sich in dem gezackten Rand verfangen hatte, der durch das zerbrochene Glas entstanden war.

Plötzlich stoppte die Musik und die Stimme des Ansagers ertönte. „Und das war Stevie Nicks von

Fleetwood Mac. Na, da kommt Nostalgie auf, was?“

Er wusste, dass er jetzt nur noch Sekunden hatte.

Ihre Augen schossen an ihm vorbei und er musste sich nicht umsehen, um zu wissen, wie nahe der Zug war.

„Laufen Sie!“, drängte sie ihn. „Retten Sie sich!“

„Nein!“, schrie Scott und zerrte an ihrem Oberteil. Schließlich riss es sich vom Glas los und die Lehrerin fiel fast in seine Arme. Er wirbelte herum, die nähsten Worte des Radioansagers in seinen Ohren.

„Und vielleicht können Sie erraten, wer beim morgigen Baseballspiel…“

Mit der Frau in seinen Armen sprang Scott zur Seite und landete neben den Gleisen. Er rollte sich über sie und schirmte sie ab, als einen Moment später der Zug in den Schulbus hinter ihnen krachte. Sein Sturzhelm und seine schwere Lederjacke schützten ihn vor den herumfliegenden Trümmern, während er die Frau unter sich so gut er konnte mit seinem Körper abschirmte.

„Bewegen Sie sich nicht“, beschwor er sie, obwohl er keine Ahnung hatte, ob sie ihn durch den Sturzhelm hören konnte.

Aber er wusste, sie war am Leben. Er fühlte ihr Atmen an seiner Brust und ihre Hände, die sich in einem Todesgriff in sein Hemd gekrallt hatten.

Das Kreischen der Zugbremsen war der nächste schreckliche Ton, der seine Ohren erreichte. Erst als nichts mehr zu hören war, was bedeutete, dass der Zug zum Stillstand gekommen war, hob Scott seinen Kopf.

Er nahm einen tiefen Atemzug, den ersten bewussten, seit er den Bus erreicht hatte, und fühlte sein Herz donnern. Die Lehrerin in seinen Armen hatte ihre Augen fest zusammengekniffen.

„Sind Sie in Ordnung?“, fragte er, aber sie antwortete nicht.

Er befreite sich von seinem Sturzhelm und versuchte es noch einmal. „Sind Sie okay?“

Schließlich öffnete sie ihre Augen. Das erste, was er bemerkte, war, dass sie von einem strahlenden Blau waren. Das zweite, was er wahrnahm, war, dass er zum ersten Mal in die Augen einer Frau blickte und fühlte, dass er ihr alles anvertrauen könnte.

Irritiert durch dieses merkwürdige Gefühl wich Scott zurück, löste sich von ihr und setzte sich auf seine Fersen, wobei er zusammenzuckte. Er war hart auf dem Asphalt aufgeschlagen, hatte die volle Wucht des Sturzes abbekommen, bevor er sich über sie gerollt hatte. Seine Rippen waren geprellt, aber er wusste, dass nichts gebrochen war.

„Sie haben mir das Leben gerettet!“ Sie drückte seine Hand und setzte sich auf. Ihr Kopf drehte sich in Richtung der Schranken.

Scott folgte ihrem Blick und sah die Kinder dort stehen, verwirrt, im Schockzustand, aber nur leicht verletzt. Einige Autos hatten mittlerweile gestoppt und deren Fahrer und Mitfahrer liefen zu den Kindern.

„Sie haben all diesen Kindern das Leben gerettet!“

Bei ihren Worten drehte er sich wieder zu ihr. Sie war hübscher, als er zuerst bemerkt hatte. Ihr schulterlanges dunkelbraunes Haar war leicht gewellt und ihre Haut von einem Bronzeton, ihre vollen roten Lippen die perfekte Ergänzung zu ihren blauen Augen. Er war sich sicher, dass, hätte irgendeine seiner Lehrerinnen, als er ein Kind gewesen war, wie diese ausgesehen, er viel lieber zur Schule gegangen wäre.

„Sind Sie sicher, dass Sie nicht verletzt sind?“, fragte er jetzt.

Sie nickte und presste ihre Lippen zusammen. Ihre Augen hatten sich mit Tränen gefüllt. „Ich weiß nicht, wie ich Ihnen danken soll.“

„Ich war nur zur rechten Zeit am rechten Ort“, antwortete Scott und wollte aufstehen, aber sie schlang plötzlich ihre Arme um seinen Hals und umarmte ihn so fest, dass er nicht anders konnte, als sie ebenfalls zu umarmen und fest an sich zu drücken.

Es lag so viel Unschuld und Ehrlichkeit in ihrer Umarmung, dass er sich ertappte, wie er über ihr Haar strich und beruhigend ihren Rücken streichelte. Und merkwürdigerweise tröstete diese Geste *ihn.* Zum ersten Mal, seit er seinen Vater und Mentor – und gleichzeitig seine Bestimmung – verloren hatte, fühlte er sich gebraucht.

„Ich bin da“, raunte er in ihr Haar.

5

Phoebe spürte die tröstenden Arme des Fremden, der sie gerettet hatte, um sich. Sie konnte endlich wieder atmen. Die Panik und die Todesfurcht, die sie nur Momente zuvor ergriffen hatten, entwichen ihrem Körper. Sie hatte mit hundertprozentiger Sicherheit erwartet, dass ihre letzte Stunde geschlagen hatte. Der Zug war so nahe gewesen, und als sich ihre Kleidung verfangen hatte, hatte sich ihr Leben wie ein Film vor ihren Augen abgespielt. In dem Augenblick war ihr klar geworden, dass sie noch nicht wirklich gelebt hatte. Und noch nicht geliebt.

„Ich bin da“, murmelte der Fremde nochmals. Seine tiefe, melodische Stimme beruhigte sie und entspannte ihre verkrampften Muskeln, während ihr Körper sich plötzlich mit Bewusstsein regte. Sie presste sich an diesen fremden Mann, der praktisch rittlings auf ihr saß. Die Intimität dieser Stellung entging ihr nicht.

Anscheinend genauso wenig wie ihm, denn er löste sich jetzt aus ihrer Umarmung und begann aufzustehen, wobei er ihr seine Hand reichte, um ihr aufzuhelfen.

„Sind Sie sicher, dass es Ihnen gut geht?“

Sie musterte heimlich sein Gesicht. Sein Haar war dunkel, beinahe schwarz, und ein wenig länger, als die meisten Männer derzeit ihr Haar trugen, doch es sah sehr gepflegt aus, genauso wie sein Besitzer. Seine grünen Augen waren von langen dunklen Wimpern und starken Augenbrauen umrandet. Er war glatt rasiert und seine Lippen waren voll und sonderbarerweise sehr verlockend.

„Miss?"

Sie riss ihren Blick von seinem Mund, peinlich berührt, dass er sie dabei erwischt hatte, wie sie ihn anstarrte. „Es geht mir gut. Alles in Ordnung", antwortete sie schnell. Ihr Blick wanderte nun dorthin, wo die Kinder jenseits der Bahnschranken versammelt standen. „Die Kinder." Sie musste sich vergewissern, dass sie alle unverletzt waren.

Ihre Füße trugen sie bereits in deren Richtung, während ihre Augen die Umgebung scannten. Ein Krankenwagen kam mit quietschenden Bremsen zum Stehen und zwei Sanitäter sprangen heraus und liefen in Richtung des Unglücks. Einen Block entfernt sah sie Lichter blinken, begleitet von Polizeisirenen. Das Polizeiauto hielt im selben Moment am Bahnübergang an, als Phoebe die Kinder erreichte.

„Miss Chadwick, Miss Chadwick", jammerten mehrere.

„Seid ihr alle in Ordnung?" Sie versuchte, ihren Blick einzeln über jedes Kind schweifen zu lassen, aber alle bewegten sich in dem Wirrwarr, immer noch voller Angst. „Tut jemandem etwas weh?"

Sie hörte einige Kinder weinen.

„Nur ein paar Kratzer", versicherte ihr die Stimme ihres Retters hinter ihr. „Ihre Schüler sind alle in Sicherheit."

Phoebe drehte ihren Kopf halb, doch bevor sie ihm

für seine Beteuerung danken konnte, erreichten die Sanitäter die Gruppe der Kinder und plötzlich redeten alle durcheinander.

Eine Sanitäterin suchte ihren Blick. „Madam, haben es alle heraus geschafft?“ Sie deutete zu den Überresten des Schulbusses, die über den Bahnübergang verstreut lagen. Teile hatten sich unter den Rädern des Zuges verfangen. Der Zug hatte angehalten. Die Lokomotive stand nun mehrere Hundert Meter vom Bahnübergang entfernt.

„Alle haben es geschafft.“

„Haben Sie sich verletzt?“

Automatisch schüttelte sie ihren Kopf, doch als sie ihren Arm hob, um auf die Kinder zu deuten, spürte sie einen stechenden Schmerz in ihrem Rücken, wo ihr Top sich an einer Glasscherbe verfangen hatte. „Es geht mir gut. Kümmern Sie sich zuerst um die Kinder.“

„Sie bluten.“ Die Worte kamen von ihrem Retter und klangen wie eine Warnung.

„Es ist nichts. Nur ein Kratzer.“ Sie drehte sich gerade rechtzeitig zu ihm, um zu erhaschen, wie er seinen Kopf schüttelte und ein sanftes Lächeln seine Lippen umspielte.

„Sie sind eine interessante Frau.“

Phoebe neigte ihren Kopf zur Seite und verstand nicht, was er damit meinte.

„Sie sollten die Wunde trotzdem behandeln lassen.“

„Später.“ Sie streckte ihm die Hand entgegen. „Ich heiße Phoebe Chadwick.“

Er nickte und schüttelte ihre Hand, ohne seinen Handschuh abzulegen. „Scott.“

Ihr Reporterinstinkt schaltete sich sofort ein, als er seinen Nachnamen nicht nannte, doch sie hatte keine

Möglichkeit, die andere Frage, die bereits auf ihrer Zungenspitze saß, zu stellen.

„Sind Sie die Lehrerin?“, rief ihr eine autoritäre Stimme zu und brachte sie dazu, herumzuwirbeln. Ein Polizeibeamter näherte sich ihr. „Was ist hier passiert?“

Sie nickte dem Polizisten zu. „Ich bin Phoebe Chadwick. Ich bin vom Chicago Daily Messenger. Ich war–“

„Eine Reporterin. Wie schaffen die Reporter es immer, vor uns an Ort und Stelle zu sein?“ Der Polizist sah eindeutig verärgert aus.

„Ich war im Bus! Ich habe die Kinder beaufsichtigt“, verteidigte sie sich instinktiv.

„Sie waren im Bus? Wo ist der Lehrer? Was ist passiert?“

Ihr Herz schlug bis in ihre Kehle, während sie in so wenigen Worten wie möglich vermittelte, was passiert war, als sie festgestellt hatte, dass der Busfahrer den Bus auf dem Bahnübergang abgestellt hatte.

„Und dann kam dieser Mann hier und brach die Tür ein.“ Sie wandte sich zu Scott, doch dieser stand nicht mehr hinter ihr. Sie blickte sich um, um nach ihm zu suchen.

~ ~ ~

Eine Reporterin! Scheiße, so ein verflixtes Pech!

Scott unterdrückte einen Fluch und bahnte sich einen Weg durch die Kinder sowie die Erwachsenen, die jetzt zu ihnen gestoßen waren: neugierige Zeugen, Nachbarn, Geschäftsinhaber, Autofahrer sowie noch mehr Sanitäter. Ein zweiter Krankenwagen war bereits angekommen und ein weiterer Polizeiwagen näherte sich von irgendwo, obwohl Scott das Auto noch nicht sehen, sondern nur die Sirene hören konnte. In ein paar Minuten würden die ersten besorgten Eltern eintreffen. Angesichts der vielen Handys, die die zehn- oder elfjährigen Kinder in der Hand hielten, war es nicht schwer zu erraten, dass sie bereits ihre Eltern alarmiert hatten.

Und in ein paar Minuten würden sich die Fernsehcrews hier scharen und mit ihren Kameras und Mikrofonen jeden und jedes, was sich bewegte, interviewen.

Scott musste so schnell wie möglich von hier weg. Er war bereits zu lange geblieben. In dem Moment, nachdem er die Frau gerettet hatte, die er für die Lehrerin gehalten hatte, aber die nach eigener Angabe eine Reporterin namens Phoebe Chadwick war, hätte er von hier verschwinden sollen. Er hatte bereits getan, was er als seine Aufgabe ansah. Er hatte die Kinder vor dem sicheren Tod gerettet. Jetzt musste er dafür sorgen, seine Identität nicht zu offenbaren.

Intrigiert von Phoebe, war er bereits einige Minuten länger geblieben, als er hätte sollen. Von einer Lehrerin hätte er die Art Selbstlosigkeit, die sie zur Schau getragen hatte, erwartet. Sie hatte sich vergewissert, dass alle Kinder den Bus vor ihr verlassen hatten. Von einer Reporterin überraschte ihn diese Handlung jedoch. Sie hatte nicht einmal der Sanitäterin erlaubt, ihre Verletzung zu behandeln, und sorgte sich mehr um die Kinder als um ihr eigenes Wohlbefinden. Sogar von einer Lehrerin hätte er erwartet, dass sie zumindest von ihrer eigenen Verletzung etwas benommen wäre und den Sanitätern erlaubt hätte, sie zu behandeln.

Scott schüttelte den Kopf und ging einem

weinenden Mädchen aus dem Weg. Phoebe war nicht sein Problem. Also tat er, was er immer in solchen Situationen tat. Er hielt seinen Kopf gebeugt und vermied Blickkontakt. Noch ein paar Sekunden und er wäre von ihr weg. Er schnappte sich schnell seinen Sturzhelm, wo er ihn fallen gelassen hatte, nachdem er mit Phoebe in seinen Armen aus dem Weg des heranrasenden Zuges gesprungen war.

Aus dem Augenwinkel bemerkte er auf der gegenüberliegenden Straßenseite zwei Leute aus einem Van springen, der die Aufschrift eines Fernsehsenders trug. Die Frau hielt ein Mikrofon in ihrer Hand und der Mann trug eine große Kamera auf seiner rechten Schulter. Sie überquerten rasch die Straße und näherten sich dem Unfallort.

„Was ist hier passiert?“, rief ihm die Reporterin schon von Weitem zu. „Ist jemand verletzt? Wurde jemand getötet?“

Scott schnaubte. Ja, das würde eine tolle Story ergeben, nicht wahr? *Dutzende von Schulkindern von einem Busfahrer ermordet.* Denn das, was hier geschehen wäre, hätte Scott es nicht verhindert, hätte man nicht anders nennen können als Mord. Mit nur einem Achselzucken marschierte Scott an den Reportern vorbei. Am besten ließ man sich mit diesen Leuten erst gar nicht ein. Sie würden bald jemand anderen finden, der ihre neugierigen Fragen beantworten würde.

Die Kinder schienen mehr als bereitwillig zu sein, die Fragen der Reporterin zu beantworten, wenn er ihren aufgeregten Stimmen Glauben schenken durfte. Scott ging weiter und stieß fast mit einem Mädchen zusammen, das unkontrollierbar schluchzte. Er zögerte für einen Augenblick und konnte nicht widerstehen, mit seiner Hand beruhigend über ihr Haar zu streichen.

„Es wird wieder gut werden, Kleine. Alles ist okay. Deine Eltern kommen bald. Dann kümmern sie sich um dich.“

Sie schniefte und sah zu ihm hoch. Erkenntnis erleuchtete ihr Gesicht. „Sie haben mich gerettet.“ Unerwartet schlang sie ihre Arme um ihn und vergrub ihr Gesicht in seinem Bauch.

Er nahm ihre Arme und schob sie sanft von sich. Es wurde höchste Zeit zu gehen, bevor noch mehr Kinder auf die gleiche Idee kamen und versuchten, ihm zu danken.

„Er ist ein Held“, hörte er plötzlich einen Jungen ausrufen.

Scott wirbelte den Kopf in seine Richtung.

Der Junge zeigte auf ihn, während er mit den zwei Reportern sprach. „Er hat uns alle gerettet.“

Verdammt!

Die zwei Reporter starrten ihn an. Und schon liefen sie auch auf ihn zu. „Sir! Sir! Ein Wort.“

Aber Scott wirbelte herum und rannte zu seinem Motorrad, wobei er den Sturzhelm über seinen Kopf stülpte. Er sprang auf seine Ducati, kickte den Ständer weg und warf den Motor an. Die Reporter hatten keine Chance, ihn zu erwischen, so schnell machte er sich aus dem Staub.

Er raste die Hauptstraße entlang und bog an der nächsten Kreuzung ab, bevor die Frau auch nur eine einzige Frage stellen konnte. Es war unwahrscheinlich, dass die Kamera überhaupt schon eingeschaltet gewesen war. Und wenn sie wirklich einen Blick auf ihn erhascht hatten, dann nur mit dem Sturzhelm. Und was sein Motorradkennzeichen betraf: Es war auf ein

Postfach-Geschäft registriert und konnte nicht zu ihm zurückverfolgt werden, und sobald er nach Hause kam, würde er das Schild mit einem anderen austauschen. Sie würden nicht in der Lage sein, ihn zu finden.

Das Einzige, was er jedoch bedauerte, war, dass der Moment des Friedens, den er verspürt hatte, als er Phoebe in seinen Armen gehalten hatte, eine Illusion gewesen war.

6

„Novak ist fuchsteufelswild!“, begrüßte Kathleen sie, während Phoebe sich einen Weg durch ihre aufgeregten Kollegen bahnte, die bei ihrer Ankunft in der Redaktion auf sie zugestürmt waren. Die Nachricht des Busunfalls – sofern er überhaupt als Unfall bezeichnet werden konnte – hatte sich wie ein Lauffeuer verbreitet.

„Wütend? Worüber? Ich war in einer verdammten Zugkollision!“ Sie fühlte sich immer noch ziemlich aufgerüttelt.

„Ja, vor über vier Stunden!“, brüllte Novak hinter ihr. „Wir gehen in zwei Stunden in Druck und haben nichts vorzuweisen!“

Phoebe wirbelte herum und stellte sich ihrem verärgerten Redakteur.

„Warum haben Sie die Story nicht übers Telefon durchgegeben? Sie waren in dem verfluchten Bus! Eine Story aus persönlicher Sicht! Verdammt noch mal!“

Phoebe stemmte ihre Hände in die Hüften. „Weil die Polizei mich zum Revier schleppte, um meine Aussage aufzunehmen, und die Sanitäter darauf bestanden, meine Verletzungen zu behandeln.“ Sie zeigte auf ihren Rücken, wo unter ihrer frischen Bluse jetzt ein Verband die oberflächliche Schnittwunde schützte. „Und übrigens wäre ich heute fast umgekommen, also wenn's Ihnen nichts ausmacht, dann nehme ich mir mal eine Minute zum Atmen, okay?"

Ihr Herz donnerte und sie bemerkte, dass ihre Kollegen, die um sie herum standen, verstummt waren und ihrer hitzigen Konversation mit dem Redakteur lauschten.

Novak presste seine Zähne zusammen. „In mein Büro, jetzt sofort!" Er machte kehrt und marschierte voraus.

Während sie hinter ihm das Büro betrat, funkelte er die anderen Angestellten an, damit sie verschwanden, bevor er die Tür lautstark zuschlug.

Mit ihm alleine holte Phoebe erst einmal tief Luft und öffnete ihren Mund, um sich zu verteidigen, aber Novak schnitt ihr mit einer gehobenen Hand das Wort ab.

„Kein einziges Wort mehr aus Ihrem Mund, junges Fräulein! Zuerst hören Sie mir mal zu." Er sog einen Atemzug ein. „Sie haben mir fast einen Herzinfarkt verpasst, als ich erfuhr, dass Sie sich in diesem Bus befanden, auf den der Zug gedonnert war. Als Sie nicht sofort anriefen, musste ich Kontakt mit einer Fernsehstation aufnehmen, um herauszufinden, ob irgendjemand etwas über Sie wusste. Erst durch Erikssons Sohn haben wir erfahren, dass es Ihnen gut geht. Also tun Sie das nie wieder!"

Die Überraschung, dass er wirklich um sie besorgt gewesen war, machte sie für einen Augenblick sprachlos. Aber sie wäre keine Reporterin, wenn ihr lange die Sprache wegbliebe. „Wir hatten alle Glück. Die Polizei sucht bereits nach dem Busfahrer. Ich habe ihr Wort, dass ich als Erste Bescheid bekomme, sobald sie was haben." Möglicherweise würde sie sogar eine exklusive Story bekommen, sobald sie den Kerl geschnappt hatten. „Das ist vielleicht sogar die Art von Story, die ich für Eriksson brauche."

Novak runzelte die Stirn. „Eriksson ist nicht an der Geschichte des Busfahrers interessiert." Er ging zu seinem Computer und winkte ihr zu, ihm zu folgen. Auf den Bildschirm deutend, fügte er an: „Er möchte wissen, wer das ist."

Auf dem Monitor war ein Mann zu sehen, der durch die Menge der Kinder schritt.

„Das ist Scott." Sie sah zu Novak auf. „Er hat uns gerettet. Er zertrümmerte die Tür und zog uns heraus."

Ihr Chef nickte. „Scott? Haben Sie seinen vollständigen Namen?"

Phoebe schüttelte den Kopf. „Er verschwand kurz nachdem die Polizei und der Krankenwagen auftauchten." Sie zeigte auf den Schirm. „Wie sind Sie zu dem Bild gekommen?"

„Erikssons Sohn hatte es mit seinem Handy geschossen und seinem Vater gesagt, dass dieser Kerl ihm das Leben gerettet hat. Eriksson möchte das als die Titelgeschichte haben: der Held, der mysteriöse Retter. Finden Sie ihn! Tun Sie, was auch immer Sie tun müssen, um seine Geschichte zu bekommen."

Phoebe warf ihm einen zweifelnden Blick zu. „Es sah nicht so aus, als wollte er den Helden spielen, sonst wäre er geblieben. Wäre er auf Ruhm aus gewesen, dann hätte er genügend Gelegenheit dazu gehabt, als Debbie Finch von WYAT News kam. Sie lief ihm praktisch nach, um ihn zu interviewen."

„Und hat sie ein Interview bekommen?"

„Nein. Er sprang auf sein Motorrad und machte sich aus dem Staub.“ Er war geradezu geflüchtet, jetzt wo Phoebe noch mal darüber nachdachte. „Vielleicht ist er schüchtern.“ Nun gut, nicht einmal sie glaubte das. Während des kurzen Kontakts zwischen ihnen beiden hatte er selbstbewusst gewirkt. Stark, selbstsicher und entschieden.

„Schüchtern?“ Novak schnaubte. „Ganz bestimmt nicht.“ Er klopfte an den Bildschirm und zeigte auf Scotts Gesicht. „Besorgen Sie uns diese Geschichte! Finden Sie ihn und ich kann Ihnen garantieren, dass Eriksson Sie nicht feuert. Sie haben sich etwas Zeit erkauft. Nutzen Sie sie gut. Beweisen Sie mir und Eriksson, dass Sie die Art von Journalistin sind, für die ich Sie immer schon gehalten habe.“

Sie ließ ihre Augen zurück zu dem Foto auf dem Computer schweifen. „Kann ich eine Kopie davon bekommen?“

„Ich maile sie Ihnen.“

„Haben die anderen Kinder auch irgendwelche Fotos gemacht? Vielleicht von seinem Motorrad?“

„Ich sorge dafür, dass Erikssons Sohn mit seinen Mitschülern spricht. So wie ich Kinder kenne, hat jeder irgendwas fotografiert. Sie tauschen die Bilder bestimmt bereits über ihre Handys miteinander aus. Ich schicke Ihnen, was ich bekommen kann.“

„Danke.“ Sie wandte sich zur Tür.

„Und Phoebe.“

Sie blieb stehen.

„Ich bin froh, dass Ihnen nichts passiert ist.“

Sie lächelte in sich hinein und öffnete die Tür. Novak war doch nicht so ein kalter Fisch, wie er anderen immer vormachte. Wenn es hart auf hart ging, sorgte er sich doch um seine Schäfchen. Und er war ein Journalist mit Integrität und einem Auge für eine gute Story. Das Scheinwerferlicht auf den Helden dieses Unfalles zu werfen statt auf den vermutlich geisteskranken Busfahrer, der den Bus auf den Bahnübergang gefahren und dann sabotiert hatte, war die positive Richtung, die die Eltern dieser Kinder brauchten.

Sie würde den Einwohnern von Chicago den Helden vorstellen, der heute siebenundzwanzig Leben gerettet hatte und dafür keinerlei Dank erwartete: Scott. Und vielleicht könnte sie ihm, sobald sie seine Geschichte zu Papier gebracht hatte, auf persönlichere Art und Weise danken, als sie dazu heute Nachmittag Gelegenheit gehabt hatte.

Voller Entschlossenheit marschierte sie in Richtung ihres Schreibtisches, als jemand die Lautstärke des Fernsehers, der an einer Wand der Redaktion montiert war, hochdrehte.

Debbie Finch von WYAT News befand sich an der Unfallszene und sprach in die Kamera. Der Zug war mittlerweile vom Bahnübergang entfernt worden, aber Forensiker waren an Ort und Stelle und durchsiebten die Trümmer des Busses.

„…am frühen Nachmittag. Von den Kindern, mit denen ich sprach, wissen wir von einem Mann in Motorradkleidung, der alle sechsundzwanzig Kinder und die weibliche Aufsichtsperson im Bus gerettet hat. Leider verließ der Retter den Unfallort, bevor er identifiziert werden konnte.“ Sie berührte ihre Hörmuschel und lauschte einige Sekunden, bevor sie weitersprach. „Ich wurde gerade über einen ähnlichen Vorfall vor drei Jahren informiert, wo ein geisteskranker Taxifahrer seinen Passagier in seinem Taxi eingesperrt hatte. Der Passagier wurde von einem Motorradfahrer gerettet, bevor das Taxi von einem Öl-Tanklaster gerammt wurde."

Phoebe erstarrte und sog Luft in ihre Lunge. Wollte die Reporterin andeuten, dass die zwei Vorfälle miteinander zu tun hatten?

„Der Sender ruft jeden auf, der heute in der Nähe des Unfallortes war und möglicherweise mit seinem Handy Fotos gemacht hat, diese an uns zu schicken, damit wir die Polizei in ihren Untersuchungen unterstützen können, den Helden des heutigen Unfalles zu finden. Bitte mailen Sie Ihre Fotos an…"

Phoebe hörte nicht weiter zu. Die Polizei unterstützen? Ja, sicher! Sie kannte Debbie gut genug, um zu wissen, dass diese bestimmt kein Interesse daran hatte, die Polizei zu unterstützen. Sie wollte ein Interview mit Scott. Offenbar hatte Debbies Redakteur die gleiche Idee wie Novak, nämlich dass Scott die bessere Story war und nicht der geistesgestörte Busfahrer.

„Verdammt!", fluchte sie. Jetzt, da Debbie alle Zuschauer dazu aufgefordert hatte, ihre Unfallfotos einzuschicken, würde sie Scott vielleicht finden, bevor Phoebe eine Chance dazu hatte. „Streng dich an", befahl sie sich selbst. „Du schaffst das schon, Phoebe."

An ihrem Schreibtisch angekommen, beugte sie sich zu Kathleen. „Ich brauche deine Hilfe. Hast du immer noch Kontakt zu diesem Kerl vom Kfz-Amt?"

„Du meinst den, der st-st-stottert?" Sie kicherte und errötete.

„Ja, genau den."

Kathleen lehnte sich über den Schreibtisch. „Ich

war gestern Abend mit ihm zusammen. Und stell dir vor, er stottert nicht, wenn er zur Sache kommt. Wenn du weißt, was ich meine.“

Phoebe konnte nicht anders, als zu lachen. „Du bist unmöglich!“ Aber dank Kathleens aktivem Liebesleben würde Phoebe ihrer Konkurrenz gegenüber einen Vorteil haben, denn sie hatte sich das Kfz-Kennzeichen von Scotts Motorrad eingeprägt, als dieser davongesaust war.

7

Scott öffnete den Kühlschrank und nahm sich ein weiteres Bier heraus, öffnete es, indem er mit dem Daumen den Deckel hochdrückte und nahm einen langen Schluck. In seiner Wohnung war es fast zum Ersticken heiß und sein Vermieter hatte die Klimaanlage immer noch nicht repariert. Aber das war nicht der einzige Grund, warum er sich nicht wohlfühlte.

Zum hundertsten Mal seit er vom Unfallort heimgekehrt war, ließ Scott nun schon seine Handlungen Schritt für Schritt in seinem Kopf wiederspielen. Hatte er irgendeinen Fehler gemacht? Sein größter Fehler war selbstverständlich gewesen, überhaupt der Vorahnung zu folgen und das Unglück zu verhindern. Aber abgesehen von dieser Tat, hätte er etwas anders machen können? Jedes Mal, wenn er das Geschehen nochmals durchdachte, kam er zu derselben Schlussfolgerung, dass er angesichts der Umstände nicht anders hätte handeln können.

Nachdem er nach Hause zurückgekehrt war, hatte er das Nummernschild seiner Ducati gegen ein neues ausgetauscht und sich des alten entledigt. Morgen würde er die Maschine im Geschäft neu lackieren, damit sie schwieriger zu identifizieren war, sollte jemand nach einem schwarzen Multistrada Touring Motorrad suchen. Und wenn ihm doch jemand auf die Spur käme, war er vollkommen darauf vorbereitet, die Gegend zu verlassen.

Er seufzte, zog sein Hemd aus und blieb vor dem offenen Kühlschrank stehen. Er trug nur eine kurze Hose und stand barfuß auf den kühlen Fliesen.

Er hatte nie wirklich eine Wahl gehabt, wenn es um seine heutige Tat ging. Genauso wenig wie er nie eine Wahl gehabt hatte, als die Vorahnungen begonnen hatten. Er war ein Waisenjunge gewesen und hatte die meisten Jahre seines jungen Lebens in einem Waisenhaus verbracht.

~ ~ ~

Richmond, Virginia, 25 Jahre früher

Der dreizehnjährige Gary benutzte beide Hände, um Scotts Gesicht in die schmutzige Pfütze zu drücken. Dies war nicht das erste Mal, dass der um zwei Jahre ältere Tyrann seinen Spaß mit Scott hatte und seine überlegene Körperkraft gegen Scott anwendete.

Scott stieß seinen Ellbogen nach hinten, rammte ihn in Garys Brust und schaffte es so, seinen Kopf genug anzuheben, um Luft zu schnappen. Die Stimmen der anderen Kinder, die den Kampf beobachteten, wurden lauter und ihre Aufregung stieg, während der schlimmste Tyrann des Waisenhauses wieder einmal seine körperliche Überlegenheit über einen der jüngeren Buben zur Schau stellte. Zurückgezogen und ruhig war Scott Garys Lieblingszielscheibe für solche

Demonstrationen.

Nochmals drückte Gary Scotts Gesicht in die Pfütze und zwang ihn so, das schmutzige Wasser zu schlucken. Panik stieg in ihm hoch und sein Herzschlag galoppierte, sein Puls raste und seine Brust weitete sich für den Atem, der ihm verweigert wurde. In dem Moment sah er es; eine Szene, die sich vor seinen Augen abspielte, obwohl seine Augen zum Schutz vor dem schmutzigen Wasser geschlossen waren. Dennoch sah er einen Film ablaufen, so real, als entspräche er der Wirklichkeit.

Einen Moment später zog ihn die Stimme eines Lehrers aus der Szene und jemand zerrte ihn hoch. Scott hustete und stieß das Wasser aus seiner Lunge. Aber seine Wut war an einem Siedepunkt angekommen. Er wirbelte herum und funkelte Gary an.

„Du wirst dir beide Beine brechen, wenn du die Treppe hinunterstürzt und dann werde ich derjenige sein, der dich verhöhnt!“, schrie Scott den Tyrannen mit zusammengepressten Zähnen an.

„Genug!“, forderte der Lehrer. „Alle beide! Ihr bekommt Hausarrest. Bewegt euch, jetzt sofort!“

~ ~ ~

Eine Woche später fiel Gary die Treppe des Waisenhauses hinunter und brach sich beide Beine. Trotz seiner Proteste, dass er nichts mit dem Unfall zu tun hatte, wurde Scott ins Büro des Direktors, Mr. Peabody, befohlen. Vor Wut über die Ungerechtigkeit, fälschlich beschuldigt zu werden, kochend, ballte Scott seine Hände an seinen Flanken zu Fäusten und funkelte den älteren Mann trotzig an.

„Was hast du zu deiner Verteidigung vorzubringen, Thompson?"

„Ich habe es nicht getan! Ich war nicht einmal im Haus! Ich war draußen auf dem Spielplatz."

Peabody schlug mit der Faust auf den Schreibtisch. „Hör auf zu lügen, Thompson! Ich weiß, dass du es warst! Mehrere Jungs haben gehört, wie du letzte Woche gedroht hast, ihn die Treppe hinunterzustoßen, damit er sich die Beine bricht. Nächstes Mal, wenn du so etwas Ruchloses planst, sei wenigstens nicht so dumm, es vorher anzukündigen", donnerte der Direktor.

Scott wusste nicht, was ruchlos bedeutete, aber es war vermutlich nichts Gutes. Aber er wusste, was dumm bedeutete. Und er würde es nicht dulden, dass ihn irgendjemand dumm nannte. „Ich habe nie behauptet, dass ich ihn stoßen würde! Ich sah ihn hinunterfallen!"

Peabody beugte sich über den Schreibtisch. „Du hast gerade noch gesagt, dass du auf dem Spielplatz warst. Von dort kannst du die Treppe nicht sehen. Du warst also im Haus, genauso wie ich vermutete!"

„Ich war nicht im Haus. Ich sah es vorher", korrigierte Scott ihn und verschränkte seine Arme über seiner Brust.

„Wenn du weiterhin lügst, wird deine Bestrafung nur noch schlimmer ausfallen!", drohte Peabody. „Weißt du überhaupt, was hätte geschehen können? Du hättest ihn töten können. Es ist ein Glücksfall, dass er sich nur die Beine brach. Er hätte sich den Hals brechen können. Also sag die Wahrheit. Gib zu, dass du es getan hast!"

Scott stieß einen verärgerten Atemzug aus, während

Tränen in seinen Augen aufquollen. Aber er verdrängte sie, schluckte sie hinunter, denn Jungs weinten nicht. „Ich habe es nicht getan! Ich habe ihn nicht gestoßen. Ich sah ihn fallen. Ich sah es letzte Woche. In meinem Kopf. Ich sah alles in meinem Kopf. Genauso wie all die anderen Sachen."

Peabody erstarrte und wich ein wenig zurück. „Was? Was hast du gesehen?"

Scott schniefte. „All die anderen Dinge. Dinge, die noch nicht geschehen sind. Und dann geschehen sie." Er ließ seinen Kopf fallen. Er hatte noch nie jemandem davon erzählt, weil er nicht anders sein wollte. Er war schwer genug, sich im Waisenhaus gegen Jungs wie Gary zu behaupten. Es würde ihm in keinster Weise helfen, wenn die anderen herausfänden, dass er anders war, dass er ein Freak war.

„Erzähl mir, was du siehst", verlangte jetzt Peabody, obwohl seine Stimme nicht mehr so harsch wie zuvor war.

Scott sah auf und stellte sich seinem Blick. Aber er hatte bereits zu viel gesagt. Es war besser, die Bestrafung anzunehmen, als als Missgeburt beschimpft zu werden. Er presste seine Lippen fest aufeinander und schüttelte den Kopf.

~ ~ ~

Seine nächste Vorladung ins Büro des Direktors kam drei Tage später. Dieses Mal war der Direktor nicht allein. Ein Mann saß auf dem Stuhl vor dem Schreibtisch und erhob sich, als Scott nach einem zögernden Klopfen eintrat. Als der Fremde seinen Kopf drehte, zog Scott scharf die Luft ein. Er erkannte den Mann.

„Thompson, das ist Mr. Sheppard. Er ist gekommen, um mit dir zu sprechen“, sagte Peabody.

Mr. Sheppard lächelte, ein nettes, sanftes Lächeln. „Das ist also der Junge.“ Er streckte ihm die Hand entgegen. „Ich habe schon viel über dich gehört, Scott. Ich heiße Henry.“

Scott schüttelte seine Hand und ließ sie genauso schnell wieder los. Dann musterte er Peabody, der hinter seinem Schreibtisch sitzen geblieben war.

„Sei nicht stumm, Thompson, begrüße deinen Besucher.“

Scott ließ seine Augen über den Fremden schweifen. Er sah jünger als Peabody aus, der, wie Scott wusste, vor kurzem erst seinen fünfzigsten Geburtstag gefeiert hatte, jedoch älter als sein Englischlehrer, Mr. Langenfeld, der ein wenig über dreißig war. Sein Haar war wie seine Augen dunkelbraun. Er trug einen Anzug, aber keine Krawatte. Dieser Mann roch geradezu nach Autorität, obwohl er nicht die Art von Furcht in Scott heraufbeschwor, die Peabody in ihm hervorrief.

„Thompson“, wiederholte Peabody, aber Sheppard stoppte ihn, indem er seine Hand hob.

„Geben Sie dem Jungen etwas Zeit.“

Ein Gefühl von Dankbarkeit fegte durch Scott. Alles würde bald gut werden. „Ich habe Sie in einem Haus gesehen, das von einem braunen Zaun umgeben ist. Im Hintergarten war eine Holzschaukel, die schneebedeckt war.“

„Wann hast du mich dort gesehen?“, fragte der Fremde sanft.

„Nächsten Winter.“

„Warum glaubst du, dass es nächsten Winter war?“

„Weil ich aus dem Fenster meines Zimmers im ersten Stock hinausschaute, während Sie Schnee schaufelten. Auf dem kleinen Pfad, der zum hinteren Gartentor führt, dort hinunter, wo der kleine Bach ist. Er war gefroren. Sie haben mir versprochen, mit mir dort Schlittschuhlaufen zu gehen.“

Sheppard lächelte breit und tauschte einen triumphierenden Blick mit Peabody aus, bevor er sich wieder an Scott wandte. „Na gut, dann solltest du vielleicht deine Sachen packen, damit wir gehen können, bevor wir den Schnee verpassen.“

„Sind Sie sich sicher?“, warf Peabody ein.

Sheppard drehte sich zu dem Direktor. „Er hat die Gabe. Sie haben ihm doch nicht erzählt, dass ich kommen würde?“

Peabody schüttelte seinen Kopf. „Kein einziges Wort. Genauso wie Sie es wünschten.“

„Dann konnte er weder von mir noch von meinem Haus wissen. Oder dem Bach dahinter.“ Er blickte zurück zu Scott. „Scott, erzähl mir, wann du all das gesehen hast.“

„Vor langer Zeit. Jeden Herbst hoffte ich, dass Sie kommen würden. Und jedes Mal, wenn der Schnee schmolz, wusste ich, dass ich noch ein Jahr warten müsste.“

„Ich habe auch auf dich gewartet. Es hat nur lange gedauert, bis ich dich gefunden habe.“ Er streckte Scott seine Hand entgegen, die dieser sofort umklammerte.

Er würde endlich ein richtiges Zuhause bekommen. Ein Zuhause mit einem Mann, der ihn verstand, weil er genauso war wie Scott. Ein Mann, der dieselben Dinge wie Scott sah und ihn nicht für eine Missgeburt halten würde. Endlich würde ihn jemand verstehen und er würde sich nicht mehr verstecken müssen. Eine Zukunft wartete auf ihn.

Doch Jahre später lag dieser Traum in Trümmern vor ihm und Scott hatte alles verloren.

Henry Sheppard, den Mann, der sein Vater geworden war, gab es nicht mehr.

Scotts Zukunft war ungewiss.

Er war auf der Flucht – bis er seinen letzten Atemzug nahm.

8

Phoebe holte tief Luft. Sie war so weit gekommen; jetzt konnte sie nicht einfach kneifen. Es war schwierig genug gewesen, Scott ausfindig zu machen. Kathleens Kontakt bei der Zulassungsstelle hatte ihr zwar die Adresse besorgt, unter der Scotts Motorrad registriert war. Allerdings hatte diese nur in eine Sackgasse geführt oder genauer gesagt eine Briefkastenfirma anstatt einer Wohnung. Glücklicherweise hatte sie sich an etwas erinnert, das ihr an Scotts Kleidung aufgefallen war, als er sie gerettet hatte.

Unter seiner Lederjacke hatte er einen Overall getragen und als die Jacke sich vorne leicht öffnete, hatte sie einen flüchtigen Blick auf ein Emblem auf der Brusttasche erhascht. *Al's* war darauf gestickt gewesen. Sie hatte nach allen Geschäften gesucht, die mit *Al's* begannen und war überrascht gewesen, wie viele Reparaturwerkstätten so benannt waren. Nach zwei Stunden hatte sie endlich eine Motorradreparaturwerkstatt in Cicero gefunden, die einen Mann namens Scott beschäftigte.

Weit weniger Zeit hatte sie gebraucht, den Inhaber des Geschäftes zu Hause anzutreffen und ihn mit ihrem Charme einzuwickeln, damit er ihr verriet, wo sie Scott finden konnte. Noch mehr Charme und Al hätte ihr die Schlüssel zu seinem Geschäft übergeben und sie gebeten, sich zu nehmen, was sie wollte. Manchmal hasste sie es wirklich, Leute belügen zu müssen, um ihre Arbeit zu erledigen.

Nervös blickte Phoebe die Treppe hinunter, wo Scotts Motorrad hinter einem Müllcontainer geparkt war, als wollte er vermeiden, dass es von der Straße aus gesehen werden konnte. An sich überraschte sie das nicht, da die Einwohner in dieser Nachbarschaft nicht gerade zur Schau stellen wollten, dass es etwas Wertvolles zu stehlen gab, doch als sie das Kennzeichen betrachtet hatte, hatte sie zweimal hinsehen müssen. Die Nummern darauf stimmten nicht mit denen überein, die sie sich eingeprägt hatte, obwohl das Motorrad zweifellos seins war.

Stand sie jetzt etwa an der Haustür eines Verbrechers, kurz davor zu klopfen? War das nicht ziemlich leichtsinnig? Er hatte sein Kfz-Kennzeichen ausgetauscht! Das bedeutete doch nicht nur, dass er etwas zu verbergen hatte, sondern auch, dass er die Mittel dazu hatte, so etwas zu bewerkstelligen. Wer hatte schließlich ein übriges Nummernschild auf Vorrat zuhause?

Ihr Herz hämmerte wie verrückt in ihrer Brust. Beschwor sie nicht nur Ärger herauf, wenn sie jetzt bei Scott auftauchte, wo er doch so offensichtlich nicht gefunden werden wollte? Begab sie sich gerade in unmittelbare Gefahr?

Du brauchst diese Story, redete sie sich selbst gut zu. *Sei doch nicht so ein Feigling. Vermutlich will er nur keinen Unterhalt für Frau und Kind bezahlen.*

Genau. Er hatte vermutlich irgendeine Frau geschwängert, die jetzt versuchte, Unterhalt für ihr

Kind von ihm zu bekommen. Wer würde denn nicht mit so einem heißen Typen wie ihm schlafen und jegliche Zurückhaltung verlieren?

Ihr Herz flatterte bei dem Gedanken. Und dieses Mal war es nicht die Furcht, die ihren Puls zum Rasen brachte. Sie erinnerte sich noch genau an den Moment, als sie dem Tod ins Gesicht geblickt und ihr Retter sie aus dem Bus gezerrt hatte. In den Sekunden danach, unter seinem schützenden Körper, hatte sie sich sicher gefühlt. Und als sie sich an ihn geschmiegt, ihn fest umarmt hatte, waren andere Empfindungen durch ihren Körper gerast, Empfindungen, die nichts mit Sicherheit zu tun hatten. Dass in einem Moment wie jenem Begierde und Erregung ihren Körper erweckten, war ihr unmöglich erschienen, doch sie hatte gerade dem Tod getrotzt und sich noch nie lebendiger gefühlt.

Egal was Scott verbarg, oder vor wem er sich versteckte, sie wusste, dass er ihr nicht wehtun würde. Er hatte sein eigenes Leben riskiert, um ihres und das der Kinder in ihrer Obhut zu retten.

Phoebe nahm ihren ganzen Mut zusammen und klopfte an die Wohnungstür. Sie hörte ein Geräusch aus der Wohnung, dann einen leisen Fluch. Ihr Blick schweifte zu dem Spion in der Tür. Sie brauchte keine Röntgenaugen zu haben, um zu wissen, dass Scott sie gesehen hatte.

„Scott, ich weiß, dass Sie da sind."

Weitere Sekunden verstrichen, dann wurde die Tür schließlich geöffnet. Scott erschien im Türrahmen und öffnete nur weit genug, um in Erscheinung zu treten und ihr nicht die Möglichkeit zu geben, sich an ihm vorbeizudrücken und nach drinnen zu gelangen.

„Die Reporterin", sagte er zur Begrüßung. „Wie

haben Sie mich gefunden?“

Für einen Augenblick war Phoebe sprachlos, nicht wegen seiner Frage, sondern weil ihre Augen damit beschäftigt waren, ihn fasziniert anzustarren. Scott trug kein Hemd. Seine Brust war nackt, wie in Marmor gemeißelt und unbehaart. Er sah nicht aus wie ein Bodybuilder, jedoch wie ein sehr sportlicher Mann, der bestimmt kein Fremder in den Sporthallen dieser Stadt war. Seine Oberarme waren definiert, seine Brustmuskulatur stark und er hatte einen sehr anziehenden Waschbrettbauch. In der Mitte davon befand sich eine dünne Linie dunklen Haares, das im weiteren Verlauf nach unten, dort wo es in seiner kurzen Hose verschwand, dichter wurde. Sie versuchte, ihre trockene Kehle zu befeuchten, indem sie schluckte.

„Sind Sie mit der Begutachtung fertig?“

Verlegenheit durchfuhr sie und sie hob ihre Augen zu seinem Gesicht. „Äh…“

„Dann können Sie mir jetzt vielleicht meine Frage beantworten. Wie haben Sie mich gefunden?“

„Ihr Kfz-Kennzeichen.“

Scott zog eine Augenbraue hoch. „Wie wir beide wissen, würde Sie das nicht zu dieser Adresse geführt haben.“

„Das hat die Sache zugegebenermaßen etwas schwieriger gemacht, aber das Glück kam mir zu Hilfe.“

„Glück?“ Seine Augen verengten sich. „Das wird sich noch herausstellen.“

Phoebe zappelte nervös. „Hören Sie, ich wollte mich nur mit Ihnen unterhalten.“

„Wie haben Sie mich gefunden?“

Offenbar würde er nicht mit ihr sprechen, bis sie seine Frage beantwortet hatte. Phoebe seufzte. „Na gut. Wenn Sie darauf beharren. Ich sah ein Emblem auf Ihrem Overall unter Ihrer Lederjacke. Ich dachte, dass Sie vielleicht bei einer Reparaturwerkstatt arbeiten, also habe ich nach allen Geschäften gesucht, die mit *Al's* anfingen und nachgefragt, wo ich Sie finden kann."

Sein Kiefer verhärtete sich. „Ich werde ein ernstes Wort mit Al reden müssen."

Phoebe streckte ihren Arm aus und berührte seinen Unterarm. „Bitte seien Sie ihm nicht böse. Ich habe mich bei ihm eingeschmeichelt, damit er mir Ihre Adresse gibt."

„Zweifellos." Er betrachtete spitz ihre Hand, die noch immer auf seinem Arm lag. „Bei mir wird diese Methode allerdings nicht funktionieren."

Sie zog ihre Hand zurück. „Bitte, ich möchte nur mit Ihnen darüber reden, was heute Nachmittag passiert ist."

„Ich spreche nicht mit Reportern." Er trat einen Schritt zurück und machte einen Versuch, die Tür zu schließen.

„Bitte, Scott. Lassen Sie mich rein. Wir können sprechen. Informell."

Er stieß ein bitteres Lachen aus. „Mit einem Reporter ist nichts jemals informell."

„Es tut mir leid, wenn Sie schlechte Erfahrungen mit Reportern gemacht haben, aber ich bin nicht so. Sie riskierten heute Ihr Leben für mich, obwohl ich Sie bat, sich selbst zu retten. Meine Leser möchten wissen, warum Sie das taten. Jeder will gerne über einen Helden lesen."

„Einen Helden? Ich bin kein Held." Scott

schnaubte. „Es ist nicht von Bedeutung, warum ich es getan habe. Also verschwinden Sie."

„Nein!" Sie schlug ihre Hand gegen die Tür und drückte sie weiter auf. „Ich gehe nicht, bis wir gesprochen haben. Es gibt so vieles, das Sie mir erklären müssen. Wie Sie rechtzeitig dort auftauchten. Wie Sie wussten, was Sie tun mussten." Und warum er einen Schraubenschlüssel bei sich hatte. Welcher Mechaniker trug schon einen Schraubenschlüssel mit sich herum, für den Fall, dass er vielleicht eine Glastür einschlagen würde müssen?

„Sie verstehen es wirklich nicht, oder? Ich habe nichts zu sagen."

„Bitte, lassen Sie mich hereinkommen."

Er machte plötzlich einen Schritt auf sie zu und brachte damit sein Gesicht nahe an ihres. „Ich bin nicht dran interessiert, mit Ihnen zu reden. Es gibt im Moment nur zwei Dinge, an denen ich Interesse habe: Bier und Sex. Und das Bier habe ich bereits. Also, ich würde vorschlagen, dass Sie jetzt verschwinden, es sei denn, Sie wollen sich für Sex zur Verfügung stellen."

Ihr Atem verfing sich in ihrer Brust. Hatte er ihr gerade einen eindeutigen Antrag gemacht? Ihr Herz begann wie wild zu donnern. Ihr Puls raste und das Blut schoss durch ihren Körper und sandte Hitze in jede einzelne ihrer Zellen.

„Verschwinden Sie", befahl er.

Phoebe schüttelte ihren Kopf und drückte die Tür mit ihrer Hand weit auf. Sie ging an ihm vorbei und betrat die Wohnung, bevor sie über ihre Schulter blickte, wo Scott immer noch wie angewurzelt an der Tür stand und sie ungläubig anstarrte.

„Sie erwarten doch nicht von mir, dort draußen auf

dem Gang mit Ihnen Sex zu haben, oder?“, fragte sie. „Wollen Sie also die Tür schließen oder möchten Sie lieber, dass uns Ihre Nachbarn dabei zusehen?“ Wenn er bluffen konnte, dann konnte sie das allemal auch.

Scott ließ die Tür ins Schloss fallen, dann sperrte er von innen zu. Mit zwei Schritten stand er vor ihr. „Sie haben keine Ahnung, worauf Sie sich da einlassen.“

War das eine Warnung? Sie hatte keine Zeit, seine Worte zu überdenken, denn im nächsten Augenblick umschlang eine Hand ihre Taille, während er die andere um ihren Nacken legte. Er senkte seinen Mund auf ihren. Heiß und fest drückten sich seine Lippen auf ihre und lähmten sie.

Phoebe wurde schlagartig klar, dass Scott nicht bluffte. Er hatte wirklich vor, mit ihr zu schlafen. Und noch eine andere Sache wurde ihr gleichzeitig klar: Sie wollte es auch.

~ ~ ~

Scott spürte, wie Phoebes Lippen nachgaben, sie ihren Körper an ihn schmiegte und ihre Arme um seinen Rücken legte, um ihn näher an sich zu drücken. Ihre weichen Hände streichelten seinen nackten Rücken und ein Schauder durchlief ihn. Er verlagerte seinen Mund und leckte mit seiner Zunge über den Saum ihrer Lippen. Phoebe teilte diese sofort und lud ihn ein, ihren köstlichen Mund zu erforschen. Gierig fegte er hinein, schlug seine Zunge an ihre, während seine Lippen sich an ihren festsaugten. An diesem Kuss gab es nichts Zögerndes, keine Zurückhaltung. Phoebe küsste ihn mit einer Leidenschaft und einer Wildheit, die er selten bei einer Frau verspürt hatte.

Verdammt! Er hatte nicht erwartet, dass das geschehen würde. Er war sich sicher gewesen, dass Phoebe entsetzt wegen seines unverschämten Vorschlags das Weite suchen würde. Schließlich waren sie Fremde und alles, was sie wollte, war eine gute Story für ihre Zeitung. Das hatte sie selbst gesagt. Zudem stellte sie die richtigen Fragen, Fragen, die er nicht die Absicht hatte zu beantworten.

Doch wenn sie nur eine Story wollte, warum erlaubte sie ihm jetzt, sie zu küssen? Würde sie ihn stoppen, wenn er erst richtig zur Sache kam, wenn er an einem Punkt angelangt war, wo er nicht mehr aufhören konnte und sie haben musste? Würde sie dann darauf bestehen, dass er ihr seine Geschichte erzählte, bevor sie mit ihm ins Bett gehen würde?

Nein, er durfte ihr nicht erlauben, ihn so zu benutzen.

Scott riss seine Lippen von ihren. „Sie gehen jetzt lieber, bevor wir beide etwas tun, das wir später bereuen."

Mit lusterfüllten Augen starrte sie ihn an, ihre Lippen prall und rot, ihr Mund leicht geöffnet. „Ich werde es nicht bereuen."

Scott schüttelte seinen Kopf. „Wenn Sie glauben, dass ich Ihnen irgendwelche Fragen beantworten werde, wenn Sie mit mir schlafen, dann liegen Sie falsch." Er entzog sich ihr, aber sie umklammerte seine Oberarme.

„Ich mache das nicht wegen der Story."

Er neigte seinen Kopf in Richtung Tür. „Vor einem Moment war es aber noch so."

„Ich weiß. Aber manchmal ändern sich die Dinge."

„Das glauben Sie doch selbst nicht." Und so sehr

Scott es glauben wollte, so naiv war er dann doch nicht, die Worte einer Reporterin für bare Münze zu nehmen. Selbst wenn diese Reporterin die heißeste Frau war, die er jemals berührt hatte.

„Alles, was ich weiß, ist, dass ich heute beinahe gestorben wäre. Glauben Sie, was Sie wollen. Ob ich das für die Story tue oder weil ich Ihnen für mein Leben danken möchte oder nur weil ich den Körper eines Mannes spüren will, was hat Ihnen das schon zu bedeuten?"

Scott presste seinen Kiefer zusammen und riss sie so heftig an sich, dass ihr Unterleib gegen seine Leistengegend schlug. „Es ist von Bedeutung. Alles ist von Bedeutung." Er legte seine Hand an ihren Hinterkopf und zog ihr Gesicht zu sich. „Sagen Sie mir jetzt die Wahrheit. Warum wollen Sie mit mir schlafen? Ich könnte ein Vergewaltiger sein, und Sie würden es nicht wissen."

Phoebe erzitterte und ihre Lider senkten sich ein wenig, als könnte sie ihn nicht ansehen. Ihre Wangen färbten sich rosa und die Farbe breitete sich in ihrem ganzen Gesicht aus. Sie sah nun beinahe unschuldig aus.

„Ich möchte den Körper eines Mannes spüren." Sie nahm einen tiefen Atemzug. „Nein." Sie schüttelte den Kopf. „Nein, nicht irgendeines Mannes. Ich möchte *deinen* Körper spüren." Als sie ihre Lider hob, um sich seinem Blick zu stellen, war die Begierde in ihren Augen unmissverständlich.

„Ach, verflucht, Phoebe!", fluchte Scott. Hätte sie irgendetwas anderes gesagt, hätte er sie vor die Tür gesetzt, aber ihr Geständnis, dass sie ihn begehrte, machte ihn schwach. Zu schwach, sich ihr zu widersetzen. Und trotz des Wissens, dass er sich in etwas einließ, das er nicht kontrollieren konnte, konnte er seine nächsten Worte nicht zurückhalten.

„Ich werde nicht aufhören, bis ich mit dir fertig bin. Verstehst du das? Sobald ich dich wieder küsse, wirst du mein Bett nicht verlassen, bis wir beide gänzlich befriedigt sind. Letzte Gelegenheit zu verschwinden. Ich werde dich nicht aufhalten, wenn du jetzt gehen willst."

„Scott?"

„Hmm?"

„Wo ist dein Schlafzimmer?"

Seine Lippen zogen sich zu einem leichten Lächeln hoch. „Wenn du weiterhin solche Sachen sagst, dann wirst du eines Tages in Schwierigkeiten geraten."

„Aber nicht heute Nacht."

„Nein, nicht heute Nacht." Scott streifte seine Lippen über ihre. „Heute Nacht wirst du nur Vergnügen verspüren."

9

Scott legte Phoebe auf sein Bett und zog ihr die Sandalen aus, bevor er sich zu ihr gesellte. Er wollte die Sache nicht übereilen, obwohl sein Schwanz bereits mit Blut vollgepumpt und so hart wie ein Felsen war, nur weil er Phoebe geküsst hatte.

Ihr dunkles Haar war auf dem Kopfkissen ausgefächert und ließ ihr Gesicht unschuldiger wirken als sie war. Schließlich konnte keine Reporterin wirklich unschuldig sein, doch während der nächsten Stunde würde er das vergessen und sich nur auf die Frau in ihr konzentrieren und die Reporterin vergessen, die nach Antworten suchte.

„Du bist wunderschön“, hauchte er und nahm ihre Lippen gefangen, bevor sie darauf antworten konnte.

Er stützte sich über ihr ab und küsste sie leidenschaftlich, während seine Hand bereits damit beschäftigt war, ihre Bluse aus ihrem Hosenbund zu ziehen und die Knöpfe zu öffnen, um an den Preis darunter zu gelangen. Mit jedem Knopf, den er aus dessen Knopfloch befreite, gab er mehr ihrer cremigen Haut seinem Blick frei. Das erhitzte seinen Körper nur noch mehr und er war dankbar dafür, dass er nur seine kurze Hose und sonst nichts anhatte.

Phoebe reagierte auf seinen Kuss, als wäre sie

schon lange nicht mehr von einem Mann geküsst worden. Den Hunger und das Können, mit dem sie ihn begrüßte, schätzte er nur noch mehr. Er küsste keine unerfahrene Frau, sondern eine, die wusste, was sie wollte und wie sie es bekommen konnte. Liebe mit ihr zu machen würde ein besonderes Vergnügen sein.

Endlich hatte er alle Knöpfe ihrer Bluse geöffnet und den Stoff zur Seite geschoben. Sie trug einen dünnen BH, der ihn nicht daran hinderte, die üppige Frucht darunter zu spüren, als wäre sie bereits nackt. Er legte seine Hand über eine Brust und drückte zaghaft. Ihr Fleisch war fest und gleichzeitig weich. Perfekt. Genauso wie er es mochte. Unter seinen Fingern wurde ihr Nippel hart und ein Stöhnen kam über ihre Lippen.

Wie er doch eine so empfängliche Frau liebte.

Ein enttäuschtes Wimmern kam von Phoebe, als er sich von ihren Lippen löste und seinen Kopf zu ihrer Brust senkte. Er schob den BH weit genug beiseite, um einen Nippel zu befreien. Im nächsten Moment leckte er auch schon über die rosige Knospe und kostete sie zum ersten Mal. Unter seinem Mund erbebte Phoebe und stöhnte.

„Ja“, murmelte sie ermutigend.

Er summte seine Zustimmung gegen ihren Nippel und sog ihn in seinen Mund, während er ihr Fleisch in seiner Hand knetete. Er liebte das Gewicht ihrer Brust, wie es seine Hand füllte und fast überquoll. Trotz ihrer schlanken Taille hatte Phoebe Kurven. Ihre Brüste waren voll und üppig und ihre Hüften gerade genug gepolstert, um einen Mann willkommen zu heißen, wenn er in ihren Körper stieß. Doch er sollte sich bremsen. Bevor er in sie tauchte, wollte er ihren Körper gänzlich erforschen und ihr Vergnügen bereiten, bis sie ihn anflehte, sie zu nehmen.

Er hatte es immer schon geliebt, eine Frau bis zum Rande der Beherrschung zu treiben, damit sie vor Lust und Begierde fast verrückt wurde und nur noch an eine Sache denken konnte: ihn in sich zu spüren. Und mit Phoebe wollte er das sogar noch mehr. Nein, nicht nur wollen. Er brauchte es, dass sie ihn anflehte, sie zu nehmen. Und er brauchte es, dass sie seinen Namen schrie, wenn sie zum Höhepunkt kam. Damit er wusste, dass sie wirklich am Leben war. Denn jetzt, wo sie in seinem Bett war, raste bei dem Gedanken, dass sie heute in der Kollision hätte sterben können, ein Schauer durch seinen Körper. Ein paar Sekunden später und es wäre zu spät für sie gewesen. Nur wenige Augenblicke später und er hätte aus dem Weg des Zugs springen müssen, um seinen eigenen Kopf zu retten.

Dieser Gedanke brachte ihn dazu, ihre Brust nur noch intensiver zu liebkosen. Als er ihre Hand auf seinen Nacken gleiten spürte, um ihn zu streicheln, stöhnte er von dem intensiven Vergnügen ihre Berührung. Er wusste, dass, sobald sie intimere Teile seines Körpers berührte, sein Körper in Flammen auflodern würde. Vermutlich hatte er schon viel zu lange keinen Sex mehr gehabt. Oder vielleicht verspürte er heute Abend alles so intensiv wegen der Ereignisse am Nachmittag. Wegen der Gefahr, in der sie sich befunden hatten.

Scott wollte mehr von Phoebe und ließ von ihrer Brust für einen Augenblick ab, um sie vollkommen von ihrer Bluse und ihrem BH zu befreien. Er warf die Kleidungsstücke auf den Boden. Ihr üppiges Fleisch fiel förmlich in seine wartenden Hände. Er verlagerte sein Gewicht auf dem Bett. Phoebe verstand ihn sofort und machte ihre Beine breit, damit er sich zwischen ihnen niederlassen und sein Gesicht in ihren Brüsten vergraben konnte, wo er abwechselnd einen und dann den anderen Gipfel leckte.

Er liebte ihre Weichheit und die Freimütigkeit, mit der sie jede seiner Liebkosungen begrüßte, egal ob er nun zart oder fordernd war, leidenschaftlich oder sanft. Egal was er tat, Klänge des Vergnügens hallten an den Wänden seines spärlich möblierten Schlafzimmers wider, während sie ihre Hüften auf unmissverständliche Art und Weise an ihn rieb.

Während er ihren Nippel weiterhin mit seinen Lippen umschlang, schob Scott eine Hand ihren Oberkörper hinab, bis er den Bund ihrer hellen Leinenhose erreichte. Phoebes Atem stockte und er verlangsamte seine Bewegung. Ihr Becken drängte sich seiner Hand entgegen und er glitt tiefer, bis er sie auf ihr Geschlecht legen konnte. Wärme strömte durch den Stoff.

„Ja." Sie zischte das Wort in einem verzweifelten Appell nach mehr hervor.

Er hob seinen Kopf für einen kurzen Moment. „Geduld, Baby."

Dann küsste er ihre Brüste wieder und saugte an ihren harten Nippeln, während seine Hand den Knopf ihrer Hose öffnete. Der Reißverschluss folgte. Er spürte, wie ihre Brust sich mit einem erleichterten Aufatmen hob und wieder senkte.

„Willst du mich?", murmelte er, während seine Hand auf ihrem Bauch ruhte, seine Fingerspitzen am Ansatz ihres Slips wartend.

„Ja, bitte berühre mich, Scott."

Er schob seine Fingerspitzen unter ihren Slip, dann

wanderte er langsam südwärts, durch das Nest ihrer Schamhaare. Und noch tiefer. Phoebe hob ihr Becken an und flehte lautlos um mehr. Sanft willigte er ein und badete seine Finger in ihrer feuchten Hitze und streichelte das erregte Fleisch mit gemächlichen Bewegungen.

Scott hob seinen Kopf von ihrer Brust und sah zu ihr hoch, dann glitt er hinauf, um seine Lippen zu ihren zu bringen. „So?“

„Perfekt.“

Er spürte, wie sich seine Lippen zu einem Lächeln bogen. Wenn Phoebe dachte, dass diese einfache Berührung schon perfekt war, dann hatte sie noch keine Ahnung, wozu er fähig war. Er senkte seine Lippen auf ihre und küsste sie, während er weiter unten einen Finger ausstreckte und sanft in sie eindrang. Als Antwort drängte sie sich ihm entgegen.

Oh Gott, war sie eng! Ihre inneren Muskeln umklammerten seinen Finger, als würde sie ihn nicht wieder gehen lassen wollen. Doch Scott hatte andere Pläne. Er zog seinen Finger aus ihr heraus und glitt weiter nach Norden zu ihrem Lustzentrum. Als er das erregte Fleischbündel fand und darüber strich, stöhnte Phoebe in seinen Mund. Er nahm den berauschenden Ton auf und spürte, wie dieser in seiner Brust widerhallte.

Ihr Becken rieb sich rhythmisch gegen seine Hand. Phoebe drückte sich an ihn und spornte ihn an, während sich ihre Brust hob und ihr Atem unregelmäßig wurde. Aber er konnte sie noch weiter treiben. Er konnte sie noch heißer machen, noch wilder.

Er unterbrach den Kuss und glitt an ihrem Körper

hinab, ließ von ihrem Geschlecht ab und ergriff ihre Hose. Als er sie ihre Beine hinab schob, half sie ihm, indem sie ihren Po vom Bett anhob. Ihr Slip folgte. Schließlich lag sie nackt vor ihm. Ein wahrer Augenschmaus.

Scott ergriff ihre Schenkel und spreizte sie weiter, bevor er seinen Kopf zu ihrem Geschlecht senkte.

Ein überraschtes Keuchen war ihre Antwort, wobei sie sich halb aufsetzte. „Scott!“

„Schhh“, murmelte er. „Genieß es einfach.“ Denn er tat das nicht für jede Frau, mit der er schlief. In der Tat machte er das nur selten. Es war zu intim, etwas, das für eine Frau reserviert war, mit der er eine tiefere Verbindung hatte, und nicht die One-Night-Stands, die er gelegentlich hatte.

Aber mit Phoebe war es anders. Er wollte sie kosten, um die Intimität zu verspüren, wenn sie unter seinem Mund erschauderte. Er sehnte sich nach dieser Nähe. Selbst wenn es nur für eine Nacht war, wollte er diese Verbindung zu jemandem verspüren. Diese Verbindung zu Phoebe.

Als seine Zunge über ihre feuchten Schamlippen strich und den Tau kostete, der diese benetzte, entflammte sein ganzer Körper voller Erregung. Unter seiner kurzen Hose drückte sich sein Schwanz in die Matratze und seine Hüften bewegten sich, als würde er in Phoebe stoßen. Bereits jetzt konnte er Feuchtigkeit von seiner Schwanzspitze sickern spüren. Wie lange er sich jetzt noch zurückhalten konnte, bevor der Drang, sie zu nehmen, ihn überwältigen würde, wusste er nicht mit Sicherheit. Aber es würde nicht mehr lange dauern.

Begierig darauf, der Frau in seinen Armen Vergnügen zu bereiten, leckte Scott ihr Geschlecht und neckte ihren Lustknopf mit festen Schlägen seiner Zunge und zarten Liebkosungen seiner Finger. Phoebe wand sich unter ihm und drängte sich somit immer schneller gegen seine Zunge und seine Finger.

„Oh ja, mehr, ja!"

Ihre Worte waren wie ein Gesang und er begrüßte jedes einzelne davon. Ihre Hände gruben sich in seine Schultern, als wollte sie ihn auf Teufel komm raus festhalten.

„Bitte, bitte!", flehte sie. „Scott! Bitte!"

Er wusste, was sie wollte, was sie brauchte. Er ließ nicht von ihrer Klitoris ab und trieb zwei Finger in sie hinein, als sie sich ihm entgegen bäumte. Gleichzeitig sog er das erregte Nervenbündel in seinen Mund und drückte seine Lippen zusammen.

Phoebe explodierte. Er konnte die Wellen spüren, die durch ihren Körper rasten, während die Vibrationen seine Finger und seine Lippen erreichten.

Verdammt! Er hatte unterschätzt, wie intensiv dieses Gefühl sein würde. Nur dadurch, dass er Phoebe zum Orgasmus gebracht hatte, tanzte er jetzt am Abgrund seines eigenen Höhepunktes.

Er hob seinen Kopf und zog widerstrebend seine Finger aus ihr, doch er musste jetzt schnell handeln. Wenn er nicht innerhalb der nächsten Sekunden in sie eindrang, würde er es nicht schaffen.

Ungestüm entledigte sich Scott seiner kurzen Hose, erleichtert darüber, dass er nichts darunter trug und streckte sich zum Nachttisch. Er zog ein Kondom aus der Schublade, riss es auf und streifte es sich über.

Als er zurück zu Phoebe schaute, beobachtete sie ihn.

„Willst du mich?"

Sie griff nach ihm und zog ihn näher. „Ja."

Sie versuchte, seinen Schwanz zu berühren, doch er ergriff ihr Handgelenk und hinderte sie daran. „Wenn du mich jetzt berührst, werde ich sofort kommen."

„Das wollen wir aber nicht", murmelte sie verführerisch und streckte sich wieder auf dem Bett aus.

Scott kam über sie, ließ sich im V ihrer Beine nieder und stützte sich auf seinen Ellbogen und Knien ab. Mit einem Blick in ihre Augen drang er bis zum Anschlag in sie ein.

„Fuck!"

Trotz des Kondoms, das normalerweise seinem Schwanz etwas von dessen Empfindlichkeit raubte, war das Gefühl in Phoebe zu sein intensiv. Und er bewegte sich noch nicht einmal. Er steckte nur tief in ihrem Inneren und atmete gleichmäßig, in der Hoffnung, seinen unmittelbar bevorstehenden Orgasmus hinauszuzögern.

„Du fühlst dich gut an", sagte Phoebe, legte ihre Hände auf seinen Po und überkreuzte ihre Knöchel hinter seinen Schenkeln.

„Ja?" Er senkte seinen Kopf zu ihrem Gesicht. Er zog ihre Unterlippe in seinen Mund und leckte mit seiner Zunge darüber. „Bist du für mich bereit?"

„Mmm."

„Ich nehme an, das heißt ja."

Er zog seine Hüften zurück und zog sich fast vollständig aus ihrer seidenen Höhle, bevor er wieder in sie eindrang. Wie ein enger Handschuh umschlang sie ihn und er fing an, gleichmäßig in sie zu stoßen. Obwohl er sein Tempo langsam beibehalten wollte, konnte er es nicht. Sein Körper steuerte ihn nun und er hatte keine Kontrolle mehr über sich. Von der Begierde nach Erlösung getrieben, übernahm sein Körper die Führung. Seine Hüften arbeiteten ungestüm, sein Becken schlug rapide gegen sie, sein Schwanz stieß hart und ohne Pause in sie. Seine Bewegungen wurden immer wilder und mit jeder Minute, die verstrich, schneller.

Sein Oberkörper war schweißgebadet und jedes Mal, wenn ihre Körper zusammen kamen, hallte der Ton von den Wänden wider und unterstrich ihr gemeinsames Stöhnen und Seufzen. Schweres Atmen vermischte sich damit. Mit jedem Stoß bäumte sich Phoebe ihm entgegen.

„Ja, komm mit mir", ermutigte er sie, denn er wollte spüren, wie sich ihr Köper verkrampfte, wenn sie kam, denn er wusste, es würde sein eigenes Vergnügen steigern.

„Härter! Mehr!", verlangte sie.

Scott hieß ihre Bitte willkommen. Instinktiv hatte er sich zurückgehalten, denn er wollte sie nicht verletzen, doch nun, wo sie ihn anspornte, sie noch härter zu nehmen, ließ er sich gehen. Er stützte sich auf seinen Knien ab, ergriff ihre Hüften mit beiden Händen und kippte ihr Becken hoch, um sie bewegungsunfähig zu machen. Dann tauchte er wieder in sie ein, dieses Mal härter. Und schneller. Phoebe keuchte, ihre Brust hob sich, aber sie stoppte ihn nicht, äußerte keinerlei Protest. Stattdessen verschmolz ihr Blick mit seinem und Zustimmung und Begierde schienen aus ihren Augen.

„Ja! Scott! Ja!"

Er spürte, wie seine Hoden brannten und wusste, dass es nun kein Zurück mehr gab. Seine Zähne knirschend und seinen Kiefer zusammenpressend fuhr er in sie hinein, wobei er seine Hände benutzte, um ihr Becken gleichzeitig zu sich zu ziehen und damit das Ausmaß des Stoßes zu verstärken.

Phoebe stöhnte, dann lief ein Schauer durch ihren Körper. Bevor dieser ihn erreichte, spürte Scott seinen Samen durch seinen Schwanz schießen und von der Spitze explodieren.

„Fuck!“

Sein Schwanz stieß weiterhin in sie hinein und seine Hände umklammerten immer noch Phoebes Hüften, um sie unbeweglich zu halten, damit sie ihm nicht entkommen konnte. Obwohl es nicht so aussah, als hätte sie die Absicht, ihm zu entgleiten. Im Gegenteil, sie ergriff sein Gesicht, zog ihn zu sich und küsste ihn. Seine Bewegungen verlangsamten sich und nach einer gefühlten Ewigkeit wurde er reglos.

„Das war… wow.“

Scott drückte seine Stirn an ihre. „Ja, wow ist das richtige Wort.“ Er rollte sich zur Seite und entledigte sich des Kondoms, bevor er sie zurück in seine Arme zog. Er atmete ein und streichelte sanft ihren Rücken, bevor seine Hand ihren Po suchte und dort verharrte.

„Das hatte ich nicht erwartet“, gab er zu.

Phoebe hob ihren Kopf von seiner Brust. Sie sah gänzlich geliebt aus und er musste zugeben, dass ihm dieser Anblick gefiel.

„Was erwartet?“

„Dass du meine Herausforderung annehmen würdest.“

„Das war es also? Eine Herausforderung?“ Sie kicherte sanft. „Ich hatte den Eindruck, dass du mich mit deinem Vorschlag verscheuchen wolltest.“

„Und? Hat es geklappt?“

„Ich wäre nicht hier, wenn es funktioniert hätte.“

Scott zog eine Augenbraue hoch. „Furchtlos, wie?“

„Du kommst mir nicht wie jemand vor, den ich fürchten müsste.“

„Du hast ja keine Ahnung.“ Wenn sie nur wüsste, was er gewesen war, für wen er gearbeitet hatte und die Sachen, die er getan hatte, die Dinge, zu denen er fähig war. Aber sie würde es nie herausfinden. Denn trotz des unglaublichen Sex, den sie gehabt hatten, hatte er nicht die Absicht, ihr irgendetwas über sich zu erzählen. Sie war immer noch eine Reporterin.

„Was hat es mit dem Stirnrunzeln auf sich?“

Er schüttelte den Kopf. „Keine Fragen, erinnerst du dich nicht?“

Phoebe verdrehte ihre Augen und setzte sich auf.

„Wo willst du hin?“

„Wo denn schon? Ich verschwinde.“

„Warum?“

„Weil du mir nicht einmal beantworten willst, warum du die Stirn runzelst, nachdem wir gerade Sex hatten.“ Sie schwang ihre Beine aus dem Bett. „Als würdest du es bereits bedauern.“

Scott seufzte und griff nach ihr. „Dieses Stirnrunzeln hatte nichts mit dir zu tun.“

Phoebe erhob sich. Scott sprang auf und schlang seine Arme von hinten um sie und zog sie an sich. Er wusste, dass er sie jetzt gehen lassen sollte, doch er konnte es nicht. Er wollte nicht, dass sie schlecht von ihm dachte.

„Ich bedauere nicht, was gerade zwischen uns geschehen ist. Ich liebte jede Sekunde davon. Du bist eine erstaunliche Frau, Phoebe. Es ist nur… die Sache ist kompliziert. Und ich kann nicht darüber sprechen."

„Kompliziert? Welcher Mann hat das nicht nach Sex mit einer Frau gesagt? Lass es mich dir einfach machen. Ich verschwinde und du musst dir später nicht irgendwelche Ausreden einfallen lassen, warum du mich loshaben willst."

Sie hatte mit so vielen Dingen recht. Er würde sich schließlich und endlich eine Ausrede einfallen lassen, damit sie gehen würde. Und er sollte den Ausweg, den sie ihm anbot, annehmen. Aber aus irgendeinem unerklärlichen Grund konnte er das nicht.

„Phoebe, verbring die Nacht mit mir. Bleib hier."

Sie drehte ihren Kopf und sah ihn ungläubig an. „Du möchtest, dass ich hierbleibe? Was ist mit *es ist kompliziert*?"

Scott strich seine Knöchel über ihre Wange. „Vergiss es. Heute Nacht ist das nicht von Bedeutung. Schlaf hier, mit mir, in meinem Bett. Ich möchte dich in meinen Armen halten."

Sie neigte ihren Kopf zurück, die Einladung in ihrer Geste klar, ihre Lippen geteilt, ihre Lider halb gesenkt.

„Danke", raunte er. „Ich mach es wieder gut."

„Wie?"

„Gib mir ein paar Minuten zum Regenerieren und ich zeige dir wie."

Und ein paar Minuten war alles, was er brauchte, bevor er wieder bereit war, mit ihr Liebe zu machen.

10

Scott lief auf das Gebäude zu, aber seine Füße wollten ihm nicht Folge leisten. Je schneller er lief, desto weiter schien er sich davon zu entfernen. Es war, als liefe er rückwärts. Er streckte seine Arme aus, um nach dem zu greifen, was vor ihm lag, doch seine Finger griffen ins Leere. Seine Lunge brannte von der Anstrengung, aber er durfte nicht stehenbleiben, er wusste, er musste weiterlaufen, denn das Schicksal so vieler Menschen lag in seinen Händen.

Er würde es nicht schaffen. Das erkannte er instinktiv. Als er die sechs Marinesoldaten sah, die den Sarg aus dem Inneren des Flugzeugs trugen, wusste er, dass er zu spät kommen würde. Die amerikanische Flagge, die über dem Sarg drapiert war, flatterte in der Brise, als die sechs Männer stoisch ihrem Schicksal entgegen marschierten.

Scott versuchte zu schreien, sie zu warnen, Deckung zu nehmen, um Schutz zu finden, obwohl er wusste, dass, selbst wenn sie es täten, sie sich nicht retten konnten.

Die Explosion riss ihm den Grund unter den Füßen weg. Die Schockwelle, die folgte, katapultierte ihn gegen eine Wand. Dann sah er nur noch Flammen und das Feuer, das so heiß war, als käme es direkt aus der Hölle.

Scott spürte, wie seine Haut zu schmelzen begann. Der Schmerz lähmte ihn. Er konnte nicht einmal schreien, denn das Feuer verbrannte sein Gesicht, bis nur ein einziger Gedanke verweilte: Die Phoenix hatten bei ihrer letzten, ausschlaggebenden Mission versagt.

Phoenix aus.

Bei dem Befehl fuhr Scott hoch. Er war in seinem Schlafzimmer. Das brennende Inferno war verschwunden und er war am Leben. Er rieb sich mit der Hand über sein Gesicht und überprüfte instinktiv, dass alles mit ihm in Ordnung war.

Es war der gleiche Alptraum, den er schon viele Male vorher gehabt hatte, obwohl er wusste, dass es kein wahrer Alptraum war. Es war eine Vorahnung, obwohl diese immer nur erschien, wenn er schlief, während die meisten anderen seiner Visionen ihn heimsuchten, wenn er wach war.

Aber genauso wie in den anderen Nächten, in denen er diese Vorahnung gehabt hatte, hatte er nicht genügend Informationen erhaschen können, um herauszufinden, wo und wann diese Katastrophe stattfinden würde. Es gab keine Anzeichen hinsichtlich des Ortes, obwohl die sechs Marinesoldaten in seiner Vision darauf hinzudeuten schienen, dass das Inferno auf US-Boden stattfinden würde.

Scott hatte keine Ahnung, was die Explosion verursachte und welches Ausmaß sie hatte, aber aufgrund der Schockwelle, die er immer am eigenen Körper verspürte, musste er annehmen, dass sie von enormer Größe war, und dass nicht nur ein Gebäude in die Luft flog oder ein Häuserblock, sondern wesentlich mehr.

Es gab jedoch eine Sache, von der er wusste, dass sie nicht Teil seiner Vorahnung war: der Befehl, der immer das Ende seiner Vision signalisierte, *Phoenix aus*.

Er hatte diesen Befehl vor drei Jahren erhalten. Er war von seinem Vater und Mentor, Henry Sheppard, gekommen. Und Scott hatte sofort gewusst, was dies bedeutete: Das Programm war kompromittiert worden. Das Protokoll für solch ein Ereignis war ihm eingedrillt worden seit dem Zeitpunkt, als Sheppard das Phoenix-Programm begonnen hatte.

„Wenn du diesen Befehl hörst, mein Sohn, dann lass alles liegen und stehen. Verstehst du mich?“, hatte Sheppard ihn beschworen. „Nimm an, dass du auf dich alleine gestellt bist. Sie werden dich dafür jagen, wer du bist und wozu du fähig bist. Aber du musst überleben. Verstehst du das?“

Scott hatte widerstrebend genickt. „Und du? Werden sie dich nicht auch jagen? Du hast die gleiche Gabe wie ich.“

Sheppard hatte Scotts Hand gedrückt. „Wenn du diesen Befehl erhältst, ist mein Leben bereits verfallen. Such nicht nach mir. Nimm an, dass ich tot bin, denn höchstwahrscheinlich wird das der Fall sein.“

Scott schüttelte die schmerzhaften Erinnerungen ab, als er einen Laut neben sich vernahm. Er war nicht alleine und erst jetzt erinnerte er sich daran, dass Phoebe immer noch in seinem Bett war. Sie schlief tief.

Er wollte sie nicht aufwecken und schob leise die dünne Decke zurück und schwang seine Beine aus dem Bett. Er griff nach seiner Hose und zog sich an, ging ins Wohnzimmer und zog die Tür zum Schlafzimmer leise zu.

Noch immer aufgerüttelt von der Vorahnung ging

er zum Kühlschrank und goss sich ein Glas Wasser ein. Er leerte es in einem Zug und fühlte, wie die Flüssigkeit seinen Körper von innen heraus kühlte.

Er wusste, dass er nicht länger schlafen konnte. Die Räder in seinem Gehirn drehten sich wie wild und er durchlebte jede Sekunde seiner Vision in der Hoffnung wieder, dass er sich an etwas erinnern konnte, das ihm helfen würde, hinter das Geheimnis zu kommen, das in seiner Vorahnung versteckt lag. Damit er das Unglück verhindern konnte. Denn das war der Grund gewesen, warum sein Vater das streng geheime CIA Programm begonnen hatte. Um schreckliche Ereignisse vorherzusehen und sie zu verhindern. Bis jemand entschieden hatte, dass Agenten, die in die Zukunft sehen konnten, eine Gefahr in sich selbst darstellten. Bis jemand Sheppard getötet und somit die Mitglieder des Phoenix-Programms zum Untertauchen gezwungen hatte.

Scott hatte keine Ahnung, wie viele es geschafft hatten zu entkommen und wie viele noch am Leben waren. Das Programm war so geheim gewesen, das nicht einmal Scott wusste, welche der Agenten, die er während seines Trainings auf der Farm – dem Trainingslager der CIA – getroffen hatte, für das Phoenix-Programm ausgewählt worden waren oder welche nur gewöhnliche CIA Agenten geworden waren. Jedoch hatte er immer gespürt, dass es andere wie ihn und seinen Vater gab, andere mit der gleichen Gabe.

„Es ist besser, wenn du nicht weißt, wer die anderen sind. Es ist sicherer für dich“, hatte Sheppard behauptet, als Scott ihn gedrängt hatte, ihm mehr Informationen zu geben. Jedoch hatte er Scott eine

Liste mit Codenamen wie Fox, Hunter, Zephyr und dergleichen gegeben, damit er im Notfall die anderen Phoenix identifizieren konnte, obwohl er keine Namen oder Gesichter zu den Codenamen hinzufügen konnte. Nachdem er sich die Liste eingeprägt hatte, hatte Scott sie verbrannt und sich die Warnung seines Vaters zu Herzen genommen. „Gib nie deinen Codenamen preis, es sei denn, dein Leben steht auf dem Spiel."

Im Wohnzimmer griff Scott nach der Fernbedienung und schaltete den Fernseher an. Er stellte die Lautstärke auf leise, um Phoebe nicht zu wecken. Es war erst kurz nach fünf Uhr morgens und keiner von ihnen hatte viel Schlaf bekommen. Scott hatte Phoebe mehr als nur ein bisschen aufreizend gefunden und ein drittes Mal mit ihr Liebe gemacht, indem er sie kurz nach zwei Uhr wieder geweckt hatte, nachdem sie schon für eine Weile eingeschlafen war. Glücklicherweise hatte es sie nicht gestört, dass Scott sie ihres Schlafs beraubt hatte und ihn willkommen geheißen, als er in sie gestoßen war, während er sich von hinten an sie geschmiegt hatte. Tatsächlich schien es ihr das dritte Mal sogar noch mehr gefallen zu haben und sie hatte ihm gestanden, dass sie es liebte, so geweckt zu werden.

Scott lächelte in sich hinein. Das würde er sich für die Zukunft merken müssen. Er stoppte sich plötzlich und schüttelte den Kopf. Solche Gedanken waren zwecklos. Er konnte nicht mit Phoebe weitermachen. Eine Beziehung stand außer Frage. Er war immer noch auf der Flucht und versteckte sich vor seinen Feinden, und in seinem Leben gab es keinen Platz für eine Frau. Das wäre ihr gegenüber nicht fair. Außerdem war sie nur mit ihm zusammen, weil sie eine Story wollte. Er hatte keinen Anlass anzunehmen, dass sie ihn überhaupt mochte, obwohl er zugeben musste, dass sie sexuell hundertprozentig zusammenpassten.

Scott blickte auf den Fernseher, von den Worten des Sprechers angezogen. Das Foto eines weißen Mannes mittleren Alters war in der oberen linken Ecke des Bildschirms eingeblendet, während der Nachrichtensprecher redete.

„Durch den Hinweis eines Verwandten wurde Martin Lee Warren, der Busfahrer, der gestern Nachmittag einen Schulbus auf einem Bahnübergang in Brookfield, Cook County, abgestellt hatte, in den frühen Morgenstunden von der Chicagoer Polizei verhaftet. Er widersetzte sich der Festnahme nicht, doch aus Polizeiquellen ist bekannt, dass er anti-amerikanische Propaganda von sich gab. Ermittlungsquellen bestätigten, dass Mr. Warren in der Vergangenheit geistig erkrankt war."

Scott schnaubte. „Irrer!" Derzeit schien Geisteskrankheit eine umfassende Entschuldigung für alle möglichen Verbrechen zu sein.

Er war schon dabei, den Kanal zu wechseln, als das Bild des Busfahrers gegen ein anderes ausgetauscht wurde. Dieses war kein gestelltes Foto wie das des Busfahrers, sondern ein Schnappschuss.

Scott unterdrückte einen Fluch. Obwohl das Bild nur ungefähr drei Viertel von Scotts Gesicht zeigte, war er auf jeden Fall zu erkennen.

„Ein Mann hat sich als der Held dieser Tragödie herausgestellt, die siebenundzwanzig Menschenleben hätte kosten können, von denen sechsundzwanzig elfjährige Schulkinder waren", fuhr der Ansager fort. „Eins der geretteten Kinder schoss mit seinem Handy dieses Foto des Retters, der wie aus dem Nichts erschien. Laut Debbie Finch von WYAT News, dem ersten Nachrichtenteam vor Ort, verließ dieser Mann den Unglücksort, bevor die Polizei ihn befragen konnte. Obwohl nicht vermutet wird, dass er an dem Verbrechen beteiligt ist, ist die Polizei daran interessiert, ihn zu befragen, um Licht auf die Ereignisse von gestern zu werfen. Jegliche Information über diesen Mann–“

Scott schaltete den Fernseher aus. Er hatte genug gehört. Obwohl er recht gehabt hatte, dass das Nachrichtenteam vor Ort ihn nicht mit seiner Kamera erwischt hatte, hatte eins der Kinder es geschafft und prompt der Presse das Bild geschickt.

Das änderte alles. Wenn seine Feinde, die Leute, die seinen Vater getötet und das Phoenix-Programm zerstört hatten, erst einmal dieses Bild sahen, würden sie ihn finden. Verdammt, Phoebe hatte ihn gefunden und sie hatte weit weniger Mittel zur Verfügung als die Leute, die hinter ihm her waren. Sie würden nur ein paar Stunden brauchen, um ihn ausfindig zu machen. Und ihn zu töten.

Er musste verschwinden, wenn er am Leben bleiben wollte.

~ ~ ~

Er drückte den Pausenknopf und fror das Bild auf dem Fernsehschirm ein. Der Mann, der ihn im Moment vom Bildschirm aus anstarrte, war der Held, der die sechsundzwanzig Kinder und die Lehrerin gerettet hatte.

An diesem Szenario gefiel ihm etwas nicht. Wie oft

geschah es schon, dass ein Held um fünf vor Zwölf erschien, um ein Unglück zu verhindern? Er brummte vor sich hin und wischte sein Gesicht mit einem Handtuch ab, dann warf er es wieder über die Griffstange des Laufbandes und stoppte das Gerät.

Der Mann, dessen Gesicht auf dem Fernseher eingefroren war, hatte von dem bevorstehenden Unfall gewusst. Er konnte es spüren. Von den Berichten und den Interviews mit den Kindern, die dieser Mann gerettet hatte, hatte er den Eindruck bekommen, dass dieser Mann, der auf einem Motorrad angekommen war, sehr zielstrebig gehandelt und genau gewusst hatte, was er tun musste.

Und nun, als er das Bild genauer betrachtete, wusste er mit Sicherheit, dass er mit seiner Annahme recht hatte. Der Mann sah vertraut aus und er wusste genau, wo er ihn schon einmal gesehen hatte.

Er stieg vom Laufband und marschierte die Treppe zu seinem Büro hinauf. Sein Computer war bereits an. Er meldete sich an und öffnete die Datei, die er auf seinem Desktop gespeichert hatte. Er musste nicht lange durch die Liste scrollen, bis er fand, wonach er suchte.

Der Mann auf dem Bild war ein wenig jünger, aber es war offenbar der gleiche wie im Fernsehen. Darunter standen ein paar Informationen.

Name: Scott Thompson

Codename: Ace

Anmerkungen: Der erste Agent im Phoenix-Programm. Adoptivsohn von Henry Sheppard, Direktor und Gründer des Phoenix-Programms.

Spezielle Fähigkeiten: Vorahnungen/ESP

Status: Programm aufgelöst.

Gegenwärtiger Aufenthaltsort: unbekannt.

Nicht mehr. Er grinste und sah sein eigenes Gesicht im Bildschirm reflektiert.

„Jetzt hab ich dich erwischt.“

11

Musik trieb zu ihren Ohren. Phoebe regte sich und ihr ganzer Körper schmerzte angenehm von den Aktivitäten der vorhergegangenen Nacht. Scott hatte sich als viel besserer Liebhaber herausgestellt, als sie erwartet hatte. Etwas Schuldgefühl kam in ihr auf, weil sie vorgehabt hatte, ihren weiblichen Charme anzuwenden, um ihn dazu zu bringen, ihr seine Geschichte zu erzählen. Aber in dem Moment, als er sie geküsst hatte, hatte sie alle Gedanken an den Zeitungsartikel und den Grund ihrer Suche nach ihm vergessen. Plötzlich war nichts mehr von Bedeutung außer dem Vergnügen, das sie sich gegenseitig bereiten konnten. Am Ende hatte sie nicht mit ihm geschlafen, um seine Geschichte zu bekommen, sondern weil sie sich zu ihm hingezogen fühlte wie eine Motte zum Licht.

Sie war noch nie einem Mann mit solch einem magnetischen Sex-Appeal begegnet und obwohl sie nichts über ihn wusste, außer dass er sich vermutlich vor irgendjemandem versteckte, hatte sie jegliche Bedenken ignoriert und sich in seinen Armen gehen lassen. Die Belohnung war es wert gewesen – mehrfach sogar.

Sie seufzte zufrieden und drehte sich im Bett

herum, wobei sie ihre Hand bereits nach ihm ausstreckte. Mit einem Ruck setzte sie sich auf. Scott war nicht mehr da!

Sie lauschte den Geräuschen in der Wohnung, vernahm jedoch nichts außer dem Radio auf dem Nachttisch. Neugierig stieg sie aus dem Bett und schnappte sich ein T-Shirt, das auf einem Stuhl lag. Es war lang genug, um sie bis zur Mitte ihrer Oberschenkel zu bedecken, und es roch nach Scott.

Barfuß schlenderte sie ins Wohnzimmer. „Scott?"

Sie erhielt keine Antwort. Nur Stille begrüßte sie. Er war weder im Wohnzimmer noch in der angrenzenden Küche. Die Tür zum Badezimmer stand offen und auch dieses war leer.

War er losgezogen, um Frühstück zu besorgen? Sie ging in die Küche und öffnete den Kühlschrank. Außer Milch und einem Behälter gemahlenen Kaffees befand sich nichts darin. In den Küchenschränken gab es nicht viel mehr: ein paar Kekse und Marmelade. Ansonsten nichts Essbares. Sie hatte schon mehr Essen in einer Ferienwohnung vorgefunden als in Scotts Küche. Fast, als wohnte er gar nicht wirklich hier.

Phoebe wanderte zurück ins Wohnzimmer und schaute sich um. In der Nacht zuvor hatte sie keine Gelegenheit dazu gehabt, aber jetzt fiel ihr sofort auf, dass die Wohnung kaum dekoriert war. Es gab keine persönlichen Sachen, keine Bilder an den Wänden, keine Bücher in den eingebauten Bücherregalen, nur ein paar Stapel Zeitungen und Anzeigenblätter vom örtlichen Supermarkt.

Die Möbel waren gebraucht und passten nicht zusammen: ein Sofa, zwei Sessel, ein Couchtisch. Ein weißes Blatt Papier lag darauf. Als sie näher trat, sah sie, dass jemand etwas darauf geschrieben hatte.

Es tut mir leid. Du würdest es nicht verstehen. Bitte such nicht nach mir.

Es war nicht unterschrieben.

Sie musste kein Detektiv sein, um herauszufinden, wer die Nachricht geschrieben hatte, und dass diese an sie gerichtet war. Scott war ausgebüchst; er war aus seiner eigenen Wohnung geflüchtet und hatte sie sitzengelassen.

„Scheißkerl!“, fluchte sie.

Du würdest es nicht verstehen. Ja, klar! Was für eine typisch männliche Entschuldigung! Wie konnte er es nur wagen, sie so zu behandeln? Warum hatte er sie dann überhaupt gebeten, die Nacht mit ihm zu verbringen? Damit er sie noch zweimal ficken konnte, bis er endlich genug hatte?

Verdammt, und er hatte sie sogar mitten in der Nacht geweckt mit seinem Schwanz bereits in ihr. Und sie hatte nicht protestiert, nein, sie hatte es aufregend gefunden. Was für eine leichte Eroberung sie doch für ihn gewesen war! Einfach nur dumm!

Sie lief zurück ins Schlafzimmer und schaute aus dem Fenster. Das Motorrad war verschwunden. Das hatte sie sich schon gedacht. Eine gründlichere Durchsuchung seiner Wohnung bestätigte, dass er nichts zurückgelassen hatte, was von Wert war.

Sie fand nicht einmal ein einziges Stück Post, das an ihn adressiert war. Stattdessen fand sie einen Schredder und eine Tüte mit Papierkonfetti. Da sie nicht gehört hatte, dass er den Reißwolf während der Nacht benutzt hatte, musste sie annehmen, dass er jegliche Post sofort vernichtete, sobald er sie gelesen hatte. Wer machte denn so etwas? So etwas war doch geradezu paranoid.

Und es machte sie mehr als nur ein kleines bisschen neugierig. Es machte sie misstrauisch.

Was hatte Scott zu verbergen? Nicht einmal ein Kerl, der versuchte, Unterhaltszahlungen zu entgehen, ging so weit. Nein, Scott musste in etwas Schlimmeres verwickelt sein. Und sie würde herausfinden, was es war.

Die Reporterin in ihr konnte die Sache nicht auf sich beruhen lassen. Aber es war die verschmähte Liebhaberin in ihr, die die endgültige Entscheidung traf: Sie musste herausfinden, warum er nach der erstaunlichen Nacht, die sie miteinander verbracht hatten, verschwunden war.

Phoebe ergriff ihr Handy und wählte eine Nummer. Der Anruf wurde nach dem zweiten Klingeln beantwortet.

„Hey, Püppchen! Was ist los?“, erklang die lockere Stimme von Andrew, ihrem Kontakt, der ihr in technischen Dingen stets weiterhalf.

„Ach, Gott sei Dank bist du schon wach.“

„Schon? Püppchen, ich war noch gar nicht im Bett. Also was gibt‘s?“

„Erinnerst du dich noch daran, dass du mir vor ein paar Monaten einen GPS-Chip besorgt hast, als ich versuchte, eine Story über diesen Politiker zu bekommen?“

„Ja klar. Was stimmt denn nicht damit?“

„Ich hoffe nichts. Funktioniert er noch?“

„Was meinst du damit?“

„Ich habe ihn gestern an einem Motorrad angebracht. Und ich muss herausfinden, wo sich das Motorrad jetzt befindet.“

„Na sicher wird’s noch funktionieren. Ich melde

mich mal kurz auf dem Computer an." Es gab eine kurze Pause. „Okay, das Motorrad ist noch unterwegs. Es fährt in Richtung Südwesten auf dem Highway 6."

„Kannst du mich irgendwie auf dem Laufenden halten, wohin es unterwegs ist?"

„Ja, aber dafür brauche ich etwa fünfzehn Minuten. Ich kodiere eine Live-Aktualisierung für dich. Soll ich sie dir auf dein Handy schicken?"

„Kannst du das?"

„Ich kann alles, Püppchen", sagte er selbstsicher.

„Du bist der Beste! Fünfzehn Minuten?"

„Ungefähr. Ich schicke dir den Link zu einer App, die du installieren musst, und sobald ich alles programmiert habe, lass ich's dich wissen und du bekommst alle dreißig Sekunden eine Live-Aktualisierung. Das ist fast so gut wie komplett live."

„Danke, Andrew! Ich schulde dir was."

„Wenn ich mich recht erinnere, schuldest du mir schon viel mehr. Aber wer zählt denn schon mit?"

Phoebe kicherte. „Du natürlich. Auf bald." Sie legte auf und eilte ins Badezimmer. Sie würde gerade genügend Zeit zum Duschen und Anziehen haben, bevor sie Scott verfolgen könnte.

Sie wäre keine Journalistin, wenn sie nicht versuchen würde, dieser Sache auf den Grund zu gehen. Etwas war hier faul und sie würde herausfinden, was es war. Und nicht nur, weil sie eine gute Story brauchte, um Eriksson von ihrer Entlassung abzuhalten.

Jetzt war die Sache persönlich geworden. Niemand machte einfach so mit Phoebe Chadwick Schluss, wie Scott es getan hatte, und kam damit davon.

Eine kleine Stimme meldete sich in ihrem Kopf. *Du*

würdest das bestimmt nicht tun, wenn er hässlich und schlecht im Bett wäre. Gib's doch zu: Du bist scharf auf ihn und willst mehr.

„Absolut lächerlich!“

12

Scott war mehr als fünf Stunden fast ohne Unterbrechung gefahren. Nur einmal hatte er an einer kleinen Tankstelle, die keine Überwachungskameras zu haben schien, angehalten. Um auf Nummer sicher zu gehen, hatte er sein Motorrad so geparkt, dass der Tankstellenangestellte sein Kfz-Kennzeichen nicht lesen konnte. Scott hatte bar bezahlt. Er benutzte nie eine Kreditkarte. Tatsächlich hatte er alle Kreditkarten aus seinem früheren Leben vernichtet und wenn er wirklich eine benötigte, kaufte er sich eine Prepaid-Karte in einem Supermarkt und zahlte bar. Für einen Mann auf der Flucht war Bargeld die erste Wahl.

Fern der Autobahnen hatte er die kleineren Highways und Landstraßen mit weniger Verkehr benutzt, wo es unwahrscheinlicher war, in eine Polizeikontrolle zu geraten. Zwar hatte er das Kennzeichen seines Motorrades sofort ausgewechselt, als er nach dem Zugzusammenstoß nach Hause zurückgekehrt war, hatte aber noch keine Möglichkeit gehabt, das Bike neu zu lackieren. Er hätte lieber die Nacht in Als Werkstatt verbringen sollen, als Phoebe zu ficken, als könnte er sich den Luxus einer solchen Ablenkung leisten. Jetzt bezahlte er dafür, sich dem Vergnügen, die Nacht in Phoebes Armen zu verbringen, hingegeben zu haben.

Doch das konnte er jetzt nicht mehr rückgängig machen. Und ein Teil von ihm wollte auch nichts an der vergangenen Nacht ändern. Er erinnerte sich an die Worte eines seiner Ausbilder auf der Farm – dem Trainingsort der CIA – wo er unzählige Monate verbracht hatte.

„Gesteh dir deine Fehler ein und mach weiter. Darüber nachzugrübeln führt nur noch zu mehr Fehlern", hatte dieser ihm eingebläut. „Überdenke stattdessen genau, was du getan hast und ob du daraus irgendeinen Nutzen ziehen kannst."

Scott lächelte unfreiwillig. Der Nutzen daraus, die Nacht mit Phoebe verbracht zu haben, war, dass er sich zum ersten Mal seit drei Jahren gut fühlte. Gesättigt, zufrieden und vollkommen. Im Bewusstsein, dass dieses Gefühl bald wieder verfliegen würde, genoss er die Energie, die es ihm verlieh. Als hätte er seinen Körper aufgetankt wie seine Ducati.

Er wusste, dass er Phoebe nie wiedersehen würde, doch war ihm auch klar, dass dies das Beste für sie war. Er durfte sie nicht in diese Sache hineinziehen. Die Gefahr war sein ständiger Begleiter und während er dafür ausgebildet war, war Phoebe nicht für so ein Leben gewappnet.

Vielleicht hätten sie in einem anderen Leben mehr als nur eine Nacht zusammen gehabt, aber er hatte nur dieses eine Leben und er hatte nicht die Absicht, etwas zu unternehmen, das Phoebe oder ihn selbst in Gefahr brachte. Er hatte seinem Vater versprochen, das fortzusetzen, was er begonnen hatte, wenn auch nicht unter dem Schutz der amerikanischen Regierung. Doch es musste andere Möglichkeiten geben, sein Schicksal zu erfüllen und seine Gabe dafür zu benutzen, denjenigen zu helfen, die seinen Schutz benötigten.

Er spürte, wie die Müdigkeit in seine Knochen zog und fing an, sich die Gegenden, durch die er fuhr, genauer anzusehen. Er musste für den Rest des Tages Unterschlupf finden. Er musste schlafen, essen und duschen, bevor er um Mitternacht herum, wenn die Straßen weniger belebt waren, seine Fahrt fortsetzen würde.

Scott verlangsamte sein Motorrad und fuhr knapp unter der Höchstgeschwindigkeit. Wenn er noch langsamer fahren würde, würde er Aufmerksamkeit auf sich ziehen. Zu langsam zu fahren war genauso verdächtig wie zu schnell. Sein Ausbilder im Fach der Überwachung hatte ihm das beigebracht.

„Verhalte dich immer durchschnittlich“, hatte er ihm geraten. „Durchschnittlich bedeutet unsichtbar. Und das möchtest du sein – ein Gespenst, an dem Leute vorbeigehen, ohne es zu sehen. Tue nichts, was jemanden dazu veranlassen könnte, sich an dich zu erinnern.“

Tja, in dieser Hinsicht hatte er bei Phoebe absolut versagt, das war eindeutig. Als Scott an sie dachte, hoffte er gleichzeitig, dass seine kurze Notiz sie genug verärgert hatte, um seine Wohnung schnellstens zu verlassen, bevor seine Feinde seine Adresse herausgefunden hatten. Nicht dass er glaubte, dass sie ihnen irgendwelche Informationen geben konnte, die seine Feinde zu ihm führen würden, aber er wollte sie nicht in eine Angelegenheit verwickeln, die sie in Gefahr bringen könnte. Denn sobald sie herausfanden, dass Phoebe eine Reporterin war, konnte weiß der Teufel was passieren. Deshalb hatte er seine Notiz auch bewusst so formuliert, dass er sie damit provozierte.

Du würdest es nicht verstehen war ein rotes Tuch für jede Frau. Wenn man damit einer Frau zuwedelte, würde sie wutentbrannt kehrtmachen und die Tür hinter sich zuschlagen – natürlich erst *nachdem* sie seine Wohnung verwüstet hatte. Da es bei ihm nicht viel zu zerstören gab, schätzte Scott, dass sie weniger als zwanzig Minuten gebraucht hatte, seine Wohnung zu verlassen. Er hatte dafür gesorgt, dass sie eine halbe Stunde nachdem er sich aus dem Staub gemacht hatte, aufwachte, indem er den Radiowecker auf dem Nachttisch gestellt hatte.

Außerhalb eines Mini-Markts hielt Scott an und nahm sich eine kostenlose Immobilienzeitschrift aus einem Kasten am Straßenrand. Jede Stadt veröffentlichte so einen Lappen, einige waren dicker, andere dünner, aber sie enthielten alle dasselbe: Häuser, die zu vermieten oder zu verkaufen waren.

Scott stopfte die Zeitschrift in seine Lederjacke und fuhr weiter. Eine Meile außerhalb der Stadt bog er von der Hauptstraße ab und parkte hinter ein paar Bäumen. Er stieg ab und streckte sich. Er war es gewohnt, stundenlang Motorrad zu fahren und die Multistrada war für lange Fahrten bequem, aber er fühlte sich nichtsdestotrotz ziemlich steif. Bald könnte er sich hinlegen und ein paar Stunden ausruhen.

Scott zog die Zeitschrift aus seiner Jacke und blätterte sie durch. Er fand schnell, wonach er suchte.

Zwangsvollstreckungen, hieß es in der Mitte einer Seite.

Die Anzeigen waren größtenteils alle gleich: *Haus mit drei Schlafzimmern, zwei Bädern, in guter Nachbarschaft, großer Garten.* Es klang vielversprechend, aber er suchte nach etwas Bestimmtem.

Unbewohnt, las er schließlich. Perfekt. Und die Makler annoncierten sogar die genauen Gegenden, einige sogar mit Hausnummer und Straße. Das war alles, was er brauchte. Einige Anzeigen zog er in die engere Wahl. Dann fand er eine weitere entscheidende Angabe.

Besichtigungen nur mittwochs und samstags, hieß es in einer Anzeige.

Er hatte Glück. Heute war Dienstag. Niemand würde bis zum nächsten Tag in diesem Haus auftauchen. Und bis dahin wäre er längst wieder weg.

Er gab die Adresse in sein GPS-Gerät ein und fuhr los. Es war nicht weit. Als er das Haus sah, fuhr er zuerst daran vorbei. Er musste die Nachbarschaft überprüfen, um zu sehen, ob es etwas gab, dessen er sich bewusst sein sollte. Zu seiner Erleichterung befand sich das Haus nicht in einer Gegend, wo die Nachbarn praktisch hören konnten, wenn jemand die Toilette spülte. Das Haus stand auf einem großen Grundstück und war von großen Bäumen im Vorgarten und Hintergarten umgeben. Der Vorgarten war mit Gras und Büschen überwuchert.

Scott bog nach rechts ab, da er einen Weg bemerkt hatte, der am Haus entlang nach hinten führte. Er befuhr ihn und sah sich um. Hinter dem Grundstück gab es keinen Zaun und so konnte er sich dem Haus nähern, ohne dass ihn jemand von der Straße aus sehen würde. Der Schuppen im Garten war reparaturbedürftig genauso wie das Haus, aber er würde sich als gutes Versteck für sein Motorrad erweisen. Er stellte die Maschine ab und sprang herunter.

Er hielt seine Augen und Ohren offen, während er

das Motorrad in den Schuppen rollte und den Seitentaschen entnahm, was er brauchte. Dann schloss er die Schuppentür hinter sich und marschierte zum Hintereingang des Hauses. Es war ein Bungalow mit einem flachen Dachgiebel.

Scott spähte durch das Fenster neben der Tür ins Haus. Wie er vermutet hatte, war dies die Küche. Und wie in so vielen Häusern erwies sich die Hintertür als leichte Sache. Mit einem seiner vertrauten Werkzeuge sprang das Schloss innerhalb weniger Sekunden auf.

Er betrat das Haus und lauschte. Es war still.

Auf dem Küchentresen hatte der Makler Exposés über das Haus sowie seine Visitenkarten hinterlassen. Scott warf einen flüchtigen Blick darauf. Korrektur: *ihre* Karten. Das Plastiklächeln der Maklerin strahlte ihn an.

Scott testete den Lichtschalter. Er funktionierte. Der Strom war nicht abgeschaltet worden. Er ging zum Spülbecken und drehte den Hahn auf. Das Wasser floss. Gut. Das war alles, was er brauchte.

Er sah sich weiter im Haus um und stellte zufrieden fest, dass der vorherige Eigentümer einige Möbelstücke zurückgelassen hatte: Es gab sogar ein Bett in einem der Zimmer. Zumindest musste er heute nicht auf dem Boden schlafen. Hinter den Türen der Einbauschränke fand er ein paar übrige Kissenbezüge und Laken. Sie würden als behelfsmäßige Handtücher dienen, damit er sich nach der Dusche abtrocknen konnte – sofort nachdem er etwas gegessen hatte.

Er legte den Beutel mit seiner Notfallsnahrung auf den Küchentresen und packte aus, was er mitgebracht hatte.

13

Scott erwachte mit einem Ruck. Um ihn herum war es pechschwarz und für einen Sekundenbruchteil war er orientierungslos. Aber dann strömte alles wieder in sein Gedächtnis zurück. Er schlief auf einem Bett in einem zur Zwangsversteigerung stehenden Haus am Stadtrand von St. Louis, Missouri.

Und trotz all seiner Bemühungen hatten sie ihn gefunden.

Sie waren gut, das musste Scott ihnen lassen. Aber sie würden keinen Erfolg haben. So leicht würde er sich nicht unterkriegen lassen.

Der Eindringling war zu laut. Obwohl er sich zweifellos bemühte, leise zu sein, hatte er den Fehler gemacht, seine Schuhe anzubehalten. Wollte Scott sich an jemanden anschleichen, so zog er seine Schuhe aus und näherte sich lautlos. Seine Zielscheibe würde nicht einmal aufwachen und merken, was geschah. Wogegen sich dieser Attentäter wie ein Elefant im Porzellanladen benahm.

Scott stand lautlos auf. Er war vollständig angezogen, außer seiner Stiefel und der Lederjacke, die er auf den Boden neben dem Bett gelegt hatte. Seine Glock war in einer der Seitentaschen seiner Ducati eingeschlossen, aber sein Messer war dort, wo er es brauchte: in seiner Hand. An einem Ort wie diesem bevorzugte er es sowieso, sich mit einem Messer zu verteidigen, anstatt mit einer Pistole zu schießen, was möglicherweise neugierige Nachbarn auf seinen Aufenthaltsort aufmerksam machte. Ein Messer war lautlos und genauso tödlich, wenn man es zu benutzen wusste.

Scott hatte die Tür zum Gang offen gelassen, was sich jetzt als Vorteil herausstellte. Der Eindringling würde ihn nicht kommen hören. Barfuß schlicht er sich in den Flur, während sich seine Augen bereits der Dunkelheit anpassten. Er atmete leise und flach und vermied alles, was den Eindringling darüber alarmieren könnte, dass Scott ihm bereits auf die Schliche gekommen war.

Geräusche kamen aus dem rückwärtigen Teil des Hauses. Jemand kam aus der Küche und betrat den Flur. Scott verschwand lautlos im nächsten Zimmer, das größte der Schlafzimmer im Haus, und drückte sich an die Wand neben der offenen Tür.

Die Schritte wurden lauter. Noch ein paar Sekunden und der Eindringling wäre auf Höhe der Tür. Scott zählte in seinem Kopf und hielt den Atem an.

Noch ein Geräusch und Scott stürzte sich aus seinem Versteck auf den Eindringling und katapultierte ihn gegen die Wand, das Messer auf ihn gerichtet und bereit, es in ihn zu rammen.

Ein beinahe schrilles Keuchen durchbrach die Stille.

Gleichzeitig nahm Scott noch etwas anderes wahr: Der Körper, den er gegen die Wand geschleudert hatte, war leichter und kleiner, als er erwartet hatte. Und auch weicher. Sie hatten ihm einen weiblichen Attentäter auf den Hals gehetzt?

„Verdammt!“, fluchte er, obwohl es nichts ausmachen würde. Er würde eine Frau genauso leicht töten wie einen Mann.

„Scott?“

Wie gelähmt stoppte seine Hand, die das Messer umklammerte. Es löste sich fast aus seinem Griff, so sehr rüttelte ihn die Stimme, die er hörte, auf.

„Phoebe?“

Ihr erleichterter Atemzug spiegelte sich in seinem eigenen wider. Aber seine Erleichterung hielt nicht lange an.

„Was zum Teufel tust du hier?“ Er zerrte sie in die Küche. Dort schien das Mondlicht durch die großen Fenster und ermöglichte ihm, sie richtig zu sehen, ohne das Licht anzumachen.

„Ich bin dir gefolgt. Und warum greifst du mich an?“ Sie funkelte ihn an und entriss sich seinem Griff.

Scott presste seine Kiefer zusammen. „Weil du nicht einfach mitten in der Nacht in ein Haus einbrechen und dich an jemanden anschleichen kannst.“

„Sieht nicht so aus, als wäre das dein Haus. Draußen steht ein Verkaufsschild. Also halt mir bloß keinen Vortrag über Einbruch!“ Phoebe stemmte trotzig ihre Hände in die Hüften.

In diesem Augenblick hätte ihr Scott am liebsten den Hintern versohlt. Er hätte sie beinahe getötet und deshalb zitterten seine Hände immer noch. „Das steht hier nicht zur Debatte! Wie hast du mich verdammt noch mal gefunden?“

„Ich habe meine Mittel und Wege.“

Er machte einen Schritt auf sie zu und knurrte. Dass sie nicht vor ihm zurückschreckte, imponierte ihm.

„Wie?“ Wenn er unbeabsichtigt eine Spur hinterlassen hatte, musste er herausfinden, was es war. Jetzt sofort. Bevor seine Feinde dieser folgten und ihn fanden.

„Ich sage es dir, wenn du mir sagst, warum du verschwunden bist.“

„Dieses Spiel spiele ich nicht.“

Phoebe verengte ihre Augen. „Ob du’s willst oder nicht, jetzt spielst du es. Ich habe jede Menge Fragen, die ich beantwortet haben will.“

„Kommt ja gar nicht in Frage. Ich habe dir schon einmal gesagt, dass ich keine deiner Fragen beantworten werde, egal wie gut der Sex mit dir war.“ Und der Sex war nicht nur gut, er war fantastisch gewesen.

„Weil wir gerade beim Thema sind: Wie kannst du es nur wagen, mir so eine beleidigende Nachricht zu hinterlassen? *Du würdest es nicht verstehen?* Verdammter Scheißkerl!“

Sie funkelte ihn an und trotz des gedämpften Lichts in der Küche konnte Scott deutlich erkennen, wie sehr er sie verletzt hatte.

Er schob eine Hand durch sein Haar und kämmte es zurück. Das war genau der Grund, warum er sich auf keine Beziehungen einließ. Es führte nur zu Komplikationen.

„Verdammt, Phoebe! Warum konntest du nicht einfach meine Wohnung zertrümmern und so deinen Ärger an mir auslassen? Warum musstest du mir hinterherlaufen?“

Ein verblüffter Ausdruck breitete sich auf ihrem Gesicht aus. „Du hast mich absichtlich verärgert?

Warum?“

„Das ist jetzt nicht von Bedeutung.“

„Für mich schon“, keifte sie.

„Ich wollte, dass du aus meiner Wohnung verschwindest, zufrieden?“ Er wollte, dass sie verschwand, damit seine Feinde ihr nicht wehtun konnten.

„Von all den miesen Kerlen, mit denen ich zusammen war, bist du wirklich der mieseste!“ Ihre Lippen bebten.

„Es tut mir leid, Phoebe, aber ich habe dir nie irgendwelche Versprechen gemacht.“

„Nein, das hast du nicht. Ich bin selbst schuld daran, von dem Helden, der siebenundzwanzig Leben gerettet hat, zu erwarten, dass er sich nicht wie ein Arschloch benimmt!“

„Verflucht, Phoebe!“ Er ergriff sie an den Oberarmen und drückte sie an sich. „Ich bin kein Arschloch. Ich habe versucht, dich zu beschützen.“

Sie schnaubte. „Mich beschützen?“

„Vor den Leuten, die hinter mir her sind. Ich musste dafür sorgen, dass du meine Wohnung verlässt, bevor sie auftauchen.“

Phoebe schüttelte den Kopf. „Das erfindest du doch jetzt nur, um mich zu besänftigen. Für wie naiv hältst du mich eigentlich?“

Scott stieß ein bitteres Lachen aus. „Wenn ich dich besänftigen wollte, würde ich eine andere Taktik anwenden.“

„Ach ja, welche denn?“, spuckte sie hervor.

„Diese.“

Er legte seine Hand an ihren Nacken und küsste sie. Nach einem Sekundenbruchteil der

Fassungslosigkeit kämpfte Phoebe gegen ihn an und hämmerte mit den Fäusten an seine Brust, doch ihre Lippen öffneten sich für seine gierige Zunge und er fegte in ihren Mund und kostete sie. Sofort stand sein ganzer Körper wieder in Flammen, genauso wie in der Nacht zuvor, als sie miteinander geschlafen hatten. Er umschlang ihre Taille und zog sie an sich, um seinen Unterleib an sie zu drücken.

Verdammt, er wusste, dass das hier falsch war. Falsch aus so vielen Gründen. Phoebe war sauer auf ihn und das mit Recht. Er hatte sie ohne ein Wort verlassen, und jetzt benutzte er die gegenseitige Anziehungskraft, um sie zu beschwichtigen, obwohl er wusste, dass es zwischen ihnen nichts geben konnte.

Gerade als er den Kuss beenden wollte, spürte er Phoebes Hände sich in seinem Hemd verkrallen. Sie legte ihren Kopf zur Seite und ihre Zunge spielte mit seiner. Für ein paar Sekunden genoss er den Kontakt und reagierte auf die Liebkosung. Er legte seine Hand auf ihren Po, um sie an seinen sich versteifenden Schwanz zu reiben.

Dann riss er seinen Mund von ihr und atmete tief ein. „Verflucht, Phoebe, wir sollten das nicht tun. Du solltest nicht einmal hier sein."

Ihre feuchten Lippen standen offen und sie schaute zu ihm auf. Die Verwundbarkeit, die er schon zuvor in ihren Augen gesehen hatte, war wieder da.

„Du solltest nicht in meiner Nähe sein. Es ist zu gefährlich. Ich will nicht, dass dir jemand wehtut." Scott strich mit dem Daumen über ihre Wange und zeichnete ihre Lippen nach. „Du musst gehen und vergessen, dass du mir je begegnet bist."

„Das kann ich nicht", murmelte Phoebe und

vermied es, ihn anzusehen.

Er nahm ihr Kinn zwischen Daumen und Zeigefinger. „Das musst du aber. Bitte. Doch zuerst musst du mir sagen, wie du mich aufgespürt hast. Unser beider Leben hängt davon ab."

Sie warf ihm einen zweifelnden Blick zu.

Scott berührte mit seinen Lippen leicht die ihren. „Bitte, Phoebe. Ich muss es wissen. Wenn *du* mich gefunden hast, bedeutet das, dass ich meine Spuren nicht gut genug verwischt habe. Und das bedeutet, dass meine Feinde mich auch finden werden. Willst du wirklich, dass mich jemand umbringt?"

Ein Schauder lief durch ihren zierlichen Körper und ihre Augen weiteten sich gleichzeitig. „Dich umbringen?"

Er nickte ernst. „Wenn dir die gestrige Nacht auch nur das Geringste bedeutet hat, dann bitte sag mir, wie du in der Lage warst, mich hier zu finden." Und so wie Phoebe ihn nur Augenblicke zuvor geküsst hatte, vermutete er, dass ihr die Nacht etwas bedeutet hatte. Außerdem fuhr keine Frau dreihundert Meilen, um einem Kerl hinterherzujagen, um den sie sich nichts scherte.

„Ich habe einen GPS-Chip auf deinem Motorrad angebracht, bevor ich gestern bei dir geklopft habe."

„Scheiße!"

Sie zuckte entschuldigend mit den Schultern. „Es tut mir leid, aber ich wollte sicherstellen, dass ich dich wieder finden könnte, solltest du meine Fragen nicht beantworten. Es war schwierig genug, dich das erste Mal aufzutreiben."

Scott ließ sie los, jetzt wieder voll auf eine Sache konzentriert. „Benutzt du dein Handy, um die Daten des GPS-Chips runterzuladen?“

Sie nickte.

„Verdammt! Dann haben sie mich vermutlich schon im Visier.“

„Mach dir keine Sorgen, ich bin die Einzige, die Zugang zu den Daten hat. Mein Computertyp hat das nur für mich eingestellt.“

Scott schüttelte seinen Kopf. „Alle Daten, die über ein ungesichertes Handy geschickt werden, können gehackt werden. Wir müssen den GPS-Chip und dein Handy sofort loswerden. Gib es mir.“

„Nein!“, protestierte sie.

„Phoebe, du verstehst nicht, womit du es hier zu tun hast. Die Leute, die hinter mir her sind, verstehen keinen Spaß. Mittlerweile wissen sie vermutlich schon, wer du bist. Sobald sie mein Bild in den Nachrichten gesehen haben, haben sie herausgefunden, mit wem ich in Verbindung war. Sie sind dir vermutlich gefolgt, in der Hoffnung, dass du sie zu mir führst.“

„Wer sind sie?“

„Ich weiß es nicht.“

„Aber–“

„Wir haben keine Zeit für Erklärungen. Gib mir dein Handy.“

Phoebe griff in ihre Handtasche, die sie diagonal über ihren Oberkörper geschlungen hatte, und reichte ihm das Telefon.

„Und wo ist der Chip?“

„Auf dem Hinterrad, unter der Abdeckung.“

Er nickte und wandte sich zur Tür, die in den Garten führte.

„Was hast du jetzt vor?“

„Spuren verwischen.“

„Und dann?“

„Dann werden du und ich ein ernstes Wörtchen miteinander reden.“

14

Es hatte nicht lange gedauert, bis Scott den GPS-Chip von seinem Motorrad entfernt hatte, zur nächsten Tankstelle gefahren war und ihn auf einem LKW angebracht hatte. Er hatte ein kurzes Gespräch mit dem Fahrer begonnen und ihn gefragt, wohin er unterwegs war, und daraus den Schluss gezogen, dass der LKW eine gute Ablenkung liefern würde, falls jemand wirklich dem Signal, das der Chip ausstrahlte, folgte. Anstatt Phoebes Handy zu zertrümmern, versteckte er es unter dem Fahrersitz eines Autos, dessen Fahrer gerade den Mini-Markt der Tankstelle betreten hatte, nachdem er getankt hatte.

Scott sprang auf sein Motorrad und fuhr zum Haus zurück, wo er Phoebe angewiesen hatte, auf ihn zu warten. Sie hatte ihm nur widerstrebend Folge geleistet, vermutlich weil sie ahnte, dass er sich wieder absetzen würde. Das war auch sein Plan, obwohl er dieses Mal nicht ohne Abschied zu nehmen verschwinden würde.

Doch selbst er konnte gelegentlich nicht auf alle Eventualitäten gefasst sein. Das Schicksal machte ihm einen Strich durch die Rechnung.

In dem Moment, als Scott in den Garten hineinfuhr und den Motor abstellte, bemerkte er, wie vor seinen Augen alles verschwamm.

„Verdammt, nicht jetzt!“, fluchte er, doch dagegen war er machtlos.

Er hatte noch nie eine Vorahnung aufhalten können. Sein Vater hatte ihm geraten, es nicht einmal zu versuchen. „Es ist unmöglich, Scott. Akzeptier es einfach. Es ist ein Teil von dir. Du kannst nicht dagegen ankämpfen.“

Er schaffte es noch, von dem Motorrad abzusteigen, bevor ihn die volle Wucht seiner Vorahnung traf und in die Knie zwang.

Er wusste nicht, wem die Hände gehörten, die sich um den grazilen Hals legten und zudrückten. Aber er erkannte die Frau: Phoebe. Ihr Gesicht lief rot an, während sie um Luft rang und ihre Fingernägel sich in die großen Hände gruben, die das Leben aus ihr heraus drosselten.

„Scott! Scott!“

Doch ihre Lippen bewegten sich nicht, konnten die Worte nicht gesprochen haben, die jetzt zu seinen Ohren trieben. Er kämpfte, um die Vision zu verdrängen, doch die Bilder vor seinem geistigen Auge verschwanden nicht und das Gräuel, das er sah, drang wie Eis in seine Knochen.

~ ~ ~

Entsetzt eilte Phoebe auf Scott zu. Sie hatte das Motorrad zurückkommen hören und vom Küchenfenster aus hinausgeschaut. Sie hatte gesehen, wie er gestolpert und auf seine Knie gefallen war. War er verletzt? Hatten ihn diejenigen erwischt, die hinter ihm her waren, während er versucht hatte, seine Spuren zu verwischen?

„Scott!"

Sie packte ihn bei den Schultern und obwohl er sie ansah, schien er sie nicht zu sehen. Seine Augen fokussierten nicht und schienen sie nicht zu erkennen.

Panisch suchte sie seinen Körper ab, aber sie sah kein Blut und keine offensichtlichen Wunden.

„Was stimmt nicht, Scott? Bitte sprich mit mir."

Sein Körper zuckte und machte unkoordinierte Bewegungen. Hatte er einen epileptischen Anfall? Oh Gott, sie hatte keinerlei medizinische Ausbildung und keine Ahnung, was sie tun sollte. So einer Situation stand sie völlig hilflos gegenüber. Sie konnte ihn nur an den Schultern halten, um zu verhindern, dass er fiel und sich seinen Kopf aufschlug.

„Phoebe." Plötzlich starrte Scott ihr direkt in die Augen. „Phoebe."

Dann zog er sie so heftig an sich, dass sie beinahe stürzte. Er umarmte sie fest und vergrub sein Gesicht in ihrer Halsbeuge.

„Was ist passiert?", fragte Phoebe, erleichtert, dass es ihm besser zu gehen schien.

Langsam löste er sich von ihr „Nichts. Alles ist in Ordnung."

Aber seine Stimme schalt ihn einen Lügner. Nichts war in Ordnung. Das konnte sie doch sehen. „Bist du krank?"

„Nein." Er stand auf und zog sie mit sich hoch. „Es ist nichts."

„Aber du hattest einen Anfall", protestierte sie. „Brauchst du Medikamente?"

„Nein. Sorg dich nicht um mich. Du kannst dich nicht anstecken."

An so etwas hatte sie nicht einmal gedacht. „Du

siehst nicht aus, als wärst du in Ordnung."

„Vertrau mir. Es geht mir gut." Er legte seine Hand auf ihre Wange und drückte einen Kuss auf ihre Lippen. „Lass uns gehen. Wir müssen von hier weg."

„Wir?" Hatte Scott wirklich *wir* gesagt? „Du schickst mich nicht nach Chicago zurück?" Sie war sich sicher gewesen, dass er das vorgehabt hatte, als er ihr mitgeteilt hatte, dass er und sie ein ernstes Wörtchen wechseln würden, sobald er den GPS-Chip verschwinden hatte lassen.

Scott schüttelte den Kopf. „Ich glaube nicht, dass du dort im Augenblick sicher bist. Sie wissen vermutlich schon, wer du bist und sie werden möglicherweise versuchen, dich zu benutzen, um an mich zu gelangen."

„Aber ich weiß doch von nichts."

„Das ist nicht von Bedeutung. Sie werden trotzdem versuchen, dir wehzutun, in der Hoffnung, dass ich zurückkomme, um dir zu helfen."

„Aber warum solltest du das tun?"

Zärtlich streichelte er ihre Wange. „Weil ich der Grund bin, warum du überhaupt in Gefahr bist." Ihre Blicke trafen sich. „Und weil ich dich mag."

Sein Geständnis war unerwartet, doch mehr als nur ein bisschen willkommen. Aber sie durfte sich dadurch jetzt nicht beeinflussen lassen. Er war ein Schmeichler und seine Küsse konnten sie jedes Mal erweichen. So viel wusste sie. Doch alles andere, was ihn anbelangte, lag im Dunklen. Was, wenn er ein Verbrecher war und sie zu seiner Komplizin wurde, indem sie mit ihm mitging? Sie wollte nicht zu Bonnie werden, falls er Clyde war.

Sie schluckte schwer. „Bist du ein gesuchter

Mann?“

„Du meinst von der Polizei?“

Phoebe nickte.

Scott lächelte. „Wenn nur die Polizei hinter mir her wäre, würde ich mir keine Sorgen machen. Aber ich fürchte, dass die Leute, die mich töten wollen, viel mächtiger sind. Und viel umfangreichere Mittel zur Verfügung haben.“

„Die Mafia?“

„Du schaust zu viel schlechtes Fernsehen. Lass uns gehen.“ Er ergriff ihre Hand, um sie zum Haus zu führen.

„Kannst du mir bitte sagen, worum es hier geht?“

Er stoppte und drehte sich zu ihr um. „Wie alt bis du, Phoebe?“

„Was hat das mit all dem hier zu tun?“

„Wie alt?“

„Neunundzwanzig, wenn du’s unbedingt wissen musst.“

„Möchtest du dreißig werden?“

Ihr Atem stockte in ihrer Kehle. „Was für eine Frage ist denn das?“

Er sah sie eindringlich an. „Wenn du leben möchtest, Phoebe, dann musst du mit mir mitkommen. Andernfalls kann ich deine Sicherheit nicht garantieren. Aber ich verspreche dir, dass, solange du tust, was ich dir sage, du in Sicherheit bist.“

Die Aufrichtigkeit seiner Worte traf sie hart. Weder scherzte noch prahlte Scott. Er teilte ihr nur nüchtern eine Tatsache mit. Und zu ihrer eigenen Überraschung glaubte sie ihm jedes einzelne Wort. Zum ersten Mal in ihrem Leben schaltete sich ihr Reportergehirn aus, anstatt eine Erklärung zu verlangen und darauf zu pochen, einen Beweis für seine Behauptung zu liefern.

Entweder sagte Scott die Wahrheit oder er war der beste Lügner, den die Welt je gesehen hatte, und sie war im Begriff, den größten Fehler ihres Lebens zu begehen. Einen Fehler, der ihr das Leben kosten könnte, wenn sie Scott falsch eingeschätzt hatte.

„Vertraust du mir?“

Phoebe suchte seine Augen. „Ja.“

Scott drückte ihre Hand beruhigend und sie folgte ihm ins Haus, um seine Sachen zu holen.

15

Phoebe hatte zugesehen, wie Scott ihr Auto in einem kleinen See versenkt hatte. In dem Moment hatte die Endgültigkeit ihrer Entscheidungen sie wie ein Güterzug getroffen. Aber jetzt konnte sie nicht mehr zurück. Sie hatte kein Handy, kein Auto und einen unbekannten Täter auf den Fersen. Wenn sie jetzt nicht mit Scott mitging, konnte ihr weiß der Teufel was widerfahren.

Sobald sie diese ganze Sache hinter sich hatte, könnte sie möglicherweise die Geschichte über dieses Abenteuer veröffentlichen und ihren Job somit doch noch retten. Wenn sie mit etwas so Interessantem zurückkam wie eine Verfolgung durchs ganze Land, würden Eriksson und Novak ihr möglicherweise sogar ihr wortloses Verschwinden verzeihen. Doch im Moment würde sie einfach akzeptieren, was geschah, und das Beste hoffen.

„Bist du soweit?"

Phoebe begegnete Scotts durchdringendem Blick und sprang hinter ihm auf das Motorrad. Er reichte ihr den Sturzhelm und sie setzte ihn auf. Auf dem Weg zum See hatte er an einer Bikerkneipe angehalten und sich einen zweiten Sturzhelm von einem anderen Motorrad geschnappt. Nun streifte sich Scott den gestohlenen Helm über den Kopf.

„Halt dich gut fest", befahl er. „Beweg dich mit mir, wenn ich in die Kurven gehe, okay?"

„Okay."

Sie schlang ihre Arme um seine Taille. Er legte seine Hand über ihren Arm und drückte kurz. Dann drehte er den Zündschlüssel um und drückte den Starterknopf, bevor er den Ständer wegkickte und in die Nacht hineinfuhr.

Sie hatte noch nie auf einem Motorrad gesessen, aber sie musste zugeben, dass sie das Gefühl der Freiheit mochte, das es in ihr hervorrief. Obwohl Scott schnell fuhr, nahm er jede Kurve mit Können und Selbstvertrauen und bald klammerte sie sich nicht mehr mit einem Todesgriff an ihn, wie sie es am Anfang der Reise getan hatte, sondern hielt sich viel entspannter an seiner Taille fest. Er schien es auch zu bemerken, denn gelegentlich nahm er eine Hand von der Lenkstange und drückte kurz ihre, als wollte er ihr danken, dass sie seinen Anweisungen nachkam.

Während der langen Fahrt wurde sie sich auch Scotts Körper bewusster. Ihre Beine drückten an seine Oberschenkel und sie konnte spüren, wie sich seine Muskeln unter seiner Hose anspannten. Sie war nicht sicher, wie lange sie gefahren waren, doch am Horizont war die Sonne im Begriff aufzugehen und erst jetzt stellte sie fest, wie müde sie war. Sie war noch nie eine Nachteule gewesen.

Scott drosselte das Tempo, nachdem sie die Stadtgrenze von Memphis erreicht hatten, und sie verkrampfte sich automatisch. Er wandte seinen Kopf halb und öffnete das Visier seines Helmes.

„Ich versuche, einen Unterschlupf für uns zu

finden“, kündigte er an.

„Wieder ein Haus, das zum Verkauf steht?“

„Nein, ich glaube, ich habe eine bessere Idee.“ Er deutete zu einem Van, der vor ihnen fuhr.

Sie las die Aufschrift auf dessen Rückseite. Der Van war ein Flughafenshuttle. „Du möchtest zum Flughafen fahren?“

Er antwortete nicht und schloss das Visier wieder, während er langsam hinter dem Van her fuhr. Als dieser in die Einfahrt eines Hauses einbog und dort anhielt, fuhr Scott an ihm vorbei. An der nächsten Kreuzung bog er links ab und hielt das Motorrad an, ließ jedoch den Motor laufen, sich mit den Füßen auf dem Boden abstützend.

„Was machen wir hier?“

Er legte seine Hand auf ihren Schenkel. „Geduld.“

Sie folgte seinem Blick, als er nach links schaute, in die Richtung, aus der sie gekommen waren. Es dauerte nur einige Minuten, bis der Flughafenshuttle mit mehreren Insassen wieder aus der Einfahrt herauskam.

„Perfekt“, sagte Scott und wendete das Motorrad.

Als der Van um die nächste Ecke verschwand, setzte er das Motorrad wieder in Gang und fuhr auf das Haus zu, von dem der Shuttle die Passagiere abgeholt hatte.

Sie öffnete ihr Visier. „Bist du dir sicher, dass das Haus leer ist?“

Er wandte seinen Kopf halb zu ihr. „Zwei Erwachsene, die mit zwei Jugendlichen weg sind? Sehr hohe Wahrscheinlichkeit, dass es leer ist.“

Beschützt von der Dunkelheit bog er in die Einfahrt, doch in ein paar Minuten würde es hell genug sein, dass die Nachbarn das Motorrad sehen könnten.

Scott zeigte auf ein hohes Holztor neben der Garage. „Mach es auf."

Phoebe sprang vom Motorrad und marschierte auf das Tor zu. Sie griff darüber, fand den Riegel an der Innenseite und schob ihn zurück. Mittlerweile hatte Scott den Motor abgestellt und schob seine Ducati auf das Tor zu. Sie trat beiseite und ließ ihn durch. Dann folgte sie ihm und schloss das Tor hinter ihnen.

Scott parkte das Motorrad neben den Aschentonnen und bedeutete ihr, ihm zu folgen.

Auf dem Weg durch den Garten bemerkte Phoebe den hohen Zaun, der das Grundstück umgab. Hohe Büsche und Bäume wuchsen daran entlang. Eine Gasse befand sich auf der anderen Seite des Zauns und lief am Grundstück vorbei. Eine Holzterrasse, auf der ein Grill, ein Tisch und mehrere Stühle standen, war an den rückwärtigen Teil des Hauses angebaut.

Scott ging voran. Sie beobachtete, wie er sich umsah, und sie war sich ziemlich sicher, dass seine Augen mehr sahen als ihre. Zum ersten Mal bemerkte sie jetzt, wie wachsam er war und wie kritisch er die Umgebung scannte. Als hätte er dies schon viele Male getan. Wie ein Profi. Aber welche Art von Profi?

Was er sah, schien ihm zu gefallen, während Phoebe immer noch nervös war und erwartete, dass sich jederzeit eine Tür öffnete und Großeltern oder ein Hausangestellter aus dem Haus kommen würden. Während sie nervöse Blicke über ihre Schulter warf, näherte sich Scott der Tür, die vom Haus auf die Terrasse führte und überprüfte sie. Sie war verschlossen, wie Phoebe erwartet hatte.

Er zog etwas aus seiner Jackentasche und machte sich daran, das Schloss zu bearbeiten, doch seine breiten Schultern blockierten ihre Sicht auf das, was er tat. Bis sie die Terrasse überquerte und ihn erreichte, hatte er bereits die Tür aufgedrückt. Er zögerte für einen Augenblick, dann trat er ins Innere. Phoebe folgte ihm vorsichtig und schaute sich um.

Scott nahm seinen Sturzhelm ab und setzte ihn auf dem sauberen Küchentresen ab. „Du kannst deinen jetzt auch abnehmen."

Sie befolgte seine Anweisung, schüttelte ihr Haar und kämmte es mit ihren Fingern durch. Es fühlte sich klebrig an von der langen Fahrt. Tatsächlich war ihr ganzer Körper verschwitzt.

„Bleib hier. Ich sehe mich erst mal um", sagte Scott. „Mach kein Licht an und bleib von den Fenstern weg."

Phoebe beobachtete, wie er den Raum verließ und hörte kaum seine Schritte, während er in den Flur ging. Sie blieb ruhig, hatte jedoch immer noch die Befürchtung, dass sie nicht alleine im Haus waren. Sie ließ ihren Blick in der Küche schweifen, sah den großen Kühlschrank sofort und ging darauf zu, um ihn zu öffnen.

Er war fast leer; keinerlei verderbliche Lebensmittel wie Milch oder Eier waren vorhanden. Nur Würzmittel und andere langlebigere Lebensmittel befanden sich im Kühlschrank. Und Wasser. Sie nahm eine Flasche heraus und schraubte den Deckel auf.

Phoebe trank einen großen Schluck und fühlte sich sofort besser.

„Kann ich auch was davon haben?"

Scotts Stimme hinter ihr ließ sie ruckartig herumwirbeln. Ihr Herz schlug wie ein Presslufthammer. Sie hatte ihn nicht kommen hören.

Er nahm ihr die Flasche aus der Hand. „Ich wollte dich nicht erschrecken. Angeborene Gewohnheit.“ Er zuckte entschuldigend mit den Schultern und setzte die Flasche an seine Lippen. Erst als er die Flasche zur Hälfte leer getrunken hatte, gab er sie ihr wieder zurück. „Danke.“

„Sind wir hier sicher?“

Er nickte. „Wir können uns hier für ein oder zwei Tage ausruhen.“

„Und danach?“

„Ich überleg mir was.“

Er musste ihren besorgten Blick bemerkt haben, denn er strich sanft mit seinen Knöcheln über ihre Wange. „Wenn du dich frisch machen willst, oben gibt’s ein großes Bad. Im hinteren Teil des Hauses. Ich habe überall die Jalousien geschlossen. In der Zwischenzeit sehe ich nach, was wir essen können.“

Phoebe zeigte auf den Kühlschrank. „Der Kühlschrank ist leer.“

„Es gibt eine Gefriertruhe und wenn die Leute hier wie jede andere amerikanische Familie sind, dann haben sie vermutlich noch einen zweiten Kühlschrank in der Garage. Ich bereite uns etwas zu und dann sollten wir schlafen gehen.“

Phoebe nickte dankbar. Schlaf war genau das, was sie jetzt brauchte. Und eine Dusche. Und etwas zu essen. Egal in welcher Reihenfolge. Sie verließ die Küche und nahm die Hintertreppe in den zweiten Stock. Zu ihrer Überraschung hatte das Haus zwei Treppenaufgänge, einen vorne und einen hinten. Das Haus wirkte gepflegt und komfortabel. Der dicke Teppich unter ihren Füßen schluckte das Geräusch ihrer Schritte, als sie den oberen Flur entlang in

Richtung Schlafzimmer ging. Doppeltüren führten hinein. Ein enormes Bett beherrschte den Raum. Glastüren führten zu einem Balkon, von dem aus man den Garten überblickte. Entlang des Ganges zum Bad waren Wandschränke eingebaut.

Die Dusche hatte zwei Duschköpfe, ein Luxus, den sie noch nie zuvor genossen hatte. Doch wovon sie sich wirklich angezogen fühlte, war die große Badewanne. Ja, das war genau das, was sie jetzt brauchte. Ein langes Schaumbad, um ihre schmerzenden Muskeln zu entspannen, denn sie war es nicht gewohnt, stundenlang auf einem Motorrad zu sitzen.

Glücklicherweise mochte die Frau, die in diesem Haus lebte, anscheinend auch Schaumbäder. Die Vielzahl der verschiedenen Badezusätze ließ darauf schließen. Phoebe wählte einen nach Lavendel duftenden Badeschaum und füllte die riesige Wanne mit heißem Wasser, während sie sich auszog.

Minuten später sank sie in die himmlische Flüssigkeit und schloss ihre Augen. Es war Zeit, sich zu entspannen und nachzudenken. So viele Fragen schwirrten in ihrem Kopf umher. Sie wusste nicht einmal, wo sie beginnen sollte. Sie musste sich eine geistige Liste machen. Und ganz oben auf dieser Liste stand die wichtigste Frage: Wer war Scott?

Andere Fragen folgten sogleich darauf: Vor wem war er auf der Flucht und warum? Hatte er ein abscheuliches Verbrechen begangen? Warum hatte er sie und die Kinder gerettet? Als die Erinnerung an das Zugunglück wieder in ihr hochkam, musste sie auch wieder an den Bericht von Debbie Finch von WYAT News denken. Diese hatte einen ähnlichen Vorfall erwähnt, bei dem ein Motorradfahrer das Opfer eines anderen Zusammenstoßes gerettet hatte und dann verschwunden war, bevor er identifiziert werden konnte. Hatte Scott etwas damit zu tun? Sie schüttelte den Kopf. Unmöglich. Das wäre ein zu unwahrscheinlicher Zufall. Schließlich war die Chance, dass jemand einen bevorstehenden Unfall rechtzeitig verhindern konnte, enorm. Die Chance, dass dieselbe Person das gleich zweimal schaffte, war gleich Null.

Nur jemand, der im Voraus von diesen Ereignissen wusste, würde in der Lage sein, dieses Kunststück zu vollziehen. Und sie glaubte nicht, dass Scott irgendetwas mit dem Busfahrer oder dem Taxifahrer des Vorfalls von vor zwei Jahren zu tun hatte. Nein, es musste ein Zufall sein. Ein sehr glücklicher Zufall.

Phoebe seufzte und tauchte ihren Hinterkopf ins Wasser, um ihr Haar nass zu machen, bevor sie wieder hochkam, ihre Augen immer noch geschlossen. Sie hatte nur das Licht über dem Waschbecken angemacht, das den Raum in ein sanftes orangefarbenes Licht tauchte.

„Du siehst entspannt aus. Darf ich mich zu dir gesellen?"

Phoebe stieß einen überraschten Atemzug aus und setzte sich ruckartig auf. Wasser schwappte über den Rand der Wanne. Sie sah Scott an der Tür stehen und sie beobachten, sein Gesichtsausdruck unergründlich.

„Du musst aufhören, dich immer so anzuschleichen", tadelte sie ihn.

„Tut mir leid", sagte er und betrat den Raum.

Sie musterte ihn. Er hatte seine Lederjacke und Stiefel ausgezogen, trug aber immer noch sein schwarzes T-Shirt und seine Hose. Unfreiwillig leckte sie sich die Lippen und spürte, wie ihre Nippel hart wurden. Plötzlich wurde sie sich der Tatsache bewusst, dass sie aufrecht in der Badewanne saß und der Schaum ihre Brüste nicht mehr bedeckte.

„Ich vermute, das heißt Ja."

Mit trockener Kehle beobachtete Phoebe, wie er sich auszog. Zuerst entledigte er sich des T-Shirts und warf es auf den Wäschekorb, dann öffnete er den Knopf seiner Hose und zog den Reißverschluss hinab.

Langsam sank sie zurück ins Wasser, sodass ihre Brüste wieder mit Schaum bedeckt waren. Als Scott aus seiner Hose stieg, blickte sie auf seine Boxershorts. Der Stoff dehnte sich über seiner Leiste. In dem Moment, als er seine Daumen unter den Bund hakte, senkte sie ihre Lider und schaute weg. Oh Gott, sie glotzte ihn an, als wäre sie ein Groupie! Sie war absolut schamlos. Hatte sie sich nicht erst gestern Morgen selbst getadelt, weil sie so naiv gewesen war, auf seine Verführung hereinzufallen? Und jetzt war sie im Begriff, wieder dasselbe zu tun: seinem Sex-Appeal zu erliegen, wenn sie ihm doch Fragen stellen sollte.

„Sag bloß nicht, dass du plötzlich schüchtern bist", meinte Scott und stieg in die Wanne.

Als er stehen blieb, schaute sie nach oben und starrte direkt auf seinen Schwanz. Er hing dort, lang und schwer, doch immer noch entspannt.

„Willst du hier stehenbleiben?", konterte sie, statt ihm zu antworten.

„Darf ich mich hinter dich setzen?"

Phoebe rutschte ein Stück vor und er setzte sich hinter ihr in die Wanne, seine Beine breit. Sofort schlang er seine Arme um sie und drückte sie an seine Brust. Eine Hand legte er auf ihren Bauch und die andere über ihre Brüste, doch er machte keine Anstalten, sie zu streicheln.

„Das tut gut." Scotts Atem blies gegen ihren Nacken.

Sie blieb steif in seinen Armen und hielt ihren Kopf hoch.

„Was stimmt denn nicht? Entspann dich, Phoebe. Leg deinen Kopf an meine Brust." Als sie es schließlich tat, streichelte er zärtlich über ihren Bauch. „Das ist doch besser so."

„Ich brauche Antworten, Scott", platzte sie heraus, bevor ihr Mut sie wieder verlassen konnte. Und dieses Mal würde sie nicht aufgeben, bis sie die Antworten erhalten hatte, die sie suchte.

16

Scott seufzte. Er hatte das Gefühl, dass er Phoebe dieses Mal nicht mit einem Kuss ablenken konnte, wie er es die Nacht zuvor getan hatte. Doch egal, was sie fragen würde, *er* würde derjenige sein, der bestimmte, was er ihr preisgab. Er würde sich nicht dazu überreden lassen, seine Geheimnisse zu offenbaren, obwohl er wusste, dass er Phoebe ein paar Informationen geben musste, damit sie nicht meuterte.

„Warum ist dir diese Story so wichtig?", fragte er, um sich etwas Zeit zu erkaufen.

„Es geht mir nicht wirklich um die Story." Sie zögerte. „Na ja, es geht darum, aber auch wieder nicht."

„Ich bin mir nicht sicher, was du meinst."

Phoebe bewegte sich und drehte ihren Kopf zur Seite. „Die Zeitung hat finanzielle Probleme und sie müssen Leute entlassen. Wenn ich nicht beweisen kann, dass ich jemand bin, den sie unbedingt behalten müssen, dann werde ich gefeuert. Und da der Sohn unseres Herausgebers eins der Kinder im Bus war, hat er es sich in den Kopf gesetzt, deine Geschichte zu veröffentlichen."

„Deshalb bist du mir also gefolgt." Für einen Moment hatte er gedacht, dass sie ihm vielleicht nachgejagt war, weil sie sich abgewiesen gefühlt hatte. Es gab Frauen, die mussten einfach immer das letzte Wort haben.

„Na ja, deine beleidigende Nachricht half auch nicht gerade. Das darfst du mir glauben."

Er drückte sie enger an seine Brust und neigte seinen Kopf zu ihrem. „Ich habe dir bereits erklärt, warum ich das schreiben musste." Er drückte einen kurzen Kuss auf ihre Schläfe. „Aber ich befürchte, dass du deinem Herausgeber mitteilen musst, dass er die Geschichte nicht bekommt." Scott glitt mit seinem Mund weiter nach unten und küsste ihren Hals, doch sie entzog sich ihm und machte deutlich, dass er sie dieses Mal nicht so leicht beschwichtigen konnte.

„Na gut", gab er nach. „Ich erzähle dir von mir."

Sie wandte ihr Gesicht zu ihm und lächelte. Ihr Mund war bereits offen, um ihn mit Fragen zu bombardieren, doch er stoppte sie.

„Aber du darfst nichts davon drucken. Wenn die Öffentlichkeit darüber erfährt, bin ich so gut wie tot."

Ihr Gesichtsausdruck verdunkelte sich. „Aber es muss doch etwas geben, das ich Eriksson geben kann."

„Erfinde etwas. Machen das Reporter nicht sowieso?"

Entrüstet sah Phoebe ihn an. „Das ist nicht wahr! Ich schreibe immer die Wahrheit! Ich arbeite ja schließlich nicht als unmoralische Klatschkolumnistin für ein wertloses Boulevardblatt. Ich arbeite für den Daily Messenger."

Scott hob seine Hände verteidigend hoch. „Ich meinte es ja nicht persönlich, aber ich weiß aus Erfahrung, dass nicht einmal der Daily Messenger immer die Wahrheit druckt. Und mit dieser Lüge würdest du mich schützen. Es sei denn, es ist dir egal, was mir passiert." Er warf den Köder aus und hoffte, dass sie anbeißen würde.

Sie tat es, doch nicht, ohne eine weitere Forderung zu stellen. „Gut, aber dafür erzählst du mir die Wahrheit."

„Okay, aber du darfst niemals je etwas darüber verlauten lassen. Ich erzähl dir die Wahrheit." Nun ja, zumindest eine sanierte Version davon. Denn Phoebe würde die ganze Wahrheit sowieso nicht glauben, und es war nicht an ihm, diese preiszugeben. Das Leben anderer Männer wie er stand auf dem Spiel, falls tatsächlich noch jemand am Leben und wie er untergetaucht war.

Scott zog Phoebe zurück an seine Brust und schlang seine Arme wieder um sie, einen Arm über ihre köstlichen Brüste gelegt, eine Hand auf ihrem Bauch, so weit unten, dass seine Fingerspitzen den Rand ihres Schamhügels streiften, bereit dazu, gewisse Maßnahmen zu ergreifen, wenn er ihre Aufmerksamkeit auf etwas anderes lenken musste, sollten ihre Fragen in eine Richtung gehen, die er nicht nehmen wollte.

„Ich verbrachte die ersten elf Jahre meines Lebens in einem Waisenhaus in Richmond, Virginia", begann er. „Ich hasste jede Minute dort. Ich gehörte nicht dorthin. Ich verstand mich nicht mit den anderen Kindern. Ich wurde tyrannisiert. Damals nannte man es vielleicht anders."

„Was war mit deinen Eltern?"

„Ich weiß es nicht. Niemand weiß, wer meine Eltern waren. Sie haben mich ausgesetzt. Ich wurde als Baby in einer Abfalltonne gefunden; schon fast tot."

Ein entsetztes Keuchen kam von Phoebe.

„Ich nehme an, dass meine Mutter eine Jugendliche war und ich das Ergebnis einer ungewollten Schwangerschaft."

„Hast du versucht, sie zu finden? Ich meine, heutzutage mit DNA-Analyse und–"

Er schüttelte den Kopf und schloss die Augen. „Ich möchte nicht wissen, wer sie ist. Sie wollte mich nicht. Warum sollte ich also sie wollen?" Scott war darüber nicht mehr verbittert. Denn jemand anderer hatte ihm die Liebe geschenkt, nach der er sich als Kind gesehnt hatte. „Ich wurde adoptiert, als ich elf war."

„Von einer guten Familie?"

„Von einem alleinstehenden Mann, der mir das Zuhause gab, das ich brauchte. Er hat mir alles beigebracht. Er war mein Vater in allem außer im Blut. Wir waren uns in so vielen Dingen gleich."

„Könnte er nicht dein biologischer Vater gewesen sein? Ich meine, vielleicht fand er heraus, dass du sein Sohn bist, und kam deshalb, um dich zu adoptieren?"

Scott lächelte wehmütig. „Nein, er war nicht mein biologischer Vater. Aber das war nicht von Bedeutung. Ich liebte ihn und sah zu ihm auf."

„Er ist tot, nicht wahr?", fragte sie zögernd, das Mitleid in ihrer Stimme hörbar.

„Er wurde ermordet."

„Ermordet?" Phoebes Stimme hallte im Bad wider. „Oh mein Gott!"

„Ich konnte es nicht verhindern."

„Warst du dabei, als sie geschah?"

„Nein, denn wenn ich da gewesen wäre, hätte ich ihn vielleicht retten können. Aber sie haben dafür gesorgt, ihn alleine zu erwischen."

„Hat die Polizei die Mörder gefunden?"

„Es gab nie eine Ermittlung."

Phoebe wirbelte herum und starrte ihn ungläubig an. „Aber für jeden Mord gibt es eine polizeiliche Ermittlung."

„Die offizielle Geschichte war, dass er an einem Herzinfarkt starb."

Ihre Augenbrauen zogen sich zusammen. „Aber… Das verstehe ich nicht. Bist du dir sicher, er wurde ermordet?"

Scott sah Skepsis in ihren Augen und konnte es ihr nicht verübeln. Würde jemand ihm diese Geschichte erzählen, wäre er vermutlich auch skeptisch. „Ich habe seine Leiche nie zu Gesicht bekommen, aber ich konnte auf den inoffiziellen Bericht zugreifen."

„Den inoffiziellen Bericht?"

„Sie haben alles unter den Teppich gekehrt."

„Die Polizei? Aber, wenn sie das getan haben, dann musst du versuchen, es zu beweisen. Geh zum FBI, lass sie das überprüfen. Oder geh zur Regierung, da muss es doch Leute geben, die dir helfen können."

„Ich spreche nicht von der Polizei, Phoebe. Ich spreche von der Regierung. Die sind diejenigen, die alles vertuscht haben."

Phoebes Kopf bewegte sich von einer Seite zur anderen. „Aber warum denn?"

„Weil sie es sich nicht leisten können, dass jemand herausfindet, dass eins ihrer streng geheimen Programme kompromittiert und dessen Direktor ermordet wurde. Niemand darf erfahren, dass das Programm überhaupt existierte. Und deshalb sind sie zu Mittätern geworden. Ich kann ihnen nicht vertrauen."

„Aber glaubst du nicht, das ist etwas–"

„–paranoid?", beendete Scott ihren Satz.

„Ich war im Begriff, verrückt zu sagen, aber paranoid passt auch."

„Ich bin am Leben. Wenn das bedeutet, dass ich paranoid bin, dann kann ich das akzeptieren."

Ihre Stirn warf sich in Falten. „Aber warum sind sie dann hinter dir her? Nur weil dein Vater der Direktor irgendeines super geheimen Regierungsprogrammes war? Das macht doch keinen Sinn."

Scott nahm ihr Kinn in seine Hand und blickte ihr tief in die Augen. „Phoebe, ich arbeitete mit meinem Vater. Ich war einer seiner Agenten. Die Leute, die meinen Vater getötet haben, jagen mich und jeden, der etwas mit dem Programm zu tun hatte. Und wenn sie mich erwischen, werden sie mich umbringen, es sei denn, ich komme ihnen zuvor."

Ein entsetztes Keuchen kam über Phoebes Lippen. Sie schluckte schwer. „In welchem Programm warst du Agent?"

„Das kann ich dir nicht sagen. Ich habe dir schon mehr offenbart, als ich je irgendjemandem erzählt habe. Bitte frag nicht weiter. Je weniger du weißt, desto sicherer bist du."

Langsam nickte Phoebe, dann drehte sie sich vollständig zu ihm, legte ihre Arme um seinen Hals und drückte sich an ihn.

„Wofür ist das?", raunte er, überrascht von der plötzlichen Zurschaustellung von Zuneigung. Er hatte nicht erwartet, dass sie seiner Bitte so bereitwillig nachkommen würde.

„Danke, dass du mir über dich erzählt hast."

Er wusste nicht, wie er ihr antworten sollte, denn

plötzlich war er sprachlos. Und er fühlte sich schuldig. Denn die wichtigste Sache hatte er ihr nicht mitgeteilt. Er hatte ihr nicht offenbart, dass er eine Vorahnung über ihren gewaltsamen Tod gehabt hatte. Und das Wissen, dass er der Einzige war, der zwischen ihr und ihrem Mörder stand, sandte einen eiskalten Schauer sein Rückgrat hinunter und brachte sein Knochenmark zum Gefrieren.

Scott bewegte sich und setzte sich mit Phoebe in seinen Armen auf. „Das Wasser wird kalt. Komm, wir trocknen uns ab." Er griff nach dem Stöpsel und zog ihn heraus, um das Wasser aus der Wanne zu lassen. Dann stieg er hinaus und half Phoebe.

Er öffnete den großen Wandschrank und zog ein Badetuch heraus, drapierte es über Phoebes Rücken und begann, sie abzutrocknen. Als sie einen Schritt auf ihn zu machte und ihren immer noch feuchten Körper an ihn rieb, war er sich plötzlich ihrer Nacktheit voll bewusst.

Sie hob ihren Kopf und ihre Blicke trafen sich. „Scott", murmelte sie und ihre Lippen teilten sich, während sie ihre Hände nach seinem Gesicht ausstreckte und so das Badetuch von ihren Schultern rutschte.

Automatisch schlang er seine Arme um sie, nahm mit einer Hand ihren Po gefangen und drückte sie an seine wachsende Erektion. Vielleicht brauchte er das in diesem Augenblick – eine Bestätigung, dass sie lebte, obwohl Phoebe nicht einmal wusste, in welcher Gefahr sie sich befand.

„Kannst du spüren, was du mir antust?"

Ein verführerisches Lächeln umspielte ihren Mund. „Bist du immer so schnell erregt?"

Scott hob eine Augenbraue. „Versuchst du, mich zu verführen?“

„Muss ich das wirklich?“ Ihre Finger wanderten seinen Oberkörper hinab und näherten sich seiner Leiste. „Oder gibst du mir freiwillig, was ich will?“

„Was willst du denn dieses Mal? Mehr Antworten?“

Sie schüttelte den Kopf und leckte ihre Lippen. Sie fuhr mit ihrer Hand durch das dunkle Schamhaar, das seinen Schwanz umgab. Als ihre Fingerspitzen Kontakt mit seinem harten Fleisch machten, keuchte er unwillkürlich. Ja, jetzt mit Phoebe Liebe zu machen, würde ihn etwas beruhigen. Und danach würde er einen Plan zusammenstellen, um das Ereignis zu verhindern, das Phoebes Leben beenden könnte. Die Vorahnung hatte ihm gezeigt, dass sie ihm bereits auf der Spur waren und dass er ihnen nicht entkommen konnte. Das bedeutete, dass er sie bekämpfen musste – bevor sie eine Möglichkeit hatten, ihn in eine Ecke zu zwingen.

„Ich denke, du weißt schon, was ich will.“

„Das Gefühl habe ich auch.“ Scott blickte sich flüchtig im Badezimmer um und entdeckte, wo Phoebe ihre Kleidung und ihre Handtasche abgelegt hatte. „Bitte sag mir, dass du ein Kondom in deiner Handtasche hast.“

„Du hast Glück. Für den Notfall habe ich immer ein Kondom dabei.“

Scott senkte seinen Kopf zu ihrem. „Ich glaube, das hier könnte man durchaus als Notfall bezeichnen.“

17

Phoebe reichte Scott das Kondom aus ihrer Handtasche und er trug sie auf seinen Armen ins Schlafzimmer. Sekunden später fand Phoebe sich mit ihrem Rücken auf dem Bett wieder, während Scott vor ihr stand und sie hungrig ansah. Bereits in der Nacht, die sie miteinander in seinem Bett verbracht hatten, hatte sie ihn für ein außerordentliches männliches Exemplar gehalten, doch heute war dieser Eindruck nur noch stärker. Er strahlte eine Entschlossenheit aus, eine Intensität, von der sie nur annehmen konnte, dass der Grund dafür war, dass ihm jemand auf der Spur war und ihn jederzeit erwischen konnte. Warum sonst würde er sie jetzt anschauen wie ein Mann, der noch alles erleben wollte, da dies das letzte Mal sein könnte, dass er dazu die Gelegenheit hatte?

Als sie ihm ihre Arme entgegenstreckte, riss er die Packung auf, nahm das Kondom heraus und streifte es sich über. Seine Hände zitterten beinahe. Dieses Mal würde es kein Vorspiel geben, keine langsamen Liebkosungen, keine ausgedehnten Küsse. Dies würde eine intensive Vereinigung werden, eine leidenschaftliche Verbindung ihrer Körper.

Scott sagte nichts, als er sich zu ihr ins Bett gesellte und über sie kam. Er benutzte seine Knie, um ihre

Schenkel weit auseinander zu drücken. Doch sein Blick offenbarte ihr alles. Er brauchte sie. Selbst wenn es nur für diesen einen Augenblick war, für diesen einen Tag, oder vielleicht für diese Woche.

Im nächsten Moment spürte sie den geschwollenen Kopf seines Schwanzes an ihrem Geschlecht und hatte nur einen Sekundenbruchteil Zeit, um Atem zu holen, bevor er zustieß und tief in sie eindrang. Nur ein Stöhnen kam über seine Lippen, während er seine Kiefer fest zusammenpresste. Dann war sein Mund auf ihrem und seine Zunge ahmte die Bewegungen seines Schwanzes nach und streichelte im gleichen Rhythmus über ihre Zunge, wie sein Schwanz sich in ihr bewegte.

Seinen Hüften schlugen mit jeder Bewegung gegen ihr Geschlecht – hart und unnachgiebig – während seine Hände ihren Körper praktisch immobilisierten. Als müsste er die absolute Kontrolle über sie haben. Hätte sie nicht die Sanftheit gekannt, zu der er fähig war, die Zärtlichkeit und die Selbstlosigkeit, mit der er sie in ihrer ersten Nacht überschüttet hatte, dann wäre sie vor seiner jetzigen Dominanz zurückgeschreckt. Aber diese neue Seite an ihm bereicherte nur die Komplexität seines Charakters. Ein Mann, der sich nach Liebe sehnte – dessen war sie sich sicher, so wie er von seinem Adoptivvater erzählt hatte – doch gezwungen war, Stärke und Beherrschung, Vorherrschaft und Macht an den Tag zu legen. Scott zeigte ihr beide Seiten: die verletzliche und die starke. Beides zog sie an – der Mann, den sie trösten konnte und der, dem sie sich hingeben konnte.

Und im Moment gab sie sich ihm hin und glich ihre Bewegungen seinen Wünschen an. Sie erlaubte ihm, sich zu nehmen, was er von ihr brauchte, damit er ihr mit seinem Körper zeigen konnte, dass er stark war und dass er jeden bekämpfen würde, der sie bedrohte.

Phoebe verschränkte ihre Fußknöchel hinter seinem Po und zwang ihn somit, tiefer in sie einzudringen. Ihre Hände erforschten in der Zwischenzeit seinen Körper. Sie wollte ihn spüren, ihn berühren, sich ihn einprägen. Ihre Handlungen schienen ihn sogar noch mehr anzuspornen und seine Stöße wurden immer härter und schneller.

Als sie nach Luft rang, gab Scott ihre Lippen einen kurzen Moment frei und keuchte, bevor er ihren Mund wieder einfing und sie weiter küsste. Als würde etwas Schlimmes passieren, sobald er damit aufhörte.

Phoebe fühlte sich in seinen Armen merkwürdig sicher. Eigenartig beschützt. Doch noch mehr als das fühlte sie sich begehrt. Gewollt, gebraucht. Noch viel mehr als in der Nacht, als er ihren Körper praktisch angebetet und sie mit seinem Mund zum Höhepunkt gebracht hatte. Denn in jener Nacht hatte er die Beherrschung über sich behalten. Doch nicht heute. Etwas trieb ihn an. Und deswegen sah sie nun den Mann hinter der Maske, den Mann, dessen Leidenschaft roh und ungezähmt war, den Mann, dessen Begierden entfesselt worden waren. Und er hatte sie ihretwegen entfesselt.

Instinktiv wusste sie, dass ihm das zum ersten Mal geschah. Dass dies das erste Mal war, dass er sich wirklich gehen ließ. Das erste Mal, dass er sich nicht zurückhielt. Sie spürte es in seinem Kuss und der Art, wie sich sein Körper jedes Mal verkrampfte, wenn er in sie tauchte.

Ihr eigener Körper erhitzte sich, nicht nur wegen Scotts Bewegungen, sondern auch aufgrund dessen, was er ihr damit zeigen wollte. Sie hatte immer noch Fragen, sogar noch mehr als zuvor, als sie noch nichts von seiner Vergangenheit gewusst hatte. Sie spürte instinktiv, dass es noch viel mehr gab, das er ihr nicht erzählte, doch im Moment war nichts davon wichtig.

Nur eines zählte: dass sie Liebe machten. Und obwohl Scott heute weder zärtlich noch sanft war, nannte sie es trotzdem so. Ein Außenstehender, der sie beobachtete, würde es als ungestümen Sex ansehen, bei dem die beiden Teilnehmer sich nur um ihr eigenes Vergnügen kümmerten. Doch die Verzweiflung, mit der Scott sie küsste und die Leidenschaft, die er in sie goss, bewiesen ihr, dass dies mehr als nur eine körperliche Erlösung war.

Als Scott den Kuss plötzlich unterbrach, spürte sie seinen Schwanz in sich zucken. Sein Gesichtsausdruck veränderte sich und er fluchte, bevor sein Körper sich verkrampfte. Einen kurzen Augenblick lang dachte sie, dass er die gleiche Art Anfall hatte wie schon zuvor, doch dann erkannte sie, dass sein Orgasmus über ihn hereinbrach, und sie entspannte sich erleichtert.

Sekunden später kam sein Körper wieder zum Stillstand und er stützte sich auf seinen Ellbogen ab, um sein Gewicht von ihr zu nehmen.

„Es tut mir leid, Phoebe. Du hast etwas Besseres verdient, als dass ich dich wie ein Tier ficke." Er sah weg, scheinbar zu beschämt, um ihr in die Augen zu sehen.

Sie nahm sein Kinn und zwang seinen Kopf zurück zu ihr. „Scott, schau mich an."

Er öffnete seine Augen.

„Ich habe es genossen."

Er schüttelte den Kopf. „Du bist nicht gekommen.

Es war selbstsüchtig von mir."

Phoebe streichelte seine Wange. „Du warst nicht selbstsüchtig. Oder muss ich dich daran erinnern, wie du mich mit deinem Mund zum Höhepunkt gebracht hattest?"

„Wie wär's, wenn ich das jetzt noch mal mache?"

Sie lachte. „Oh, Scott, wie wär's, wenn du mich eine Weile in deinen Armen hältst?"

„Ist das alles, was du willst?"

„Im Moment ist das mehr als genug."

~ ~ ~

Bei ihren Worten stieg Scott aus dem Bett. Nachdem er sich des Kondoms entledigt und sich gewaschen hatte, gesellte er sich wieder zu Phoebe und schlüpfte mit ihr unter die Bettdecke. Er zog sie an sich und sie schmiegte ihren Rücken an seine Brust wie in der Nacht, die sie in seinem Bett verbracht hatte.

Er verstand nicht, was in ihn gefahren war, sie so wild zu ficken, ohne sich um sie zu kümmern und ihr Vergnügen zu bereiten. Doch er hatte das gebraucht. Er hatte es gebraucht, um sich lebendig zu fühlen.

Obwohl Phoebe gesagt hatte, dass sie nur gehalten werden wollte, konnte Scott das nicht akzeptieren. Er wollte ihr das gleiche Vergnügen bescheren, das er sich genommen hatte. Er wusste, dass sie erregt war. Ihr Geschlecht war warm und feucht gewesen, und jetzt, da er seine Leiste an ihren Po drückte und seine Hand über ihren Schamhügel legte, spürte er dieselbe feuchte Hitze.

„Was machst du?", raunte sie.

„Was ich schon vorher hätte tun sollen."

„Aber wir haben keine Kondome mehr."

„Ich werde dieses Mal nicht in dich eindringen. Und werde nicht kommen. Das hier ist nur für dich."

„Aber du musst das nicht–"

Er schnitt ihren Protest ab, indem er mit seinem Finger ihren Lustknopf rieb.

„Heb dein Bein ein wenig an", schmeichelte er. Sie tat es und er brachte seinen immer noch halb erigierten Schwanz zwischen ihre Schenkel und schob ihn entlang ihrer weiblichen Falten. Ihre Säfte machten den Kontakt geschmeidig.

„Jetzt entspann dich und ich werde mich um dich kümmern."

Mit langsamen, kreisenden Bewegungen streichelte er ihre Klitoris, während er seinen Schwanz entlang ihres Geschlechts rieb und ihn vor und zurück schob, ohne in sie einzudringen. Ihre weichen Blütenblätter fühlten sich berauschend an. So einmalig, dass er wusste, dass er nochmals zum Höhepunkt kommen würde, wenn er zu lange so weitermachte. Er versuchte, nicht an die Empfindungen zu denken, die die Berührung in seinem Körper auslöste und konzentrierte sich stattdessen auf Phoebe.

„Du bist so weich", flüsterte er ihr ins Ohr und fuhr fort, sie zu streicheln.

„Hmm."

Seine Berührung blieb leicht und spielerisch. Immer wieder nahm er von der Feuchtigkeit, die von ihrem Geschlecht tropfte und befeuchtete ihre Klitoris damit, und jedes Mal wenn er es tat, stöhnte Phoebe sanft. Er drängte sie nicht, sondern wollte dieses Liebesspiel hinausziehen, solange er konnte. Immer wenn er spürte, dass ihre Atmung und ihre Bewegungen sich beschleunigten, hielt er seinen Finger still und fuhr nur fort, seinen Schwanz entlang ihres Geschlechts zu reiben. Er war wieder so hart wie eine Eisenstange, aber dieses Mal würde er seinen Schwanz nur dazu benutzen, ihr Vergnügen zu bereiten und auf seins verzichten.

„Hör nicht auf", bat Phoebe jetzt.

„Das tue ich auch nicht. Ich sorge nur dafür, dass du nicht zu schnell kommst. Ich möchte, dass es andauert."

Langsam nahm Scott seine sanften Liebkosungen wieder auf und zeichnete Kreise um ihren Lustknopf, neckte das Nervenbündel, bis es sich wieder straffte. Und immer wieder ließ er seine Finger ruhen und bewegte nur seine Erektion vor und zurück, während ihre reichlichen Säfte ihn befeuchteten.

Er drückte seine Lippen an ihren Hals und küsste sie, dann nagte er an ihrem Ohrläppchen.

„Ich wünschte, ich könnte dich den ganzen Tag und die ganze Nacht so berühren."

„Scott, bitte, du bringst mich um." Sie stieß ihr Becken mit einer unmissverständlichen Bitte in seine Hand, damit er wieder über ihr empfindliches Fleisch rieb.

Er kam ihrer Bitte nach und streichelte sie jetzt mit mehr Druck. Sie stöhnte laut.

„Oh ja!"

„Noch nicht, Baby", warnte er und verlangsamte seine Bewegungen, dann schob er seine Hand tiefer und zog gleichzeitig seinen Schwanz zurück, damit er seinen Finger in sie stoßen konnte.

Phoebe bäumte sich ihm entgegen und stieß einen Atemzug aus.

Es war schade, dass sie keine Kondome mehr hatten, denn so wie ihre inneren Muskeln sich jetzt um seinen Finger spannten, überwältigte ihn der Drang, sie zu nehmen. Aber er würde sich beherrschen müssen. Um sich abzulenken, zog er seinen Finger aus ihr, tastete wieder nach ihrem Lustknopf und streichelte diesen.

Dieses Mal bekam er keine Gelegenheit, ihn wieder zu entfernen, denn Phoebe legte ihre Hand über seine und zwang ihn, dort zu bleiben.

„In Ordnung", gab er nach. „Wie du möchtest, Baby."

Scott rieb ihre Klitoris, beschleunigte sein Tempo und erhöhte den Druck, während er seinen Schwanz im gleichen Rhythmus entlang ihres Geschlechts rieb. Als er spürte, wie Phoebe sich in seinen Armen verkrampfte und ihr Atem sich in ihrer Kehle verfing, verdoppelte er seine Bemühungen.

Ein erleichtertes Stöhnen kam über ihre Lippen und ihr Geschlecht zuckte unter seiner Hand. Er spürte die Wellen, die durch ihren Körper rasten und gegen seinen Schwanz prallten. Die Empfindung raubte ihm fast die Beherrschung. Er presste seine Kiefer zusammen, um seinen eigenen Orgasmus zurückzudrängen.

Stark atmend brachte er seine Hand zum Stillstand und ließ sie auf ihrem Geschlecht ruhen, während er Phoebe an seine sich bebende Brust drückte.

Sie drehte ihren Kopf zu ihm und er küsste sie zärtlich. Dann sah er ihr tief in die Augen.

„Siehst du? Das war doch viel besser, als dich nur zu halten, stimmt's?"

„Na, wenn du's so sagst."

Ihre Wangen waren rosa und er musste zugeben, dass er diesen Anblick mochte. Er mochte ihn sogar sehr.

„Warum schläfst du nicht ein bisschen, während ich mich um ein paar Dinge kümmere?“

Sofort füllten sich ihre Augen mit Besorgnis. „Um was musst du dich kümmern?“

Er streifte eine Haarsträhne aus ihrem Gesicht. „Ich bin bald zurück. Ich verspreche es dir. Es ist so gut wie nichts in der Gefriertruhe. Ich muss uns etwas zu essen besorgen.“

Sie umklammerte seine Hand. „Aber du kommst wieder zurück.“

„Phoebe, glaubst du wirklich, ich würde dich einfach verlassen, nach dem, was gerade zwischen uns war?“ Das war kein One-Night-Stand mehr. Phoebe bedeutete ihm etwas. Was, das wusste er noch nicht genau. Aber auf jeden Fall konnte er sie nicht verlassen, bis er dafür gesorgt hatte, dass er die Gefahr, in der sie sich befand, beseitigt hatte. Und danach – nun, so weit konnte er noch nicht denken.

Zuerst würde er seine Fühler ausstrecken, um herauszufinden, wer ihm auf der Spur war. Und er wusste jetzt, wo er damit anfangen würde.

18

Wenige Leute wussten, was das Deep Web – oder das Deepnet, wie es manchmal genannt wurde – wirklich war. Noch wenigere hatten jemals darin gesurft. Scott kannte es gut. Während seiner Zeit bei der CIA hatte er es viele Male benutzt. Er war niemals auf Missionen geschickt worden wie andere Agenten, weil er dem Phoenix-Programm angehörte, hatte jedoch das gleiche Training wie alle anderen CIA Agenten genossen. Und er hatte Kontakte mit gewissen zwielichtigen Personen aufgenommen, die nicht identifiziert werden wollten, doch die dazu bereit waren, in Sachen wie Geheimnissen zu handeln, Waffen oder Informationen zu verkaufen oder die Stellenanzeigen für ihn zu durchforsten. Doch musste man für die Jobs, die dort ausgeschrieben waren, einen Lebenslauf vorweisen können, der die Anzahl von Attentaten, die man erledigt hatte, aufwies. Und bei einem dieser Jobs zu versagen, bedeutete den sicheren Tod.

Als Sheppard das Phoenix-Programm begonnen hatte, hatte er darauf bestanden, dass seine Agenten in allen Arten des Kampfes und der Überwachungstechniken ausgebildet wurden, obwohl ihre Arbeit dies nicht direkt erforderte. Ihr Training und später ihre Arbeit hatte darin bestanden, Nachrichten und wichtige Ereignisse zu verfolgen, Zeitungsartikel und Bücher über wichtige und vielfältige Themen zu lesen, Bilder anzusehen und im Internet zu surfen. Die Idee war, durch diese Bilder und Eindrücke die präkognitive Gabe zu stimulieren, was somit zu einer Vorahnung führen würde. Wann immer ein Agent eine Vorahnung hatte, musste er es Sheppard berichten, der diese dann analysieren und entscheiden würde, ob gehandelt werden sollte.

In der Zwischenzeit lebten die Männer von Phoenix normale Leben, arbeiteten in ordinären Jobs. Scott hatte schon immer Motorräder repariert. Es war eine Aufgabe, die ihn beruhigte. Wann immer er eine Vorahnung gehabt hatte, hatte er sie an Sheppard weitergeleitet, genauso wie er annahm, dass es die anderen Phoenix auch taten. Er hatte mehr Kontakt zur CIA gehabt als die anderen Mitglieder des Programms, da Sheppard sein Vater war.

Scott war dankbar für das Training, das er auf der Farm und später von seinem Vater erhalten hatte. Hatte Sheppard gewusst, dass seine Phoenix eines Tages dieses Training brauchen würden, um zu überleben? Hatte er darüber eine Vorahnung gehabt?

Nachdem er den Wandschrank im Schlafzimmer des Jugendlichen durchgesehen hatte, wählte Scott ein Outfit aus, in dem er weniger Aufmerksamkeit auf sich lenken würde als mit seiner Motorradkluft. Als er auf die Straße trat, hätte man ihn für einen Studenten halten können, der zum Joggen unterwegs war: Seine Verkleidung bestand aus einer Baseballmütze, die sein Gesicht halb verdeckte, Turnschuhen, lockeren Shorts und einem T-Shirt. Er wollte das Motorrad bei

Tageslicht nicht herausholen, da er keine neugierigen Nachbarn alarmieren wollte. Als Fußgänger zog er in dieser Nachbarschaft viel weniger Aufmerksamkeit auf sich.

Er wusste, er müsste nicht weit laufen. Nur zwei Blocks entfernt gab es ein Einkaufszentrum und das Stadtzentrum war nur eine Meile entfernt. Das Haus befand sich nicht in einem der Vororte, wo die Gefahr bestand, dass die Nachbarn einander kannten und deshalb ein Auge auf ein Haus werfen würden, solange eine Familie im Urlaub war. Obwohl er wusste, dass er trotzdem aufpassen musste, herrschte in einer Nachbarschaft so nahe am Stadtzentrum und dem Einkaufszentrum eine gewisse Anonymität. Die Tatsache, dass am Ende des Blocks ein großes Appartementgebäude stand und an der nächsten Querstraße noch ein weiteres, deutete darauf hin, dass in dieser Nachbarschaft genügend Leute ständig umzogen und er deshalb nicht auffallen würde.

Scott lief an dem Einkaufszentrum vorbei in Richtung Stadtzentrum und hielt seinen Kopf gesenkt, während er aus den Augenwinkeln die Straßen scannte. Er musste nicht lange suchen. Neben einem Waschsalon gab es ein Internet Café. Er hätte natürlich auch den Computer und das Internet im Haus, in das er eingebrochen war, benutzen können, doch er ging ungern unnötige Risiken ein. Angeblich konnten die IP-Adressen im Deep Web nicht verfolgt werden, aber er zog es vor, lieber paranoid als tot zu sein. Er wusste, welche Art von Technologien der CIA zur Verfügung standen, von denen die Öffentlichkeit nicht die geringste Ahnung hatte, und er musste annehmen, dass die Leute, die ihn jagten, ebenfalls Zugang dazu hatten.

Außerdem war er seit über drei Jahren nicht mehr auf dem Laufenden und drei Jahre waren im Bereich Technologie eine Ewigkeit. Wer wusste denn schon, was sie mittlerweile noch entwickelt hatten?

Scott betrat das Internet Café und bestellte sich einen Eistee sowie eine Stunde Internet-Zugang. Er bezahlte bar und gab genauso viel Trinkgeld für den Eistee, wie ein Student vermutlich geben würde. Er wählte einen Computer in der Ecke aus, in der er mit dem Rücken zur Wand sitzen und die Eingangstür überwachen konnte. Er nahm einen Schluck Tee, denn das gemächliche Joggen hatte ihn in der Vormittagshitze etwas aufgewärmt. Dann machte er sich an die Arbeit.

Das Deep Web zu navigieren war schwierig, wenn man nicht wusste, wo man anfangen sollte. Glücklicherweise kannte Scott sich aus. Er vergeudete keine Zeit, meldete sich in einem privaten Chatroom an und suchte nach einem seiner Kontakte. Keiner war online, aber das war nicht von Bedeutung. Er wusste, dass einige den Chatroom unter Benutzernamen überwachten, die er nicht kannte. Sobald er seine Nachricht schrieb und die richtigen Ausdrücke und Triggerworte verwendete, würde sich der richtige Kontakt anmelden und darauf reagieren. Er musste nur Geduld haben.

Während er auf eine Antwort wartete, steuerte er zu einer Stellenbörse und scannte die Angebote. Die Beschreibungen waren subtil, doch Scott kannte die gängigen Codes für Ermordung, Entführung und andere abscheuliche Verbrechen. Er schauderte bei der Anzahl der Angebote. Sobald diese Aufträge einen Abnehmer fanden, würden sich Leben ändern.

Familien würden zerstört werden. Er wollte nicht daran denken.

In der Ecke des Bildschirms bewegte sich etwas. Er vergrößerte das Fenster mit der Maus. Ein Benutzer hatte sich abgemeldet. An seiner Stelle stand jetzt ein anderer Benutzername. Sein Kontakt.

Einen Augenblick später öffnete sich ein neues Fenster. Der Cursor bewegte sich und eine Mitteilung erschien.

Aufgabe?, las Scott.

Verfolgung vermutet; Bestätigung erbeten, schrieb Scott zurück.

Ich ermittle.

Der Cursor blinkte. Scott klopfte seine Finger auf den Holztisch und nippte von seinem Getränk, während er seine Augen über die wenigen Kunden im Café schweifen ließ. Niemand sah ihn an. Alle starten nur in ihre Monitore.

Die Sekunden wurden zu Minuten, während der Cursor immer noch blinkte und die letzte Mitteilung noch auf dem Schirm stand. Sein Kontakt war ein erfahrener Hacker, einer, der herausfinden konnte, wenn jemand Erkundigungen über jemanden eingezogen hatte.

Eine Bewegung auf dem Bildschirm brachte Scott dazu, seinen Kopf zurück zu wirbeln. Sein Kontakt hatte eine Antwort für ihn. Eine, die Scott nicht gefiel.

Bestätigt. Mehrfache Verstöße ermittelt.

Eine Liste von den Akronymen folgte. Scott hatte kein Problem, diese zu entziffern: Jemand hatte seine Wohnung gefunden und sie durchsucht. Sein neues Kfz-Kennzeichen war in eine Online-Datenbank eingespeist worden und war jetzt entlarvt. Jemand war ihm auf der Spur.

Das letzte Akronym bestätigte seine schlimmste Befürchtung: Jemand hatte einen Auftrag gestellt, Scott zu töten, und jemand hatte ihn angenommen.

Standort des letzten bekannten Verstoßes?, schrieb Scott nun.

Missouri.

„Mist!“ Der Attentäter war schon viel näher, als Scott vermutet hatte.

Identität des Täters?

Identität der Täter nicht identifiziert, kam die Antwort.

Scott las genauer.

Der Täter? Plural?

Positiv.

Scott raufte sich die Hand durch sein Haar. Wie viele waren denn hinter ihm her?

Maßnahme?, fragte sein Kontakt jetzt.

Für einen Augenblick pausierte Scott. Wenn der Attentäter ihm bereits auf den Fersen war, gab es nur eine Sache, die er nun tun konnte: sich ihm stellen, doch unter Scotts eigenen Bedingungen. Scott verfasste eine Mitteilung für seinen Kontakt, um einen Köder auszulegen. Er klickte die Eingabetaste und wartete.

Preis: Fünfzehn, war die Antwort.

Fünfzehn. Er war nicht in der Stimmung zu feilschen.

Überweisung.

In zehn; Ausführung um sechs Uhr, antwortete Scott.

Ausführung des Auftrags um sechs Uhr. In der nächsten Zeile erschien ein Totenkopf. Sein Kontakt hatte schon immer einen Sinn fürs Makabere gehabt.

Das Fenster schloss sich. Sein Kontakt hatte den Job angenommen, den Scott ihm aufgetragen hatte.

Scott schloss das Browserfenster und meldete sich in einem anderen Bereich des Internets an. Er brauchte drei Minuten, um die Überweisung durchzuführen, den Rest seines Tees zu trinken und die Chronik zu löschen, bevor er den Browser schloss.

Dann stand er ohne Eile auf und ging hinaus.

Sobald sein Kontakt den Köder für Scotts Feind ausgelegt hatte, würde es nicht lang dauern, bis derjenige, der ihm auf den Fersen war, in die Falle ging, die Scott im Begriff war zu stellen.

Im Einkaufszentrum kaufte Scott Essen und einige andere Dinge ein, bevor er zum Haus zurückging. Als er sein Motorrad erreichte, benutzte er die Sachen, die er eingekauft hatte, um das Kfz-Kennzeichen zu ändern. Er brauchte zehn Minuten, ein schwarzes Isolierband, farbige Stifte und durchsichtigen Plastikfilm, um eine völlig neue Kfz-Nummer über dem alten Kennzeichen anzubringen. Zufrieden mit seiner Arbeit ging er ins Haus.

Phoebe schlief, als er das Schlafzimmer betrat, aber sie rührte sich, als sie hörte, wie er sich auszog.

„Scott?“, fragte sie mit schläfriger Stimme.

Er stellte den Wecker seiner Armbanduhr auf vier Uhr nachmittags und schlüpfte unter die Decke. Er würde genug Zeit haben, alles vorzubereiten, bis sein Kontakt den Köder auslegen würde.

„Ich bin hier, Baby.“ Er legte seine Arme um Phoebe und schloss die Augen.

Bald würde er wieder wachsam sein müssen, aber im Moment musste er seine Kräfte sammeln, um für den bevorstehenden Kampf gewappnet zu sein.

19

„Du schickst mich weg?“

Fassungslos ließ Phoebe die Gabel auf ihren fast leeren Teller fallen. Scott saß ihr gegenüber am Küchentisch und sah sie an.

„Nicht lange. Nur für ein paar Stunden.“

„Aber warum? Warum kann ich nicht hier bleiben? Hast du nicht erst gestern Nacht gesagt, dass ich nur in Sicherheit bin, wenn ich mit dir zusammen bin? Ich habe dir geglaubt.“

Scott streckte seine Hand über den Tisch und ergriff ihre. „Ich verspreche dir, dass du in Sicherheit sein wirst. Aber das wird nicht der Fall sein, wenn du jetzt hier bleibst.“

„Warum?“

Er seufzte. „Du wirst mir nicht ohne Erklärung glauben, oder?“

Sie schüttelte den Kopf.

„Ich habe gewisse Dinge in Bewegung gesetzt, um denjenigen in eine Falle zu locken, der hinter mir her ist.“

„Aber, das ist doch–“

„Verrückt? Nein. Verrückt wäre, ihm weiter zu erlauben, uns durch alle Bundesstaaten zu jagen. Ich habe eine bessere Möglichkeit, ihn zur Strecke zu bringen, wenn ich bestimme, wann und wo er mich findet. Ich werde in die Offensive gehen und das Überraschungselement auf meiner Seite haben."

Phoebe schob ihren Stuhl zurück und erhob sich. „Aber du weißt doch nicht einmal, ob er dir tatsächlich auf der Spur ist. Du hast doch selbst gesagt, dass du vorsichtig warst."

„Ich weiß, dass er kommt", beharrte Scott.

Sie stellte ihren Teller in das Spülbecken und wandte sich ihm wieder zu. „Nein, das kannst du nicht wissen. Du bist nur paranoid."

Scott stand auf und ging auf sie zu, seine Schritte ruhig und bestimmt. Kurz vor ihr blieb er stehen. „Ich sah ihn."

Der Atem stockte ihr in der Kehle und unwillkürlich schoss ihr Blick zum Küchenfenster. Die Jalousien waren zugezogen, genauso wie im Rest des Hauses. „Oh mein Gott, wo? Warum hast du mir das nicht gesagt?" Panik kroch wie eine Schlange ihren Rücken hoch und ließ sie erschaudern.

„Ich habe es dir nicht gesagt, weil du dich schwertun wirst, mir zu glauben, was ich jetzt sagen werde. Ich möchte, dass du offen bleibst. Und mir vertraust."

Seine Worte ließen sie unwillkürlich zurückweichen, bis das Spülbecken sich in ihren Rücken presste. „Was willst du damit sagen?"

„Ich habe eine Gabe, Phoebe." Er umklammerte ihre Schultern. „Die Gabe der Vorahnung. Manche Leute nennen es Hellsehen. Oder den zweiten Blick. Eine präkognitive Fähigkeit. Doch wie auch immer du es nennen willst, ich kann Ereignisse in der Zukunft sehen. Und ich habe den Attentäter gesehen. Er kommt."

Phoebe spürte, wie sich ihr Kopf unwillkürlich von einer Seite zur anderen bewegte, als könnte sie damit Scotts sonderbare Behauptung auslöschen. „Du bist ein Hellseher?" Ihre Augen verengten sich. „Von allen miesen Sachen, die du dir einfallen lässt, um mich zu beschwichtigen, ist diese ja wohl die mieseste."

Er schmunzelte. „Ich glaube, das hast du auch über die Nachricht gesagt, die ich in meiner Wohnung für dich hinterließ."

Phoebe entzog sich seinem Griff und versuchte, sich an ihm vorbeizudrücken, aber er stellte sich ihr in den Weg. Sie funkelte ihn an. „Nach all dem, was zwischen uns geschehen ist, habe ich nicht erwartet, dass du mich so unverfroren anlügst. Das ist ja wohl Beweis genug, dass es dir nichts bedeutet hat."

Bevor sie ihm entweichen konnte, umklammerte Scott ihre Oberarme fest und zog sie dann an seine Brust.

„Es hat mir sehr wohl etwas bedeutet", knirschte Scott. „Mehr als ich wollte. Verdammt noch mal, Phoebe, du bedeutest mir etwas. Ich denke ständig an dich und was sein könnte, wenn die Umstände anders wären. Ich denke an…"

Sie starrte auf seinen Mund und wartete darauf, dass er seinen Satz beendete. Bedeutete sie ihm wirklich etwas?

„…eine Beziehung mit dir", fuhr er fort und sah weg. „Obwohl ich weiß, dass es unmöglich ist."

Sein Geständnis machte sie für einen Augenblick sprachlos. „Warum ist es unmöglich?"

Langsam wandte er seinen Kopf zurück zu ihr und stellte sich ihrem wissbegierigen Blick. „Wegen dem was ich tue und was ich bin. Was ich war“, korrigierte er sich. „Ich habe dir schon verraten, dass ich Mitglied eines streng geheimen CIA-Programmes war. Des Programmes, das mein Vater führte. Jemand wollte nicht, dass das Programm existierte. Deshalb töteten sie meinen Vater. Der Rest von uns zerstreute sich in alle vier Himmelsrichtungen. Wir sind untergetaucht. Aber, was ich dir nicht erzählt habe, ist, was wir wirklich sind; was ich bin. Wir wurden alle ausgewählt, weil wir eine Form von ESP haben, Extrasinneswahrnehmung. Wir sehen Dinge vorher. Wir haben Vorahnungen von Ereignissen in der Zukunft.“

Phoebes Kinnlade klappte herunter.

„Deshalb wusste ich, dass der Zug mit dem Schulbus zusammenstoßen würde. Deshalb war ich in der Lage, dich und die Kinder zu retten. Ich sah es an jenem Morgen in einer Vision.“

In ihrem Kopf schwirrte es. CIA. Streng geheimes Programm. ESP. Visionen. Vorahnungen. Die Worte prallten in ihrem Kopf umher wie Querschläger in einem kleinen Raum. Die Dinge, die er ihr erzählte, waren unmöglich, doch einen unwiderlegbaren Beweis konnte sie nicht ignorieren: Scott hatte sie und die Kinder gerettet. Er hatte gewusst, was passieren würde und dementsprechend gehandelt. Glückliche Zufälle beiseite legend hätte nur jemand mit Vorwissen tun können, was Scott getan hatte.

„Das war nicht das erste Mal, oder?“

Scott schüttelte den Kopf.

Phoebe erinnerte sich an die Reportage vor wenigen Tagen. „Vor zwei Jahren rettete ein Motorradfahrer einen Mann aus einem Taxi, bevor dieses mit einem LKW–“

„Ich weiß."

Sie musste nicht fragen, denn sein Gesicht gab ihr die Antwort. „Das warst du."

„Damals hatte ich Glück. Niemand hat mich mit seinem Handy fotografiert. Ich war weg, bevor jemand die Nachrichtensendungen mit meinem Gesicht zukleistern konnte."

Phoebe nickte. Scott sagte die Wahrheit. Sie wusste es. Sie glaubte ihm.

„Bitte, wirst du mir vertrauen?"

„Ich vertraue dir."

Er ließ von ihr ab. „Ich bringe dich an einen sicheren Ort."

Sie griff nach seinen Armen. „Aber es gibt noch soviel, was ich wissen muss. Wie bekommst du diese Vorahnungen? Wie früh weißt du, was geschieht? Wie viele bekommst du? Wo hast du die Person gesehen, die hinter dir her ist?"

„Wir haben keine Zeit, Phoebe. Ich erzähle dir alles, wenn die Sache hier vorbei ist. Aber im Moment musst du mir vertrauen. Ich tue das, damit du in Sicherheit bist. Damit wir beide in Sicherheit sind."

Es schien, als wollte er noch etwas hinzufügen, verstummte jedoch dann. Dennoch wusste sie, was er hatte sagen wollen: Er versuchte, sie in Sicherheit zu bringen, damit sie zusammen sein konnten. Oder zumindest wünschte sie sich, dass er das hatte sagen wollen. Und im Moment würde sie sich daran festhalten.

„Okay", willigte Phoebe schließlich ein. „Aber du lässt dich lieber nicht umbringen, okay?"

Ein angespanntes Lächeln bog seine Lippen nach oben. „Vertrau mir. Ich brauche nur zwei oder drei

Stunden, hier alles vorzubereiten, und sobald dieser Attentäter hier auftaucht, ist er Toast."

Phoebe erzitterte bei dem Gedanken, dass Scott sich in Gefahr bringen würde.

„Versprich mir etwas", bat er.

„Was?"

„Wenn etwas schief läuft, komm nicht zu diesem Haus zurück. Erwähne es niemandem gegenüber. Niemand darf wissen, dass du je hier warst oder dass du irgendeine Verbindung zu mir hattest. Wenn du innerhalb von vierundzwanzig Stunden nichts von mir hörst, verschwinde aus Memphis und geh dorthin, wo du dich sicher fühlst. Ich werde dich finden, egal was es mich kostet."

Dann zog er sie in seine Arme und küsste sie. Sie schmiegte sich an ihn und erwiderte seinen Kuss mit einer Verzweiflung und einer Begierde, mit der sie sich selbst überraschte. Zu früh beendete Scott den Kuss.

„Scott, versprich mir, dass du zurückkommst", flehte sie ihn an.

„Ich verspreche es dir, Baby. Ich verspreche es."

20

Schweren Herzens setzte Scott Phoebe in einem Motel ab. Er hasste es, sie alleine lassen zu müssen, aber er vertraute darauf, dass sie vorsichtig sein und alles daran setzen würde, keine Aufmerksamkeit auf sich zu ziehen.

Phoebe würde während der nächsten Stunden sicher sein. Die Vision hatte ihm genügend Anhaltspunkte gegeben, um den Standort herauszufinden, wo der Angriff geschehen würde: in Nashville. Und sie befanden sich ungefähr vier Stunden von Nashville entfernt. Wenn er den Attentäter hier in Memphis zur Strecke bringen konnte, würde er die Zukunft ändern und die Vorahnung würde sich nicht erfüllen. Genauso wie die Kinder nicht in dem Schulbus umgekommen waren. Er konnte es wieder schaffen. Er konnte die Zukunft ändern. Er konnte seine Bestimmung erfüllen und seine Vorahnungen zum Wohle der Gesellschaft einsetzen. Und in diesem Fall sowohl sein als auch Phoebes Leben retten.

Er hatte ihr nichts davon erzählt, dass er sie hatte sterben sehen. Es hätte sie zu sehr verängstigt. Aber er war froh, dass sie schließlich seine Worte akzeptiert hatte. Obwohl es ihn beunruhigen sollte, dass jetzt ein Außenseiter sein tiefstes Geheimnis kannte, verspürte er nur Erleichterung darüber, dass er sie nicht mehr anlügen musste. Er erinnerte sich an ihre erste Umarmung am Rande der Schienen und wie er bereits damals verspürt hatte, dass er ihr alles erzählen konnte. Seine Intuition hatte ihn nicht getäuscht. Genauso wie er hoffte, dass sie ihn auch diesmal nicht täuschen würde.

Scott parkte sein Motorrad außerhalb eines gut besuchten Diners, vor dem zahlreiche andere Motorräder standen, und marschierte die sechs Blocks zurück zum Haus. Er hatte verschiedene Sachen im Supermarkt gekauft und zusammen mit den Dingen, die in jeder Garage, Küche und jedem Bad zu finden waren, würde er in der Lage sein, das Haus in ein regelrechtes Pulverfass zu verwandeln. Er war kein Anfänger, wenn es um Improvisation ging. Sein Vater und die CIA hatten ihn gut gelehrt. Sobald der Attentäter das Haus betrat, würde er Scotts Gnade unterliegen.

Doch Scott würde keine Gnade walten lassen. Er würde ein Todesurteil ausführen. Ein für allemal.

Scott näherte sich dem Haus, da spürte er plötzlich, wie sich die Härchen an seinem Nacken aufstellten. Er straffte sich, jede Körperzelle sofort in Alarmbereitschaft. Ohne irgendwelche überschnelle Bewegungen zu machen, scannte er den Bereich vor sich, konnte jedoch nichts Ungewöhnliches entdecken. Er blieb vor dem nächsten Haus stehen, stellte seinen Fuß auf den Betonsockel des Zauns und gab vor, seinen Stiefel zu schnüren. Aus dem Augenwinkel warf er einen Blick zurück in die Richtung, aus der er gekommen war.

Ein Auto mit einer hübschen Frau mit kurzen,

blonden Haaren fuhr langsam an ihm vorbei. Sie sah ihn nicht an, sondern fuhr einfach weiter. Auf der gegenüberliegenden Straßenseite probierte ein Jugendlicher auf einem Skateboard ein Manöver aus und landete prompt auf seinem Hintern. Sein frustrierter Fluch hallte in der ansonsten leeren Straße wider.

Vielleicht hatte Phoebe ja recht und er wurde etwas paranoid. Laut seiner Uhr hatte sein Kontakt im Deep Web noch nicht einmal den Köder ausgelegt, um den Attentäter zu Scotts Aufenthaltsort zu locken. Es war fünfzehn Minuten zu früh dafür.

Scott schüttelte das merkwürdige Gefühl ab und bog in die kleine Gasse ein, die am Haus entlang führte. Dort wartete er ein paar Augenblicke und beobachtete die Hauptstraße. Niemand ging vorbei. Er ließ eine weitere Minute verstreichen und folgte dann dem Weg bis zum hinteren Teil des Grundstücks. Dort schwang er sich über den eineinhalb Meter hohen Zaun und landete im weichen Gras.

Scott sah sich im Garten um und näherte sich der Tür zur Küche. Er ging in die Hocke und fokussierte seine Augen auf das Schloss. Das Haar, das er über den Spalt zwischen Tür und Rahmen geklebt hatte, war immer noch an der richtigen Stelle und bewies ihm, dass niemand das Haus vom Garten aus betreten hatte.

Er öffnete die Tür und ging hinein. Die Jalousien waren immer noch geschlossen und es war dunkel im Haus. Alles war ruhig.

Scott atmete erleichtert auf, öffnete den Schrank unter dem Spülbecken und nahm eine Flasche Bleichmittel, einige Lappen und einen Eimer heraus. Er trug die Sachen zum Tisch im Esszimmer und schaltete eine Stehlampe an, die gerade genügend Licht spendete, um am Tisch arbeiten zu können. Die Tasche mit den Sachen, die er zuvor eingekauft hatte, lag bereits auf einem Stuhl.

Scott marschierte die schmale Hintertreppe hinauf, um einige Sachen, die er benötigen würde, aus dem Badezimmer zu holen. In dem Moment, als er den weichen Teppich auf dem Treppenansatz im ersten Stock unter seinen Füßen spürte, trieb ein schwacher Laut zu seinen Ohren. Sein Herz blieb stehen und er hielt seinen Atem an, wartete darauf, dass sich der Laut wiederholte. Er tat es nicht.

Der Kerl war gut, das musste Scott ihm zugestehen. Wie der Attentäter ihn bereits gefunden hatte, war ihm schleierhaft, aber eine Sache war klar: Er hatte gerade das Haus betreten – mindestens eine Stunde zu früh. Scotts Plan, das Haus in eine Sprengfalle zu verwandeln und den Attentäter damit hochgehen zu lassen, löste sich gerade in Luft auf. Es schien, als müsste er sich einem blutigen Nahkampf stellen.

Scott ließ seine Hand in die Innentasche seiner Lederjacke gleiten und umschlang den Griff seines Messers. Er biss die Zähne zusammen, auf alles vorbereitet. Seine Haut begann, wieder zu prickeln. Merkwürdigerweise erinnerte ihn dieses Gefühl daran, seinem Vater nahe zu sein. Er hatte immer spüren können, wenn Sheppard in der Nähe war. Es war fast wie ein sechster Sinn. Doch dies musste etwas anderes bedeuten, denn sein Mentor war tot. Er drängte das zermürbende Gefühl beiseite und konzentrierte sich auf seine anderen Sinne, um herauszufinden, was der Plan des Attentäters war.

Scott blickte den Flur des obersten Stockwerks

entlang. Die Haupttreppe war im vorderen Teil des Hauses. Wenn Scott das Erdgeschoss von dort erreichen könnte, hätte er die Möglichkeit, den Attentäter zu überraschen. Scott schlich lautlos in Richtung der vorderen Treppe, dann wandte er sich um und sah zurück. Sein Blick fiel auf ein Regal, auf dem einige Souvenirs aufgereiht waren. Er schnappte sich eine kleine Holzmaus, nicht größer als sein Daumen, und warf sie in Richtung der Hintertreppe. Das Geräusch, das sie machte, als sie auf den Teppich aufschlug, war nicht laut, doch es war hörbar. Wäre es lauter gewesen, würde der Attentäter erkennen, dass es ein Ablenkungsmanöver war. Aber dieses schwache Geräusch würde kein Misstrauen in ihm erwecken.

Scott wandte sich zur Vordertreppe und setzte einen Fuß auf die erste Stufe. Er stieg langsam hinab, während er wachsam den Bereich vor sich scannte und in das schwach beleuchtete Foyer hinuntersah. Er erreichte die letzte Stufe und hielt den Atem an. Eine Wand versperrte ihm die Sicht ins Wohnzimmer. Er war im Begriff, den letzten Schritt zu machen, als wieder eine prickelnde Empfindung über seine Haut kroch.

Scheiße!

Mit dem Messer in der Hand umrundete er die Wand und machte einen Satz. Der Attentäter erwartete ihn schon. Er war nicht auf das Ablenkungsmanöver hereingefallen.

Der Eindringling war so groß und gut gebaut wie Scott, sein sandfarbenes Haar in starkem Kontrast zu seiner dunklen Kleidung. Scott griff ihn an und sie verloren beide das Gleichgewicht und landeten auf dem Fußboden, wobei sie eine Lampe umwarfen. Als sie auf dem Holzboden aufprallten, richtete Scott bereits sein Messer auf den Kopf des Attentäters, aber der Kerl war schnell und wehrte ihn ab, indem er seinen Ellbogen hochschnellte. Mit seiner anderen Hand drehte er Scotts Handgelenk und brachte ihn dazu, das Messer fallenzulassen. Es fiel zu Boden und schlitterte außer Reichweite.

„Scott! Nein! Phoenix st–“

Scott traf den Kerl mit einem rechten Haken unter dem Kinn. Wenn der Schrei des Attentäters dazu gedacht gewesen war, Scott abzulenken, hatte es nicht funktioniert. Selbstverständlich kannte der Mann seinen Namen. Schließlich war er gekommen, um ihn zu töten.

Scott schlug nochmals auf den Kerl ein, doch sein Angreifer riss sein Knie hoch und schaffte es, Scott zur Seite zu stoßen und ihn gegen das Sofa zu schleudern.

„Stopp, Scott!“, forderte der Fremde und sprang auf. „Ich bin nicht dein Feind!“

Scott rappelte sich schon wieder auf und sprang auf den Attentäter zu. „Sieht aber anders aus“, zischte er zwischen zusammengebissenen Zähnen hervor, drehte sich einmal im Kreis, um sein Bein mit voller Wucht gegen den Angreifer zu treten, dann fügte er einen Schlag auf dessen Schläfe hinzu.

Aber der Attentäter war kein bereitwilliger Sandsack und verteidigte sich, indem er den nächsten Hieb blockierte und dem darauffolgenden Tritt auswich.

„Verdammt, Scott! Ich bin nicht hier, um dich zu verletzen!“

Scott stieß ein bitteres Lachen aus, doch da bemerkte er zum ersten Mal, dass der Attentäter anscheinend nicht bewaffnet war. War er ohne Pistole oder Messer gekommen, Scott fertigzumachen?

„Fick dich!“

Scott schlug seine Faust in den Magen des Kerls; dieser krümmte sich für eine Sekunde. Es gab Scott Zeit genug, sich in Richtung des Messers zu stürzen, das am Rande des Teppichs gelandet war. Er streckte sich aus und seine Finger berührten bereits den Griff, als er zurückgerissen wurde. Er rollte sich auf den Rücken, trat mit beiden Beinen gegen seinen Angreifer und stieß ihn zurück. Doch der Kerl gab nicht auf. Dieses Mal landete er mit solcher Wucht, dass Scott auf dem gewachsten Holzboden dahinschlitterte, was ihn dem Messer näherbrachte.

Scott streckte seine Hand über seinen Kopf und, ohne hinzusehen, fand er das Messer und ergriff es. Scott drehte sich zur Seite und warf sich auf seinen Angreifer, holte aus und zielte mit dem Messer auf dessen Hals.

„Das ist die Revanche für den Mord an Sheppard!“

Die Augen des Attentäters weiteten sich, als das Messer auf ihn zukam. „Phoenix steig auf! Phoenix steig auf!“

Bei dem Befehl setzte Scotts Herzschlag für einen Moment aus. Er war wie gelähmt. Niemand außer den Mitgliedern des Phoenix-Programms kannte diesen Befehl. Es war als Identifizierung im Notfall gedacht. Und Scott wusste von Sheppard, dass dieser Befehl nie niedergeschrieben worden war. Er stand nicht in den Dateien oder in den offiziellen Aufzeichnungen des Programms. Nur ein anderer Phoenix würde ihn kennen.

Der Attentäter atmete schwer und starrte noch

immer auf das Messer, das nur ein paar Zentimeter von seiner Halsschlagader entfernt schwebte. „Ich bin Zephyr. Ich bin ein Phoenix wie du."

Scotts Atem entwich seiner Lunge in unregelmäßigen Stößen. „Scheiße!" Er starrte den Mann an, der sich Zephyr genannt hatte, ein Codename von der Liste, die er auf Sheppards Drängen hin auswendig gelernt hatte. Er sah keine Drohung in den Augen des Mannes, als dieser Scotts Blick erwiderte. Immer noch mit dem Messer in der Hand setzte sich Scott zurück auf seine Knie und ließ seinen Gefangenen los.

„Warum zum Teufel hast du den Notfallcode nicht sofort benutzt?"

„Ich hab's ja versucht, aber du hast mir jedes Mal mit deinen Fäusten das Wort abgeschnitten." Er rieb sich das Kinn. „Gute Arbeit, mein Freund."

„Keine Scherze! Sag mir, was du hier suchst." Er war immer noch aufgewühlt und nicht sicher, ob der Fremde war, wer er behauptete zu sein. Unfreiwillig rieb Scott sich den Nacken, als könnte er damit das merkwürdige kribbelnde Gefühl beseitigen.

Zephyr deutete zu Scotts Hals. „Das Prickeln, das du verspürst, ist ein Zeichen, dass dein Körper etwas ihm ähnliches erkennt."

Fassungslos ließ Scott seine Hand fallen. „Wie hast du–"

„Ich verspüre es auch. Deshalb musste ich mich an dich anschleichen. Ich musste dir nahe kommen, bevor ich mich dir zeigen konnte. Meine Fähigkeit, andere meiner Art zu spüren, ist nicht sehr stark ausgeprägt. Ich muss jemandem körperlich sehr nahe sein, um es zu verspüren. Es war die einzige Art und Weise, wie ich sichergehen konnte, dass du ein Phoenix bist."

Scott wippte auf seine Fersen zurück und erhob sich. Er reichte Zephyr die Hand und half ihm auf.

„Das erklärt immer noch nicht, wie du mich gefunden hast und was du willst."

„Unser Feind ist im Anmarsch. Ein Attentäter war vor nicht allzu langer Zeit hinter mir her. Und wer auch immer ihn geschickt hat, wird die anderen auch jagen. Du bist vermutlich der Nächste."

„Was ist mit dem geschehen, der dir auf den Fersen war?"

„Ich habe ihn umgebracht."

„Aber du glaubst, es sind noch mehr unterwegs?"

„Ja. Wer auch immer das Phoenix-Programm zerstört und Sheppard getötet hat, hat noch nicht genug. Sonst hätte er mir keinen Attentäter auf den Hals hetzen müssen."

„Phoenix ist ausgemerzt, kaputt. Wir wissen nicht einmal, wer noch am Leben ist. Vielleicht sind nur noch du und ich übrig."

„Das glaube ich nicht. Das *will* ich nicht glauben."

„Tja, wir bekommen nicht immer, was wir wollen. Ich hatte auch nicht gewollt, dass mein Vater mich auf solche Art und Weise verlässt; dass er mir diese geistige Nachricht schickt: Phoenix aus", knurrte Scott, als er sich an die Nachricht erinnerte, die er von Sheppard empfangen hatte.

Zephyrs Kinnlade fiel herunter. „Du bist es. Du bist Sheppards Sohn. Es gab Gerüchte, dass er einen Jungen hatte. Es ist also wahr. Du bist der Junge."

Scott blieb stumm, unfähig, die richtigen Worte zu finden. Schließlich sagte er: „Ich bin Ace."

Zephyr streckte ihm die Hand hin. „Mein richtiger

Name ist Ethan. Es ist schön, dich endlich kennenzulernen."

Scott stellte plötzlich fest, dass er immer noch sein Messer in der Hand hielt. Er steckte es zurück in seine Jacke und schüttelte Ethans Hand. „Wie hast du mich gefunden?"

„Durch deine Vorahnung. Du hast darauf reagiert. Als ich die Nachricht von dem Zug sah, der mit dem Schulbus zusammenstieß, wusste ich, dass du ein Phoenix bist. Ich folgte den Anhaltspunkten, die ich mit Hilfe deines Motorrads und dieser Reporterin, die im Bus war, fand. Es war nicht zu schwierig, dich nach St. Louis zu verfolgen. Die Reporterin hat ja praktisch eine Spur von Brotkrumen hinter sich gelassen."

Scott schnaubte. Er war froh, dass er Phoebes Auto und Handy außerhalb von St. Louis losgeworden war.

„Dann wurde es schwieriger. Aber ich hatte Glück."

„Wie denn?"

„Deine Ducati ist eine hübsche Maschine. Die fällt auf. Ich war in der Lage, herauszufinden, wohin du unterwegs warst. Aber ich verlor die Spur bis vor einer halben Stunde, als ich sah, wie du sie vor dem Diner geparkt hast. Dann folgte ich dir."

„Ich hab dich nicht gesehen. Und glaub mir, ich war auf der Hut."

Ethan schmunzelte. „Ich weiß. Deshalb hat Tori dich weiter verfolgt. Sie fällt weniger auf als ich."

Scott zog eine Augenbraue hoch. „Ich wusste nicht, dass es weibliche Phoenix gibt."

„Sie ist keine Phoenix. Sie ist meine Freundin." Er griff in seine Jackentasche.

Sofort verkrampfte sich Scott.

„Tut mir leid“, meinte Ethan entschuldigend. „Ich rufe sie kurz an.“ Er wischte über sein Handy und tippte auf eine Nummer. Einen Moment später sagte er: „Hey, Tori. Die Luft ist rein. Du kannst jetzt reinkommen. Nimm den Hintereingang.“ Er beendete das Gespräch und schob das Handy zurück in seine Tasche.

„Deine Freundin weiß, was du bist?“

Ethan nickte. „Ich vertraue ihr mit meinem Leben.“

Scott hörte die Worte und wusste in dem Moment, dass auch er jemanden kannte, dem er mit seinem Leben vertraute: Phoebe.

Kurze Zeit später hörte er ein Geräusch an der Tür zur Küche. Ethan ging voran und Scott folgte ihm. Eine junge blonde Frau stand in der Küche, und in dem Moment, als Ethan sie erreichte, schlang sie ihre Arme um ihn. Scott erkannte sie sofort. Sie war die Frau, die an ihm vorbeigefahren war, als er seinen Stiefel geschnürt hatte.

„Ich habe mir Sorgen gemacht“, raunte sie besorgt.

„Alles ist in Ordnung, Babe.“ Er wandte seinen Kopf zu Scott. „Nicht wahr, Scott?“

„Abgesehen von der Tatsache, dass ich mich gerade auf einen Attentäter vorbereite.“ Er blickte flüchtig auf seine Armbanduhr.

„Woher weißt du, dass er kommt?“

„Ich habe im Deep Web einen Köder für ihn ausgeworfen.“

Ethan deutete in Richtung Esszimmer. „Das hast du also mit den Sachen auf dem Esstisch vor.“

Scott nickte. „Wenn du etwas später gekommen wärst, wärst du in die Luft gegangen.“

„Na, zum Glück bin ich ein Frühaufsteher. Soll ich

dir helfen?“

„Klar, wenn du willst.“ Dann nickte Scott Tori zu. „Nett, dich kennenzulernen, Tori. Aber ich glaube nicht, dass das hier im Moment der richtige Aufenthaltsort für dich ist.“

Ethan streichelte kurz Toris Wange. „Er hat recht, Tori. Du verschwindest lieber an einen sicheren Ort.“

„Ich möchte lieber nicht alleine sein.“

„Es ist besser so.“

Scott machte einen Schritt in ihre Richtung. „Du musst nicht alleine sein. Du kannst Phoebe Gesellschaft leisten.“

Ethan runzelte die Stirn. „Phoebe? Meinst du die Reporterin aus Chicago?“

Scott nickte.

„Sie ist immer noch hier? Du hast sie nicht abgehängt? Aber was, wenn sie–“

„Sie wird mich nicht verraten.“

Für einen Augenblick sagte Ethan nichts, sondern sah ihn nur an. „Wie willst du das wissen?“

„Das, was zwischen uns ist… ist was Besonderes. Ich vertraue ihr mit meinem Leben.“

Ethan stieß einen Atemzug aus. „Ich hoffe, du lässt dich nicht von deinem Schwanz leiten.“

„Es ist auch nichts anderes, als wenn du deiner Freundin all unsere Geheimnisse preisgibst“, widersprach Scott.

„Ich kenne Tori schon viel länger als du diese Phoebe.“

„Was willst du damit andeuten?“

„Klappe! Beide!“, schrie Tori sie an und stemmte ihre Hände in die Hüften. „Das ist kein Wettbewerb, wer seiner Freundin mehr vertraut.“ Dann wandte sie sich an Scott. „Also, wo kann ich sie finden?“

„Ich notiere es dir.“ Er nahm einen Block vom Küchentresen und fing an zu schreiben. Dann blickte er auf und übergab das Blatt Papier an Tori. Als Tori sich umdrehte, fiel ihm noch etwas ein. „Warte. Ich muss ihr noch eine Nachricht schreiben. Ich habe sie angewiesen, niemandem zu vertrauen. Sie muss wissen, dass ich dich geschickt habe.“

Er kritzelte einige Zeilen auf ein Blatt Papier und unterzeichnete es, bevor er es an Tori übergab. Sie blickte flüchtig darauf, dann sah sie ihn fragend an.

„Scott, *du würdest es nicht verstehen*, Thompson?“

Er zuckte mit den Achseln. „Ein Insiderwitz. Sie wird es verstehen.“ Schließlich hatte er ihr in seiner ersten Nachricht mitgeteilt, dass sie es nicht verstehen würde und nun hoffte er, dass Phoebe zwei und zwei zusammenzählen und daraus schließen würde, dass die Nachricht wirklich von ihm kam.

Nachdem Ethan und Tori sich verabschiedet hatten, ging Scott gefolgt von Ethan ins Esszimmer.

Ethan rieb sich die Hände. „Na, dann lass uns mal ein paar Kracher für unseren Gast zusammenbasteln. Zumindest wird das eine Explosion sein, die ich nicht verhindern muss.“

Scott warf ihm einen flüchtigen Seitenblick zu. „Was meinst du damit?“

„Hast du manchmal Vorahnungen, die sich immer wieder wiederholen?“

Eine Vorahnung kam ihm sofort in den Sinn. Eine Vorahnung, die er immer nur im Schlaf bekam, nicht wie die anderen, die im wachen Zustand über ihn kamen. „Ja. Und dagegen kann ich nichts unternehmen. Manche Ereignisse kann man nicht verhindern.“

„Das kann ich nicht akzeptieren“, sagte Ethan, plötzlich aufgewühlt. „Das kann ich einfach nicht. Zu viele Leben stehen auf dem Spiel. Jedes Mal, wenn es geschieht, jedes Mal wenn ich es sehe, rüttelt es mich bis auf die Knochen auf. Die Explosion, sie… sie ist so stark, dass es mich auf den Arsch wirft. Ich kann spüren, wie meine Haut von der Hitze schmilzt, wie sie brennt.“

Scotts Herzschlag beschleunigte sich. Er stützte sich auf dem Tisch ab, als die Übelkeit ihn wie aus dem Nichts traf. „Scheiße!“

„Was?“ In Ethans Stimme schwang Panik mit, während sein Blick im Raum umherschweifte, als ob er eine Gefahr verspürte.

Scott sah ihm in die Augen. „Ich laufe auf die Explosion zu. Ich sehe die sechs Marinesoldaten, die den Sarg tragen. Sie verbrennen zu Asche. Ich kann sie nicht aufhalten.“

„Sechs Marinesoldaten? Die sehe ich nicht.“

„Aber du siehst die Explosion.“

Ethan nickte. „Ja, aber ich sehe neun diplomatische Autos. Eine Kolonne. Sie fahren eine Wüstenstraße entlang. Ich kann sie nicht aufhalten. Und dann geht die Explosion hoch.“

„Neun Autos?“

„SUVs. Es muss was bedeuten.”

“In meiner Vorahnung sind keine SUVs. Nur die Explosion und die sechs Marinesoldaten, die den Sarg mit der amerikanischen Flagge tragen.“

„Aber es scheint die gleiche Vorahnung zu sein. Vielleicht aus einem anderen Blickwinkel?“, meinte Ethan.

Scott legte seine Hand auf Ethans Unterarm und

stoppte ihn. „Aber es ist nicht dieselbe Vorahnung. Ich sehe die SUVs nicht."

„Aber du siehst alles andere. Es ist die gleiche Vorahnung, nur dass wir beide verschiedene Einzelheiten sehen."

Einen Augenblick lang ließ Scott die Enthüllung einsinken. Warum sollten sowohl er als auch Ethan das gleiche zukünftige Ereignis sehen? Er starrte den anderen Phoenix an, als ihm plötzlich ein Gedanke kam. „Glaubst du, die anderen Phoenix sehen dasselbe?"

„Das ist gut möglich."

Scott nickte. „Ich habe bisher nie herausfinden können, wann oder wo dieses Ereignis stattfinden wird. Der Gedanke, nichts dagegen unternehmen zu können, verfolgt mich ständig."

„Denkst du, was ich denke?"

„Wir müssen die anderen finden. Vielleicht können sie uns helfen herauszufinden, was wir verhindern müssen."

Ethan lächelte. „Sobald wir das Arschloch, das hinter dir her ist, erledigt haben, suchen wir nach den anderen."

„Abgemacht."

21

Scott hatte sie erst eine Stunde zuvor in diesem Motel abgesetzt und schon jetzt ging Phoebe nervös auf und ab. Er hatte nichts Weiteres über seinen Plan kundgetan. Und jetzt wünschte sie sich, dass sie darauf bestanden hätte, zu erfahren, wie Scott den Attentäter in die Falle locken und dann besiegen wollte. Nichts Genaueres darüber zu wissen, machte sie nervös.

Sie musste sich irgendwie beruhigen. Sie musste mit jemandem sprechen, nicht über Scott oder die bisherigen Geschehnisse, sondern einfach, um die Stimme einer anderen Person zu hören. Und es gab eine Person, deren Stimme sie immer beruhigen konnte: ihr Vater.

Phoebe setzte sich auf das Bett und betrachtete das Telefon auf dem Nachttisch. Sie wusste die Handynummer ihres Vaters auswendig, doch ihr war auch klar, dass sie ihn nicht darauf anrufen konnte. Sie hatte genügend Krimis gesehen, um zu wissen, dass, sollte wirklich jemand versuchen, über sie an Scott heranzukommen, sie bereits ihre Familie kannten und deren Telefonleitungen abhörten. Da Scott ein Ex-CIA-Agent war, musste sie annehmen, dass seinen Feinden alle möglichen Mittel und Wege zur Verfügung standen, um sie aufzuspüren.

Sie war immer noch dabei, das alles zu verarbeiten: dass Scott präkognitive Fähigkeiten hatte und einem streng geheimen CIA-Programm angehört hatte. Sie glaubte ihm, denn es erklärte so viele Dinge. Aber die ganze Situation machte sie nervös und sie hatte Angst um Scotts Leben. Dass er sich tagtäglich in Gefahr befand, brachte ihr Herz zum Bluten. Sie bedauerte zutiefst, durch diesen dummen GPS-Chip an seinem Motorrad dazu beigetragen zu haben, dass seine Feinde ihm auf die Spur gekommen waren.

Aber es gab etwas, das sie nicht bedauern konnte: die paar Male, als sie Liebe gemacht hatten. Sie hatte eine Nähe zu ihm verspürt, eine Verbindung, die unmöglich erschien, wo sie sich doch erst so kurz kannten. Dennoch war es da gewesen und sie wusste, dass sie sich in ihn verliebte. Gleichzeitig war ihr auch bewusst, dass ihre Beziehung keine Zukunft hatte. Scott war auf der Flucht. Er brauchte keinen Klotz am Bein.

Mit einem Seufzer rief sie die Auskunft an und fragte nach der Nummer, die sie suchte. Dann wählte sie.

„Polizeidienststelle Nashville. Wie kann ich Ihnen helfen?“, ertönte die Stimme einer Frau.

„Christopher Chadwick bitte.“ Sie vernahm ein Klicken in der Leitung und wartete. Sie wusste, dass es sicherer sein würde, ihren Vater an seinem Arbeitsplatz anzurufen und sich von der Vermittlung durchstellen zu lassen, anstatt seine Durchwahl zu wählen. Niemand würde herausfinden, wen sie angerufen hatte und niemand würde die Telefone des Reviers anzapfen können.

„Es tut mir leid, Ma‘am, aber Mr. Chadwick ist

bereits weg. Möchten Sie eine Nachricht hinterlassen?"

„Nein danke. Ist schon in Ordnung." Sie legte auf, enttäuscht, doch nicht überrascht. Ihr Vater war kein Polizeibeamter; er war der Presse- und Mediaberater, den die örtliche Polizei wegen seiner guten Verbindungen zur Presse eingestellt hatte. Er sollte den Ruf der Polizei verbessern und arbeitete nur normale Tagesschichten.

Vielleicht war es auch besser, dass sie ihn nicht erreicht hatte. Vermutlich hätte ihr Vater sie gefragt, wo sie war und wie es ihr ging. Und möglicherweise hatte er es bereits vergeblich auf ihrem Handy versucht und vermutete, dass etwas nicht stimmte.

Ein Klopfen an der Tür riss sie aus ihren Gedanken. Sie sprang auf. Das Herz schlug ihr bis zum Hals. Sie hatte die Vorhänge zugezogen, also konnte niemand in den Raum spähen, aber dennoch fühlte sie sich plötzlich beobachtet.

Wer war an der Tür?

Auf Zehenspitzen schlich sie darauf zu und lugte durch den Spion.

Entsetzt wich Phoebe zurück. Vor der Tür ihres Motelzimmers stand ein Polizeibeamter in schwarzer Uniform.

Scheiße!

Ihre Hände zitterten. Sollte sie aufmachen? Oder sollte sie vortäuschen, dass niemand hier war?

Ein weiteres Klopfen, begleitet von einer männlichen Stimme, raubte ihr fast den Atem. „Miss Chadwick? Memphis Polizei, bitte öffnen Sie die Tür."

Er kannte ihren Namen. *Oh Gott!* Da stimmte etwas nicht.

Ihre Handfläche war feucht, als sie den Türknauf

drehte und die Tür einen Spalt weit öffnete.

„Ja?"

Der Polizeibeamte nickte ihr höflich zu. „Es tut mir leid, Sie zu stören, Ma'am. Sind Sie Miss Phoebe Chadwick?"

Sie nickte zögernd.

„Ich bin Officer Grant. Darf ich eintreten?"

Phoebe blickte flüchtig auf den Namen auf seiner Uniform, blockierte jedoch weiterhin die Tür. „Worum geht es?"

„Ich befürchte, ich habe schlechte Nachrichten." Er sah nach links, dann nach rechts. „Ich würde lieber nicht hier draußen sprechen. Ich glaube, es wäre besser, wenn Sie sich dafür hinsetzen." Ein bedauerndes Lächeln breitete sich auf seinem Gesicht aus.

Ihr Herz verkrampfte sich sofort. Sie stolperte rückwärts, während Officer Grant eintrat und die Tür hinter sich schloss. Er blickte sich flüchtig im Raum um.

„Sind Sie alleine, Miss Chadwick?"

Sie nickte wie taub.

„Bitte, nehmen Sie doch Platz." Seine Stimme war ruhig und freundlich.

„Ich stehe lieber. Bitte sagen Sie mir, was los ist." Sie griff nach der Rückenlehne des Stuhls, um sich abzustützen.

„Ma'am, es tut mir leid, Ihnen das mitteilen zu müssen, aber es gab einen Unfall. Kennen Sie einen Mann namens Scott Thompson?"

Ihr Herz setzte aus und weigerte sich, weiterhin Blut durch ihre Adern zu pumpen, während ein kalter Schauer ihr Rückgrat hinunterlief. Ihre Lippen erbebten und kein Wort kam aus ihrem plötzlich trockenen

Mund.

„Ma'am?", hakte er nach.

Phoebe nickte einfach nur.

„Ich befürchte, dass Mr. Thompson einen Unfall hatte. Die Sanitäter bestätigten, dass er sofort tot war."

Ein Schluchzen riss sich aus ihrer Brust. Sie schlug die Hand über ihren Mund, um den Schrei nicht entkommen zu lassen, der aus ihr herausbrechen wollte. Tränen schossen ihr in die Augen. „Nein! Nein!"

Der Polizeibeamte nahm ihre Arme und führte sie zum Bett, wo er ihr half, sich hinzusetzen. „Es tut mir so leid. Er bedeutete Ihnen offensichtlich viel."

Phoebe schnappte nach Luft, aber das bewirkte nur noch mehr Schluchzer. „Wie?", würgte sie hervor und sah zu ihm hoch. Wie konnte Scott denn tot sein? Vor nur einer Stunde war er am Leben gewesen.

Officer Grant zog ein kleines schwarzes Notizbuch und einen Stift aus einer Tasche. „Hier wird die Sache leider kompliziert. Es tut mir leid, Ihnen das in so einem Moment antun zu müssen, aber damit wir den Hergang rekonstruieren können, müssen wir erst wissen, was vor dem Unfall geschah. Deshalb muss ich Ihnen ein paar Fragen stellen."

Ihre Stirn warf sich in Falten. „Was für Fragen?"

„Wir müssen den genauen zeitlichen Ablauf auslegen. Können Sie mir sagen, was geschah, als Sie Mr. Thompson zum letzten Mal sahen? Lassen Sie bitte nichts aus. Es ist für unsere Ermittlung eventuell ausschlaggebend."

Phoebe schüttelte ihren Kopf voller Unglauben. „Ich war heute noch mit ihm zusammen. Ich kann nicht glauben, dass er tot ist. Nein, das ist unmöglich.

Vielleicht war es jemand anders.“

Der Polizist legte eine beruhigende Hand auf ihre Schulter. „Es tut mir leid, Miss Chadwick. Ich kann nur vermuten, wie schwer das für Sie ist.“

Sie ließ ihren Kopf fallen. Noch ein Schluchzer entwich ihr und sie wischte sich die Tränen aus den Augen. Sie starrte auf den Teppich.

Der Polizeibeamte stand weniger als einen halben Meter vor ihr. Das Weiß seiner Schuhe blendete sie beinahe und sie hob ihre Augen zu seiner schwarzen Hose. Die dunkle Farbe beruhigte ihre Augen.

Bevor sie jedoch wieder hochschauen und seine Frage beantworten konnte, schweiften ihre Augen unwillkürlich zurück zu seinen Füßen.

Weiße Schuhe; weiße Turnschuhe! Phoebe wusste genug über Polizeiuniformen, um zu wissen, dass diese ganz sicher nicht mit weißen Turnschuhen getragen wurden.

Ihr Herzschlag beschleunigte sich. Dieser Mann war kein Polizist! Und nun, als sie ihren Blick nach oben schweifen ließ, über seine Beine und seinen Oberkörper, bemerkte sie auch, dass seine Hose etwas zu eng war, als wäre sie eine Größe zu klein.

Verdammt!

Zwei Gedanken kollidierten in ihrem Kopf; einer war tröstend, der andere erschreckend: Scott war am Leben, aber der Mann vor ihr war der Attentäter, der ihm auf den Fersen war.

„Miss Chadwick?“, forderte er nochmals, sein Ton immer noch freundlich.

Aber sie wusste, dass er ihr nur etwas vorspielte, damit sie ihm verriet, wo Scott sich versteckte.

Phoebe hob ihren Kopf an und nahm ihren ganzen

Mut zusammen, um ihm zu antworten. „Wäre es in Ordnung, wenn ich später zum Polizeirevier käme und dort Ihre Fragen beantworte? Es tut mir leid, aber im Moment bin ich einfach nicht dazu imstande."

Die Augen des Fremden verengten sich, dann blickte er auf den Boden. Als er sie wieder ansah, hatte sich sein Gesichtsausdruck verändert. Die Güte in seinen Augen hatte einer Kälte Platz gemacht, auf die sie nicht vorbereitet war.

„Sie sind eine schlaue Frau." Er zeigte auf seine weißen Turnschuhe. „Leider waren mir die Schuhe des Polizisten zwei Nummern zu klein."

Bevor sie reagieren konnte, sprang er auf sie und drückte sie auf die Matratze. Alle Luft entwich ihrer Lunge.

„Also rede oder dir widerfährt das gleiche Schicksal wie Officer Grant."

Kalte Angst ergriff sie. Sie wusste instinktiv, dass der Polizist tot war, kaltblütig ermordet von dem Mann, der sie jetzt gefangen hielt. Und wofür? Nur seiner Uniform wegen, damit er sie überlisten konnte.

„Wo ist Scott Thompson?", knirschte er zwischen zusammengebissenen Zähnen hervor.

„Ich weiß es nicht!", log sie.

Er schlug ihr mit seinem Handrücken ins Gesicht und peitschte ihren Kopf zur Seite. Der Schmerz durchfuhr sie und sandte neue Tränen in ihre Augen.

„Er hat mich hier zurückgelassen. Er hatte genug von mir."

„Du verlogenes Miststück!"

Sie würde Scotts Versteck nicht verraten. Erst eine Stunde war verstrichen, seit er sie am Motel abgeladen hatte. Und laut Scotts eigenen Worten würde er zwei bis drei Stunden benötigen, bis er alles für den Attentäter vorbereitet hatte. Wenn ihr Angreifer zu früh im Haus auftauchte, würde er möglicherweise einen unvorbereiteten Scott überrumpeln. Nein, das konnte sie nicht riskieren. Sie schuldete ihm zu viel. Sie musste diesen Mann hinhalten.

„Wie haben Sie mich gefunden?"

„Das spielt keine Rolle!", antwortete er und drückte ihr jetzt mit seinem ganzen Gewicht die Luft aus der Lunge. „Wo ist er?"

Phoebe presste ihre Lippen zusammen.

„Na gut! Stell dich ruhig stur!"

Er sprang auf und rollte sie so schnell auf ihren Bauch, dass sie nicht reagieren konnte.

Als sie das kalte Metall der Handschellen um ihre Handgelenke zusammenklicken spürte, kickte sie ihre Beine hoch und versuchte, ihm zu entkommen, aber es war vergebens.

„Dann lass uns mal sehen", hörte sie ihn sagen und wandte ihren Kopf zur Seite.

Sie beobachtete, wie er den Inhalt ihrer Handtasche auf dem Bett ausleerte und dann brummend durchstöberte, jedoch nichts von Wert fand.

„Kein Handy?", fragte er und seine Augen verengten sich. Dann blickte er flüchtig in Richtung Nachttisch.

Er ging darauf zu und hob den Hörer ab. „Ich dachte, ich hätte dich mit jemandem sprechen gehört, bevor ich klopfte. Sollen wir herausfinden, mit wem du geplaudert hast?"

Er drückte auf die Wiederwahltaste und wartete.

Panisch stieß Phoebe einen heftigen Atemzug aus. Als ihr Angreifer einen Moment später wieder auflegte, funkelte er sie an. „Wer ist in Nashville? Warum hast du dort die Polizei angerufen?“

„Niemand.“ Sie würde ihren Vater nicht mit in diese Sache hineinziehen.

„Es ist dort, stimmt‘s? Scott ist in Nashville.“

„Nein!“

„Rate mal, wo wir jetzt hinfahren.“

„Nein!“ Sie musste hier bleiben. Sie konnte diesem Mann nicht erlauben, sie nach Nashville zu schleppen. Sie musste ihn nur hier so lange hinhalten, bis Scott bereit war, ihn zu bekämpfen.

„Scott ist nicht in Nashville. Er ist hier. In Memphis. Ich verrate Ihnen wo.“ Sie würde ihn eine Stunde in der Stadt irrfahren lassen, bevor sie ihn zum Haus führen würde, in dem sie und Scott geblieben waren.

Der Attentäter stieß ein bitteres Lachen aus. „Natürlich wirst du das machen.“ Er zog sie an den Handschellen hoch. „Sobald wir in Nashville angekommen sind.“

Phoebe stolperte über ihre eigenen Füße, als er sie zur Tür schleppte. Sie versuchte, sich zu wehren, und stieß mit einem Stuhl zusammen. Dieser fiel zu Boden. Der falsche Polizist zog sie einfach weiter und knurrte sie an.

„Nein! Bitte, Sie machen einen Fehler. Scott ist hier. Er ist in Memphis.“

„Miststück!“

Seine Faust kam so schnell auf ihr Gesicht zu, dass sie keine Zeit hatte, ihr auszuweichen.

Die Wucht, mit der der Hieb sie traf, peitschte ihren Kopf zur Seite. Den Schmerz spürte sie kaum noch, bevor es um sie herum dunkel wurde.

Neiiiiiiinnnn!

Doch der Schrei verließ ihre Kehle nicht.

22

Scott begutachtete die gebastelten Sprengkörper, die auf dem Esszimmertisch lagen. „Das ging viel schneller, als ich gehofft hatte. Danke für deine Hilfe.“

Ethan schmunzelte. „Alles für einen guten Zweck.“

„Dann lass uns mal die Show starten.“

Scott nahm einige der Sprengkörper, als Ethans Handy klingelte.

Er zog es aus seiner Tasche und betrachtete das Display. Stirnrunzelnd antwortete er: „Tori? Ist etwas nicht in Ordnung?“

Sofort blieb Scott wie angewurzelt stehen und beobachtete, wie Ethan aufmerksam zuhörte.

„Scheiße!“, fluchte Ethan und stellte sich Scotts Blick.

Unbehagen kroch Scotts Rückgrat hoch. „Was ist los?“

Ethan hielt seine Hand hoch, dann sagte er zu Tori: „Komm sofort zurück. Vergewissere dich, dass dir niemand folgt.“ Er legte auf.

„Was ist los? Warum kommt sie zurück?“

„Tori war im Motel. Die Tür zu Phoebes Zimmer stand offen.“

Scotts Herz hörte auf zu schlagen.

„Das Zimmer war leer. Es gab Anzeichen eines

Kampfes. Der Inhalt ihrer Handtasche lag auf dem Bett verstreut."

Eine eiskalte Hand schlang sich um sein Herz und schnitt ihm die Luft ab. „Verdammt! Er hat Phoebe. Der Attentäter hat Phoebe." Scott schob sich eine zitternde Hand durchs Haar, während sein Verstand bereits Überstunden machte und nach einer Lösung suchte.

„Das kannst du nicht wissen", versuchte Ethan, ihn zu beruhigen.

Scott funkelte ihn an. „Aber ich weiß es! Ich sah es kommen. Ich sah seine Hände um ihren Hals."

„Ach, Scheiße! Du hattest eine Vorahnung? Warum hast du sie dann alleine gelassen?"

„Ich dachte, sie sei in Memphis sicher. Es sollte nicht hier geschehen. Deshalb habe ich ja den Köder ausgelegt, um den Attentäter hier zur Strecke zu bringen. Damit es nie soweit kommt. Damit die Vorahnung nie eintrifft."

„Weißt du, wo es geschehen sollte?"

Scott nickte. „Er bringt sie nach Nashville. Und sobald er feststellt, dass ich nicht dort bin und Phoebe ihm nicht preisgibt, wo er mich finden kann, wird er sie erwürgen." Der Gedanke sandte einen eiskalten Schauder bis in seine Knochen. Er sah Ethan in die Augen. „Ich bin daran schuld. Sie ist wegen mir in Gefahr. Ich muss sie finden, bevor er sie umbringt."

„In Nashville, sagst du?", fragte Ethan nach.

„Ja, warum?"

„Tori hat die Wiederwahltaste des Telefons in Phoebes Motelzimmer gedrückt. Es hat bei der Polizei in Nashville geklingelt."

„Verdammt, meinst du, dass der Attentäter

versuchte, dort jemanden anzurufen?"

Ethan schüttelte seinen Kopf. „Er würde ein Wegwerfhandy benutzt haben. Es ist wahrscheinlicher, dass Phoebe jemanden angerufen hat. Kennt sie jemanden in Nashville?"

„Ich weiß es nicht. Sie hat nichts erwähnt."

„Mach dir keine Sorgen. Ich stelle unterwegs Nachforschungen an. Also, machen wir uns auf den Weg."

~ ~ ~

Bis Tori mit dem Auto zurück war, hatten Scott und Ethan alle verfänglichen Sachen einschließlich der gebastelten Bomben zusammen gepackt. Kurze Zeit später waren sie ins Auto gestiegen und Tori hatte Scott bei dem Diner abgesetzt, wo er sein Motorrad geparkt hatte. Scott raste los und ignorierte jegliche Verkehrsvorschriften, während Tori und Ethan mit dem Auto folgten.

Es war fast Mitternacht, als sie Nashville erreichten. An einer Tankstelle hielt Scott an und wartete, bis Tori und Ethan neben ihm stoppten. Tori saß am Steuer und Ethan kurbelte das Fenster herunter. Er balancierte ein Notebook, das an ein Handy angeschlossen war, auf seinem Schoß.

„Was hast du herausgefunden?", fragte Scott und hoffte, dass die Informationen, die er Ethan vor Antritt ihrer Fahrt gegeben hatte, Früchte getragen hatten. Er hatte ihm die Gegend beschrieben, die er in seiner Vision flüchtig gesehen hatte, damit er den Ort finden konnte, wo der Attentäter Phoebe gefangen hielt.

„Ich habe Google Maps durchforstet. Ich glaube,

ich habe etwas gefunden, das deiner Beschreibung ähnelt“, sagte Ethan.

„Zeig es mir.“ Scott beugte sich näher und Ethan drehte den Monitor so, dass Scott ihn durch das offene Fenster sehen konnte.

„Hier.“ Ethan zeigte auf eine Stelle auf der Straßenansicht von Google Maps. „Du sagtest, dass du ein hohes Gebäude mit der Aufschrift AT&T gesehen hast. Es gibt zahlreiche Winkel, von denen man das sehen kann. Es ist im Stadtzentrum gelegen. Kommt dir diese Ansicht bekannt vor?“

Scott sah sich das Bild genauer an. Mit seinem Finger wischte er über das Touchpad und bewegte somit das Bild hin und her, damit er einen Rundumblick der Gegend sehen konnte. „Er muss in der Nähe des Konferenzzentrums sein, vielleicht auf dem Broadway oder der Commerce Street. Er war in einem oberen Stockwerk, möglicherweise im fünften oder sechsten. Vielleicht in einem Hotel. Hast du herausgefunden, ob Phoebe jemanden in Nashville kennt?“

Ethan nickte. „Sie wuchs dort auf. Und stell dir vor: Ihr Vater arbeitet für die Polizei.“

„Er ist Polizeibeamter?“

Ethan schüttelte seinen Kopf. „Nein, er ist ein Media- und PR-Berater, der für die Polizei arbeitet. Sein Büro ist im Stadtzentrum, in einem Revier auf dem Broadway. Es sieht so aus, als hätte Phoebe versucht, ihn dort zu erreichen.“

„Der Attentäter muss vermuten, dass sie versuchte, *mich* dort zu erreichen.“

„Es ist zwar sonderbar, aber es ist möglich. Insbesondere, da es so aussieht, als wäre dein Köder im

Deep Web nicht rechtzeitig ausgelegt worden."

Scott starrte Ethan ungläubig an. „Wie?"

„Ich habe es vor einer Stunde abgefragt, und die Nachricht wurde um 18 Uhr *pazifischer Zeitzone* übermittelt, nicht zentraler Zeit. Ich glaube, dein Typ hat Mist gebaut."

„Scheiße, kein Wunder, dass der Attentäter nicht zum Haus kam." Scott fluchte. „Lass uns weiterfahren. Kannst du versuchen, Phoebes Vater zu erreichen?"

„Mache ich."

„Lass nur nicht–"

Ethan hob seine Hand. „Keine Sorge, ich weiß, wie ich die Sache angehe. Ich sorge dafür, dass er keinen Verdacht schöpft."

„Danke. Folge mir." Er drehte am Griff der Ducati und fuhr los. Er war schon einmal in Nashville gewesen und wusste, wie er ins Stadtzentrum kam. Der Attentäter konnte höchstens eine Stunde Vorsprung haben, wenn überhaupt. Schließlich waren sie den ganzen Weg von Memphis aus gerast und hatten es in Rekordzeit geschafft.

~ ~ ~

Phoebe stöhnte. Ihr Gesicht schmerzte von dem Hieb, mit dem ihr Angreifer sie bewusstlos geschlagen hatte, aber ansonsten war sie unverletzt. Jedoch konnte sie nicht entfliehen: Sie war mit Handschellen gefesselt. Außerdem saß sie auf dem Rücksitz eines Polizeiwagens. Sie musste zugeben, dass der Attentäter klug war. Selbst wenn sie versuchte, Aufmerksamkeit auf sich zu ziehen, indem sie Passanten zugestikulierte, als sie nun durch Nashville fuhren, würde niemand einen Finger heben, um ihr zu helfen. Schließlich mussten sie ja denken, dass sie eine Verbrecherin war. Warum würde sie sonst auf der Rücksitzbank eines Polizeiwagens sitzen?

Sie blieb ruhig und erwog ihre Optionen, als ein Handy klingelte. Der Attentäter nahm den Anruf entgegen.

„Ja?"

Eine kurze Pause, dann antwortete er: „Ich habe die Reporterin… Nein, aber ich werde ihn in Kürze erwischen. Er ist in Nashville… Sorgen Sie sich nicht; er ist bald tot, so wie Sie es befohlen haben… Ja, die Frau auch. Ich lasse keine Spuren zurück."

Ein Schauer raste durch ihren Körper, aber sie unterdrückte ihn, denn sie wusste, sie musste stark bleiben, wenn sie überleben wollte.

Ihr Entführer legte auf und schob das Telefon zurück in seine Jackentasche. Sie machte sich davon eine mentale Notiz. Vielleicht würde sie eine Gelegenheit bekommen, es zu stehlen, um nach Hilfe zu rufen. Phoebe starrte aus dem Fenster. Im Stadtzentrum wimmelte es von Touristen, die das Nachtleben genossen.

Ihr Entführer bog von dem belebten Broadway in eine Nebenstraße ein. Einen Block weiter fuhr er in ein Parkhaus, bis er die sechste Etage erreicht hatte. Er parkte in der ersten freien Parklücke und stellte den Motor ab.

Er drehte sich zu ihr um und warf ihr einen flüchtigen Blick zur, bevor er ausstieg. Für einen Augenblick fragte sie sich, ob er sie eingeschlossen im Polizeiauto zurücklassen würde, doch so viel Glück hatte sie nicht. Er öffnete die Fondtür und zog sie heraus. Da sie ihre Hände nicht benutzen konnte, stolperte sie über ihre eigenen Füße und fiel nach vorne. Er griff nach ihr und riss sie hoch.

„Los!“, fauchte er sie an. „Ein falsches Wort und du bist tot. Ist das klar?“

Sie konnte nur nicken. Dem bösen Schimmer in seinen Augen nach zu urteilen, gab es keine Zweifel, dass er seine Drohung wahr machen würde.

„Gut.“ Er drehte sie herum und nahm ihr die Handschellen ab, nur um ihre Hände diesmal vor ihrem Körper wieder zu fesseln. Dann zog er sein Handy aus der Jacke und schob es ihr in die Hand. „Ruf ihn an! Sag ihm, dass du ihn treffen musst!“

Phoebe starrte das Telefon in ihrer Hand an und zögerte. Sie kannte Scotts Nummer nicht. Er hatte sie ihr nie gegeben. Tatsächlich hatte sie ihn noch nie ein Handy benutzen sehen.

Der Entführer brachte sein Gesicht nahe zu ihrem und funkelte sie an. „Bilde dir nicht ein, dass ich dumm bin! Ich weiß, dass er irgendwo in dieser Stadt ist. Und du wirst ihn zu mir bringen! Jetzt sofort!“

„Wo soll er hingehen?“, presste sie heraus.

Er schleppte sie zum Rand des Gebäudes, von wo eine leichte Brise zwischen den Betonpfeilern durchwehte, und zeigte zur Straße hinunter. „Schick ihn zur Bar auf der Dachterrasse von *Tootsies.*“

Phoebe sah zur Straßenecke hinunter. Auf der Dachterrasse eines zweistöckigen Gebäudes war die Hölle los. Mindestens drei oder vier Dutzend Nachtschwärmer feierten dort. Von dort, wo sie und der Attentäter standen, hatte man ein klares Blickfeld darauf. Jeder einigermaßen gute Scharfschütze könnte aus dieser Entfernung sein Ziel treffen.

Zitternd wählte sie die Nummer der Polizei in Nashville. Bevor der Anruf angenommen wurde, drückte der Entführer die Lautsprechertaste, während sich seine Augen misstrauisch verengten.

„Nashville Polizeidienststelle, wohin darf ich Sie verbinden?“, antwortete die Stimme einer Frau.

„Officer Thompson, bitte.“ Phoebe drückte die Daumen und hoffte, dass Scotts Nachname gängig genug war, dass es einen Officer Thompson bei der Polizei in Nashville gab.

„Einen Moment, bitte.“

Der Attentäter funkelte sie an. „Kein falsches Wort.“ Die Drohung war klar.

Ihr Herz blutete; ein Schuldgefühl machte sich in ihrem Magen breit. Sie war im Begriff, einen unschuldigen Mann in Gefahr zu bringen.

„Thompson“, antwortete ein Mann.

„Scott, hallo, ich bin‘s, Phoebe. Ich muss dich sofort sehen.“

„Wie bitte? Ich bin nicht S–“

„Bitte sag jetzt nichts; ich weiß, dass du nicht offen reden kannst. Hör mir einfach zu: Komm zur Dachterrasse von–“

Ein Schlag ins Gesicht nahm ihr das letzte Wort, als gleichzeitig der Anruf abgebrochen wurde.

„Du verdammtes Miststück! Das war nicht Scott! Das war ein älterer Mann.“ Er funkelte sie an und seine Augen traten ihm fast aus dem Kopf. „Ich finde ihn selbst, du verfluchte Ziege! Ich brauche dich nicht länger!“

Er warf sie auf die Haube des Polizeiwagens und schwang sich auf sie.

Die Angst lähmte sie. Hier würde sie also sterben.

Alleine in einem dunklen Parkhaus.

~ ~ ~

Scott brachte die Ducati am Straßenrand zum Stehen und schaute sich um. Sie waren in der Nähe des Broadways und trotz der späten Stunde waren die Straßen mit Touristen und Einheimischen gefüllt, die von einer Bar in die nächste zogen.

Die Gegend kam ihm bekannt vor. Er ließ seine Augen umherschweifen, scannte ein Gebäude nach dem anderen, um etwas zu finden, das er in seiner Vorahnung gesehen hatte. Hinter ihm hatten Tori und Ethan ebenfalls angehalten und warteten auf ihn.

Plötzlich zog die Wand eines Gebäudes seine Aufmerksamkeit auf sich. *Tootsies* stand dort. Er hob seinen Blick. Eine Bar auf einer Dachterrasse. Er hatte sie schon einmal gesehen. Hastig drehte er sich auf seinem Motorradsitz um und sah über seine Schulter, um den richtigen Winkel zu finden, aus dem er die Terrasse gesehen hatte. Irgendwo weiter oben.

Es war dunkel, doch er konnte den obersten Stock eines Gebäudes ausmachen, das hinter einem anderen hervor spähte. Ein Parkhaus. Das musste es sein.

Er machte mit dem Motorrad kehrt und wartete nicht auf Tori, bis diese das Auto gewendet hatte, sondern raste in Richtung des Gebäudes. Endlich hatte er das Parkhaus erreicht, fuhr hinein und von Etage zu Etage.

In jedem Stockwerk stoppte er für einen Sekundenbruchteil und suchte nach dem richtigen Blickwinkel auf die Dachterrasse, doch bis hinauf zum fünften Stockwerk blockierte das andere Gebäude die

Sicht. Er raste zur sechsten Etage hoch und hoffte von ganzem Herzen, dass er recht hatte und den richtigen Ort gefunden hatte.

Silhouettiert gegen das schwache Licht in der Garage stand ein Polizeibeamter über die Haube eines Polizeiwagens gebeugt. Die Sicht auf seinen Oberkörper war durch das Auto blockiert. Scott brachte das Motorrad zum Stehen, als der Mann den Kopf hob und ihn in Scotts Richtung wirbelte.

In dem Moment, als sein Blick Scotts traf, wusste Scott, dass er den Attentäter gefunden hatte. Obwohl er dessen Gesicht in seiner Vision nicht gesehen hatte, erkannte er doch, wenn jemand gerade mitten in einer abscheulichen Tat erwischt worden war. Und nun sah er auch die Beine, die unter dem Polizisten strampelten. Phoebe! Sie kämpfte, um sich zu befreien.

„Phoebe!“, schrie Scott, doch er wusste, dass sein Sturzhelm das Geräusch seiner Stimme dämpfte. Er ließ die Maschine aufheulen und raste in Richtung des Polizeiautos.

Kurz davor riss er die Ducati zur Seite und ließ sie zu Boden schlittern, während er absprang. Als er zwischen den Polizeiwagen und ein anderes geparktes Auto hinein rollte, sah er, wie der Attentäter seinen Griff um Phoebe löste und seine Pistole aus dem Schulterhalfter zog.

Ein Schuss hallte in der Garage wider und traf ein Auto.

Scotts Sturzhelm erschwerte ihm die Sicht und behinderte seine Bewegungsfreiheit, also riss er ihn herunter und schleuderte ihn aus seinem Versteck. Der Attentäter zielte darauf, traf den Sturzhelm und katapultierte ihn noch ein Stück weiter.

Scott zog seine Glock aus dem Pistolenhalfter, das er kurz vor Nashville angelegt hatte. Heute Nacht ging es nicht darum, lautlos zu töten. Heute ging es nur um Schnelligkeit.

„Ich habe deine Freundin, Thompson!“, warnte der Attentäter.

Ein Schrei von Phoebe bestätigte seine Behauptung.

Scott spähte unter dem Auto auf die andere Seite, wo nun Phoebes Füße den Boden berührten. Die Füße des Attentäters waren direkt hinter ihr. Er zerrte sie nun wie ein Schutzschild vor sich her, während er sich in Richtung der Fahrbahn vorbei an den Parkplätzen bewegte.

„Komm heraus, Thompson, oder ich töte sie.“

„Welche Garantie habe ich, dass du sie nicht so oder so tötest?“

Der Attentäter lachte kalt. „Keine.“

Das hatte sich Scott schon gedacht.

„Wirf deine Waffe in meine Richtung.“

Unter keinen Umständen!

Wenn er das täte, wären sowohl Phoebe als auch er so gut wie tot. Stattdessen zog Scott sein Messer heraus und warf es auf die Fahrbahn hinaus, während er die paar Sekunden Zeit, die der Attentäter brauchte, um das Messer wahrzunehmen, nutzte, um in Richtung der Motorhaube des Polizeiwagens zu kriechen, die nur etwa einen Meter von der Außenwand des Gebäudes entfernt war.

„Schlechter Zug, Thompson!“

Es klickte. Der Attentäter hatte den Hahn seiner Pistole gezogen.

Scott wusste, dass nur noch ein Sekundenbruchteil

an Zeit verblieb. Er tauchte zur anderen Seite des Autos und zielte. Der Attentäter stand seitlich, Phoebes Rücken an seine Brust gedrückt.

Bevor Scott einen Schuss abgeben konnte, raste ein Auto auf das Parkdeck und dessen helle Scheinwerfer zielten direkt auf den Attentäter. Dieser wirbelte herum und schleuderte Phoebe in Richtung des entgegenkommenden Autos, wobei er mit seiner Waffe auf ihren Kopf zielte.

Scott drückte ab. Die Kugel traf den Attentäter in den Rücken. Reifen quietschten, als das Auto bremste, während der Attentäter immer noch dort stand. In Panik, dass dieser es möglicherweise doch noch schaffte, einen Schuss auf Phoebe abzufeuern, zielte Scott etwas höher. Blut spritzte aus dem Hinterkopf des Attentäters, als ihn die Kugel traf.

Er taumelte zu Boden.

Ein ungleichmäßiger Atemzug entriss sich Scotts Brust. Er sprang auf und lief auf Phoebe zu, die auf dem Bauch vor Ethans Auto lag. Entsetzt sah er die Blutstropfen auf ihrem Oberteil.

Tori und Ethan waren bereits aus dem Wagen gesprungen, doch Scott erreichte Phoebe als Erster. Er zog sie in seine Arme und drehte sie zu sich.

„Phoebe!“, schrie er. „Phoebe!“

Er suchte ihren Körper nach Verletzungen ab, als sie sich plötzlich regte und ihre Augen öffnete.

„Phoebe, Baby! Ist alles in Ordnung?“

„Scott, du bist gekommen.“

Erst als er ihre Stimme hörte, auch wenn diese etwas schwach klang, begann Scotts Herz erneut zu schlagen. In dem Moment, als der Attentäter auf Phoebe gezielt hatte, hatte es damit aufgehört.

Scott zog sie an seine Brust und drückte Küsse auf ihr Gesicht und ihren Kopf. „Das habe ich dir doch versprochen, oder etwa nicht? Ich habe dir versprochen, dass ich dich finden werde."

Er legte seine Lippen auf ihre und küsste sie sanft, denn er wollte ihr nicht die Luft rauben. Die Rötung auf ihrem Hals, Beweis dafür, dass der Attentäter versucht hatte, sie zu erdrosseln, war ihm nicht entgangen.

„Geht's ihr gut?", fragte Ethan.

Scott sah zu ihm und Tori hoch und spürte gleichzeitig, wie ein Schauder durch Phoebe raste. Er streichelte sanft ihren Rücken. „Das sind meine Freunde, Ethan und Tori. Sie haben mir geholfen, dich zu finden."

Phoebe sah die beiden an. „Ich danke euch."

„Scott übertreibt. Er fand dich ganz alleine. Wir haben ihn nur begleitet." Ethan legte seinen Arm um Toris Taille. „Nicht wahr, Tori?"

Phoebe sah zurück zu Scott und lächelte ihn an. „Danke." Sie kam näher, um ihn erneut zu küssen, und er begrüßte die offene Zurschaustellung ihrer Zuneigung.

Doch er wusste auch, dass sie nicht den Luxus hatten, sich hier lange aufzuhalten. Er löste sich von ihr und stellte erst jetzt fest, dass Phoebe immer noch gefesselt war.

„Lass uns die abnehmen."

Er winkte Ethan zu, der sofort verstand und die Taschen des toten Mannes nach dem Schlüssel durchsuchte.

„Hab sie", verkündigte er einen Moment später und nahm Phoebe die Handschellen ab.

Sie rieb sich die Handgelenke. „Danke."

„Wir verschwinden lieber, bevor jemand die Polizei alarmiert", schlug Scott vor und half Phoebe auf.

„Warte!" Phoebe stoppte ihn und zeigte auf die Leiche. „Nimm sein Handy. Er hat, bevor wir in Nashville ankamen, einen Anruf von seinem Auftraggeber bekommen."

Während Ethan die Taschen des toten Mannes durchstöberte und das Handy herauszog, umklammerte Scott Phoebes Schultern. „Was hat er gesagt?"

„Nicht viel. Nur dass er dich bald finden und erledigen würde. Und mich auch. Er wollte keine Spuren hinterlassen. Er muss mit der Person gesprochen haben, die ihn beauftragt hat."

„War das alles, was er gesagt hat?"

Sie nickte. „Ich fürchte ja. Wie hat er mich denn überhaupt gefunden?"

Scott tauschte einen schnellen Blick mit Ethan aus, der auf das Display des Handys blickte. „Und?"

„Es ist ein Wegwerfhandy, wie ich erwartet habe." Ethans schaute zu Phoebe. „Keine gespeicherten Nummern, keine Liste von getätigten Anrufen, nichts."

„Dann lass es hier", riet Scott und wandte sich wieder an Phoebe. „Hinsichtlich deiner Frage: Ich weiß nicht, wie er dich fand. Das hätte nicht passieren sollen. Er war hinter mir her. Das wurde mir durchs Deep Web bestätigt, aber er hätte nicht wissen können, wo du warst, nachdem ich dich im Motel abgeladen hatte. Er ist mir nicht gefolgt, sonst wäre er zum Haus gekommen und hätte versucht, mich dort zu töten."

„Dann verstehe ich es nicht." Phoebe sah zu ihm hoch, Verwirrung in ihren Augen.

„Ich auch nicht. Aber wir werden der Sache auf den

Grund gehen. Wir werden seine Quelle finden.“ Möglicherweise nicht heute oder morgen, aber Scott wusste, dass er irgendwann herausfinden würde, wie sein Feind Dinge wusste, die er nicht wissen konnte.

Ethan unterbrach seine Gedanken. „Wohin jetzt?“

„Es gibt eine Blockhütte in den Wäldern von West Virginia, die meinem Vater gehörte. Niemand weiß davon.“

Ethan nickte zustimmend. „Dann machen wir uns auf den Weg.“

23

Die Fahrt in die abgelegene Berggegend in West Virginia dauerte über neun Stunden. Scott hatte darauf bestanden, dass Phoebe bei Ethan und Tori im Auto mitfuhr, während er mit seiner Ducati folgte. Es wäre für Phoebe zu anstrengend gewesen, ihn auf dem Motorrad zu begleiten, insbesondere nach all dem, was sie durchgemacht hatte. Zumindest konnte sie auf dem Rücksitz des Autos schlafen, obwohl Scott sich eingestehen musste, dass er es vermisste, ihren Körper an sich geschmiegt und ihre Arme um seine Taille geschlungen zu spüren.

In Grafton übernahm Scott die Führung und geleitete Ethan und seine Passagiere durch die abgelegenen Gebirgsstraßen, immer tiefer in den Wald hinein, bis sie nur noch auf unmarkierten Wegen fuhren, die man kaum als Straßen bezeichnen konnte. Es gab keine Straßennamen, keine Stromleitungen, keine Anzeichen der Zivilisation. Doch Scott wusste, wo er war. Sheppard hatte ihm gelehrt, sich jede Biegung in der Straße, jeden Baum und jeden kleinen Bach einzuprägen. Obwohl es schon einige Jahre her war, seit er hier gewesen war, könnte er den Ort mit geschlossenen Augen finden.

Als er schließlich das vertraute Gebäude sah, das

zwischen alten Bäumen und dichtem Gebüsch hervor spähte, stieß Scott einen Seufzer der Erleichterung aus. Endlich konnten sie sich alle ausruhen.

Er verlangsamte die Ducati und hob seine Hand, um Ethan hinter sich ein Zeichen zum Anhalten zu geben. Dann parkte er das Motorrad mitten auf dem Pfad und stieg ab. Er ging die wenigen Schritte zurück zu Ethans Auto. Sein Phoenix-Kollege hatte bereits das Fenster heruntergekurbelt.

„Ist es das?"

Scott nickte. „Sheppard muss geahnt haben, dass wir eines Tages so einen Unterschlupf brauchen würden."

„Sind wir hier sicher?"

„Das finden wir in einer Minute heraus. Warte hier." Er blickte flüchtig auf den Rücksitz des Autos und entgegnete Phoebes Blick. Sie warf ihm ein hoffnungsvolles Lächeln zu.

Scott marschierte zurück zu seinem Motorrad, schloss eine der Seitentaschen auf und stöberte durch den Inhalt. Er fand, was er suchte und zog das kleine Gerät heraus. Es war quadratisch und ein wenig größer als ein Handy. Das Display war allerdings kleiner und darunter befand sich eine Tastatur. Scott schaltete das Gerät ein und wartete, bis es hochfuhr.

In der Zwischenzeit nahm er eine Spraydose aus der Motorradtasche und ging in die Hocke. Er richtete die Dose zum Boden in Richtung Haus und versprühte etwas Gas. Es verbreitete sich und rote Laserstrahlen, die den Bereich vor dem Haus durchzogen, wurden sichtbar. Die Falle, die Sheppard aufgestellt hatte, war immer noch intakt.

Scott sah auf das Gerät in seiner Hand. Als ein

grünes Licht auf dem kleinen Schirm aufblitzte, tippte er eine zehnstellige Zahl ein, dann drückte er auf die Eingabetaste. Einen Moment später sprühte er etwas mehr Gas in Richtung des Laserfeldes, doch nun war es verschwunden.

Er erhob sich, legte die Dose und das Gerät zurück in die Motorradtasche und schwang sich auf die Ducati. Er blickte über seine Schulter zu Ethan und gab ihm ein Zeichen, ihm zu folgen.

Kurze Zeit später standen beide Fahrzeuge in einem Holzschuppen neben dem Haus. Scott beobachtete, wie Ethan und seine Passagiere die Türen öffneten. Als Phoebe aus dem Auto stieg, nahm Scott ihre Hand und zog sie an sich. „Geht's dir gut?"

„Viel besser", antwortete sie.

„Gut." Er drückte einen kurzen Kuss auf ihre Lippen und wandte sich an Ethan und Tori. „Lasst uns reingehen."

Ethan nahm Toris Hand und ging zur Haustür, dann deutete er in die Richtung, aus der sie gekommen waren. „Laserfeld?"

Scott nickte. „Falls jemand sich hierher verirrt, würde er in die Luft gejagt werden."

Tori warf ihm einen neugierigen Blick zu. „Und die Tiere hier in der Gegend?"

Scott lächelte unfreiwillig. „Das System ist sehr raffiniert. Es kann zwischen Menschen und Tieren unterscheiden."

Ethan klickte mit der Zunge. „Sieht so aus, als hätte Sheppard nicht nur ein Ace im Ärmel gehabt, wenn du mir das Wortspiel nicht übel nimmst."

„Das hatte er, aber das hat ihm am Ende auch nicht geholfen."

Er tauschte einen Blick mit seinem Phoenix-Kollegen aus. Ethans entfremdeten Vater hatte das gleiche Schicksal getroffen; er war am Ende von dem Attentäter, der hinter Ethan her gewesen war, getötet worden. Während sie in dem Haus in Memphis an den Bomben gebastelt hatten, hatte Ethan ihm alles erzählt, was geschehen war.

Phoebe drückte Scotts Hand. „Vielleicht hat er dies hier nicht aufgebaut, um sich selbst zu retten, sondern euch alle. Die Phoenix."

An der Haustür angekommen, sperrte Scott auf und trat ein. Im Inneren roch es abgestanden. Keiner hatte seit Jahren hier ein Fenster geöffnet. Das Haus bestand aus einem großen Wohnbereich mit angrenzender Küche, einem Badezimmer und einem Schlafzimmer. Es war bequem, aber nicht luxuriös eingerichtet.

Scott bedeutete den anderen, einzutreten und schloss dann die Tür hinter ihnen. Er betätigte den Lichtschalter und der Wohnbereich war plötzlich in warmes Licht gebadet.

„Ich sah keine Stromleitungen in der Gegend", kommentierte Ethan.

„Solarenergie von Sonnenkollektoren einige Meilen entfernt und ein Ersatzgenerator, der mit Diesel läuft", erklärte Scott.

Ethan zeigte auf die Spüle in der Küche. „Und das Wasser und der Kanal?"

„Ein privater Brunnen und eine Sickergrube."

„Und niemand hat je diesen Ort gefunden?"

Scott schüttelte den Kopf. „Sheppard hat dafür gesorgt, dass das Haus nicht von der Luft aus sichtbar ist. Deshalb ist es von großen Tannen und Fichten umgeben. Sie sorgen für eine dichte Überdachung. Und deshalb sind die Sonnenkollektoren etwas weiter von hier entfernt."

„Intelligenter Mann."

„Wir übernachten hier?", fragte Tori.

„Ja. Ihr könnt euch die Schlafcouch nehmen. Sie ist recht bequem. Ich schlief dort oft als Kind." Scott deutete zur Tür, die ins Schlafzimmer führte. „Phoebe und ich nehmen das Schlafzimmer. Aber zuerst sollten wir uns zusammensetzen, damit Ethan und ich einen Plan ausarbeiten können."

Ethan nickte zustimmend. „Ja. Und morgen fahren Tori und ich weiter und machen uns an die Arbeit."

„So bald schon?", fragte Phoebe. „Warum denn?"

„Es ist am Besten, wenn wir uns trennen. So sind wir effektiver. Nicht dass ich nicht gern in diesem reizenden kleinen Resort bleiben würde, aber ich bezweifle, dass Scott möchte, dass wir hier einziehen." Ethan grinste.

„Ich möchte nicht gastunfreundlich erscheinen, aber Ethan hat recht", stimmte Scott mit einem Grinsen zu. Dann wurde er sofort wieder ernst. „Ich kümmere mich erst mal darum, dass es uns allen gut geht." Er sah Phoebe und Tori an. „Habt ihr Hunger?" Sie hatten vor ein paar Stunden angehalten, um etwas zu essen.

„Ein bisschen, jetzt wo du es erwähnst", meinte Phoebe. Sie sah sich um. „Ich bezweifele allerdings, dass wir hier etwas zu essen finden. Wir hätten vorher noch einkaufen sollen."

„Keine Sorge. Hier gibt es einen Keller."

Scott marschierte zur Küche, wo er neben einer Wand in die Hocke ging. Er schob einen Teppich weg, der eine Falltür verbarg. Er griff nach der Klinke und zog die Tür auf. Eine Holztreppe führte ins Dunkle hinunter. Scott tastete hinein und legte einen Schalter um. Licht flutete den Keller.

Hinter ihm stieß Phoebe einen Atemzug aus. „Beeindruckend. Was gibt‘s dort unten?“

Scott sah über seine Schulter. „Zwei große Gefriertruhen, Trockenwaren und jede Menge Konserven, mit denen wir die Apokalypse überleben können.“

Phoebe tauschte einen Blick mit Tori aus. „Sieht so aus, als würden wir nicht verhungern.“

„Solange hier jemand kochen kann“, stimmte Tori zu und setzte sich auf das Zweisitzersofa im Wohnzimmer.

Ethan schloss sich ihr an.

Scott nahm einen Notizblock von dem kleinen Schreibtisch, der an einer Wand stand und ließ sich Ethan gegenüber auf der großen Couch nieder.

„Sieht so aus, als hättest du schon einen Plan“, begann Ethan.

„Hab ich. Ich hatte während der Fahrt viel Zeit zum Nachdenken.“

„Dann lass mal hören.“

Aus seinem Augenwinkel sah Scott Phoebe neben dem Sofa stehen. Er sah zu ihr auf und streckte ihr einladend die Hand entgegen. Sie setzte sich zu ihm. Zu wissen, dass sie hier bei ihm war, lebendig und gesund, beruhigte ihn. Er schenkte ihr ein warmes Lächeln. Dann wandte er sich wieder an Ethan.

„Wir wissen, dass es noch andere wie uns gibt“, begann Scott.

„Ja, aber wir wissen nicht wen, wie viele und wo sie sind. Sheppard hat diese Informationen für sich behalten."

„Nicht ganz. Er gab mir eine Liste der Codenamen aller Mitglieder des Phoenix-Programms."

„Wo ist die Liste? Lass sie mich sehen."

Scott tippte sich an die Schläfe. „Hier drinnen." Er nahm den Stift in die Hand und fing an zu schreiben. „Ich werde die Liste mit dir teilen." Beginnend mit Ace, seinem eigenen Codenamen, fing er an, alle niederzuschreiben, bis er bei Zephyr, Ethans Codenamen, angekommen war. Dann übergab er Ethan die Liste. „Präg sie dir ein. Dann verbrenne sie."

Ethan ließ seine Augen über das Blatt Papier schweifen. „Das sind eine ganze Menge Agenten. Du kennst nicht zufällig ihre richtigen Namen?"

„Ich fürchte, Sheppard dachte, dass es zu gefährlich wäre, wenn ich sie wüsste."

„Na gut, zumindest können wir zwei Namen schon abhaken, deinen und meinen. Wie viele haben wir dann noch? Etwa zwei Dutzend?"

„Richtig."

„Sieht etwas schwierig aus."

„Ich weiß. Aber wir brauchen diese Männer. Wenn wir recht haben und jeder von uns die gleiche Vorahnung hat, dann braut sich etwas Riesiges zusammen. Etwas, das wir verhindern müssen. Aber weder schaffen wir das alleine, noch können wir alleine herausfinden, um was es geht. Jeder scheint einen Teil des gesamten Bildes zu haben. Und nur wenn wir alle Teile zusammenfügen können, werden wir sehen, womit wir es zu tun haben."

Ethan brummte vor sich hin. „Du hast recht, aber es wird nicht so einfach sein, die anderen aufzuspüren. Sie verstecken sich genauso wie wir. Sie müssen annehmen, dass jeder, der sie sucht, hinter ihnen her ist, um sie umzubringen. Sie werden auf der Hut sein."

„Ich erwarte es auch gar nicht anders. Aber wir müssen Wege finden, wie wir ihnen beweisen können, dass wir ihre Verbündeten sind. Sie müssen uns als Phoenix identifizieren können, ohne dass wir damit unseren Feinden unsere Aufenthaltsorte preisgeben."

„Vertraust du deinem Kontakt im Deep Web?"

Scott zog seine Augenbrauen hoch. „Du meinst, obwohl er Mist gebaut hat? Ja."

„Vielleicht können wir seine Dienste in Anspruch nehmen, um ein paar Fühler für uns auszustrecken." Ethan ließ seinen Blick im Raum umherschweifen. „Hast du hier Internetanschluss?"

„Ich habe ein gesichertes Satellitensystem, in das ich mich einlinken kann, wenn ich es brauche."

„Gut. Ich nehme an, hier gibt's keinen Festanschluss."

„Nein. Aber ich habe ein nicht aufspürbares Handy, auf dem du mich erreichen kannst. Und draußen unter dem Schuppen sind noch andere Geräte vergraben. Wir haben alles, um hier eine Kommandozentrale aufzubauen. Es ist so sicher, wie wir es nur haben können."

„Gut. Dann machen wir das. Vielleicht finden wir die anderen auf diese Weise."

„Gute Idee. Aber es gibt noch andere Methoden. Du wurdest auf mich aufmerksam, weil ich auf meine Vorahnung hin handelte. Wir müssen annehmen, dass die anderen Phoenix das auch irgendwann tun. Wir müssen die Nachrichten überwachen."

„Ich kann euch dabei helfen", sagte Phoebe.

Scott drehte seinen Kopf zu ihr und sah, dass

Ethan dasselbe tat.

„Du musst dich an der Sache nicht beteiligen“, sagte Scott.

„Aber ich bin bereits daran beteiligt. Also lass mich meine Kenntnisse anwenden. Schließlich hat dieser Scheißkerl versucht, mich umzubringen!“

Bei der Erinnerung, wie Phoebe in den Händen des Attentäters gewesen war, spürte Scott einen eiskalten Schauer seinen Rücken hinunter rasen.

Ethan schmunzelte. „Mein Vorschlag ist, nachzugeben.“ Er blickte Tori flüchtig an. „Ich habe gelernt, dass, sobald eine Frau sich zu etwas entschlossen hat, aller Widerstand vergebens ist.“

Scott sah Phoebe in die Augen. „Wir besprechen das später.“ Dann warf er Ethan einen Seitenblick zu. „Und ich dachte, als ein Phoenix würdest du meine Seite ergreifen.“

„Aber ich habe doch deine Seite ergriffen.“

„Warum heißt es überhaupt Phoenix-Programm? Das ist ein sonderbarer Name für Agenten mit Vorahnungen“, kommentierte Phoebe.

Scott nahm ihre Hand in seine. „Hast du schon mal von dem Stargate-Programm gehört?“

Auf Phoebes Stirn bildeten sich Furchen, als sie sichtbar nachdachte. „Der Name klingt vage vertraut. Aber ich weiß nicht wieso.“

„Ich erinnere mich, darüber gehört zu haben“, sagte Ethan. „Wurde das Programm nicht in den neunziger Jahren deklassiert?“

Scott nickte. „Ja, das Stargate-Programm war ebenfalls ein streng geheimes CIA-Programm, das die Regierung 1975 ins Leben rief. Sie versuchten, einer ausgewählten Gruppe von Agenten Remote Viewing und ESP beizubringen. Jedoch waren die Ergebnisse enttäuschend. Die CIA beendete das Programm 1995. Sheppard war ein Mitglied von Stargate. Es traf ihn hart, als das Programm scheiterte."

„Aber du hast doch ESP. Du hast Vorahnungen. Also muss es doch funktioniert haben", beharrte Phoebe.

„Weil Sheppard dafür sorgte, dass das Programm wieder aufgebaut wurde – in völliger Geheimhaltung. Er machte es zu seiner Lebensaufgabe, Menschen zu finden, die die Gabe der Vorahnungen besaßen. Er wusste, dass sie existierten, denn er fand mich fünf Jahre, bevor Stargate stillgelegt wurde. Als ich achtzehn war, benutzte er seinen Einfluss, um mich in das CIA-Trainingsprogramm einzuschleusen. Und im Geheimen schuf er das Phoenix-Programm mit mir und ihm als die ersten zwei Agenten. Er nannte es Phoenix, weil das Programm aus der Asche von Stargate auferstanden war. Er glaubte daran. Und er hatte recht. Die Phoenix haben eine Gabe. Sie ist echt."

„Das wusste ich nie über Sheppard", gab Ethan zu.

Scott sah ihn an. „Er war seiner Aufgabe treu ergeben. Es ist Zeit, die Phoenix auferstehen zu lassen."

Ethan lächelte. „Wo fangen wir an?"

„Wir müssen die Nachrichten überwachen. Wir wissen, dass unser Feind dasselbe tut. So muss derjenige, der den Attentäter engagiert hat, mich gefunden haben. Das nächste Mal müssen wir ihm zuvorkommen."

Ethan nickte. „Wir wissen, wonach wir suchen. Wir wissen auch, wie die anderen denken, wie sie ausgebildet wurden. Du bist derjenige, der die Sache am Besten leiten kann. Deshalb hat Sheppard dir diese Liste gegeben. Er wollte, dass du für ihn weitermachst, sollte ihm was zustoßen. Er wollte, dass das Programm überlebt. Ich denke, dass wir ihm das schulden."

„Und dieses Mal wird uns niemand aufhalten können", prophezeite Scott. „Denn dieses Mal arbeiten wir als ein Team, nicht als Einzelgänger. Das war Sheppards einziger Fehler. Er hielt uns getrennt voneinander, da er glaubte, dass wie zusammen zu mächtig sein würden."

Doch gemeinsam würden sie die bevorstehende Katastrophe, die Scott und Ethan in ihren Vorahnungen gesehen hatten, verhindern und ihre Bestimmung erfüllen können.

24

Phoebe beobachtete Scott, wie er das Schlafzimmer betrat, sein Haar noch feucht von der Dusche. Er trug eine Pyjamahose, aber kein Hemd. Beim Anblick seines virilen Körpers fühlte sie sich sofort besser. Die Angst, die sie während ihrer Entführung verspürt hatte, wich nun endlich von ihr und machte Platz für angenehmere Empfindungen. Sie war jetzt sicher. Sicher mit und wegen Scott.

„Bist du müde?“ Seine melodische Stimme sank tief in ihren Körper, während er auf das Bett zuging.

Sie schüttelte den Kopf. „Nicht *so* müde.“ Sie schob die Bettdecke hinab und entblößte ihren nackten Oberkörper.

Scotts Mundwinkel zogen sich zu einem Lächeln nach oben. „Ich hatte gehofft, dass du das sagst.“ Er löste den Knoten seiner Pyjamahose und ließ sie zu Boden fallen.

Sofort weidete sich Phoebe an seiner Nacktheit. Sein Schwanz hing zwischen seinen Beinen, dick und lang … und mit jedem Schritt, den er in ihre Richtung machte, stellte er sich ein Stückchen weiter auf.

Als Scott die Bettdecke anhob und darunter glitt, wurde ihr Mund trocken. Es war eine gefühlte Ewigkeit her, seit er mit ihr Liebe gemacht hatte und erst jetzt wurde ihr bewusst, wie sehr sie es brauchte, ihn in sich zu spüren. Doch das würde noch ein paar Minuten warten müssen, bis sie gesagt hatte, was sie auf dem Herzen hatte.

Scott griff nach ihr.

Bevor ihr Mut sie verlassen konnte, sagte sie: „Ich habe mich entschieden, bei dir einzuziehen."

Scott erstarrte. „Phoebe–"

„Nein, bitte lass mich ausreden", unterbrach sie ihn und legte ihre Hand fest um sein Handgelenk. „Wegen dem, was ich dir und Ethan heute gesagt habe, ich meinte es ernst. Ich kann euch helfen. Ich habe Zugang zu den Nachrichten, bevor sie an die Öffentlichkeit gelangen. Ich habe Kontakte. Ich kann Sachen herausfinden, zu denen ihr keinen Zugang habt. Bitte!"

Er seufzte. „Phoebe…"

„Du brauchst mich. Und du weißt so gut wie ich, dass ich nicht zu meinem alten Leben zurückkehren kann. Wer auch immer diesen Attentäter geschickt hat, wird jemand anderen schicken und mich dann zwingen, dein Versteck preiszugeben. Und ich halte nicht viele Qualen aus. Ich werde nachgeben. Deshalb muss ich mit dir zusammen leben."

Ein leises Lachen löste sich aus Scotts Kehle.

Überrascht funkelte sie ihn an. „Was ist daran so lustig?"

„Du. Wie du ein Argument dafür suchst, warum du mit mir leben willst."

„Aber das sind alles gute Gründe."

Er schüttelte den Kopf. „Es gibt nur einen guten Grund, warum ich dich hier einziehen lassen würde." Er entzog sein Handgelenk ihrem Griff und legte seine Hand auf ihren Nacken, um ihr Gesicht näher zu seinem zu bringen. „Also, gibst du mir jetzt einen guten Grund oder muss ich ihn aus dir herausfoltern?"

Ihre Augen suchten seine, während ihr Gehirn wie leer war. Ein guter Grund? Was meinte er damit?

„Phoebe, ich warte." In seiner Stimme lag keinerlei Bosheit. Eher klang er amüsiert.

„Ich, ich, ich denke nach." Noch blieb ihr Verstand leer. Vielleicht funktionierte ihr Gehirn unter Druck doch nicht so gut, wie sie immer gedacht hatte.

„Oh, Phoebe, ist es wirklich so schwer? Vielleicht sollte ich dir lieber den Grund geben, warum ich im Begriff war, dich heute Nacht zu fragen, ob du bei mir einziehen willst."

„*Du* wolltest *mich* fragen?"

„Ja, aber dein Mund arbeitet viel schneller als meiner. Vielleicht hätte ich das von dir als Reporterin erwarten sollen." Er schmunzelte. „Obwohl es scheint, als wärst du im Moment sprachlos. Vielleicht sollte ich diese Gelegenheit nutzen, um dir zu sagen, was ich zu sagen habe." Er streichelte mit seinem Daumen über ihr Kinn. „Ich habe mich in dich verliebt, Phoebe. Ich weiß nicht, wie es passiert ist, aber es ist geschehen. Als ich die Hände des Attentäters um deinen Hals sah, hatte ich das Gefühl, er würde mich an deiner Stelle erdrosseln. Ich möchte nie wieder so etwas fühlen. Weiß du, deshalb musst du mit mir leben. Weil ich nicht leben kann, wenn ich nicht weiß, ob du in Sicherheit bist. Und die einzige Art und Weise, wie ich dafür sorgen kann, dass du immer in Sicherheit bist, ist, wenn du mit mir zusammen bist."

Ihr Mund ging auf und Tränen schossen in ihre Augen. Scott liebte sie.

„Also, kannst du mir jetzt bitte sagen, warum du

wirklich bei mir einziehen willst?“, raunte er, während sein Atem über ihre Lippen geisterte. „Vorzugsweise, bevor ich dich unter mich werfe und die ganze Nacht mit dir Liebe mache.“

„Ich liebe dich.“ Die Worte purzelten plötzlich einfach aus ihrem Mund.

„Na, war doch nicht so schwer, oder?“

Scotts Lippen senkten sich auf ihre und schnitten ihr die Luft ab. Sein Mund war warm und seine Zunge fordernd, als er sie kusste. Seine Hände auf ihrer Haut wischten die letzten Spuren von Müdigkeit weg und erweckten ihren Körper und ihren Geist.

Er drückte sie in die Laken und sie hieß seinen warmen und harten Körper willkommen und ließ sich fallen. Seine Hände erforschten sie, streichelten ihre erhitzte Haut, berührten ihre nackten Brüste und drückten sie sanft, fast ehrfürchtig. Als ob er sie anbetete. Sie schlang ihre Arme um ihn und legte ihre Hand auf seinen Nacken, um ihn dort zu streicheln.

Phoebe begrüßte den sichtbaren Schauer, der durch ihn fuhr, mit weiblicher Zufriedenheit. Sie war offenbar nicht die Einzige, die dabei war, die Beherrschung zu verlieren.

Scott zog seinen Kopf zurück und sah sie an. „Ich brauche dich, Baby.“

Phoebe spürte, wie sich ein Lächeln auf ihren Lippen bildete. „Du hast mich, Körper und Seele.“

Lust und Leidenschaft schienen aus seinen Augen. „Dann macht es dir hoffentlich nichts aus, wenn ich mir nehme, was ich brauche, oder?“ Seine Hand glitt ihren Oberkörper hinab zwischen ihre Beine, bis er ihr Geschlecht erreichte.

Ihr Atem stockte und sie leckte sich die Lippen.

„Was immer du willst."

„Egal was?" Der Schimmer in seinen Augen wurde sündhaft.

Ihr Herz schlug höher. Sie legte ihre Hand über seine und drückte gegen einen seiner Finger, bis dieser in sie eindrang. Sie bäumte sich ihm entgegen, als sie ihn in sich spürte. Langsam fing Scott an, seinen Finger immer wieder in sie zu stoßen.

„Ich nehme an, das bedeutet ja."

Phoebe summte ihr Einwilligung und schloss ihre Augen, während sie seine Berührung genoss. Doch ihr Vergnügen war kurzlebig, denn er entzog ihr plötzlich seinen Finger. Bevor sie protestieren konnte, hatte er sie auf den Bauch gerollt. Einen Moment später war seine Hand wieder zwischen ihren Beinen und er badete seine Finger in ihrer Feuchtigkeit.

Instinktiv machte sie die Beine breit und Scott glitt dazwischen. Dann ergriff er ihre Hüften und zog sie auf ihre Knie, damit ihr Po nach oben ragte. Sie sollte sich in dieser Position verletzbar führen, doch stattdessen konnte sie an nichts anderes denken, als Scott in sich zu spüren. Sie stützte sich auf ihren Ellbogen ab.

„Es tut mir leid, aber heute Nacht wird es kein Vorspiel geben, Phoebe. Denn wenn ich dich nicht jetzt sofort nehme, werde ich bersten. Das verstehst du doch, oder?"

Schon spürte sie seine Schwanzspitze an ihrem Geschlecht. Dann drang er ohne Vorwarnung bis zum Anschlag in sie ein. Die Wucht seines Stoßes brachte sie dazu, ihr Gleichgewicht zu verlieren, und sie landete mit dem Gesicht im Kissen. Das Kissen dämpfte ihr überraschtes Keuchen, bevor sie in der Lage war, ihren

Kopf wieder anzuheben.

Der Kontakt von Fleisch auf Fleisch war berauschend. Sie hatte noch nie zuvor so einen Nervenkitzel verspürt, und sie wusste sofort, warum: Scott benutzte kein Kondom. Doch bevor sie reagieren konnte, stieß er härter und schneller in sie hinein und löschte somit jeglichen vernünftigen Gedanken aus ihrem Gehirn. Ein Stöhnen kam über ihre Lippen, Töne des Vergnügens, die sie nicht mehr in sich behalten konnte, dann sein Name.

„Scott! Oh Gott!"

Die Worte schienen ihn noch mehr anzuspornen. Sein schweres Atmen erfüllte den Raum, und sein Stöhnen prallte von den Wänden wider. Sein Schwanz war stahlhart und unnachgiebig. Und unmöglich zu widerstehen. Scott war noch nie zuvor so wild gewesen. Leidenschaftlich ja, aber nicht so außer Rand und Band. Instinktiv wusste sie, warum: Sie hatten heute zusammen dem Tod ins Auge gesehen und ihn besiegt, doch waren sie der Gefahr nur knapp entkommen. Dadurch hatten sie beide erfahren, wie kostbar das Leben war.

Phoebe begrüßte Scotts Wildheit. Es fühlte sich an, als wollte er sie brandmarken. Als wollte er der ganzen Welt zeigen, dass sie ihm gehörte, und dass er jeden, der ihr wehtat, töten würde.

Während sie sich im Einklang mit ihm bewegte, spürte sie auch ihre seelische Verbindung. Dieses war kein ungestümes Ficken, kein geistloser Sex, sondern eine Verbindung von Körper und Seele. Trotz der offensichtlichen Dominanz in der Position, die Scott gewählt hatte, fühlte sie sich nicht schwach oder ihm unterwürfig. Sie war ihm eine ebenbürtige Partnerin, eine, die ihren Mann mit Begierde zum Wahnsinn treiben konnte.

„Oh verdammt, Phoebe!", stöhnte er zwischen harten Stößen. „Ich komme!"

Scott nahm eine Hand von ihrer Hüfte und brachte sie nach vorne zu ihrem Geschlecht. Er befeuchtete seinen Finger mit ihren Säften, dann rieb er ihn über ihre Klitoris, während er weiterhin in sie hineinstieß.

„Komm mit mir, Baby!"

Mit verstärktem Druck streichelte er weiterhin ihren Lustknopf und bereitete ihr damit noch mehr Vergnügen als mit seinem Schwanz alleine. Ihr Herzschlag beschleunigte sich und sie keuchte. Sie spürte, was auf sie zukam und verkrampfte sich. Einen Moment später wusch eine Welle des Vergnügens über sie hinweg und ein Stöhnen barst von ihren Lippen.

Hinter ihr stöhnte Scott und sein Schwanz zuckte plötzlich in ihrem Inneren. Sie spürte das warme Spray seines Samens sie füllen und seine Stöße sich verlangsamen, bis er schließlich ruhig wurde. Er rollte sich von ihr und zog sie sofort zurück in seine Arme, drückte sie an seine schwer atmende Brust und schmiegte sein Gesicht in ihre Halsbeuge.

„Oh Gott, Phoebe, das war wunderschön."

Sie seufzte zufrieden und drückte seine Hand, aber es gab etwas, das sie dennoch besorgt machte. „Scott, du hast kein Kondom benutzt."

„Ja das." Er zögerte. „Ich hatte wieder eine Vorahnung."

Sofort alarmiert wandte Phoebe ihren Kopf zu ihm und nagelte ihn mit ihrem Blick fest. Versuchte er, ihr zu sagen, dass ein Attentäter sie am Ende doch erwischen würde und sie sich deshalb nicht wegen einer

Schwangerschaft sorgen musste? Ihr Herz fing an, unkontrollierbar zu schlagen. „Wovon?"

„Von unserer Zukunft… unserer Familie."

„Unserer Familie?"

Scott brachte seinen Kopf näher, damit seine Lippen über ihren schwebten. „Ich sah einen kleinen Jungen auf einem Schlitten. Ich gab ihm einen Schubs den Hügel hinunter. Du standst unten, um auf ihn zu warten. Du warst ein paar Jahre älter als jetzt und unter deinem Wintermantel zeichnete sich dein Bauch ab. Du warst wieder schwanger." Er streichelte mit seiner Hand über ihren flachen Bauch.

Sie würde leben? Und sie und Scott würden Kinder haben? Eine Zukunft? Ein Zuhause? Überwältigt von dieser Neuigkeit konnte sie kein einziges Wort herausbringen.

Scott drückte seinen immer noch halb-erigierten Schwanz an sie und grinste. „Warum üben wir also nicht schon mal ein bisschen?"

Phoebe streichelte seinen Schenkel, bevor sie ihre Hand auf seinen Schwanz legte und ihn dadurch aufstöhnen ließ. „Ja, warum eigentlich nicht?"

~ ~ ~

DIE AUTORIN

TINA FOLSOM ist gebürtige Deutsche und lebt schon seit über zwei Jahrzehnten in englischsprachigen Ländern.

Tina war schon immer eine Weltenbummlerin: Sie wohnte in Deutschland, der Schweiz und England, arbeitete auf einem Kreuzfahrtschiff im Mittelmeer, studierte Drama und Schauspielerei an der American Academy of Dramatic Arts in New York und Drehbuchschreiben in Los Angeles, bevor sie ihren Traummann kennenlernte und ihm nach San Francisco folgte.

Jetzt lebt sie mit ihrem Mann in einem alten viktorianischen Haus in San Francisco und verbringt ihre Tage damit, Romane zu schreiben und sie zu übersetzen.

Sie liebt schon immer Vampire, Götter und andere Helden. Sie hat bisher über 25 Bücher geschrieben. Viele davon sind auf Deutsch, Französisch und Spanisch erhältlich.

Tina ist eine *New York Times Bestsellerautorin.*

Für mehr über Tina Folsom:

www.tinawritesromance.com/deutsch
tina@tinawritesromance.com
Twitter: @Tina_Folsom
www.facebook.com/TinaFolsomFans
www.facebook.com/PhoenixCodeDeutsch

Halten Sie nach dem nächsten Band in der aufregenden PHOENIX CODE SERIE Ausschau!

Sommer 2015

Erscheint als E-Book und Taschenbuch.

Für mehr Informationen über die Serie besuchen Sie bitte:
www.PhoenixCodeSeries.com

Verpassen Sie niemals ein Buch von

LARA ADRIAN oder TINA FOLSOM!

Abonnieren Sie die E-Mail Newsletters hier:

www.LaraAdrian.com

www.TinaWritesRomance.com

www.PhoenixCodeSeries.com

Seien Sie der Erste, der über Neuerscheinungen benachrichtigt wird oder sich bei speziellen Verlosungen nur für Abonnenten beteiligen darf.

Abonnieren Sie noch heute!

4701501R00235

Printed in Germany
by Amazon Distribution
GmbH, Leipzig